EIN HERZ ZUM STEHLEN

SCHATTEN UND SPIONE REIHE

KATE BATEMAN

Übersetzt von

DÖRTHE RUSSEK

Ein Herz Zum Stehlen ist eine erfundene Geschichte. Namen, Orte, Geschehnisse sind entweder aus der Vorstellungskraft der Autorin erstanden oder werden fiktiv genutzt. Jegliche Ähnlichkeit zu tatsächlichen Ereignissen, Orten oder Personen, tot oder lebendig, ist vollkommen zufällig.

ebook ISBN: 978-1-7352313-3-4

Cover design: Cora Graphics, Italy.

Cover illustration: Cora Graphics, Italy.

PARIS, JUNI 1815

Eine Diebin. Mit einem Sonnenschirm. Auf einem Drahtseil.

Selbst in seiner verdrchten Welt war das eine Premiere.

Nicolas Valette zog seinen Abendmantel zu, verschränkte seine Arme und lächelte in die Dunkelheit hinein. Wie es sich herausstellte, war Mademoiselle Marianna de Bonnard genau das, was ihm versprochen worden war. Sogar mehr.

Amüsiert beobachtete er sie, wie sie das Fenster gegenüber seinem Büro öffnete, über die Balustrade kletterte und mit ihren Zehenspitzen den schmalen, steinernen Sims betrat. Sie drehte sich herum, streckte ihre Arme zu den Seiten heraus und unternahm einen vorsichtigen Schritt über das Drahtseil, welches über die Straße gespannt worden war. Die an dem Drahtseil befestige Lampe schaukelte hin und her. Betrunken tanzten die Lichtstrahlen über das Kopfsteinpflaster der Straße.

Sie hatte sich die perfekte Nacht zum Stehlen ausgesucht. Die Seine plätscherte in einem dumpfen, metallischen Blaugrau im Mondlicht und ein tarnender Nebel schlängelte sich tief über das dreckige Wasser um den vagen Gestank von Unrat und totem Fisch zu überdecken. Notre Dame befand sich hinter ihr, Pont Royal zu ihrer Linken, obwohl sie mittlerweile Pont de L'égalité genannt wurde. Seit der Revolution hatten sich einige Namen geändert. Darunter auch der Name der Frau vor ihm.

Nic schüttelte seinen Kopf über den Stilbruch, den sie repräsentierte. In ihrer zarten Hand umklammerte sie den kleinen schwarzen Schirm – es war derselbe Sonnenschirm, den sie auch für ihre Auftritte im Cirque Olympique benutzte.

Sie hatte gerade die halbe Strecke zurückgelegt, als ein Ruf die Stille durchbrach. Nic hielt die Luft an, obwohl er sie schon unzählige Male bei diesem Trick beobachtet hatte und sie dabei noch nie gefallen war. Der Sonnenschirm neigte sich, doch sie hielt ihre Balance, geschmeidig und elegant wie eine Katze.

Es waren nur zwei spätabendliche Trunkenbolde, die sich auf dem Weg zu ihren Betten befanden. Sie torkelten über die Straße und waren viel zu betrunken, um die schlanke Figur zu bemerken, die über ihren Köpfen schwebte.

Nics Nervenenden summten mit dem feinen Prickeln der Erwartung, als sie die Lücke zwischen ihnen überwand. Im Zirkus trug sie immer ein extravagantes, pinkfarbenes Rüschenkorsett, wodurch sie aussah wie ein seidenverpacktes Bonbon, welches nur darauf wartete, ausgepackt zu werden. Heute Nacht trug sie ein enganliegendes schwarzes Gewand, welches die Konturen ihres geschmeidigen Körpers zum skizzierte.

Einzig unpassend waren ihre Schuhe: niedliche, hellrosafarbene Ballettschuhe, die mit seidenen Bändern an ihren Knöcheln festgebunden waren. Wohl kaum ein Kennzeichen einer abgebrühten Kriminellen. Aber kriminell war sie zweifelsohne. Von ihren Widersprüchen fasziniert, neigte Nic seinen Kopf und wartete.

Als sie nur noch eine Armeslänge von dem Fenster entfernt war, glitt er aus dem Schatten, schwang das Fenster auf und genoss wie sie, kurz erschrocken, nach Luft schnappte.

„Guten Abend, Chérie." Er lehnte sich nach vorne und bot ihr seine Hand an. Er fand Gefallen daran, wie ihr das Entsetzen in ihr kleines Gesicht geschrieben war. „Oder sollte ich lieber sagen, guten Morgen?"

KAPITEL 2

Merde!

Mariannes Knie gaben nach und das Drahtseil wackelte prompt. Sie wedelte mit ihren Armen, schaffte es aber, aufrecht zu bleiben, und starrte mit einem Ausdruck unverhüllten Horrors auf die Erscheinung vor ihr.

Nicolas Valette.

Ihr Opfer. Ihr Ziel. Ihr allerschlimmster Albtraum.

Er hätte nicht hier sein sollen.

In der kriminellen Unterwelt eilte ihm sein Ruf voraus. Er war eine Legende und wenn man seine Aufmerksamkeit vermeiden wollte, sprach man seinen Namen nur in einem gedämpften Flüstern aus. Er war einer von Fouchés besten Agenten. Gerüchten zufolge war er ebenso kraftvoll und allmächtig, wie sein Meister. Und genauso gefährlich, wenn man ihm in die Quere kam.

Sie atmete schnell und schwer, flache Atemzüge der

Angst in der kühlen Nachtluft. *Dieu!* Er würde sie ins Gefängnis bringen, oder schlimmer. Und dann würde sich niemand um Sophie kümmern können. Wie konnte sie nur so dumm gewesen sein?

Sie konnte auf dem Drahtseil nicht umkehren, ohne zu fallen. Sie warf einen Blick nach unten auf das Kopfsteinpflaster sechs Meter unter ihr. Zu hoch um zu springen. Sie würde sich das Genick brechen. Selbst wenn sie es überleben würde, konnte sie keine Verletzung riskieren. Sie hatte ihren Sonnenschirm aber bei ihrem Pech würde ein Versuch, ihn damit zu schlagen, nur damit enden, dass sie herunterfallen und sich den Kopf auf der Straße aufschlagen würde. Ihre einzige Wahl war diese ausgestreckte Hand.

Sie wollte sie nicht berühren. Es war eine hübsche Hand – stark und elegant. Aber es war die Hand des Feindes.

Marianne hob ihre Augen. Er trug Abendgarderobe: Ein makelloses, schwarzes Jackett umspannte seine breite Brust und Schultern wie eine zweite Haut. Womöglich benötigte er allein drei Kammerdiener, um dort hineinzukommen. Aufwendige Spitze leuchtete von seinem Hals und seinen Ärmeln. Sein pechschwarzes Haar war nach hinten frisiert um ein verruchtes, cleveres Gesicht zu präsentieren. Er hatte gebogene schwarze Brauen und eine gerade, schmale Nase. Ein blasses, höhnisches Lächeln formte sich in seinen Mundwinkeln.

Sie machte einen kleinen Satz nach hinten.

Valette verschränkte die Arme und lehnte eine

Schulter gleichgültig gegen den Fensterrahmen. „Ich kann hier die ganze Nacht warten. Sie auch?"

Seine Stimme war tief und intim. Sie streifte über ihre Sinne wie ein Seidenschal, der über ihre Haut gezogen wird. Sprechen war unmöglich. Ihre Zunge klebte an ihrem Gaumen. Sie versuchte stattdessen, sich auf das Balancieren zu konzentrieren.

Er neigte seinen Kopf zu einer Seite und beobachtete sie. „Also, was hat eine von Duvals kleinen Lakaien in meinem Unterschlupf zu suchen?"

Das tat weh. Sie war niemandes Lakai. Nun, gut, sie war es schon, aber er hätte sie nicht daran erinnern müssen.

„Hat er Sie geschickt, um etwas zu stehlen?"

Marianne schüttelte ihren Kopf. Das war genug Bewegung, um sie noch mehr ins Schwanken zu bringen. Er hob eine Augenbraue. Seine Augen bohrten sich in ihre, gefüllt von Holz, Rauch und Schatten. Sie hatte den beunruhigenden Verdacht, dass er ihre Gedanken lesen konnte.

„Komischerweise glaube ich Ihnen", sagte er schließlich. „Aber wenn Sie nicht hier sind, um etwas zu stehlen, muss er Sie geschickt haben um hier etwas zu *hinterlassen*." Es war eine Feststellung und keine Frage. Er streckte seine Hand wieder aus und schnippte gebieterisch mit den Fingern. „Geben Sie es her."

Marianne fand endlich ihre Stimme wieder. „Was soll ich hergeben?"

„Das, was Sie herbringen sollten." Er wartete, unendlich geduldig, wie eine Spinne in ihrem Netz.

Ihr Gesicht wurde heiß vor Schuld. Sie presste ihre Lippen aufeinander.

Valette seufzte wegen ihrer Sturheit. „Was hat Duval vor? Warum solche Unannehmlichkeiten, um mir etwas zukommen zu lassen? Warum nicht ein einfacher Bote? Nicht, dass ich ihre Fähigkeiten nicht zu schätzen weiß, Mademoiselle ...?“ Er ließ den Satz einladend ausklingen.

Jetzt war sie es, die ihre Augenbrauen hob. „Sie sind einer von Frankreichs besten Spionen, Monsieur. Ich bin mir sicher, dass Sie meinen Namen bereits kennen.“

Ein Lächeln blitzte in seinem Mundwinkel auf. Marianne wünschte sich, dass es sie nicht so verwirren würde.

„Natürlich haben Sie Recht, Mademoiselle Bonnard. Ich weiß sogar deutlich mehr als nur ihren Namen.“

Ihr lief ein Schauer über den Rücken. Das Drahtseil reagierte mit einem Wackeln und sie musste ein paar Schritte in Richtung des Fensters machen, um nicht zu fallen. Valettes Hand war immer noch da. Einladend. Verführerisch.

„Kommen Sie schon. Nehmen Sie sie. Sie wird Ihnen nicht weh tun.“

Was für eine Lüge. Natürlich würde er ihr weh tun. Sie kannte Männer wie ihn. Er würde genauso schlimm sein wie Duval, auf seine eigene Weise. Oh, er würde wahrscheinlich nicht so gewalttätig sein; zweifelsohne hätte er subtilere Methoden, um Informationen aus Leuten heraus zu kitzeln, aber er würde ihr genauso weh tun. Dennoch, welche Wahl hatte sie hier schon?

Mit einem niedergeschlagenen Seufzen nahm sie seine Hand. Ein Ruck ging bei der Berührung durch ihren Körper. Wie ein schwacher Blitz. Sie schnappte nach Luft. Falls er es auch spürte, ließ er sich nicht anmerken. Er griff nur ungelenk nach ihr und zerrte sie über die steinerne Brüstung durch das offene Fenster und in den düsteren Raum dahinter.

* * *

IN DER ZIRKUSMANEGE war sie in dramatisches Kerzenlicht getaucht gewesen. Hier kroch der schwache Schimmer des Mondlichts durch die Fensterläden und fingen ihre hohen Wangenknochen und erschrockenen Augen ein. Aus der Nähe war sie noch hübscher, wie Nic mit einem Blick feststellte. Und das, obwohl sie ihn anstarrte, als wollte sie ihn mit einem Fluch belegen.

Er konnte der Versuchung nicht widerstehen. Er zog absichtlich kräftig an ihrem Arm. Sie stieß mit einem befriedigenden kleinen „Umpf" gegen seine Brust und ließ ihren Sonnenschirm fallen. Er nutzte ihre kurzzeitige Irritation, um sie zu durchsuchen, und schob seine Finger unter ihr Hemd, um die warme Haut ihres unteren Rückens zu streifen. Er fand ein Messer in ihrem Hosenbund, warf es beiseite und schnappte sich dann auch das Bündel Papiere, die sie dort versteckt hatte.

Sie keuchte vor Empörung und griff nach ihnen, aber er hielt sie so hoch, dass sie außerhalb ihrer Reichweite waren. Seine Nase fing eine aufreizende Spur ihres Parfums auf, ihr Körper drückte sich für einen kurzen Augenblick gegen seinen, bevor sie sich von ihm lösen konnte und nach hinten stolperte, als hätte sie sich verbrannt.

Er ließ sie los und bedauerte es, ihren Kontakt nicht mehr zu spüren. Sie würde ihm wahrscheinlich seine Hand abschneiden, wenn er noch einmal versuchte, sie zu berühren. Er hätte darauf gewettet, dass sie mehr als ein Messer an ihrem reizenden Körper versteckt hatte. Ihr Kopf reichte ihm vielleichte gerade bis zu seiner Schulter, aber sie konnte auf sich aufpassen. Die fingerdicke Akte über sie auf seinem Schreibtisch, enthielt mehr als einen Hinweis darauf. Sie war ein adrettes, tödliches, kleines Bündel.

Befriedigung brannte in ihm. Sie war Duvals Bündel. Und nun war sie seines.

Sie zu behalten wäre in etwa so einfach wie das Zähmen einer Schlange: aufregend – und potentiell tödlich. Aber was soll's, er liebte die Herausforderung. Sein Leben hatte den Glanz schon vor langer Zeit verloren; die Aussicht auf Gefahr war alles, was ihn noch antrieb. Das, und Vergeltung.

KAPITEL 3

Er hatte ihr ihre Klinge einfach abgenommen. Mit nichts weiter als einem Taschenspielertrick und etwas Ablenkung.

Mariannes Achtung vor ihrem Gegenspieler wuchs, selbst während sie sich dafür verfluchte, auf so einen billigen Trick hereingefallen zu sein. Ohne ihre Klingen fühlte sie sich nackt.

Er drehte sich, um eine Lampe zu entzünden, und sie durchsuchte den Raum nach einer Alternative, die sich als Waffen benutzen ließ. Nichts. Er stand zwischen ihr und der Tür. Vielleicht könnte sie an ihm vorbeihuschen.

„Versuchen Sie es erst gar nicht", sagte er, ohne aufzublicken. „Sie ist abgeschlossen."

Ein Leuchter flackerte und blendete sie. Ein warmes Glimmen umhüllte sie, als er die Flamme einstellte.

Marianne schaute sich um. Sein Unterschlupf war nett, aufwendig und doch nicht protzig. Eine Uhr aus Schildkrötenpanzer und Messing tickte laut auf dem

Kaminsims. Ein paar Trinkgläser aus Kristallglas standen um eine Flasche Brandy auf einem Beistelltisch. Alles sah sehr maskulin und komfortabel aus. Die Wohnung roch sogar teuer, nach Leder, Tabak und verbranntem Holz.

Eine Welle der Erschöpfung brach über sie hinein. Der abendliche Auftritt war ermüdend gewesen; der Spaziergang über der Straße hatte sie ausgelaugt. Sie unterdrückte das wahnsinnige Verlangen danach, ihre Finger über das weiche braune Leder des Sessels in ihrer Nähe gleiten zu lassen und sich in dessen einladenden Falten niederzulassen.

Konzentriere dich! Das war ein gefährlicher Ort und kein Ort zum Entspannen. Er war *darauf ausgelegt,* entwaffnend zu wirken. Um den Unvorsichtigen dazu zu bringen, seine Geheimnisse zu verraten und alle Untaten zu gestehen. Sie hielt ein bitteres Lachen zurück. Wenn sie damit anfangen würde, wären sie wohl die ganze Nacht hier.

Valette lehnte mit seiner Hüfte an der Kante eines riesigen Schreibtischs. Der lederne Überzug des Schreibtischs war übersäht mit Akten und Papieren. Marianne fragte sich, wie viele davon wohl mit ihr zu tun hatten.

Sie verschränkte die Arme vor ihrem Körper.

Valette warf ihr einen kühlen Blick zu. „Sie spielen hier ein gefährliches Spiel, Chérie. Was wenn Sie von der Stadtwache erwischt worden wären und nicht von mir?"

So viel Glück hatte sie nicht.

„Die Gendarmen sind Dummköpfe. Bei Verbrechen schauen sie immer nur auf ihre Füße. Ihnen würde es niemals in den Sinn kommen, mal nach oben zu den Sternen zu schauen."

„Nicht nur eine Akrobatin und Spionin, sondern ebenso eine Philosophin", verspotte er sie leicht. „Sie sind ein Mädchen mit vielen Talenten, Mademoiselle Bonnard."

Marianne errötete.

Er entsiegelte das Päckchen Papiere, welches er aus ihren Hosen gestohlen hatte und las deren Inhalt. Er schaute nach oben und hatte ein amüsiertes Schimmern in seinen Augen. „Wissen Sie, was hier drinsteht?"

Sie schüttelte ihren Kopf. Das war die Wahrheit. Sie wollte es gar nicht wissen. Ihr Job war es die Papiere in seinem Büro zu platzieren und wieder zu verschwinden.

„Duval hat Sie geschickt, um mir etwas in die Schuhe zu schieben. Laut dieser Unterlagen bin ich ein königstreuer Verräter."

Ihr Magen drehte sich herum aber ihr Gesicht blieb ungerührt. „Das ist nicht mein Problem. Ich weiß nicht was zwischen Ihnen und Duval vor sich geht. Ich bin nur die Botin."

„Sind Sie das? Ich bin erstaunt." Seine Augen nahmen ein kalkulierendes Glänzen an. Sie fühlte sich wie ein Insekt, das unter einem Mikroskop gefangen war. Er klopfte mit den Papieren leicht auf seinen Oberschenkel, bevor er sie Richtung Lampe hielt und sie regungslos dabei beobachtete, wie sie Feuer fingen. Die Flammen warfen ein teuflisches Schimmern über seine makellosen Züge und sie erschauderte bei dem Gedanken daran, dass sie es mit Lucifer höchstpersönlich zu tun hatte. Der Geruch von angesengtem Papier stieg ihr in die

Nase und sie unterdrückte den instinktiven Ekel, den sie empfand. Sie hasste diesen Geruch.

Er blies es aus, bevor er sich die Finger verbrannte, und ließ die geschwärzten Überreste in einen Aschenbecher auf dem Schreibtisch fallen. „Solche Dinge lassen sich leicht entsorgen." Er neigte den Kopf und studierte sie. „Wenn man das nur auch von Ihnen sagen könnte."

Die Drohung schwebte in der schweren Luft zwischen ihnen. Ihr Herz pumpte unangenehm. Es gab einige Wege, wie er sie entsorgen könnte. Sie trat einen Schritt zurück.

„Aber ich denke es geht ganz und gar nicht um diese Papiere." Er warf ihr einen spekulierenden Blick zu. „Ich denke, hier geht es einzig und allein um Sie."

Marianne schnaubte vor Verwunderung. „Was?"

„Sie sind das, was Duval mir schickt. Eine Nachricht, in gewisser Weise." Er drückte sich vom Schreibtisch weg, anmutig wie ein Panther. „Oder eine Herausforderung."

Sie konnte nicht weiter zurückweichen. Sie war gefangen, ihre Schenkel drückten gegen die Fensterbank. Sie versuchte, ihre Atmung zu beruhigen. „Bleiben Sie zurück! Ich warne Sie ..."

Er blieb genau vor ihr stehen. Zu nah. Marianne spannte sich an und erwartete einen Kampf. Aber er streckte lediglich seine Hand aus, um mit seinem Finger über ihre Wange zu streichen. Sie zuckte zusammen aber die Hitze wallte durch ihren ganzen Körper bis zu ihren Zehenspitzen.

„Sie sind sehr hübsch", sagte er nachdenklich. Sein Daumen streifte über ihre Unterlippe und rollte sie leichte nach unten. Ihr Magen schwankte, als hätte sie die Balance auf dem Drahtseil verloren. Sie zog den Atem in ihre plötzlich verengten Lungen und starrte ihn alarmiert an.

„Vielleicht hat Duval Sie als Ablenkung geschickt?" Kühle Finger richteten ihr Kinn nach oben, seine Hand war so groß, dass sie ihren Kiefer von Ohr zu Ohr umfasste. Sie brannte unter seiner Berührung, als er ihr Gesicht ins Mondlicht drehte und seine Beute begutachtete. „Sie sind es eventuell sogar wert."

Sie biss auf ihre Lippe und ihr Puls hämmerte in ihrem Hals. „Sie liegen falsch. Ich überbringe nur die Nachricht. Ich bin nicht die Nachricht."

Und wieder, dieses halbe Lächeln. „Arme kleine Marianne", spottete er. „Sie sind dieser Sache nicht gewachsen."

Ha. Das wusste sie schon seit Jahren. Nur konnte sie nicht aufhören. Duval hatte sie immer wieder dazu gezwungen. Wieder und wieder. „Lassen Sie mich gehen", krächzte sie.

Er schüttelte seinen Kopf. „Das kann ich nicht."

Ein Schauer der Vorahnung kroch ihr den Rücken herunter. „Wie meinen Sie das?"

„Ich habe Sie beobachtet. Auf ihrem Drahtseil, mit ihren Messern." Er hielt für einen Moment inne, damit sie verstand.

Er hatte sie beobachtet? Wann?

„Warum sollte sich die Geheimpolizei mit einer unbedeutenden Schachfigur wie mir abgeben? Ich hätte gedacht, Sie hätten Wichtigeres zu tun, jetzt, wo der Kaiser wieder in Paris ist", provozierte sie ihn.

Seine Lippen zuckten. „Sie sind zu bescheiden, *ma belle*. Gerüchten zu Folge sind Sie der beste Dieb in Paris."

„Sie verwechseln mich mit Armin Lafonte." Armin Lafonte war vor zwei Jahren gestorben. Dennoch war er immer noch ein nützlicher Sündenbock. „Und ich bevorzuge die Bezeichnung ‚Befreier'. Nicht Dieb."

Sein Lächeln wurde breiter. „Sie besitzen einige sehr nützliche Fähigkeiten."

Sie zuckte mit den Achseln. „Und?"

„Und ich habe eine Mission, für die ich diese Fähigkeiten benötige."

Instinktiv schreckte sie zurück. „Nein! Ich kann nicht für sie arbeiten."

„Warum nicht? Sie arbeiten für Duval, und der ist eine Schlange. Wie viel zahlt er Ihnen? Was auch immer es ist, ich verdoppele es."

„Ich will Ihr Geld nicht."

Er hob eine dunkle Braue. „Interessant. Duval ist so eine abscheuliche Kreatur. Ich kann mir nicht vorstellen, wie er in Ihnen diese Loyalität entlocken kann. Er muss Sie irgendwie im Griff haben." Er neigte seinen Kopf, sein wurde Blick intensiver. „Ist es die reizende Sophie?"

Ihr Blut gefror zu Eis. *Merde*. Er wusste *wirklich* über sie Bescheid.

Er zeigte ein triumphierendes Lächeln. „Das ist es, oder? Ihre hübsche Schwester."

Sie schaute weg. „Ich weiß nicht, wovon Sie reden."

Seine langen Finger richteten ihr Gesicht wieder auf seines. Er sah enttäuscht aus. „Stellen Sie sich nicht dumm, *Chérie*. Das steht Ihnen nicht. Offensichtlich erpresst er Sie. Wie macht er das? Droht er Ihnen? Droht er ihr? Sagen Sie es mir."

Seine Stimme klang kühl und bezwingend, samtweich. Sie würde der Wärme seiner hypnotisierenden Augen alle ihre Geheimnisse verraten wollen, wenn er so weitermachte. Das war seine Absicht, sie war sich sicher. Es war einer seiner Vernehmungstricks. Er war Experte darin, Leute dazu zu bringen ihm ihre Seele zu offenbaren. Das durfte sie nicht vergessen. Sie hatte zu viele Geheimnisse. Und er war viel zu geschickt.

Sie entschied sich für eine unvollständige Wahrheit. „Auch, wenn er es nicht so nennt: Sie ist seine Geisel. Wenn ich nicht für ihn stehle, zwingt er sie dazu in einem seiner Bordelle zu arbeiten. Bitte. Sie ist gerade erst sechszehn."

Er wies ihre Lebensprobleme mit einem Schulterzucken ab. „Überlassen Sie das mir. Ich kümmere mich um Duval. Wir reisen in einer Woche ab."

Sie errötete vor Wut. Anscheinend war es für ihn schon eine abgemachte Sache, dass sie akzeptieren würde. „Ich sagte Ihnen bereits, dass ich es nicht tun werden."

Das Selbstvertrauen in seinem Lächeln machte sie verrückt. „Dann schlage ich Ihnen Folgendes vor: Wenn Sie kooperieren, werden meine Männer Ihre Schwester vor Duval schützen, während Sie mit mir unterwegs sind. Wenn nicht, dann … nun ja."

„Das ist Erpressung! Sie sind keinen Deut besser als er."

„Schlimmer", stimmte er ihr zu. „Aber meine Agenten sind um Längen besser als seine Schläger. Ich stelle nur die besten ein." – er warf ihr einen herausforderndn Blick zu – „deshalb will ich auch *Sie*. Ich werde kein nein akzeptieren." Seine Stimme wurde schmeichelnd. „Kommen Sie schon. Es ist nur eine Mission. Tun Sie es und Sie sind Duval los."

Wenn es doch bloß so einfach wäre.

Er hatte keine Ahnung, wie verlockend sein Angebot war. Oder vielleicht schon. Vielleicht war es eine seiner Listen, seinen Opfern genau das anzubieten, was sie am meisten wollten. Sie war ein Narr, dies auch nur zu hoffen. Sie würde Duval niemals loswerden.

Er interpretierte ihr Schweigen als Zustimmung. „Nun, ist Ihnen die Treppe zu konventionell oder ziehen Sie es vor den Weg zu gehen, den Sie auch gekommen sind?" Er öffnete die Tür und bot ihr mit einer Geste den Vortritt in den Flur.

Er hatte keinen Schlüssel benutzt.

Marianne strafte ihn mit einem anklagenden mürrischen Gesichtsausdruck. „Sie sagten, die Tür sei abgeschlossen!"

Sein Ausdruck war unschuldig aber seine Mundwinkel formten ein Schmunzeln. „Habe ich das? Wie kurios."

In voller Erwartung eines weiteren Tricks, schritt Marianne vorsichtig voran. Sein langer Abendmantel streifte ihre Schienbeine als sie an ihm vorbeischoss. Aber er versuchte nicht sie zu packen. Sie flüchtete zu der Treppe. Seine Schritte echoten hinter ihr, Stiefelabsätze klackten stetig auf den marmornen Stufen. In den Ballettschuhen blieben ihre Schritte stumm. Sie verlangsamte ihre Schritte. Er musste nicht unbedingt sehen, wie viel Angst sie hatte.

Sie durchquerte den im Schachbrettmuster gekachelten Flur und hielt rutschend vor der imposanten Haustür an. Erschrocken blickte sie auf die komplizierte Reihe an Schlössern. Sie hielt die Luft an als er an ihr vorbei griff und sie öffnete. Die Nähe seines Körpers, nur weniger Zentimeter von ihr entfernt, war ihr schmerzlich bewusst.

Er ergriff ihre Hand, bevor sie davonlaufen konnte. Als sie sich herumdrehte, verbeugte er sich tief, spöttisch, als würde er sich vor einer Adligen verbeugen. Dann, mit einer äußerst übertriebenen Geste, küsste er ihren Handrücken. Hitze kroch ihren Arm hinauf. Sie riss ihn weg.

Sein Mund zeigte schon wieder dieses irritierende halbe Lächeln. *Immerhin fand einer von ihnen diese Situation amüsierend.*

„Mademoiselle Bonnard, es war mir eine Ehre. Ich würde Ihnen ja anbieten, Sie nach Hause zu begleiten aber ich bin mir mehr als sicher, dass sie dazu in der Lage sind diesen Weg selbstständig zu finden. Also wünsche ich Ihnen eine gute Nacht. Oder guten Morgen, was auch immer ihnen genehm ist. Wir treffen uns in einer Woche.“

Marianne drehte sich um und lief los. Sie war schon halb über die Pont Neuf, als sie bemerkte, dass er noch immer ihr Messer hatte. Und ihren Sonnenschirm.

KAPITEL 4

„Dein Mann in Schwarz ist wieder da."

Marianne zuckte. Die Klinge zischte aus ihrer Hand und in stillem Horror beobachtete sie, wie sie durch die Luft kreiselte und schließlich zitternd in dem bemalten Holzbrett stecken blieb. Nur eine Haaresbreite von Laurent Falconis Kopf entfernt.

„*Madre di Dio!* Du hast mir fast das Ohr abgehackt!"

Laurent sprang mit einem finsteren Blick nach vorne und klatschte sich mit einer Hand an die Seite seines gutaussehenden Gesichts. „Was ist nur los mit dir, Marianne? Du bist schon die ganze Woche abgelenkt." Er drehte sich herum und guckte den mit Pailletten geschmückten Tänzer, der ihre Generalprobe gestört hatte, böse an. „Und du weißt ganz genau, dass du nicht mit ihr sprechen solltest, wenn sie gerade mit einem verdammten Dolch auf meinen Kopf zielt, Francoise!"

Marianne ließ ihre letzten drei Messer fallen und rannte zu ihren Lohnherren. „Es tut mir so leid! Ich habe meine Konzentration verloren. Es wird nicht wieder vorkommen, Laurent, ich schwöre es."

Brüderlich zerzauste er ihr Haar. „*Eh bien.* Nichts passiert. Aber ich bitte dich, konzentrier dich zumindest, wenn wir da *draußen* sind." Er nickte zu den roten Brokatvorhängen, die sie von dem Publikum trennten. „Die Zuschauer bezahlen nicht, um mich bluten zu sehen."

Marianne zeigte ein spitzbübisches Grinsen. „Aber denk doch nur mal an all die Frauen, die dir zur Hilfe eilen würden …"

Laurent räusperte sich, aber sein Lächeln wurde breiter. „Das wäre es vielleicht sogar wert, Äffchen. Aber Vater würde es nicht gefallen, wenn in seiner hübschen Manege Blut fließt."

„Wahrscheinlich nicht." Marianne lugte durch die Lücke in den Vorhängen. Fünfzehn Turner formten in der Mitte des mit Sägespänen gefüllten Kreises eine menschliche Pyramide. Ein Kunststück namens La Spaniola. Sie blinzelte an ihnen vorbei und überflog das Publikum in den Sitzen dahinter.

Kerzenlicht spiegelte sich in den Operngläsern und Monokeln. Die teuersten Logen waren hoch oben zur Rechten, nahe an der Manege. Ihr Magen verkrampfte sich. Francoise kannte vielleicht nicht den Namen des Mannes in Schwarz aber sie tat es. Auch sie hatte in den letzten Tagen einige Untersuchungen angestellt.

Nicolas Valette war der Protegé von nicht nur einem, sondern gleich zwei der besten Geheimdienstchefs Napoleons. Fouché und Savary. Im Gegensatz zu seinen Lehrmeistern war er jedoch nie in Ungnade gefallen.

Savary wurde momentan nicht mehr favorisiert, weshalb Fouché wieder einmal die Führung übernommen hatte. Und jeder wartete gespannt darauf, welche Karten er spielen würde, nun, da Napoleon, nach seiner dramatischen Flucht aus dem Exil, wieder nach Paris zurückgekehrt war.

Ihr Atem stockte, als sie Valettes dunkle Figur ausmachte. Er hatte den Zirkus in den letzten drei Tagen dreimal besucht. Er verfolgte sie – anders konnte man das nicht nennen – seit ihrer bizarren Begegnung auf dem Dach vor einer Woche.

Er trug wieder schwarz, wie Francoise gesagt hatte: wieder ein makellos geschnittenes Jackett mit einem Überwurf, den er über den Rand seiner Loge gelegt hatte. Das Weiß seines gekräuselten Hemds leuchtete im starken Kontrast und eine juwelenbesetze Nadel thronte in seiner Krawatte. Das Licht des riesigen zentralen Kronleuchters erleuchtete ihn in einem warmen Glanz, wie ein dunkler, goldener Prinz.

Heute Abend saß er neben dem Schwiegersohn des Kaisers, Eugène de Beauharnais und ein paar anderen Würdenträgern. Er lehnte sich zu seiner weiblichen Begleitung – eine andere Frau als letzte Nacht, obgleich ebenso atemberaubend schön – und flüsterte etwas in ihr Ohr. Die Frau kicherte und bewegte ihren Fächer während ihr weiß behandschuhter Finger über ihr präsentiertes Dekolleté fuhr.

Ein langsames Brennen fuhr Marianne durch den Magen. Ihre eigenen Brüste kribbelten. Sie wollte sich gerade angeekelt umdrehen, als er seinen Kopf hob, als hätte er ihren Blick gespürt. Sie hatte keine Zeit mehr sich jetzt zurückzuziehen. Er schaute ihr direkt in die Augen, selbst in dieser Entfernung. Er schickte ihr ein verruchtes Lächeln, als ob er bereits die ganze Zeit gewusst hätte, dass sie ihn beobachtet hatte.

Sie zuckte von den Vorhängen weg. Nicolas Valette verursachte bei ihr kalte Schweißausbrüche. Zweifellos war die Fähigkeit, Leute mit einem einzigen Blick zu einem zitternden Nervenbündel zu reduzieren, auch einer seiner nützlichen Tricks als Vernehmungskünstler.

Sie rieb sich die nackten Arme und bückte sich, um ihre Messer vom Boden aufzuheben und verfluchte ihre zitternden Hände. In fünf Minuten sollte sie auf der Bühne stehen. Wie zur Hölle sollte sie auftreten, wenn sie doch wusste, dass *er* im Publikum saß. Gott sei Dank hatte sie den Drahtseiltanz bereits hinter sich gebracht. Immerhin würde sie nicht fallen und sich das Genick brechen. Bei den Messern konnte sie nur hoffen, dass nicht eines Laurents Ohren abschnitt. Oder andere Körperteile. Sie nahm einen tiefen Atemzug und atmete langsam aus, zählte bis Zehn und zwang sich zur Ruhe.

Sie konnte nicht anders als kurz zu seiner Loge zu blicken, als sie die Manege betrat. Aber sein Platz war auffällig leer. Ihr wurde etwas schwindelig vor Erleichterung, nicht Enttäuschung. Wenn er sie nicht ablenkte, waren Laurents Ohren in Sicherheit.

Das Messerwerfen war ihr letzter Auftritt. Sobald sie dem donnernden Applaus entkommen konnte, ohne undankbar zu wirken, verbeugte sie sich und verschwand aus der Manege. Sie drängte sich durch die Massen an Künstlern und Akrobaten, die darauf warteten am Finale teilzunehmen.

Die Woche, von der Valette gesprochen hatte, war vergangen. Aber sie wollte nicht darauf warten, dass er zu ihr kam. Duval hatte sie zu sich bestellt. Mariannes Magen verkrampfte sich bei der Vorstellung. Sie würde lieber nackt durch Montmartre spazieren als Duval zu treffen, aber er war ein Übel, welches sie nicht ignorieren konnte.

Der Umkleideraum war verlassen. Ohne sich umzuziehen, warf sie einfach einen Kapuzenmantel über ihr pinkfarbenes Korsett und tauschte ihre Ballettschuhe gegen die deutlich zweckmäßigeren Schnürstiefel. Ein Schrei aus dem kunstvollen Käfig in der Ecke unterbrach sie: Pagnol, das Kapuzineräffchen trug sein typisches Kostüm, bestehend aus einer roten Weste und Pagenmütze. Er fummelte an der Messingglocke, in der Ecke seines Käfigs herum und warf ihr, mit seinen haselnussbraunen Augen, einen flehenden Blick zu.

Marianne drückte eine Nuss durch die Gitterstäbe und er griff gierig danach, setzte sich auf die Hinterbeine und knabberte an seiner Belohnung.

„Sag Danke!", schimpfte sie lachend.

Das Tier hob seinen kleinen Filzhut und schenkte ihr ein sarkastisches Affengrinsen.

Henri Falconi, Laurents jüngerer Bruder, stoppte sie, als sie sich gerade durch die Hintertür von Dannen machen wollte. Er humpelte immer noch auf Krücken herum, weil er vor drei Wochen vom Drahtseil gefallen war, und sich dabei einen Knöchel gebrochen hatte.

„Bleibst du nicht für das Finale?"

„Ich kann nicht. Mir ist etwas dazwischengekommen. Tut mir leid."

„Brauchst du jemanden der mitkommt? Heutzutage kann man gar nicht vorsichtig genug sein. Hübsche *Citoyennes* leben in Gefahr, wenn sie nachts allein durch die Stadt spazieren." Er warf einen drolligen Blick auf die Klingen, die sie gerade in ihre Gürtel gesteckt hatte. „Selbst, wenn sie Messer unter ihrem Mantel tragen."

Sie streckte sich nach oben und drückte ihm einen Kuss auf das Kinn, dankbar für seine brüderliche Fürsorge. Die Falconis hatten ihr das Leben gerettet. Sie schuldete ihnen so vieles. „Danke, aber ich komme schon zurecht."

Er akzeptierte ihre Abfuhr mit einem Nicken und seine Aufmerksamkeit galt nun einem der Akrobaten, der gerade eine Zigarre vor der Hintertür anzündete. Sein Ausdruck verdunkelte sich. „René, mach das aus! Du weißt, dass man hier hinten nicht rauchen darf." Er gestikulierte in Richtung Umkleideraum. „Hast du keine Augen im Kopf? Was siehst du hier?"

René schaute ihn ausdruckslos an. Henri ohrfeigte ihn leicht. „Du siehst Sägespäne, *imbécile*! Du siehst einen mit Kleidern vollgestopften Umkleideraum. Stroh für die Tiere. Kisten voll mit Feuerwerkskörpern für das Finale."

René blickte immer noch verwirrt drein.

Henri rollte mit den Augen. „Das Ganze hier ist ein Pulverfass." Er schnappte die Zigarre von den schlaffen Lippen, warf sie auf den Boden und zerdrückte sie unter seinem Absatz. „Weißt du noch was bei Astley's passiert ist? Es ist abgefackelt. *Zwei mal.*"

René senkte seinen Kopf. „Sorry, Boss. Wird nicht wieder vorkommen."

Henri war Marianna einen verzweifelten Blick zu, als wolle er sagen: „Womit ich mich hier herumschlagen muss!"

Sie unterdrückte ein Lächeln und schlüpfte hinaus auf die Straße. Renés Zigarre war nicht das einzige leicht entzündliche Ding im Zirkus. Henris Temperament war seit seiner Verletzung schlimmer geworden. Doch sie fühlte mit ihm. Auch sie hasste es, untätig zu sein. Nicht dazu in der Lage zu sein, aufzutreten, musste ihn in den Wahnsinn treiben.

Sie hatte schon fast damit gerechnet, dass Valette bei der Hintertür auf sie warten würde aber die Straße war verlassen und sie machte sich zügig auf den Weg. Die Gaslaternen erleuchteten nur noch die Rue Lespinasse; danach befand Marianne sich in den Schatten und, wie immer, war sie stets bereit und umklammerte ihre Klingen. Die Gefahren in den Gassen machten ihr jedoch keine Angst. Diese Ehre wurde lediglich Jean-Jacques Duval zuteil.

KAPITEL 5

Marianne spürte, wie ihr Bauch einen nervösen Hüpfer machte, als sie sich dem Palais Royale näherte.

Es war einmal das Kinderhaus von Ludwig XIV gewesen, aber wie es bei den Aristokraten immer war, führte die chronische Geldknappheit dazu, dass der Duc d'Orléans das Gebäude in mehrere Läden und Cafés umwandeln musste. Damit war es auch für den Pöbel zugänglich. Der alte König hatte sich über seinen Cousin und dessen neuer Karriere als ‚Ladenbesitzer' lustig gemacht aber die Umwandlung stellte sich als sehr erfolgreich heraus. Das alte Geld des ancién régime war durch das der nouveau riche ersetzt worden und war noch vulgärer und protziger.

Einige nannten es einen schändlichen Ort und einen Beweis dafür, dass es in Paris nichts als Sünde gab. Es war die Wahrheit, dass das Camp der Tartaren am

Osteingang ein berüchtigter Umschlagplatz für Diebe und Kleinkriminelle war, aber die meisten Menschen mieden diesen Ort.

Trunkenheit, dekadente Ausschweifungen, Glücksspiel und Intrigen waren genau *das,* was man im Palais Royale vorfand. Wie immer pulsierte auch heute Nacht das Treiben in den Pavillons und Cafés. Erleuchtet durch flammende Fackeln. Schurken und Schwindler tauschten sich aus mit Priestern, feinen Herrschaften, Händlern und Aktivisten. Gutaussehende Husaren mit ihren gesträubten Schnurrbärten und feschen Marineuniformen eskortierten Damen von zweifelhafter Tugend von einem Amüsement zum nächsten. Straßenkinder flitzen durch die Mengen und ihre flinken Finger fanden darin leichte Beute.

Marianne ging über einen der Bürgersteige und genoss die Abendwärme. An den Wänden prangerten Plakate die das ‚Wunder des 200 Jahre alten Leichnams von Zulima' oder ‚Monsieur Belons mechanisches Model des Sonnensystems' anpriesen. Das hatte sie schon immer sehen wollen, aber sie hatte keine Zeit, um heute Nacht ihre Neugier zu befriedigen.

Die kleinen Läden entlang des Säulengangs verkauften alles Mögliche. Bärenfett für dünnes Haar, Fächer, Tinte, Bücher, Teleskope, Operngläser, gestohlene Hunde, gefaltete Regenmäntel, Lotterietickets. Sie hatte keinen Nutzen für solchen Firlefanz und doch musste sie für einen Moment anhalten, um sich an einem der Stände einen Schattenspieler anzuschauen. Stürme, Schiffswracks und sogar die mythischen

Schmieden von Vulcan wurden vor ihren Augen magisch zum Leben erweckt.

Wenn es sie doch nur Duval wegzaubern könnten.

Der kratzende Klang einer Violine schlängelte sich durch die offenen Fenster der Société Philharmonique und ein Pulp an Leuten blickten nach oben, verzaubert von einem Heißluftballon in Galeerenform, der über ihnen im Nachthimmel schwebte. Vor ein paar Wochen war es ein lebensgroßes Pferd, komplett mit einem Chevalier gewesen. Sie ging an einem Leierkastenmann mit einem tanzenden Affen, der sie an Pagnol erinnerte, vorbei und ging die marmornen Stufen hinauf zum Théâtre Montausier.

Das teuerste Bordell in Paris war so elegant wie jeder andere Herrenclub und ebenso exklusiv. In einer Stadt, die stolz auf ihre luxuriösen Genüsse war, befand sich das Montausier im Zentrum aller Sünden. Dort wurde jede Sünde, jedes Vergnügen und alle Laster, die man sich vorstellen konnte, bedient. Und noch einiges mehr.

Im Erdgeschoss konnten die Gönner sich Aufführungen auf einer Bühne ansehen. Alles von bissiger Satire hin zu einer komödiantischen musikalischen Einlage. In den Räumen zur Seite konnten sie trinken, tratschen, sich im Glücksspiel versuchen oder einen Partner für die Abendgestaltung auswählen.

In der oberen Etage wurden die Zimmer entweder stundenweise oder für die gesamte Nacht vermietet, abhängig von der Geldbörse der Herren. Mit dem passenden Budget konnte jeder ein Mädchen finden, das seinen Vorlieben entsprach.

Als Duval sie das erste Mal hier hingebracht hatte,

war sie schockiert gewesen. Es war keine rote Laterne über der Eingangstür zu sehen, wie es in Montmartre und Montparnasse üblich war. Und sie war überrascht gewesen, wie geschmackvoll alles eingerichtet war. Ein skandalöser Sündenpfuhl sollte doch sicherlich gepflastert sein von vergoldeten Engelsfiguren und grellroten Vorhängen, oder etwa nicht? Die riesigen Betten in jedem der Zimmer entsprachen schon eher ihrer kindlichen Vorstellung. Aber die edlen Gemälde an den Wänden und die exquisiten Möbel hatte sie nicht erwartet. Ein kurzer Schmerz umklammerte ihr Herz. Komisch, aber manchmal erinnerte dieser Ort sie an ihr zu Hause.

Sie und Sophie hatten für einige Wochen in einem der Hinterzimmer neben Duvals ‚Büro' gelebt. Doch als Marianne Arbeit bei den Falconis fand, überredete sie ihn, ihr eigenes kleines Apartment mieten zu können. Duval hatte ihnen diese Freiheit zunächst nicht eingestehen wollen, doch auch er hielt es für sinnvoll, Sophie von den Herrschaften in seinem Club fernzuhalten. Marianne war der Überzeugung, dass Duval ihr nur zugestimmt hatte, damit er Sophie für sich selbst haben konnte und von der Vorstellung bekam sie Gänsehaut.

Der Türsteher, einer von Duvals typischen Schlägern, warf ihr einen kurzen, verächtlichen Blick zu und öffnete ihr, in einer sarkastisch-höflichen Geste, die Tür.

Idiot. Selbst Pagnol hat mehr Hirn als er.

Über der zweiläufigen Treppe glitzerte ein riesiger Kronleuchter aus Kristallglas. Prunkvoll gekleidete Damen schwelgten und flirteten im Foyer und zogen potentielle Partner in bequeme Nischen, um die

Geschäftsbedingungen auszuhandeln. Das leise Rauschen der Gespräche aus dem Spielsaal wurde von gelegentlichem Gläserklirren und gutmütigen Beschimpfungen durchsetzt.

Marianne schritt vorwärts. Sie war nicht zum Vergnügen hier.

Eine Frau erschien am oberen Ende der Treppe, ihre stattliche Größe und der alarmierende rotbraune Schatten ihres Kleides verlangten sofortige Aufmerksamkeit, und Marianne lächelte, als sie die Besitzerin des Theaters erkannte.

Sechzig, prall und immer heiter, Madame de Montausier sollte Gerüchten zufolge mehr als eine Million Francs besitzen. Napoleon selbst hatte ihr den Hof gemacht, aber anscheinend hatte Madame de Montausier beschlossen, dass die beiden nicht zueinander passen würden. Für den Kaiser war es ein Verlust; die Frau war als Bordellbesitzerin vergeudet. Sie wäre ein hervorragender General gewesen.

Die Madame klatschte verzückt in die Hände, als sie Marianne sah, und streckte zur Begrüßung ihre prallen, beringten Finger aus, als sie die Treppe hinunterging.

„*Chérie!* Ich könnte schwören, dass wir uns seit Jahrzehnten nicht mehr gesehen haben! Bitte sag mir, dass du dich *endlich* dazu entschlossen hast für mich zu arbeiten anstatt für diese närrischen italienischen Akrobaten?“

Marianne lächelte, aber schüttelte ihren Kopf. „Nein, Madame. Tut mir leid, Sie enttäuschen zu müssen.“

Die Madame strich ihr liebevoll über das Kinn. „Dein Gesicht wird im Zirkus doch unter Wert verkauft. Wie sollen die Männer nur sehen, wie hübsch du bist, wenn du oben auf einem Drahtseil herumtanzt?"

„Ich *will* nicht von den Männern angestarrt werden."

Die ältere Frau seufzte. „Aber ich kümmere mich doch so gut um meine Mädchen." Sie tippte abschätzig auf Mariannes Mantel und schüttelte sich empfindlich. „*Musst* du denn solche grässlichen Dinge tragen? Du bist doch keine Stalljunge. Wenn ich nur daran denke, wie hinreißend du in einem feinen Kleid und ein paar Juwelen aussehen würdest ..." Sie studierte Marianne mit einem Kennerblick. „Mit deinem Gesicht und dieser rauchigen Aristokratenstimme, bei Gott, du könntest uns beiden ein Vermögen verdienen."

Marianne gluckste. „Sie *haben* bereits ein Vermögen, Madame."

„Stimmt. Aber man kann immer mehr verdienen. Und diese ganzen politischen Unruhen sind exzellent für mein Geschäft." Sie zeigte ein zufriedenes Lächeln. „In der Zeitung steht, dass Britannien, Russland und Österreich alle geschworen haben den Kaiser ein für alle Mal zu Fall zu bringen." Langsam schüttelte sie ihren Kopf. „Daraus wird nichts Gutes werden, glaub mir. Aber genug von Politik. Wenn du nicht zum Vergnügen hier bist, muss es das Geschäft sein, hm?"

Marianne schnitt eine Grimasse. „Duval hat mich herbestellt."

Ein finsterer Blick formte sich im Gesicht der älteren Frau. „Heute Abend? Er hat schon den ganzen Tag eine schreckliche Laune."

„Er sagte zu mir, ich solle direkt nach meinem letzten Auftritt kommen."

„Er ist im Hinterzimmer." Die Madame berührte ihren Arm. „Ich wünschte du würdest mich helfen lassen, *ma chére.* Wärest du nicht lieber eins meiner Mädchen, anstatt nach seiner Pfeife zu tanzen?"

Marianne wandte sich von den mitleidigen Augen der älteren Frau ab. „Ich komme mit ihm zurecht. Aber danke."

Duval war ein verabscheuungswürdiger Gangster, aber sie musste für ihn arbeiten, um ihre Schwester zu schützen. Wenn sie nur mutig genug wäre, würde sie den fetten, erpresserischen Bastard höchstpersönlich ermorden, aber der Gedanke daran, einen anderen Menschen zu töten, selbst wenn es jemand wie Duval war, machte sie krank. Sie war in ihrer kriminellen Laufbahn schon tief genug gesunken, ohne zu morden.

Marianne drehte sich der Magen um, als sie den Rest der Treppe hinaufstieg. Ihre Eltern würden sich im Grab umdrehen, wenn sie wüssten, was aus ihr geworden war. Vor fünf Jahren war sie Mademoiselle Marianne Elizabeth de Beauvais gewesen, eine nutzlose, verwöhnte Aristokratin, genau wie das törichte Königspaar, das seinen Kopf verloren hatte. Wenn die Falconis nicht gewesen wären, hätte sie vielleicht auch ihren eigenen Kopf verloren. Madame la Guillotine hatte in den letzten Jahren stillgestanden, aber da zuerst ein anderer inkompetenter Bourbone wieder auf den Thron kam und nun Napoleon zurück in Paris war ... wer wusste da schon, was die Zukunft bringen würde?

Sie war nun *citoyenen* Marianne Bonnard. Zirkusartistin. Lügnerin. Diebin. Immerhin konnte sie auf sich aufpassen.

Sie berührte die Messer an ihrem Rücken, als sie sich auf ihrem Weg durch den Saal begab; sie würde nie wieder den Fehler machen, Duval unbewaffnet gegenüberzutreten. Der Idiot an der Tür hatte nicht einmal daran gedacht, sie zu durchsuchen. Keine Überraschung. Die Leute verdächtigten sie selten, bis es zu spät war. Bis dahin war sie bereits in der Nacht verschwunden, mit ihren Juwelen, ihren Papieren, ihren Geheimnissen. Ihr unschuldiges Gesicht war einer ihrer größten Vorteile.

Die schlanke Marie, eine der beliebtesten Kurtisanen des Montausier, zog einen Kunden an der Krawatte durch den Flug. Ihr jadegrünes Kleid verschwand in einem Schlafzimmer und der Mann folgte ihr, ohne sich zu wehren. Sexgeräusche waren aus mehreren der Zimmer zu hören, an denen Marianne vorbeiging. Kichern und spitze kleine Schreie, das Quietschen von Bettfedern. Lustvolles Stöhnen. Ihr Herzschlag wurde schneller. Wie viel davon war echt und was war nur gestellt? Ihr schauderte es.

Die letzte Tür führte zu Duvals ‚Büro'. Als Minister des Moralamts hatte er ein edles Regierungsbüro im Quai d'Orsay aber für seine weniger legitimen Geschäfte nutzte er das Montausier.

Seine offizielle Aufgabe war es die Vielzahl an Bordellen in Paris zu regulieren und einen Teil ihrer Umsätze für den Staat einzusammeln. Marianne konnte ob dieser Ironie lediglich den Kopf schütteln. Korrupt, paranoid und rachsüchtig, Duval verkörperte die komplette Antithese eines aufrichtigen Bürgers. Ihre eigene Arbeit für ihn bestand darin, Informationen zu beschaffen, damit er seine Kontakte in der Unterwelt sowie andere Minister erpressen konnte und seine vielen Betrügereien nicht aufgedeckt wurden. Jemandem wie Duval die Verantwortung über die Moral der Stadt zu übertragen, war, als würde man dem Fuchs vertrauen, den Hühnerstall zu bewachen.

KAPITEL 6

Jean-Jacques Duval saß hinter einem Spieltisch und erinnerte Marianne, wie immer, an eine Kröte. Er war aufgebläht und schwammig, mit schlaffer Haut, wulstigen Augen und einem feuchten, weiten Mund, den er ständig mit seiner flatternden Zunge befeuchtete. Er war abstoßend. Und auch sehr gefährlich. Marianne verfluchte den Tag, an dem sie ihn überhaupt kennen gelernt hatte.

Sein Lakai schloss die Tür mit einem unheilvollen Klicken und stellte sich direkt hinter sie, um ihren Fluchtweg zu blockieren. Zwei weitere seiner scheinbar unzähligen Schergen drängten sich hinter seinem Stuhl, einer auf jeder Seite, wie zwei Wasserspeier. Remi, den sie erkannte, knackte mit den Knöcheln und warf ihr ein kühles Lächeln zu. Der andere war ebenso riesig. Er hatte ein rotes Gesicht und keinen erkennbaren Hals. Sein Kopf verschwand direkt in seinen Schultern, wie bei einem preisgekrönten Stier.

Ein kalter Schauer lief ihr über den Rücken. *Merde.* So hatte sie keine Chance, sich den Weg nach Draußen zu erkämpfen. Die Madame war zu weit weg, um ihr helfen zu können und die restlichen Bediensteten waren viel zu gut trainiert, als dass sie hier dazwischenfunken würden. Selbst wenn sie ihre Schreie hören würden.

Versteinert starrte sie ihn an. „Was willst du, Duval?"

Er schnalzte wegen ihres schnippischen Tones mit der Zunge. „Tsk. Kleine Marianne. Das ist aber keine nette Begrüßung." Er warf ein Paar Würfel über den Tisch und seine Augen verengten sich. „Ich habe einen neuen Auftrag für dich. Ich will, dass du ihn heute Abend erledigst."

Marianne runzelte die Stirn. „Das ist unmöglich. Es ist fast Mitternacht und ich hatte heute schon zwei Auftritte. Was auch immer du willst, es muss warten."

Duvals Blick wurde streng aber sein Mund formte ein unangenehmes Lächeln. „Du wirst es heute Abend erledigen"

Sein Blick wanderte über ihren Körper. Marianne zog ihren Mantel enger um sich und unterdrückte ihren Ekel als die pinke Spitze seiner Zunge über seine Lippen glitt.

„Du hast das mit den Dokumenten in Valettes Büro vermasselt, oder?", fragte er süßlich. Sie biss sich auf die Lippe. Sie hätte wissen müssen, dass er davon erfahren würde. So war Paris. Man ging in einen Salon und ein Spion war schon dort. Man ging in ein Bordell und ein Spion war dort. Man ging in ein Restaurant und natürlich war auch dort schon ein Spion. Sie hätte nicht überrascht sein dürfen, sie war schließlich einer von ihnen.

„Dein Schweigen spricht Bände," spottete Duval.

Sie zuckte mit den Schultern. „Ich habe den Brief genau dort hinterlassen, wo du es wolltest, in seinem Büro." *Das war zumindest technisch richtig.* „Er muss ihn gefunden und vernichtet haben. Was ist da eigentlich zwischen euch beiden?"

Duvals Augenbrauen senkten sich und er war kurz abgelenkt. „Dieser Bastard versucht seit Jahren meinen Ruf zu ruinieren. Er und Fouché. Sie stecken dauernd ihre Nasen in meine Angelegenheiten. Immer versuchen sie mich dabei zu erwischen, wie ich das Gesetz breche." Er kicherte. „Ich dachte, ich drehe das Blatt einmal um. Unglücklicherweise bist *du* mit deiner Mission gescheitert. Antoine, befreie Miss Bonnard von ihrem Mantel."

Der Berg hinter ihr fing an sie zu bewegen. Sie versuchte sich weg zu ducken aber er war erstaunlich schnell für einen so großen Mann. Er hielt ihren Arm und drückte ihn schmerzhaft, als er ihr den Mantel herunterzog. Ihre Hand kribbelte unangenehm.

Merde. Warum hatte sie sich nicht umgezogen? Ihr pfirsichfarbenes Satinmieder war am Hals und an den Schultern mit lächerlichen Rüschen geschmückt. Ihre kurze Hose verdeckte gerade so ihre Oberschenkel. Rosafarbene Strumpfhosen komplettierten ihren Auftritt. Es war nicht besonders freizügig, wenn sie 15 Meter über dem Publikum stand. Aber jetzt schien es ihr sehr inadäquat, wie eine Papierblume im Regen. Sie versuchte, sich ruckartig aus dem Griff des Kerls zu befreien und er ließ sie los.

Duval hob eine Augenbraue. „Eine ungewöhnliche Wahl der Garderobe", sagte er trocken. „Du bist immer für eine Überraschung gut, Marianne, das muss ich dir lassen. Durchsucht sie", befahl er kühl.

Marianne täuschte Gleichgültigkeit vor, als der Schläger sie betatschte, wobei seine Hände auf ihren Brüsten und Schenkeln verweilten. Er fand die beiden Messer an ihrem Rücken und warf sie mit einem Klappern auf den Tisch.

Das filigrane Rahmengestell des Sessels knarrte aus Protest, als Duval seine üppige Gestalt emporhob und aufstand. Seine Juwelen blitzten auf, und Marianne kräuselte die Lippen bei der demonstrativen Zurschaustellung. Für jemanden, der die Tugenden der *Liberté*, *Égalité* und *Fraternité* unterstützen sollte, waren seine Vorstellungen von der Verteilung des Reichtums kaum egalitär. Diese teuren Spielereien wurden mit Geld bezahlt, das er aus den von der Regierung betriebenen Bordellen abschöpfte, die er eigentlich beaufsichtigen sollte. Offenbar sah er die Ironie darin nicht, sich so aufwändig zu kleiden wie die Aristokraten, die er angeblich verachtete.

Plus ça change, indeed.

Er umrundete den Tisch und führte einen klobigen Finger an der Seite ihrer Wange entlang. Marianne zwang sich, sich nicht vor seiner Berührung zu ducken.

„Erinnerst du dich an die Abmachung, die wir vor vier Jahren getroffen haben?"

Als könnte sie das jemals vergessen.

„Du hast versprochen, genug Einkommen für dich und deine Schwester zu erwirtschaften, wenn ich dir erlaube, im Zirkus, statt hier zu arbeiten", fuhr er nahtlos fort.

„Und das habe ich, oder nicht?"

Er tippte mit seinen Wurstfingern gegen ihr Kinn. „Ich will nicht leugnen, dass du bisher nützlich gewesen bist. Aber diese Misere mit Valette zeigt mir, dass du vielleicht als Diebin nicht mehr taugst. Irgendwie musst du ja deinen Wert beweisen."

Ihr Herz fing an zu hämmern. „Ich habe dir bereits gesagt, dass ich für dich nicht auf den Strich gehen werde", sagte sie ruhig.

Er kicherte. „So eine stolze, kleine Aristokratin. Es gibt zweitausend Prostituierte in Paris. Denkst du, du bist etwas Besseres? Selbst der große Bonaparte hatte sein erstes Mal mit einer Straßenhure." Er streckte seine aufgedunsene Hand und studierte selbstgefällig seine Ringe. Er drehte sie so, dass ihre Fassungen das Licht einfingen. „Valette hat mich vor ein paar Tagen besucht, weißt du?"

Er pausierte. Wie eine Schlange vor dem Angriff. Marianna behielt ihren ausdruckslosen Gesichtsausdruck bei und war festentschlossen ihm nicht die Genugtuung einer Reaktion zu geben.

„Du hast nie erzählt, dass du ihn kennengelernt hast, Marianne."

„Das habe ich nicht.", log sie. „Ich habe ihn ein paar Mal im Zirkuspublikum gesehen. Er besitzt eine Loge. Er muss mich dort gesehen haben."

Duvals Augen glitzerten. „Wie schön. Wir halten gegenseitig nach unseren Leuten Ausschau. Es ist unser kleines Spielchen." Er rieb seine Hände. „Nun. Du schienst ihn beeindruckt zu haben. Er hat mir ein sehr verlockendes Angebot für deine Begleitung gemacht."

Mariannes Herzschlag wurde schneller aber Duval winkte abweisend ab.

„Ich habe natürlich abgelehnt. Aber er hat mich auf eine Idee gebracht. Wenn ein Mann wie Valette – der wohl kaum für eine weibliche Begleitung zahlen muss – dazu bereit wäre für dich gutes Geld zu zahlen, dann stell dir mal vor, was ein weniger gutaussehender Kunde wohl bereit wäre zu zahlen." Er seufzte überschwänglich. „Echte Jungfrauen sind so eine Mangelware. Ich brauche regelmäßig tugendhafte Unschuldige, um meine wohlhabendsten und anspruchsvollsten Kunden zu bedienen."

„Ich werde für dich nicht auf den Strich gehen", wiederholte Marianne deutlich. „Eher bringe ich mich um."

Er grinste, sichtlich erfreut über ihre Widerspenstigkeit. „Nein, das wirst du nicht. Denn dann müsste ich Sophie benutzen. Vergiss nicht, dass es nur *meiner* Großzügigkeit zu verdanken ist, dass sie noch niemand angerührt hat."

Ein Kältegefühl kroch über Mariannes Haut. „Wenn du ihr auch nur ein Haar krümmst, töte ich dich." Mit voller Absicht richtete sie ihre Augen auf die Narbe an seinem Kinn. Es gab ihr ein gutes Gefühl. Er hatte ihr dieses Mal zu verdanken. Er hatte sie schon einmal unterschätzt.

Duval schnaufte und lächelte wie ein Reptil. „Ah, Kleine. Du bist wie ein Tigerweibchen, dass sein Junges beschützen will. Solch wilde Leidenschaft." Er trat näher. Sein Atem stank nach Wein. Sie presste ihre Lippen zusammen.

„Ich frage mich, was Valette in dir gesehen hat, meine Liebe? Du bist nicht wirklich sein Typ Frau. Und damit meine ich hübsch und erfahren." Er kicherte über seinen eigenen Witz. „Nun, du hast schon eine weiche Haut." Er strich mit seiner weichen Hand wieder über ihre Wange.

Marianne blieb standhaft aber ihre Haut zog sich durch seine Berührung zusammen.

„Und gute Lippen. Männer mögen diese Schmolllippen." Er griff nach einer ihrer Haarsträhnen und untersuchte sie mit seinen Fingern, wie ein Stoffhändler Seide überprüfen würde.

Marianne biss auf ihre Lippen, als er sie umkreiste. „Willst du auch meine Zähne untersuchen? Wie bei einem Pferd?"

Er warf ihr einen abschätzigen Blick zu. „Aber deine Titten sind zu klein." Er umgriff sie durch den Stoff und drückte schmerzhaft zu. Auf grausame Weise.

Sie zwang sich zur Bewegungslosigkeit, obwohl ihre Finger nichts lieber wollten, als ihm den Hals umzudrehen.

„Wie dem auch sei, einige Herren wünschen es, nicht von Brüsten erstickt zu werden. Sie können sich dann vorstellen, dass du ein Junge bist. Manche mögen das, weißt du?"

Sie blickte sehnsüchtig zum Fenster. Zu hoch. Sie konnte ihn nicht gewinnen lassen. Sie konnte Sophies Sicherheit nicht riskieren. Sie würde überleben, unter all dieser Schmach leiden. Nur um seine Pläne zu durchkreuzen.

Sein selbstgefälliger gaffender Blick musterte sie von

Kopf bis Fuß. „Du bist natürlich nicht so hübsch wie deine Schwester."

Das tat weh, obwohl es die Wahrheit war. Der Himmel war blau. Frühling folgt dem Winter. Sophie war wunderschön. Diese unwiderlegbare Wahrheit machte Marianne eine Todesangst. Die vier letzten Jahre waren ein scheußlicher Balanceakt gewesen. Sie hatte versucht, Duval bei Laune, und ihn gleichzeitig von Sophie fernzuhalten.

„Ich denke mal deinen Kunden wird das egal sein, wenn die Lichter aus sind", sagte er kühl.

Sie hatte immer noch das Messer in ihrem Stiefel. Dieser Wasserspeier von Türsteher hatte es übersehen. Aber wie sollte sie daran kommen? Sie würden sie sofort packen.

Duval lehnte sich über ihre Schulter. Sein ranziger Atem kitzelte ihr Ohr. „Ich bin sehr froh darüber, dass ich dir deine Jungfräulichkeit gelassen habe, Marianne."

Eine Welle der Übelkeit überkam sie. So stark, dass sie fast brechen musste. Sie schloss ihre Augen. Sie *fühlte* sich nicht wie eine Jungfrau.

„Ich beneide den ersten Mann, der dich haben wird sehr", fuhr er mit seidiger Stimme fort. „Wenn du nur nicht unangerührt so wertvoll wärst, dann wage ich zu behaupten, dass ich es sehr genießen würde dich höchstpersönlich einzureiten." Er leckte seine Lippen. „Vielleicht, wenn dein erster Liebhaber mit dir fertig ist...vielleicht werde ich dann deine Ausbildung fortführen."

Sie würde sich nicht an das erinnern, wozu er sie zwang. Sie war starr wie Eis.

Aber ihr Verstand verweigerte die Kooperation. Bilder drangen in ihr Hirn ein, die auch nach vier Jahren noch lebendig waren: Duval, wie er sie festhielt, sich an ihr rieb, so dick und schwer, dass sie ihn nicht wegstoßen konnte. Der Geruch seines Haarpuders in ihrer Kehle; sein heißer, keuchender Atem in ihrem Ohr. Er hatte sie zwischen seinen Beinen knien lassen. Er hatte sie dazu gezwungen, ihn zu berühren. Sie hatte sich übergeben, nachdem er gegangen war, und ihren Mund mit Seife ausgespült. Nichts war in der Lage gewesen, den Ekel wegzuwaschen.

Sie verdrängte die abstoßenden Gedanken. Sie war ihm damals mit intakter Jungfräulichkeit entkommen. Sie würde es jetzt wieder tun. Wenn sie nur an ihr Messer käme. „Wenn ich zustimme, lässt du dann Sophie in Ruhe?"

Duval nickte. „Für den Augenblick."

„Woher weiß ich, dass du dein Wort nicht brichst?"

Er kicherte. „Du weißt es nicht. Du wirst mir einfach vertrauen müssen."

„Lieber vertraue ich einer Ratte aus der Kanalisation."

Er schmunzelte über die Beleidigung. „Du hast keine Wahl, meine Liebe. Denk daran, dass diejenigen, die sich mir entgegenstellen, selten Erfolg haben." Sein süßes Lächeln war frostig. „Denk daran, was mit deinem armen Freund Joseph Breton geschehen ist."

Seine vorgetäuschte Besorgnis drehte Marianne den Magen um. Joseph hatte sich über die Behandlung seiner Schwester in einem von Duvals schäbigeren Bordellen beschwert. Duvals Schlägertypen hatten ihn so heftig verprügelt, dass er nur knapp mit dem Leben davongekommen war. Zudem war er nicht mehr in der Lage gewesen, seine Nummer vorzuführen. Er war auf die Rolle des Kassenwartes im Cirque Olympique reduziert worden.

Duvals Augen glänzten vor Bosheit. „Wir verstehen einander also. Du kannst heute Abend anfangen."

„Was? Jetzt?" Entsetzen durchfuhr sie. Zum Teufel mit ihm. Der Mistkerl wusste genau, dass er ihr keine Chance zur Flucht geben durfte.

„Ja. Jetzt." Er warf einen letzten Blick auf ihr dürftiges Outfit und kicherte. „Du musst dich nicht umziehen, meine Liebe. Du wirst bald nackt sein."

KAPITEL 7

Zum Nachdenken blieb ihr keine Zeit. Antoine führte sie schnurstracks durch den Korridor und brachte sie in das kleinste Theater des Montausier. Das Theater, welches für die ‚intimeren' Auftritte genutzt wurde. Die Lichter blendeten sie, als er sie aufs Podium zog.

Um die dreißig Männer saßen vor der Bühne und in Gruppen an Tischen. Die Luft roch exklusiv, männlich; nach geschmuggelten Branntwein und teuren Zigarren. Ihr Auftreten sorge für eine Aufbrummen der Konversationen. Duval watschelte die Treppe hinauf und stellte sich neben sie. Zu nah, wie immer.

„Hier ist sie, meine Herren. Wie versprochen.", kündigte er laut an. „Madmoiselle Bonnard. Die letzte Jungfrau in Paris."

Seine Worte riefen ein anerkennendes Gegröle hervor. Seine Finger klammerten sich schmerzhaft um ihren Kiefer und drehten ihr Gesicht, damit die

Perversen sie begutachten konnten. Sie war kurz davor ihn zu beißen, aber klugerweise ließ seine Hand ab.

„Ich warne Sie, meine Herren, seien Sie vorsichtig. Nur die entschlossensten unter den Herren sollten es in Erwägung ziehen. Dies ist kein sanftmütiges Fräulein, die sich jeder Ihrer Launen beugen wird. Die hier ist eine Kämpferin. Und eine Akrobatin." Er hob bedeutungsvoll eine Augenbraue. „Ich bin sicher, viele von Ihnen haben sie schon im Cirque Olympique gesehen."

Einige der Herren gluckstèn.

„Ich garantiere Ihnen die sportlichste Nacht Ihres Jahres." Sein Blick schweifte über das Publikum. „Also, wie viel für die Nacht, meine Herren? Was ist der Preis für unbefleckte Unschuld? Sollen wir das Gebot mit, sagen wir, zehn Francs beginnen? Zehn Francs für die ganze Nacht?"

„Hier." Eine Hand fuhr nach oben, gefolgt von einem Heer an anderen Händen. „Ich zahle Zehn Francs."

Die erste Hand gehörte zu einem fetten, alten Mann, der sich an einem der vorderen Tische breitgemacht hatte. Er war gekleidet wie ein Kanarienvogel und trug einen rosafarbenen Seidenmantel mit Rüschen. Fettrollen bildeten einen Schwulst an seinem Hals. Die Knöpfe seiner knallgelben Weste sahen so aus, als würden sie jeden Moment unter der Last seines Bauches nachgeben. Er erinnerte Marianne an Duval. Es schauderte ihr.

„Zwanzig!" Eine andere Hand winkte. Diesmal war es einer von zwei uniformierten Offizieren, die zusammen bei der Tür saßen.

„Dreißig." Dieser Mann war älter und trug eine runde

Brille aus Draht auf seiner dünnen Hakennase. Er sah aus wie ein gelehrter Pfarrer. *Dekadenter Schnösel.*

Fünfzig Franc bot ein bleicher Mann mit zu eng beieinanderliegenden Augen. Er glich einem Wiesel. Einem schmierigen Wiesel.

Marianne schloss ihre Augen, überfordert von dieser Unwirklichkeit der Situation. Es war lächerlich. Sie wurde verkauft. Um ihre Unschuld wurde verhandelt, als wäre sie ein Sklave auf dem Podest eines Sklavenhändlers. Sie starrte geradeaus. Nichts davon war wichtig. Sobald diese grässliche Farce vorbei war, würde sie fliehen. Sie hatte immer noch die Klinge in ihrem Stiefel. Wehe dem Mann, der sich ihr in den Weg stellen sollte.

Natürlich mussten sie und Sophie Paris verlassen und irgendwo hingehen, wo Duvals Tentakeln sie nicht finden würden. Sie wollte nicht gehen. Die Falconis waren wie ihre Familie. Wo sollten sie hingehen? Was würden sie tun? Sie stellte sich aufrecht hin. Darüber würde sie nachdenken, wenn es soweit war. Fürs erste musste sie diesem Schlamassel mit intakter Jungfräulichkeit entkommen.

Die Gebote hatten den unglaublichen Preis von einhundert Francs erreicht. Duval wurde rot vor Begeisterung. Schweißperlen bildeten sich auf seinen faltigen Wangen. Marianne fragte sich dunkel, ob sie wohl geschmeichelt sein sollte. Selbst Odette, die teuerste Kurtisane des Montausier, konnte nicht so viel Geld verlangen. Immerhin *war* das eine einmalige Gelegenheit. *Einmalig* für sie, um genau zu sein. Sie würde nur einmal eine Jungfrau sein. Und wohl nicht mehr lange, wenn es nach Duval ging.

Duvals Augen glänzten vor Habgier. Selbst *er* war von ihrer Beliebtheit überrascht.

Die Gebote wurden langsamer. Der fette Dandy war mit hundertfünfzig Franken wieder als Meistbietender dabei. Er lehnte sich erwartungsvoll nach vorne, seine Knöpfe spannten sich gefährlich an. Marianne warf einen verzweifelten, flehenden Blick auf die Husaren. Jeder von ihnen wäre besser als dieses Schwein. Zumindest waren sie relativ attraktiv. Andererseits wäre das Schwein leichter zu überwältigen, wenn die Zeit gekommen wäre. Marianne schenkte ihm ein ermutigendes Lächeln.

„Einhundertfünfzig Francs sind es also", hörte sie Duval sagen und er klang entzückt. Er klang weit weg, als wäre er unter Wasser. „Sonst niemand?" Sein Tonfall war bedauernd. „Zum Ersten ..."

Der Husar schüttelte entschuldigend den Kopf und tätschelte seine leeren Taschen, selbst als sein Freund ihn ermutigte, erneut zu bieten.

„Zum Zweiten ..."

„Tausend Francs", ertönte eine seidene Stimme aus dem Schatten.

Ein kollektives Keuchen ging durch den Raum, als sich die Köpfe drehten, um den Verrückten zu identifizieren, der eine so ungeheuerliche Summe bieten würde. Marianne spannte ihren Kiefer an, damit er nicht aufklappte. *Nom de Dieu!*

Nicolas Valette saß lässig im Schatten, seine eleganten Finger um ein Glas mit bernsteinfarbener Flüssigkeit geschlungen. Seine langen Beine leger vor sich ausgestreckt, aber eine Spannung um ihn herum ließ vermuten, dass er jeden Moment handeln könnte.

Duval verblasste. „Monsieur Valette, guten Abend. Ich habe Sie vorhin nicht gesehen."

„Guten Abend, Duval."

Duval verbeugte sich unterwürfig und kratzte praktisch am Boden. Es war eine Schande, dass sein Bauch im Weg war. Er sah aus wie eine überfüllte Wurst. „Habe ich richtig gehört, Monsieur?"

„Sie haben mich richtig verstanden", sagte Valette freundlich. „Ich sagte: Eintausend Francs für das Mädchen. Aber nicht nur für die Nacht. Ich will Exklusivrechte. Eine dauerhafte Vereinbarung, wenn Sie so wollen."

Duvals Mund öffnete und schloss sich ein paar Mal, wie ein gestrandeter Fisch, der nach Luft schnappt. „Ich verstehe nicht."

Marianne verbarg ein Lächeln über sein Unbehagen.

„Es ist ganz einfach", Valette erhob sich geschmeidig auf seine Füße. „Selbst jemand mit Ihrer begrenzten Intelligenz sollte in der Lage sein, das Konzept zu erfassen." Er sprach, als ob er ein geistig behindertes Kind unterrichten würde. Ein paar schnell erstickte Lacher klangen durch den Raum. „Ich zahle Ihnen tausend Francs. Aber dafür gehört sie mir. Mit Leib und Seele. Nicht nur für heute Nacht, sondern für immer."

Duval schien zu begreifen, dass er ordentlich in die Ecke gedrängt worden war. Er hatte nie daran gedacht, die ständige Kontrolle über sie aufzugeben, aber er konnte kaum ein so öffentliches Angebot ablehnen, ohne dem Ruf des Bordells zu schaden. Das Montausier war schließlich berühmt dafür, alles zu liefern, was der Kunde verlangte.

„Natürlich. Was immer Sie wünschen", sagte er schwach. „Eintausend Francs sollen es sein." Er legte eine verschwitzte Hand zwischen Mariannes Schulterblätter und gab ihr einen scharfen Stoß. „Kommen Sie hoch und nehmen Sie Ihren Gewinn in Empfang." Er begann zu klatschen, zuerst langsam, dann schneller, als der Rest des Publikums sich ihm anschloss.

Männer schwärmten aus, um Valette zu gratulieren. Er nahm ihren Händedruck mit gutmütiger Souveränität entgegen, während er sich unaufhaltsam durch den Raum auf sie zu bewegte. Ein paar Leute rannten aus dem Raum, begierig darauf, diesen neuesten, unglaublichen Klatsch und Tratsch zu verbreiten.

Marianne beobachtete sein Herannahen wie in Trance. Der Raum war erdrückend und engte sie ein. Sie konnte in seinen Augen nichts Eindeutiges lesen, aber seine Mundwinkel waren zu diesem teuflischen halben Lächeln hochgezogen, das sie zu erkennen begann. Ihr Herz klopfte unangenehm schnell. Der Lärm und die Hektik verstummten; es waren nur noch sie beide, die Zeit balancierte auf Messers Schneide. Sie teilte ihre Lippen, unsicher, was sie sagen sollte, aber er umarmte ihre Taille und wirbelte sie von der Bühne herunter, bevor sie ein Wort sagen konnte.

„Jetzt gehören Sie mir", flüsterte er ihr ins Ohr.

Ihr Bauch verkrampfte sich bei der heftigen Besessenheit in seinem Tonfall. Sie begann zu protestieren, aber Duval klatschte in die Hände und wandte sich erneut an das Publikum.

„Und nun, meine Herren, ein letzter Leckerbissen für Sie. Ich habe mir das Allerbeste für den Schluss aufgehoben, könnte man sagen." Mariannes Aufmerksamkeit wandte sich wieder ihm zu und ihr Magen wurde zu Blei. Sein schadenfrohes, triumphierendes Gesicht sah verschwommen aus. „Die Akrobatin hat eine hübsche Schwester!", krähte er. „Darf ich vorstellen: Mademoiselle Sophie Bonnard."

Marianne keuchte vor Empörung, als ein mitreißender Jubel aus der tobenden Menge aufkam.

Dieses verlogene Schwein!

Ihre jüngere Schwester Sophie wurde in den Raum geführt und auf die Bühne gestoßen. Marianne stürzte sich nach vorne, bereit, Duval die Augen auszukratzen, doch Valettes Hand legte sich wie ein Schraubstock um ihren Arm. Er zog sie nach hinten und schob sie, nicht allzu sanft, in einen Stuhl.

„Setzen Sie sich!" Ohne sie loszulassen, setzte er sich neben sie, sein harter Schenkel drückte in stiller Warnung gegen ihren.

Sophies Augen leuchteten hell und voller unvergossener Tränen. Ihre Hände waren an den Seiten zur Faust geballt, aber sie wirkte nicht verletzt. Selbst ihre verängstigte Blässe und die Tatsache, dass sie wie immer schlicht gekleidet war, konnten ihre strahlende Schönheit nicht schmälern. Marianne blickte zu Valettes hartem, kompromisslosen Profil auf. Ihr Herz pochte wie wild. „Wenn Sie eine Kooperation meinerseits wünschen, müssen Sie sie von hier wegbringen", zischte sie.

Er drehte sich zu ihr um, sein Gesichtsausdruck

ruhig. „Und was nützt mir das? Ich brauche sie nicht. Sie hat nicht Ihre Fähigkeiten."

„Ich weigere mich, sie von einem ekelhaften Perversen kaufen zu lassen".

„Sie sind nicht gerade in einer Position, um ein Ultimatum zu stellen."

„Bitte. Sie müssen ihr helfen."

Diesmal wurde fieberhaft geboten. Die Hände schossen im ganzen Raum in die Höhe. Sophie sah Marianne im Publikum und schickte ihr einen panischen, flehenden Blick zu. Marianne versuchte, beruhigend zu nicken. Der Preis erreichte fünfhundert Francs. Marianne stach mit dem Ellbogen in Valettes Rippen. „Ich werde sie nicht zurücklassen."

Er runzelte die Stirn und seufzte dann. „Sie sind es besser wert." Er erhob seine Stimme, um über das Getöse hinaus gehört zu werden. „Eintausend Francs. Gleiche Bedingungen."

Ein gutmütiges Stöhnen erhob sich aus dem Publikum.

„Komm schon, Valette, du hast doch schon ein Mädchen!"

„Lass einem anderen Mann eine Chance!"

Duval war bleich vor Wut, aber er hatte offensichtlich erkannt, dass er hier nicht noch einmal nachverhandeln konnte.

„Abgemacht!", grunzte er.

In einer eleganten Bewegung hob Valette seine muskulösen Schultern und zuckte leicht mit den Achseln. „Tut mir unendlich leid, Gentlemen." Er stand auf und bahnte sich mit Marianne im Schlepptau einen

Weg durch die Menge. Einige gaben ihm einen Klaps auf den Rücken und riefen obszöne Dinge sowie Vorschläge für seine bevorstehende Nacht. Marianne versuchte, sich zu ducken, um ihr feuerrotes Gesicht zu verbergen.

Duval zwang sich zu einem Lächeln. „Glückwunsch, Monsieur. Ich nehme an, Sie wünschen, eins unserer Zimmer in Anspruch zu nehmen, damit sie die Unschuld ihres Kaufs verifizieren können?" Sein triumphierender Blick verharrte auf Marianne. „Ich erwarte natürlich keine Bezahlung, ehe sie nicht vollends zufrieden sind. Das Montausier betrügt seine Kunden nicht. Kommen sie, ich *bestehe* darauf."

Bastard. Er wollte sichergehen, dass er ihr Leben ruinierte. Er würde wahrscheinlich versuchen, dabei zuzusehen. Das kranke Monster. Die meisten der Zimmer hatten Spionage-Löcher in den Wänden. Alle Mädchen wussten davon; ein paar von ihnen sagten sogar, dass sie das Publikum bei ihren „Aufführungen" willkommen hießen.

Valette hob kühl seinen Kopf. „Na, vielen Dank, Duval. Ich würde mich gerne vergewissern, dass ich für mein Geld auch etwas geboten kriege."

Mariannes Bauch machte einen Satz. Einige der Männer kicherten höhnisch.

Er drehte sich zur Menge. „Wenn die Herren uns entschuldigen würden ..." Er schubste Marianne hinaus auf den Korridor, um Sophie und Duval zu folgen. Aus seinem eisernen Griff an ihrem Handgelenk gab es kein Entkommen.

„Sophie!" Marianne sprang nach vorne, um ihre

Schwester zu umarmen, aber Duval stellte sich ihr in den Weg. Er gestikulierte in Richtung einer Tür.

„Sie können dieses Zimmer benutzen, Valette. Ich passe solange auf diese Kleine hier für Sie auf." Er drückte Sophies Arm und zeigte ein schmieriges Lächeln. Angewidert wandte Sophie sich ab. „Es sei denn, sie möchten sie beide gleichzeitig austesten?" Seine schweinischen Augen glänzten bei dieser Vorstellung.

Valettes Blick war kühl. „Nein, ich ziehe es vor, meine Frauen zu genießen. Eine nach der anderen." Er marschierte in Richtung der Tür und blickte kurz über seine Schulter. „Oh, und Duval?" Er nickte in Richtung Sophie. „Kümmern Sie sich doch bitte darum, dass ihr nichts geschieht. Ich wäre nicht besonders glücklich, falls ihr etwas zustoßen sollte während ich... beschäftigt bin."

Ohne auf Duvals Zustimmung zu warten bugsierte er Marianne durch die Tür, schloss diese ab und steckte den Schlüssel in seine Tasche.

KAPITEL 8

Sofort als Valette von ihrem Arm abließ, setzte Marianne einen finsteren Gesichtsausdruck auf und rieb sich das Handgelenk.

„Was tun Sie da? Sind sie wahnsinnig? Öffnen sie sofort diese Tür!"

Er streifte sein Jackett ab, durchquerte den Raum und ließ sich auf dem Bett nieder, als hätte er sonst keine Sorgen. Er streckte seine langen, schwarz bekleideten Beine vor sich aus und lehnte sich gegen die verzierte Kopfseite des Bettes, als wäre er ein östlicher Herrscher, der über seinen Harem wacht.

„Psst, *chérie.*" Seine Stimme erklang in süffisanter Belustigung. „Seien Sie doch ruhig."

„Ich werde nicht ruhig sein! Was geht hier vor?"

„Ich habe Ihnen doch gesagt, dass ich ein Nein als Antwort nicht akzeptiere." Sein raubtierhafter Ausdruck ließ sie zittern. Die Hoffnung, er wäre irgendwie, auf wundersame Weise, gekommen, um sie zu retten, verpuffte in einer dunklen Wolke aus Enttäuschung.

„Hören Sie mir zu, ich weiß nicht was zwischen Ihnen und Duval los ist aber halten Sie mich bitte da heraus. Ich möchte nicht in der Mitte dieses Konflikts stehen."

„Zu spät", sagte er gutgelaunt. „Sie stecken bis zum Halse darin."

Sie starrte ihn zornig an und war unfähig dieser düsteren Wahrheit zu widersprechen.

„Hat Ihnen meine männliche Schönheit die Sprache verschlagen?", spottete er und streckte sich, wie ein fauler Kater.

Mariannes Finger verkrampften sich. Seine Zähne waren zu grade. Und ein zielsicherer Schlag würde dieser perfekten Nase sicherlich nicht schaden. „Duval benutzt Sie, um mich zu bestrafen. Er wird Ihnen nicht erlauben mich oder Sophie hier heraus zu holen, egal was er sagt."

Das Selbstbewusstsein seines Lächelns war zum verrückt werden. „Das werden wir noch sehen."

Marianne versuchte sich zu beruhigen und atmete tief ein. „Was wollen Sie von mir?"

Er maß sie mit einer gemächlichen Inspektion von Kopf bis Fuß, die ihren Körper zum Kribbeln brachte. Sein Blick verweilte auf ihren Lippen, ihren Brüsten, der Zusammenkunft ihrer Schenkel.

„Wir sind in einem Bordell. Ich habe soeben tausend Francs für das Privileg ihrer Gesellschaft gezahlt. Was *denken* Sie, was ich will?"

Ihr Herz raste, aber sie erwiderte seinen Blick mit

einer eigenen verächtlichen Inspektion. Der Mann sah sündhaft gut aus. Kein Wunder, dass er Frauen hatte, die um das Privileg kämpften, sein Bett zu wärmen. Die Klatschtanten sagten, er bevorzuge diskrete Witwen, schöne Opernsängerinnen und gelegentlich die Frau eines Diplomaten. Frauen, die viel weltlicher und attraktiver waren als sie selbst.

„Ich bin keine Hure", sagte sie mit mehr Ruhe, als sie sich zugetraut hatte. „Und ich bezweifle, dass Sie in Ihrem ganzen, bezaubernden Leben jemals für Sex bezahlen mussten."

Er verschränkte seine Arme hinter dem Kopf. Durch die Bewegung zog sich der Stoff seines Hemdes alarmierend um seinen Bizeps zusammen. Die Tatsache, dass sie das bemerkte, ärgerte sie noch mehr.

„Es gibt immer ein erstes Mal", schnurrte er. „Vielleicht bin ich der leichten Eroberungen überdrüssig? Vielleicht habe ich Lust auf eine Herausforderung?"

„Duval hat Sie zum Narren gehalten. Für hundert Francs hätten Sie jedes andere Mädchen hier haben können."

Seine Augen glitzerten. „Ah, aber ich will nicht einfach *irgendein* Mädchen. Ich will *Sie*."

Wut schäumte in ihren Adern. Er spielte mit ihr und sie wollte nicht länger verspottet werden. Sie täuschte ein gelangweiltes Seufzen vor und legte ihre Hände an ihren Rücken, um so zu tun als würde sie ihr Korsett aufschnüren. „Sie wollen Sex? In Ordnung. Bringen wir es hinter uns."

Versuch es, forderte sie ihn stumm auf. *Versuch es und*

spüre den Stich meiner Klinge. Sie hatte noch immer das Messer im Stiefel.

In müheloser Leichtigkeit erhob Valette sich vom Bett und sie trat ungewollt einen Schritt zurück. Liegend hatte er nicht so groß gewirkt. Auch nicht so bedrohlich. Seine Schultern berührten die Tür. Auf seinen Bluff einzugehen, war eine dumme Idee gewesen.

Er neigte seinen Kopf, als er nähertrat und nutzte seinen Körper, um sie an der Tür in die Enge zu treiben. Seine Größe schüchterte sie ein. „Was ist los? Sie sind schließlich nicht *tatsächlich* eine Jungfrau. Wir wissen beide, dass Duval einen grässlichen Sinn für Humor hat." Seine Lippen kräuselten sich. „Ich verspreche Ihnen, es wird Ihnen gefallen."

Marianne gab ein ungewolltes Schnauben von sich. „Das bezweifle ich."

Seine Augenbrauen schnellten in die Höhe. „Sie zweifeln daran, dass ich einer Frau Lust bereiten kann?"

„Ich bezweifle, dass Sie *mir* Lust bereiten können," sagte sie offen. Es waren weniger *seine* Talente, die sie in Frage stellte, sondern eher ihre Fähigkeiten, darauf zu reagieren. Duval hatte ganze Arbeit geleistet. Selbst ein geübter Mann, wie Valette konnte sie nicht beeindrucken.

Sein Lächeln wurde breiter. „Hört sich nach einer fantastischen Herausforderung an."

Alarmiert schaute sie zu ihm auf. „Das ist es nicht, glauben Sie mir."

Seine Augen waren goldfarben, mit einem schwarzen Außenrand. Löwenaugen. Raubtierhaft. Furchterregend. Ihr Herz klopfte unangenehm gegen ihre Rippen, als sie versuchte, das Gefühl zu unterdrücken, mit einer eleganten, gefährlichen Bestie gefangen zu sein, die aus ihrem Käfig entkommen war.

Er trat näher. Die Spitzenkrause seines Abendhemdes streifte die Haut über ihrem Korsett. Sie holte tief Luft und zog sich zurück, verzweifelt versuchte sie, keinen Teil von ihm zu berühren. Der Duft seines Parfüms umhüllte sie erdig und einladend, überlagert vom subtilen, verweilenden Duft einer Zigarre. Er schob seine Hand ihren nackten Arm hinauf, und ihre Haut knisterte vor Aufregung.

„Sie sollten mir danken", murmelte er leise. „Hätten Sie lieber einen der anderen Männer gehabt, die heute Abend für Sie geboten haben?"

Sie konnte bei diesem Gedanken einen Anflug von Abscheu nicht verhindern.

Er lehnte sich nach vorne. Sie blieb regungslos stehen, während seine Nase ihr Ohr liebkoste und sein Atem warm an ihrer Haut entlangstrich. Er streichelte die Seite ihres Halses.

„Wissen Sie, was ich denke?", flüsterte er.

Marianne schüttelte den Kopf. Ihr ganzer Körper kribbelte.

„Ich glaube, Sie würden alles tun, um Ihre Schwester zu schützen." Er ließ einen gemächlichen Kuss auf ihr Schlüsselbein fallen.

Sie biss sich auf die Lippe, um ein Keuchen zu unterdrücken, und griff den Türgriff hinter sich. Sie drehte daran, nur um sicherzugehen, dass sie wirklich verschlossen war. Das war sie auch.

„Ich glaube, Sie würden stehlen", murmelte er und

drückte ihr einen weiteren schmetterlingsweichen Kuss auf die Haut.

„Ja", krächzte sie. Eine seltsame Müdigkeit glitt durch ihre Glieder.

„Lügen."

Eine kribbelnde Hitze blühte dort, wo seine warmen Lippen den Puls an der Seite ihrer Kehle streiften. Ihre Knie wurden zu Wasser. „Ja."

Sie fühlte sein Lächeln auf ihrer Haut. „Für sie huren?"

Eine Welle der Scham brach über sie herein, als sie sich dazu zwang, die unaussprechliche Wahrheit zuzugeben. *Um Sophie zu retten? Ja. Sie würde jede Demütigung in Kauf nehmen.* Sie schloss ihre Augen in Resignation. „Ja."

Seine Stimme klang sanft in ihrem Ohr, süß und sanft wie vergifteter Honig. „Ich denke, du würdest alles tun, was nötig ist, nicht wahr, Marianne?"

Er strich die Vertiefung an der Basis ihres Kehlkopfes mit seiner Zunge nach. Sie wollte ihn wegstoßen. Sie wollte ihn an den Haaren packen und ihn näher an ihre Brüste ziehen. Stattdessen zog sie ihren Griff am Türknauf fest, schloss ihre Arme hinter sich, wie Jeanne d'Arc an den Pfahl gefesselt.

Als ob er ihre Gedanken gelesen hätte, wanderten seine Lippen zum Ansatz ihrer Brüste. Seine Lippen verweilten gerade so oberhalb ihres Korsetts, weich wie eine Feder, heiß wie das Fegefeuer. Ihr Bauch verkrampfte sich in einem süßen, fremden Schmerz. Sie spürte seine wirbelnde Zunge und ließ ihren Kopf gegen die Tür fallen. Ihr wurde schwindelig. *Was zur Hölle passierte mit ihr?*

Sie musste sich konzentrieren. Er hatte ihr eine Frage gestellt. „Ja“, flüsterte sie.

Stimmte sie seiner Frage zu oder bestätigte sie seine Liebkosung? Sie wusste es selbst nicht.

„*Dafür* zahle ich“, murmelte er zustimmend. Ein plötzlicher Luftzug kühlte ihre Haut ab, als er seinen Kopf hob und sich entfernte.

„Warten Sie... Was?!“ Marianne blinzelte, während der verführerische Nebel sich in unangenehmer Geschwindigkeit aufklärte.

Er hielt seine Stimme bei einem Flüstern und beobachtete sie mit mysteriösen Augen. „Ich sagte Ihnen doch, Ich benötige Sie für eine Mission. Ich brauche einen Agenten und keine Hure.“

Marianne versuchte sich zu befreien aber sein Griff um ihren Arm wurde nur noch fester.

„Halten Sie still! Wir werden beobachtet“, zischte er in ihr Ohr. „Duval, unter anderem. Sie erwarten eine Show. Wir sollten sie nicht enttäuschen.“

Marianne atmete tief durch. „Das ist ekelerregend! *Sie sind* ekelerregend.“

Sie ließ vom Türknauf ab und drückte gegen seine Brust. Es war wirkungslos. Er drückte einfach seinen Körper gegen ihren und presste seine Wärme und Härte der Länge nach auf sie. Er war robust, muskulös. Überall.

Er kicherte verrucht. „Ach ich weiß nicht. Haben Sie niemals ein anderes Paar beim Liebesspiel beobachtet? Es kann sehr...aufregend sein.“ Er schien ihren schockierten Blick zu genießen. „Ich werde Sie küssen", flüsterte er, als würde er ihr ein Geheimnis anvertrauen. „Und Sie werden mich zurückküssen. Sie werden so tun, als würde es Ihnen auch gefallen."

„Nicht einmal für eine Million Fran—"

Er presste seinen Mund auf ihren.

KAPITEL 9

Marianne krampfte ihre Lippen zusammen und versuchte ihn wegzudrücken aber es war, als versuchte sie, einen Elefanten wegzuschieben. Sie versuchte ihn zu schlagen, aber er griff ihre Handgelenke und drückte sie flach gegen die Tür, während er seinen Mund auf ihren presste.

Sie wandte sich und versuchte ihm das Knie in den Schritt zu rammen. Er blockierte sie mit einem Schmunzeln.

Ein Lächeln lag auf seinen Lippen, als er sich zurücklehnte. „Es würde helfen, wenn Sie mich ebenfalls küssen würden."

„Das will ich nicht!", zischte sie.

„Lügnerin."

Ihr Gesicht wurde heiß. Wie könnte er auch nur ansatzweise wissen, was sie wollte? Sie beruhigte sich und er ließ sie vorsichtig los und wartete darauf, ob sie ihn wieder angreifen würde. Dann umschloss er ihren Kiefer und drückte einen leichten Kuss auf ihren Mundwinkel.

„Öffne deinen Mund für mich, Engel", flüsterte er. „Duval wird dich nicht ziehen lassen, wenn ich dich nicht beschmutze. Und jetzt küss mich zurück."

„Ich kann nicht", wimmerte sie.

„Natürlich kannst du. Es ist nur ein Kuss."

Er verstand nicht. Es war nicht nur ein Kuss. Es wäre Dominanz und Wut und Schmerz. Sie öffnete ihren Mund, um zu protestieren, als er seinen Kopf wieder nach vorne neigte. Sie bereitete sich auf eine Welle der Abneigung vor, auf die Scham, den Selbsthass und den Schmerz. Doch sie verspürte nichts davon.

Nicolas Valettes Mund war weder feucht noch verlangend; er war warm und einladend. Seine Lippen umschlossen ihre mit einer verlockenden Erwartung, so süß, dass ihr Tränen in die Augen schossen. Es war nicht ein Kuss, es waren einhundert – endlose, berauschende Küsse, die ihr den Willen aussogen und ihre Sinne vernebelte. Er nahm sich Zeit, knabberte, leckte, als ob das Küssen selbst ein Ziel wäre und nicht das nötige Vorspiel für etwas anderes. Etwas Schlimmeres.

Ein Zittern der Lust breitete sich in ihrem Körper aus. *Wie ist das möglich?* Sie schloss ihre Augen, verwundert, vollkommen verunsichert über ihre eigene Reaktion.

Seine Zunge glitt in ihren Mund. Ein verlockendes Vorstoßen und Zurückziehen. Marianne stöhnte. Nicolas Valette küsste, als hinge seine Seele davon ab.

Als ob das Ende der Welt über sie hereinbrechen würde, sobald er aufhörte.

Er schmeckte nach Rauch und teurem Brandwein. Aufregend. Süchtig machend. Mitreißend. Der Streifzug seiner Zunge sandte Hitzespiralen durch ihren ganzen Körper. Es war die Dunkelheit und die Sünde, eine Darlegung der Absicht. Sie wollte, dass er aufhörte. Sie wollte, dass er sie für immer küsste.

Sie atmete schwer, als er sich zurückzog.

„Schon besser", flüsterte er anerkennend.

* * *

Ihre Lippen waren wie Kissen, dachte Nic abwesend. Prall und etwas geschwollen. Sie bettelten praktisch darum, geküsst zu werden. Er war mehr als glücklich darüber, diesem Wunsch nachzukommen. Er küsste sie noch einmal. Hart und tief. Er gab ihr keine Zeit zum Nachdenken. Wenn er aufhörte, würde sich wohl noch zu Sinnen kommen und ihn wegstoßen. Und er brauchte sie bei sich. Sie musste sich in ihm verlieren. Nur in ihm.

Dort war ein Guckloch in die Wand eingelassen. Es war durch die verzierte Tapete getarnt. Nic zog sie weg von der Tür und drückte sie gegen die Wand. Sein Körper presste sich gegen ihren.

Mit seinem Ellenbogen kippte er einen Bilderrahmen über die Linse und lächelte kurz in ihren Mund hinein als der Voyeur - höchstwahrscheinlich Duval – auf der anderen Seite der Wand gedämpft fluchte, weil sein Blickfeld versperrt worden war.

Er küsste sie weiter und kam kaum dazu, Luft zu

holen. Ihre Brüste wurden gegen seine Brust gepresst und die Nippel stachen langsam durch den Stoff ihres Korsetts. Ein Hitzeschwall fuhr in sein Blut. Er griff ihre Hüfte und hob sie auf die Kommode, was bei ihr ein überraschtes Keuchen hervorrief, welches er mit seinem Mund auffing.

Die Bewegung ließ das Porzellan auf der Kommode klirren. Nic umfasste ihr Gesicht mit seinen Händen und neigte seinen Kopf, um den Kuss mit seiner Zunge zu vertiefen. Er drückte sie weiter nach hinten und verschob das Waschbecken so, dass es das zweite Guckloch verdeckte. Nachdem er das geschafft hatte, erlaubte er sich einen Moment der puren Lust.

Sein Körper pulsierte mit dringlichem Verlangen, als er sie schmeckte. Sie war süß, köstlich, wie Zimt und Sahne. Ihr Mund war eher begeistert, als versiert. Obwohl er sie zuvor geneckt hatte, war sie offensichtlich ein Neuling, was die Fleischeslust anging. Jeder der vor körperlichem Kontakt so zurückschreckte, war eine Jungfrau durch und durch. Duval hatte nicht gelogen. Wohlmöglich *war* sie die letzte neunzehnjährige Jungfrau, die es noch in Paris gab. Nic bestaunte dieses Mysterium, selbst als er sie küsste. Er hatte noch nie jemanden getroffen, der es eher nötig hatte beglückt zu werden als Mademoiselle Marianne Bonnard. Er hatte auch noch nie etwas erotischeres erlebt als ihre süßen, unerfahrenen Küsse. Er wunderte sich selbst über diese Erkenntnis. Das Blut pochte in seinen Ohren, Verlangen vernebelte seine Sicht und ein Sturm an purer maskuliner Befriedigung, fuhr durch seinen Körper, als sie stöhnte.

Gott, er liebte seinen Beruf.

Erstaunlich widerwillig trennte er seine Lippen von ihren. Sofort vermisste er die Üppigkeit ihres Mundes. Ihre Augen waren glasig und ihr Lippen glitzerten feucht. Sein Körper pulsierte prompt.

„Genug!", keuchte sie. „Was *tun* Sie da?"

Er warf ihr ein arrogantes Grinsen zu. „Sie ruinieren, natürlich."

Bevor sie etwas anderes sagen konnte, zog er sie an den Rand der Truhe und drückte sich zwischen ihre Knie, direkt gegen ihre Hitze. Er war hart wie ein Fels, so erregt wie nie zuvor in seinem Leben, und sie musste ihn sogar durch seine Reithose und ihr lächerliches Rüschenkostüm hindurch fühlen können. Er schlang ihre Beine um seine Taille und hob sie von der Truhe hoch.

Sie stieß einen erstickten Schrei aus und packte ihn mit beiden Händen an den Haaren. Sie riss kräftig an ihm, aber er ignorierte sie, wirbelte sie herum und folgte ihr in einer nahtlosen Bewegung auf das Bett hinunter. Sobald er sie jedoch in die Matratze drückte, begann sie wie eine Wildkatze zu kämpfen. Sie bockte und trat ihn. Ihr Ellbogen traf ihn in die Rippen, als sie ihn mit ihren Fäusten bearbeitete.

„Nein!", japste sie wild. „Lassen Sie mich los!"

Überrascht von der plötzlichen Wildheit ihrer Attacke, verlagerte Nic sein Gewicht.

Sie wälzte sich, fiel mit einem schmerzhaft klingenden Poltern von der Bettkante und krabbelte krebsartig über den Boden, als ob alle Teufel der Hölle hinter ihr her wären. Sie benutzte die Wand, um sich aufzurichten, und schützte ihren Rücken wie ein in die Enge getriebenes, wildes Tier.

Nic blinzelte. Ihre Brust hob und senkte sich voller Panik. Ihre zitternde Hand hielt eine Klinge.

Sie hob die Klinge in Höhe ihres Ohres, bereit zum Werfen. „Fassen Sie mich noch einmal so an und ich werde sie töten."

Nic betrachtete die stürmische Jungfrau vor sich. *Bravo, Fräulein Bonnard.* Er war es gewohnt, bedroht zu werden aber verdammt, er konnte sich nicht daran erinnern jemals so davon erregt worden zu sein, wie in diesem Moment.

Er rollte zu seiner Seite und stützte sich auf seinen Ellenbogen, wobei er versuchte, besonders wenig bedrohlich zu wirken. „Sehen Sie, dies ist *exakt* das, wovon ich sprach. *Das* ist die Leidenschaft, die ich benötige."

Die Heiserkeit seiner eigenen Stimme amüsierte ihn. Er hüstelte, um sich zu räuspern.

Ihre Augen waren riesig, ihr Haar war um ihr Gesicht herum zerzaust. Er merkte, dass sie wirklich verängstigt war und nicht nur Empörung vortäuschte. Interessant. Und alles durch einen unschuldigen kleinen Kuss. Nun, nicht so unschuldig, korrigierte er. Gott weiß, wie weit er gegangen wäre, wenn sie ihm nicht das Handwerk gelegt hätte.

Es war ganz untypisch für ihn, dass er so weit ging. Für einen kurzen, glorreichen Moment hatte er die Mission ganz vergessen.

Er setzte sich langsam auf, um sie nicht zu erschrecken, und hielt die Hände kapitulierend hoch. „Ich bin

Ihnen ausgeliefert, Mademoiselle. Bitte sagen Sie, dass Sie mir Übel mitspielen werden."

Sie schaute finster drein, unbeeindruckt von seinem Versuch humorvoll zu sein.

Er seufzte. „Ich nehme an, dann müssen wir wohl auf den Ersatzplan zurückgreifen."

KAPITEL 10

Nic hüpfte ein paar Mal auf dem Bett auf und ab. Die Bettfedern knarrten aus Protest.

Sie zog verwirrt die Stirn in Falten. „Was machen Sie …?"

„Pst!" Er legte einen Finger auf seine Lippen. „Sie könnten immer noch zuhören." Er gab dem Kopfteil ein paar rhythmische Schläge gegen die Wand. „Ich werde meinem Ruf gerecht. Unser Publikum darf nicht denken, ich hätte Sie vom Haken gelassen. Duval wird Sie nicht gehen lassen, es sei denn, Sie sind für ihn verdorben. Also müssen Sie verdorben werden."

Er lächelte über ihren entsetzten Gesichtsausdruck und erhob seine Stimme. „Oh, mein Gott, das ist gut", stöhnte er heiser.

Nic genoss es, wie sich ihr Mund in einem perfekten kleinen O der Überraschung öffnete. Er wollte sie wieder küssen. „Ja!", stöhnte er, sogar noch lauter, „so ist es gut, Liebling. Das ist es. Genauso… Oh ja."

Sie starrte ihn an, als sei er ein totaler Wahnsinniger.

„Ja!“, rief er in einer lauten Stimme, die seinen Höhepunkt andeutete. „Oh Gott, ja!“

„Sie könnten helfen“, flüsterte er, *sotto voce.* „Alleine ist es nur halb so viel Spaß. Könnten sie nicht etwas rufen? Ein wenig Stöhnen? Hecheln?“

Sie spitzte ihre Lippen kräftig zu. Das war alles, was er tun konnte, um nicht in Gelächter auszubrechen.

„Kommen Sie schon“, stachelte er an. „Welches Geräusch machen Sie normalerweise?“ Er rüttelte noch ein paar Mal am Bett und warf ihr einen glühenden Blick zu. „Schreien Sie? Ich wette, Sie sind ein Schreihals.“

„Ich weiß nicht“, sagte sie verärgert, „ich habe noch nie ...“ Sie hielt sich zurück, und ihre Wangen verfärbten sich in den saftigsten Rosatönen. Nic stürzte sich auf sie.

„Was haben Sie noch nie getan?“, fragte er. „Hatten Sie noch nie Sex? Sind Sie noch nie gekommen?“ Er schüttelte den Kopf und machte sich lustig über sie. „In dieser Stadt ist das praktisch ein Verbrechen.“ Er starrte sie mit einem bösen Blick an. „Aber machen Sie sich keine Sorgen. Wir können dem sofort abhelfen.“

Sie war immer noch gegen die Wand gedrückt und sah hinreißend verwirrt aus. Nic konnte nicht anders, als sie noch mehr zu necken. „Jetzt geht's los. Machen Sie sich bereit. Sie stehen kurz vor Ihrem allerersten Höhepunkt.“

Er stieß das Kopfteil noch schneller gegen die Wand und fügte noch etwas energischeres Hüpfen hinzu, um den Effekt zu ergänzen. Schließlich, als das Tempo ein zufriedenstellendes Crescendo von wütenden Stößen und Quietschen erreicht hatte, ließ er ein langes, lautes Stöhnen der Vollendung ertönen und stoppte jede Bewegung. Seine lachenden Augen trafen die ihren. „Wie war es für Sie?", flüsterte er.

Sie schien sprachlos. Er rutschte auf die Bettkante, stand auf und ließ sie dabei nicht aus den Augen.

Sie zuckte erneut mit dem Messer. „Kommen Sie nicht näher." Ihre Augen huschten zur Tür und zurück zu ihm. „Schließen Sie die Tür auf."

„Was, kein ‚Danke Liebling'?", neckte er. „Kein ‚Ich liebe dich'?"

Er schlüpfte wieder in sein Jackett, fand den Schlüssel in einer Tasche und ging zur Tür hinüber. Sie verfolgte jede seiner Bewegungen wie eine Maus, die eine Katze beobachtet.

Er schenkte ihr ein zynisches Lächeln. „Ich verliere wohl mein Fingerspitzengefühl." Die Hand auf dem Türknauf, er hob die Brauen. „Bereit?"

Offensichtlich erkannte sie, dass ihre Mitarbeit erforderlich war, und steckte sich die Klinge mit einem resignierten Seufzer in den Gürtel. Ihre Augen verengten sich, und sie schloss den Abstand zwischen ihnen. Nic streckte die Hand aus und nahm langsam ihre Hand, wobei er seine Finger mit ihren verflocht. Sie blickte finster drein, doch die Berührung ertrug sie.

Sie hatte Angst vor ihm; sie zeigte sich in der Anspannung ihrer Schultern und in der Art, wie sie sich von ihm fernhielt. Jemand hatte sie schlecht behandelt, um ihr ein solches Misstrauen gegenüber Männern zu vermitteln. Nic spürte einen heißen Stich der Wut auf denjenigen, der ihr Angst eingejagt hatte. Aber sie war auch fasziniert. Er hatte genug Erfahrung mit Frauen, um zu wissen, dass sie neugierig war und sich trotz allem zu ihm hingezogen fühlte. Gut. Das wäre für den Moment genug.

Er griff nach ihr und zerzauste ihr Haar, immer noch irritieren unangenehm erregt. Sie duckte sich, aber er fasste ihr Kinn in seiner Hand und kniff in ihre Wangen, um ihnen noch mehr Farbe zu geben. Sie schlug seine Hand weg. „Autsch!“

„*Jetzt* sehen Sie so aus als hätten Sie Sex gehabt.“ Er lächelte. „Versuchen Sie doch bitte ein wenig mehr befriedigt auszusehen, Liebes. Ich habe schließlich einen Ruf zu verlieren.“

Er nutzte ihre verschränkten Hände, um sie noch enger an sich zu ziehen. Sie stand starr, als er seine freie Hand auf ihren schmalen Rücken legte und sich vorbeugte, um einen leichten Kuss auf ihre sanft geöffneten Lippen zu drücken.

„Danke“, murmelte er verschmitzt und hielt ihre Aufmerksamkeit auf sich gerichtet, während er ihr das Messer aus dem Hosenbund stahl.

Sie blinzelte langsam, als käme sie aus einer Trance. „Wofür?“

„Für die beste Nacht meines Lebens“, schmunzelte er. „Kommen Sie.“

Duval wartete vor der Tür. Er sah hin- und hergerissen aus zwischen der Schadenfreude über ihren Untergang und der Irritation darüber, dass er der eigentlichen Entjungferung nicht hatte beiwohnen können, dachte Marianne verbittert.

„War sie zu Ihrer Zufriedenheit, Monsieur?“

Valette blickte sie an, sein Gesichtsausdruck war todernst. „Auf jeden Fall. Etwas weniger abenteuerlich, aber was kann man von einer Jungfrau erwarten? Trotzdem bin ich sicher, dass ich sie mit der Zeit erziehen kann."

Arroganter Bastard! Marianne verlagerte ihr Gewicht und trat hart auf seinen Fuß. Er richtete ihr Haar in einer liebkosenden Bewegung und lächelte sie gönnerhaft an. Seine Finger verengten sich jedoch in einer stillen Warnung um ihre.

„Ja, sie war ziemlich enthusiastisch, als sie erst einmal in Schwung kam. Ich werde sogar etwas Zeit brauchen, um mich zu erholen, bevor ich mich ihrer Schwester widmen kann." Als sie Duvals niedergeschlagenen Gesichtsausdruck sah, fügte Valette hinzu: „Keine Sorge, ich vertraue darauf, dass auch sie unberührt ist. Ich bin mehr als bereit, jetzt für beide zu bezahlen." Er griff in seinen Mantel und zog ein gefaltetes Stück Papier heraus. „Ein Bankscheck wird ausreichen? Sie können ihn bei Rothschilds vorlegen." Er schenkte ihm ein leichtes, schiefes Lächeln. „Sie wissen, dass ich kreditwürdig bin."

Duval studierte den Schuldschein mit zusammengekniffenen, habgierigen Augen und nickte.

„Wo ist Sophie?", knurrte Marianne.

„Ich bin hier."

Marianne atmete aus, als sie sah, wie ihre Schwester, begleitet von dem Riesen mit dem Stiernacken, den Korridor entlang zurückeilte. Sie warf ihr einen suchenden Blick zu und verlangte schweigend zu wissen, ob sie misshandelt worden war, und ihre Sorge schwand, als Sophie den Kopf leicht schüttelte.

„Es geht mir gut." Sophie lächelte schwach. Ihre Augen huschten von Marianne zu Valette und wieder zurück, offensichtlich wollte sie unbedingt wissen, was zwischen ihnen geschehen war. Marianne gab ihr einen ‚Ich erzähle es dir später'-Blick.

Valette nickte. „Gut. Meine Kutsche wartet vor der Tür. Meine Damen, hier entlang."

Marianne warf einen Blick auf Duval. Wollte er sie wirklich gehen lassen? So einfach konnte es sicher nicht sein. Andererseits dachte er eindeutig, er hätte diese Runde gewonnen.

Er trat ihnen aus dem Weg.

Valette, seine Hand noch in ihrer verschlungen, huschte den Korridor entlang und die Treppe hinunter. Für jeden seiner langen, ungeduldigen Schritte musste sie zwei machen. Sophie folgte ihm behutsam nach. Marianne stählte sich und erwartete, dass die Pförtner an der Tür ihnen den Weg versperren würden, aber sie traten ungehindert auf die Straße.

Selbst zu so später Stunde war die Straße überfüllt. Sie versuchte, sich davonzumachen, aber Valettes Griff war unentrinnbar. Er lenkte sie mühelos auf eine wartende Kutsche zu. Marianne erhaschte einen kurzen Blick auf ein bemaltes Wappen an der Tür, bevor Valette sie die Stufen hinaufschob und sich neben ihr niederließ, wobei er viel zu viel Platz auf dem Sitz beanspruchte. Sophie kletterte hoch und setzte sich gegenüber, die Hände auf den Knien ruhend.

Valette ließ Mariannes Finger erst los, nachdem sich

der Wagen in Bewegung gesetzt hatte. Sie öffnete und schloss ihre Faust ein paar Mal, um die Durchblutung wiederherzustellen, und schoss ihm einen verärgerten Blick zu. „Wo bringen Sie uns hin?"

Er ignorierte ihre Frage. Stattdessen beugte er sich vor und wandte sich an Sophie. „Ich bitte um Entschuldigung, Mademoiselle. Erlauben Sie mir, mich vorzustellen. Ich bin Nicolas Valette." Sein Tonfall war sanft, aber Sophie betrachtete ihn mit großen Augen und Besorgnis.

„Monsieur", murmelte sie höflich und schoss Marianne einen unsicheren Blick zu.

Marianne seufzte. „Es ist alles in Ordnung, Sophie. Monsieur Valette wird dich nicht schänden." Sie durchbohrte ihn mit einem warnenden Blick und forderte ihn auf, diese Aussage zu bestätigen. „Du bist vollkommen sicher. Er, äh, arbeitet für die Regierung", sagte sie. „Er ermittelt gegen Duval", fügte sie hinzu, ergriffen von einer plötzlichen Eingebung. „Er wird uns helfen. Zumindest werde ich ihm helfen, Duval vor Gericht zu bringen."

Sophie setzte ein skeptisches Stirnrunzeln auf, aber es war von Hoffnung gefärbt. „Haben Sie uns tatsächlich von ihm gekauft? Wirklich?" Sie blickte Valette mit einer Art Heldenverehrung an.

Marianne verdrehte die Augen. Der Mann war kein Retter. Er war eine Viper, die geduldig darauf wartete, zuzuschlagen. Sie verschränkte ihre Arme und sprach ihn an. „Duval wird sein Wort nicht halten. Er wird versuchen, uns zurückzuholen, das garantiere ich."

„Ich bin sicher, das wird er." Valettes Lippen zuckten

geisterhaft. „Vor allem, wenn er entdeckt, dass der Geldschein, den ich ihm gerade gegeben habe, wertlos ist."

Marianne keuchte. „Sie Schwachsinniger! Warum haben Sie das getan? Er ist ein gefährlicher Mann. Er wird Sie umbringen lassen!"

Valette passte die Manschetten seines Hemdes an. „Er kann es *versuchen*."

Wirklich, die Arroganz dieses Mannes war erstaunlich.

Er sprach erneut mit Sophie. „Ich brauche für eine kurze Zeit die Hilfe Ihrer Schwester. Ich möchte, dass Sie derweil bei einer Freundin von mir, Madame de Sevigny, bleiben."

„Duval wird wütend sein. Er wird versuchen, uns zu finden", unterbrach Marianne hartnäckig.

„Und deshalb werden Sie jederzeit von meinen Männern bewacht", fuhr Valette nahtlos fort und wandte sich immer noch an Sophie. „Sie werden Sie vor Duval beschützen. Ich gebe Ihnen mein Wort."

Sophie studierte seine Gesichtszüge und nickte dann gehorsam. Marianne unterdrückte ein Schnauben. Valette ließ es so klingen, als hätte sie eine Wahl. Sophie wäre dort nicht weniger eine Geisel, als sie es im Montausier gewesen war, ihre schwache Position hing immer noch von Mariannes Gefolgschaft ab. Sie wollte gerade darauf hinweisen, als die Kutsche zum Stehen kam.

„Ah, da sind wir."

Ein hübscher junger Mann in dunkler, ordentlicher Kleidung ließ die Treppe herunter.

„Guten Abend, Andrew. Ich hoffe, es ist alles für die

Ankunft von Mademoiselle Bonnard hergerichtet?", sagte Valette freundlich.

Der junge Mann nickte. „Guten Abend, Monsieur. Natürlich. Madame ist im Haus."

Die geschwungene Eingangstreppe eines eleganten Stadthauses war im Licht der offenen Tür gerade noch sichtbar. Hatten sie den Fluss überquert? Marianne war zu sehr mit der Auseinandersetzung beschäftigt gewesen, um aufmerksam zu sein, aber es handelte sich offensichtlich um eine wohlhabende Gegend, wenn man die edlen Straßenlaternen und blumengefüllten Fensterkästen betrachtet. In den ärmeren Teilen der Stadt hatten die Menschen nicht den Luxus von Blumen. Sie pflanzten nur Dinge an, die sie essen konnten.

Sie runzelte die Stirn. „Sie haben das alles arrangiert. Woher wussten Sie, dass Sophie heute Abend bei Ihnen sein würde? Selbst ich wusste nicht, dass sie da sein würde."

Valette blickte sie kühl an. „Ich hatte nichts erwartet. Ich bin Ihretwegen ins Montausier gekommen. Ich hatte geplant, Sophie aus Ihrer Wohnung hierher bringen zu lassen, weil ich wusste, dass Sie nie mit mir kommen würden, es sei denn, sie wäre für Duval unerreichbar. Die Tatsache, dass sie heute Abend anwesend war, hat mir nur die Mühe erspart, jemanden zu schicken, der sie abholt."

Marianne unterdrückte einen Ansturm von Unmut. Er hatte sie glauben lassen, dass Sophie Gefahr lief, an einen Fremden verkauft zu werden, aber er hatte die ganze Zeit geplant, sie selbst zu retten. Unhold.

„Kommen Sie, Mademoiselle Bonnard."

Sophie schien zu erkennen, dass sie kaum eine andere Wahl hatte. Mit einem hilflosen, suchenden Blick auf Marianne erlaubte sie Valette, ihr die Treppe hinunter zu helfen. Marianne erhob sich, um ihnen zu folgen, aber Valette schloss die Tür direkt vor ihrem Gesicht. Sie knirschte mit den Zähnen und zog stattdessen das Fenster auf. „Warte, Sophie..."

Sophie drehte sich herum.

„Es wird alles gut", sagte Marianne erbittert und betete darum, dass es die Wahrheit war. „Bleib...einfach hier bis ich dich holen komme. Ja?"

Sophie nickte während, der Diener vortrat. Der Mann blickte sie an und erstarrte, sein Gesicht nahm den vertrauten, verblüfften Ausdruck an, den jeder Mann zu entwickeln schien, wenn er Sophie zum ersten Mal traf: als ob er mit einer Bratpfanne über den Kopf geschlagen worden wäre.

Marianne seufzte verärgert. *Dieu!* Immer die gleiche Leier. Ein Blick und sie vergessen ihren eigenen Namen. Die Madame hatte Recht; sie sagte immer, dass Männer nur genug Blut im Körper hätten, um entweder ihr Hirn oder ihren Schritt zu versorgen aber niemals beides gleichzeitig. Hier sah man, wieder einmal, den unumstößlichen Beweis.

Die Tatsache, dass Sophie selbst sich der Wirkung, die sie auf das männliche Geschlecht ausübte, völlig unbewusst war, steigerte ihre Anziehungskraft natürlich nur um das Zehnfache.

Eine ältere Frau mit einem Schal um die Schultern erschien in der Tür und Mariannes Besorgnis legte sich etwas. Wenigstens hatte Valette nicht gelogen, dass eine

Frau als Anstandsdame auf dem Gelände war. Doch wenn er glaubte, sie würde ihre Schwester einem Haufen Fremder überlassen, hatte er sich leider geirrt.

Als Valette zur Seite trat, um sich mit seinem Bediensteten zu unterhalten, duckte sich Marianne zurück in die Kutsche und kletterte zur gegenüberliegenden Tür, um auf die Straße zu schlüpfen, während er abgelenkt war. *Merde*! Sie war verschlossen. Sie griff nach dem Messer in ihrem Rücken, um das Schloss aufzubrechen, aber ihr Hosenbund war leer. Sie kniff die Augen vor Wut zusammen.

Dieser hinterlistige, verräterische Sohn einer ... Er hatte es wieder getan! Immer wenn dieser Mann auch nur in ihre *Nähe* kam, verlor sie ihre Klinge. Und, anscheinend, auch ihren Verstand.

Rasend vor Wut durchsuchte sie das dunkle Innere nach etwas - irgendetwas -, das sie als Waffe verwenden konnte. Schließlich lächelte das Schicksal auf sie herab. Ein Metallbügel direkt über ihrem Kopf hielt ein schönes Paar Pistolen. Sie griff nach einer, gerade als Valette in den Wagen stieg und seinen Kopf duckte, um durch die niedrige Tür zu gelangen. Sie zielte mit der Pistole direkt auf seine Brust.

Er richtete sich auf, hielt fast unmerklich inne, schnippte dann die Spitzen seines Jacketts zurück und setzte sich auf die luxuriösen Samttkissen gegenüber von ihr. Er lehnte sich mit einem Arm an die Rückenlehne des Sitzes und neigte seinen Kopf fragend.

Merde.

Die Pistole war schwer. Ihre Hände zitterten; er muss sehen, wie die Mündung wild umherflatterte. Und er hatte wahrscheinlich geahnt, dass sie absolut keine Ahnung hatte, wie man das verdammte Ding abfeuert.

„Erst ein Messer und jetzt eine Pistole. Ich bewundere Ihren Einfallsreichtum", murmelte er. „Zielen Sie auf mein heimtückisches Herz?"

„Ich bezweifle, dass Sie eins haben", zischte sie. „Jetzt lassen Sie mich raus!"

„Keine Chance. Sie könnten genauso gut akzeptieren, dass Sie mit mir kommen. Widerstand wird für uns beide nur ermüdend sein."

Es gab keinen Weg an ihm vorbei. Sein Körper blockierte die Tür sehr effektiv. Und dann wurde Marianne klar, warum er so entspannt war. Sie senkte die Pistole mit einem gereizten Knurren. „Sie ist nicht geladen, oder?"

Sein Lächeln schaffte es, gleichzeitig mitleidig und herablassend zu wirken. „Wenn Sie mir also nicht damit auf den Kopf schlagen wollen, schlage ich vor, dass Sie sich zurücklehnen und es sich bequem machen. Wir haben heute Nacht noch einen weiten Weg vor uns."

Sie hätte den Vorschlag aufgegriffen, wenn sie geglaubt hätte, damit durchkommen zu können. Stattdessen warf sie die Waffe mit einem angewiderten Seufzer auf den Sitz neben ihm. Valette beugte sich nach vorne und legte sie sanft in die Ablage über seinem Kopf.

Sie stürzte sich auf die Tür, während er abgelenkt war, aber er griff ihr Handgelenk fast wie nebenbei und zerrte sie zurück.

„Tun Sie das nicht. Ich bin stärker und schneller als Sie. Sie werden sich nur verletzen."

Sie warf sich mit einem Grollen der Frustration auf

den Sitz zurück. „Sie verstehen das nicht. Ich muss bei Sophie bleiben. Ich kann nicht zulassen, dass Ihre Männer auf sie aufpassen."

„Haben Sie Angst, dass sie sich in sie verlieben, wie alle anderen?"

Ihr Kopf schoss über seinen Scharfsinn in die Höhe. Woher in aller Welt wusste er solche Dinge? Es war unheimlich. „Passen Sie auf", warnte sie grimmig. „Ich habe es schon einmal gesehen. Ihr Andrew wird nicht anders sein als der Rest von ihnen. Männer finden sie unwiderstehlich."

„Meinen Sie?", sagte er leise. „Für meinen Geschmack scheint sie etwas schüchtern zu sein. Ich bevorzuge meine Frauen mit etwas mehr" - er hielt inne, sein Blick fiel auf die Pistolen - „Funken". Sein schiefes Lächeln verwandelte ihre Knie in Wachs.

Marianne blickte finster drein. „Mein Punkt ist, er wird abgelenkt sein. Männer können nicht klar denken, wenn sie in ihrer Nähe ist."

„Andrew ist ein Profi. Er lässt sich nicht ablenken. Er ist voll und ganz in der Lage, sie zu beschützen."

„Das sagen Sie nur, damit ich mit Ihnen mitkomme."

„Das könnte sein", stimmte er mit irritierender Ruhe zu. „Aber in diesem Fall ist es wahr. Sie werden mir einfach vertrauen müssen."

„Ha! Ich vertraue meinen Messern. Im Gegensatz zu Menschen haben *sie* mich noch nie im Stich gelassen."

„Misstrauisches kleines Ding, nicht wahr?"

„Misstrauen hat mich am Leben gehalten."

Er legte eine Hand über seine Brust, über sein nicht existierendes Herz, als hätte sie dort wirklich ein Messer hineingeworfen. „Ich bin verletzt, *Chérie*. Haben Sie ein wenig Vertrauen." Er studierte sie, als wäre sie ein Rätsel, das er lösen könnte. „Was ist nötig, damit Sie mir vertrauen?"

Sie hob ihre Brauen. „Vertrauen muss man sich verdienen. Außerdem muss ich mich seit meinem vierzehnten Lebensjahr allein durchschlagen. Ich brauche niemanden, der meine Kämpfe für mich austrägt."

Er klopfte mit den Knöcheln gegen die Decke, um dem Kutscher zu signalisieren, dass er abfahren solle, und Marianne fiel gegen den Sitz zurück, als die Kutsche vorwärts rumpelte. Er streckte seine Beine vor sich aus, während er ihre streifte, und sie quetschte sich in die gegenüberliegende Ecke, unwillig, irgendeinen Teil von ihm zu berühren.

„Apropos Vertrauen, wo ist mein Messer?", forderte sie mürrisch. „Ich weiß, dass Sie es haben. Und auch das von neulich Nacht."

„Alles zu seiner Zeit", sagte er, mit einer Stimme, die in ihr den Wunsch auslöste, ihn zu erwürgen.

Die kühle Nachtluft, die verzögert durch das Fenster drang, erinnerte sie daran, wie wenig sie anhatte. Sie zitterte, sowohl vor Angst als auch vor der Kälte. Valette griff unter seinen Sitz und zog eine pelzige Reisedecke heraus.

„Hier."

Sie schnappte sie ihm weg, froh, sich unter den seidigen Falten verstecken zu können. „Hätte ich gewusst, dass ich heute Abend auf einer öffentlichen Auktion verkauft, belästigt und entführt werden würde, hätte ich etwas Passenderes angezogen", fauchte sie.

Er ignorierte ihren Sarkasmus und blickte sie nachdenklich an. „Würden Sie das als Belästigung bezeichnen?"

Die rohe, nackte Intensität seines Blicks ließ ihre Haut kribbeln und ihre Wangen heiß werden. Ihre Lippen pochten, als ob sein Mund wieder auf ihrem lag. Marianne hielt ein verzweifeltes Stöhnen zurück. Sie hatte sich für immun gehalten, unwiderruflich von Duvals Missbrauch befleckt. Es war höchst beunruhigend festzustellen, dass sie sich vielleicht geirrt hatte. Ein Blick von Valette, und ihr Blut erhitzte sich langsam zum Siedepunkt. Es war unerklärlich. Und wirklich erschreckend, wenn sie bedachte, dass sie für die absehbare Zukunft bei diesem Schurken feststeckte.

Sie senkte den Kopf, dankbar für die kaschierende Dunkelheit. „Wer sind Sie?", flüsterte sie kläglich.

Er lehnte seinen Kopf mit einem Seufzer nach hinten gegen den Sitz. Dieses verdammte halbe Lächeln lauerte auf seinen Lippen.

KAPITEL 11

Marianne spähte aus dem Fenster und wartete darauf, dass die Kutsche langsamer wurde. Eine Sehenswürdigkeit nach der anderen glitt schweigend an ihr vorbei, versunken in der trüben Dunkelheit. Als die Lichter immer seltener wurden und dann ganz verblassten, konnte sie nicht länger schweigen. „Wo fahren wir hin?"

„Sie werden schon sehen." Seine Zähne strahlten im Zwielicht weiß, als er lächelte.

Der Reisekutsche war luxuriös, mit gut gefederten Sitzen und schweren Vorhängen, um die Zugluft fernzuhalten. Es war Jahre her, dass sie in einem solchen Wagen gesessen hatte.

Sie rutschte ein wenig herum, um ihn aus dem Augenwinkel beobachten zu können. Er saß entspannt, scheinbar unbeeindruckt von den Erschütterungen der Kutsche, sein makelloses Gesicht im Profil zu ihr. Er nahm übermäßig viel Platz ein. In der Enge des Innenraums war ihr sein großer Körper im gegenüberliegenden Winkel schrecklich bewusst. Seine Oberschenkel lagen gefährlich nahe an ihren eigenen. Sie zog ihre Beine hoch auf den Sitz.

Er machte ihr Angst, aber nicht in der gleichen Weise, wie Duval ihr Angst machte. Duval hielt sich selbst gern für klug, aber im Vergleich zu diesem Mann war er ein stumpfer Knüppel. Valette war subtiler, tückischer.

„Hören Sie auf zu schmollen", sagte er plötzlich, seine Stimme strotzte vor Belustigung. „Ich schmolle nicht", knurrte sie.

„Doch, das tun Sie."

Sie wandte sich ihm zu und starrte ihn zornig an. „Wie würden *Sie* sich fühlen, wenn Sie gegen ihren Willen zu etwas gezwungen werden würden."

Er fuhr sich mit der Hand durchs Haar. Es fiel perfekt an seinen Platz zurück. Sie würde gutes Geld bezahlen, um ihn zerzaust zu sehen.

„Ich werde Ihre Mitarbeit benötigen", sagte er. „Dieser Auftrag wird nicht einfach sein. Wir müssen ein Team sein. Wir müssen nahtlos zusammenarbeiten."

„Suchen Sie sich jemand anderen aus", sagte sie schroff und wandte ihren Blick wieder ab. „Ich arbeite allein." Ihr Hals kribbelte. Sie konnte praktisch fühlen, wie sich seine Augen in sie bohrten. „Was ist das überhaupt für ein Auftrag? Es muss gefährlich sein. Oder illegal."

„Beides. Sagen Sie nicht, Sie haben eine Abneigung

dagegen, das Gesetz zu brechen?“ Sein Tonfall war leicht spöttisch. „Ich habe eine Akte über Sie in meinem Büro, die etwas anderes vermuten lässt.“

Ihr Gesicht erhitzt sich. „Gesetze sind bei unserer Arbeit oft eine Unannehmlichkeit, Monsieur. Nicht alle von ihnen sind gerecht.“

Er grinste.

Sie neigte den Kopf und dachte laut. „Es muss eine dringende Angelegenheit sein. Es muss etwas mit der Rückkehr des Ersten Konsuls zu tun haben. Könnte mich das umbringen?“

„Durchaus möglich.“ Er klang angesichts dieser Aussicht auf perverse Weise erfreut. Er lehnte sich nach vorne, und sie bemerkte, dass sie es ihm gleichtat. Sein Parfüm umhüllte sie mit seinem holzigen, verlockenden Duft, und ihr Magen überschlug sich.

„Merken Sie sich eins: Wenn man Sie erwischt und verdächtigt, ein feindlicher Spion zu sein, werden Sie gefoltert und getötet. Es werden keine Fragen gestellt.“

„Oh, wunderbar!“ Marianne klatschte in vorgetäuschter Aufregung in die Hände. „Ich bin das Leben so satt.“

Er lachte über ihren Sarkasmus.

„Und was ist das für ein Auftrag?“

„Es geht darum, jemanden aus dem Land zu bringen.“ Er lehnte sich zurück an den Sitz. Sie konnte wieder atmen.

„Wen?“

„Ein politischer Gefangener.“

„Noch ein Spion?“

„Nein."

„Ein Aristokrat?"

„Vielleicht."

Marianne kräuselte ihre Lippe in kühlem Desinteresse. „Es muss ein Aristokrat sein. Sie sind alle nutzlos. Es ist klar, dass er die Grenze nicht einmal allein überqueren kann."

„Ich wusste gar nicht, dass Sie über die Oberschicht eine so starke Meinung haben", murmelte er. „Was für eine brave kleine *Citoyenne* sie doch sind." Sein Ton war ironisch. „Es wundert mich ein wenig, dass sie nicht die kleine graue Mütze einer Grisette tragen."

Marianne zuckte die Achseln. „Warum sollte es mich kümmern, was mit einem Aristokraten passiert? Sie bitten mich, für eine Sache zu sterben, an die ich nicht glaube."

„Das tue ich nicht. Für eine Sache sterben ist einfach. Jeder Idiot kann das. Wirklich schwer ist es, für eine Sache zu leben. Und ich *bitte* Sie nicht darum, ich befehle es Ihnen. Ich habe insgesamt zweitausend Francs für das Privileg ihrer betörenden Gesellschaft gezahlt."

Ha. Er hatte Duval, laut seiner eigenen Aussage, mit einer wertlosen Banknote ‚bezahlt'. Dennoch hatte sie keine Wahl. Sie hasste es, sich so gefangen zu fühlen. Sie verschränkte ihre Arme. „Gut. Ich werde es tun."

„Wundervoll."

Sie blickte ihn an, bestimmt verbarg er ein Lächeln, aber sein Gesicht war vollkommen ruhig. Sie schniefte. „Die Aristos sind alle verwöhnt und weich. Der König war ein fetter Verschwender. Das Land ist ohne sie besser dran."

Blitzschnell knallte er seine Hände neben beide Seiten ihres Kopfes und sperrte sie somit zwischen seinen Armen ein. Marianne lehnte sich alarmiert zurück. Er beugte sich eng zu ihr hin, drang in ihren Raum ein, sein Atem berührte dabei ihre Lippen. Ihr Herz schlug gegen ihren Brustkorb.

„*Ich* bin ein Aristo", sagte er herausfordernd. „Denken Sie, *ich* bin weich und verwöhnt?"

Seine Stärke war eine mächtige Kraft in dem engen Raum; ohne sie auch nur zu berühren, machte er sie darauf aufmerksam, auf ihn, auf seine absolute Herrschaft. Sie konnte sich keinen Zentimeter bewegen, es sei denn, er erlaubte es ihr. Sie schluckte gegen die plötzliche Enge in ihrer Kehle. Jeder Zentimeter von ihr summte, als die Wärme seines Körpers zwischen ihnen aufstieg. Augenblicklich erinnerte sie sich an die Muskeln in seinen Armen und seinem Rücken, an die Stärke seiner Oberschenkel zwischen ihren, als er sich gegen sie presste. Ihre Haut kribbelte.

Sie räusperte sich. „Nein. Aber Sie sind eine Ausnahme."

Seine Augen verharrten einen Moment länger auf ihren, dann wich er abrupt zurück. Erleichtert holte sie tief Luft.

„Es ist besser, wenn Sie seine Identität nicht kennen." Er setzte sich wieder auf seine Seite der Kutsche, als ob nichts gewesen wäre.

„Wenn wir erwischt werden, meinen Sie?", sagte sie. „Gut, vertrauen Sie mir nicht."

Seine Lippen zuckten. „Vertrauen muss man sich verdienen."

Sie schaute finster drein, als er ihr ihre eigenen Worte entgegenwarf. „Sie wollen mir nichts mehr sagen?“

Er schenkte ihr ein rätselhaftes Lächeln. „Noch nicht.“

* * *

Sie lag auf der Seite, ihr Kopf ruhte auf der kräftigen Wärme von Papas Mantel. Sie fühlte sich geborgen und sicher. Maman streichelte ihr Haar. Marianne kuschelte sich näher an die lockende Wärme heran und runzelte ihre Nase. Papa trug ein anderes Parfüm. Er roch anders, wie Mamans spezieller Earl Grey Tee . . . rauchig, holzig . . .

Die Erinnerung kehrte zurück wie ein Spritzer Eiswasser. Das Gewicht auf ihrer Schulter war Valettes Arm. Ihre Wange schmiegte sich an seinen muskulösen Oberschenkel. Großer Gott! Ihr Kopf lag praktisch auf seinem Schoß!

Sie bäumte sich fluchend auf und zog sich so schnell wie menschenmöglich in die Ecke zurück. Sie strich sich die Haare aus den Augen und hörte Valette in der Dunkelheit lachen.

„Sie sind eingeschlafen“, erklärte er ruhig.

„*Sie* waren auf der anderen Seite.“

„Sie waren kurz davor, von der Bank zu fallen.“ Er zuckte ohne Reue die Achseln. „Nächstes Mal lasse ich Sie auf den Boden fallen.“

Marianne hob den zu Boden gerutschten Fellteppich auf und zog ihn um ihre Schultern. Sie hätte nicht unvorsichtig sein dürfen. Erschöpfung war ihre einzige Entschuldigung. „Fassen Sie mich nicht mehr an."

Sie drehte sich um und starrte aus dem Fenster. Sie bewegten sich in Richtung Süden; die aufgehende Sonne offenbarte verweilende Nebelschwaden, die sich tief über die Felder schlängelten. Sie hatten Paris weit hinter sich gelassen.

Die Kutsche wurde langsamer, als sie in den Hof eines Gasthauses einbog. Ein knarrendes, abblätterndes Schild über der ramponierten Tür verkündete den Lion d'or. Der Wagen schaukelte bis zum Stillstand, und Valette griff nach oben und holte das Pistolenpaar zurück. Er steckte sie in die Taschen seines Mantels.

„Brauchen Sie dafür nicht Pulver und Kugeln?", monierte Marianne.

Er grinste irritierend. „Komme ich Ihnen wie ein Mann vor, der mit ungeladenen Pistolen herumfährt?"

„Die sind geladen?"

„Natürlich sind sie geladen."

Merde. Merde. Merde. Der Mann war eine lebendig gewordene Lüge.

Er ließ die Trittstufe herunter, stieg aus und bot ihr seine Hand an. Marianne ignorierte ihn, sprang von selbst herunter und landete in einer Pfütze, die sich in den abgenutzten Furchen des Kopfsteinpflasters gesammelt hatte. *Typique.* Jetzt hatte sie auch noch nasse Füße, die ihr noch mehr Kummer bereiteten.

Dennoch war es eine Erleichterung, der Enge der Kutsche zu entkommen. Sie streckte ihre verkrampften Glieder aus und blickte sich um.

„Citizen Valette." Ein schmieriger Wirt stürmte in

den Hof, gähnte und rieb sich die Hände gegen die frühmorgendliche Kälte aneinander. Die Hühner zerstreuten sich flatternd vor ihm. Ein Blick auf ihn genügte, um jede Vorstellung von Flucht zu ersticken. Der Mann sah aus, als würde er für eine Flasche Gin seine eigene Mutter töten. Marianne rückte etwas näher an Valette heran.

„Es ist alles bereit, wie Sie es wünschten." Der Mann gestikulierte zu einem Heuwagen in der Ecke des Hofes, wo ein heruntergekommener Stallbursche eine braune Stute in die Spuren führte.

Marianne konnte ihre Besorgnis nicht verbergen. „Der ist für uns?"

Valette blickte mit einem Lächeln in den Mundwinkeln auf sie herab. „Die Kutsche hat mein Wappen an den Seiten. Von jetzt an versuchen wir, unauffällig zu sein. Sind Sie hungrig?"

Sie war am Verhungern. Sie würde ihre Seele für eine heiße Schokolade und ein frisches Croissant verkaufen, aber die fleckige Schürze des Vermieters reichte aus, um ihr den Magen umzudrehen. Sie zuckte die Achseln. „Ein bisschen."

Als der Wirt brüllte, erschien ein dürrer Kesseljunge und bot ihnen etwas schales Brot und ein Stück stinkenden Käse an. Der begleitende Wein hatte einen öligen Schlick und ein einzelnes Haar, das auf der Oberfläche des Kruges schwamm. Marianne stellte ihn wieder hin, ohne zu trinken. Das Brot war steinhart. Vielleicht sollte sie es als Waffe aufbewahren.

Der Kutscher beförderte einen Koffer aus der

Kutsche in den wartenden Wagen. Valette öffnete ihn, stöberte darin herum und warf ihr ein Bündel Kleidung zu.

Marianne fing ihn reflexartig auf. „Was ist das?"

„Kleider. Nicht, dass Sie nicht charmant aussehen ..."

Sie hatte vergessen, dass sie noch immer in ihrem blöden Korsett und ihren blöden Unterhosen steckte. Sie spürte die Hitze auf ihren Wangen.

Der Wirt zeigte ein lüsternes Lächeln. Ihm fehlte die Hälfte seiner Zähne. „Sie können sich drinnen umziehen, Mademoiselle." Er gestikulierte zum Gasthof.

„Ich nehme die Kutsche, danke." Marianne kletterte wieder hinein und zog die Vorhänge zu. Das Bündel entpuppte sich als Kleid, mit einem langen Rock und einem gerüschten Bauernoberteil mit Bindehalsausschnitt. Valette hatte ihre Maße mit unheimlicher Genauigkeit erraten. Der teuflische Mann war offensichtlich sehr versiert in der Einschätzung von Frauen.

Er beäugte sie kritisch, als sie aus der Kutsche stieg. Marianne widerstand dem Drang, an dem tief ausgeschnittenen Mieder zu zerren. Trotzig hob sie ihr Kinn an. Er hatte die verdammten Kleider ausgesucht.

„Auf geht's." Er kletterte auf den Sitz des Heuwagens und winkte sie herüber. Marianne trat auf das Rad. Er ergriff ihre Hand und zog sie so energisch hoch, dass sie ihm praktisch in den Schoss fiel. Sie errötete, krabbelte über ihn und setzte sich auf die harte Holzbank an seiner Seite. Er schnalzte mit der Zunge und die Pferde liefen los.

Er führte die Zügel gekonnt, bemerkte sie säuerlich,

als er mit seinen kräftigen Handgelenken die Peitsche schwang. Der Mann schien alles perfekt zu beherrschen.

Es war unmöglich, ihn nicht zu berühren. Als sie aus dem Gasthof ausschwenkten, spreizte er seinen Arm an der Rückenlehne des Sitzes entlang und zog sie in seine Seite. Marianne knurrte. Seine breiten Schultern nahmen den größten Teil des Platzes ein. Sie wurde gegen ihn gequetscht, sein harter Schenkel prallte ständig gegen ihren. Dennoch ertrug sie seinen Arm um sie herum. Zumindest hielt er sie davon ab, herunterzufallen.

Die Straßen waren schrecklich. Je weiter sie sich von Paris entfernten, desto schlimmer wurden sie. Hier und da unternahmen Arbeiter halbherzige Reparaturversuche, aber Marianne wurde gerüttelt und geschüttelt, bis ihr die Zähne schmerzten.

Die Sonne ging auf und die Morgenluft verlor ihre Kühle. Sie verfiel in eine Art Benommenheit, eingelullt durch das rhythmische Klopfen der Pferdehufe und das Schaukeln des Wagens. Wann war sie zuletzt außerhalb von Paris gewesen? Das musste über fünf Jahre her sein. Die ersten vierzehn Jahre ihres Lebens hatte sie auf dem Land gelebt. Sie hatte nicht gemerkt, wie sehr sie es vermisste. Sie schloss ihre Augen und sog die Geräusche und Gerüche mit dem Staunen der Wiederentdeckung in sich auf. Fetzen längst vergessener Gerüche bescherten ihr einen seltsamen, sehnsuchtsvollen Schmerz in der Brust.

Paris stank: der Gestank der Gossen; die große Menge verschwitzter, ungewaschener Körper; der magenverdrehende Gestank der Fischhändler; die Haufen verrottender Früchte in den Gassen; der üble Geruch der Gerbereien; der Rauch aus einer Million Schornsteinen; die Metzgereien; die Straßenhändler. Pferdepisse und Pferdemist in den Straßen. Und darunter der satte, schimmelig feuchte Geruch der Seine.

Hier roch die Luft süß. Holzrauch trübte die Luft, als sie durch ein verschlafenes Dorf zogen. Ein Kräutergarten, frisch mit Lavendel und Thymian. Ein Goldregen, der die Straße überragte. Alles, was fehlte, war frisch gebrühter Kaffee und ofenwarmes Brot. Ihr Magen knurrte laut in mürrischer Zustimmung.

Schließlich zeigte eine Steinmarkierung am Straßenrand zwanzig Kilometer nach Fontainebleau, einer der ehemaligen Königsresidenzen.

„Schon mal dort gewesen?“ Valette nickte dem Wegweiser zu.

„Nein. Aber ich habe von den Ställen gehört. Die Pferde des Königs wurden in verwöhntem Luxus untergebracht, während die Bauern von Paris hungerten und sich für Brotreste prostituierten.“

Valette verdrehte die Augen. „Ganz die kleine Revolutionärin, nicht wahr?“

„Es ist schwer, für die Sache Verständnis zu haben, Monsieur, wenn Pferde besser behandelt werden als Menschen.“

„Sie sind doch eine von denen, die ein Taschentuch mit dem Blut des Königs haben, nicht wahr?“

Marianne schauderte. Duval hatte eines dieser grässlichen Souvenirs. In einer Zurschaustellung seiner Bürgerwürde behauptete er, es sei sein wertvollstes Souvenir. Er versuchte immer, sich von seinem aristokratischen Hintergrund zu distanzieren, genau wie der dumme Duc D'Orléans, der sich in Philippe Égalité - „Bürgergleichheit“ - umbenannt hatte. Der Herzog hatte sogar für die Hinrichtung seines eigenen Cousins, des Königs, gestimmt, aber selbst das hatte nicht gereicht, um ihn zu retten. Nur wenige Monate später verlor auch er den Kopf unter der Guillotine.

Wenn Duval doch nur dasselbe Schicksal erlitten hätte.

„Ich gehe davon aus, dass es keinen Sinn macht, Sie zu fragen, wo wir hinfahren?“, sagte Marianne besorgt. Ihr Hinterteil schmerzte. Seit Sonnenaufgang waren sie bereits in dem Wagen und sie hatte lediglich ein Stück steinhartes Brot sowie einen verdächtig riechenden Käse zum Essen dabei.

Ihre Frage stieß auf Stille. Sie starrte Valette und in ihr wuchs ein Gefühl der Ungerechtigkeit. Ihre Müdigkeit und Unwohlsein schien ihn nicht im Geringsten zu stören.

Die Landschaft wurde hügelig. Weingüter ersetzten die Getreidefelder. Reihen über Reihen von säuberlich gepflegten Weinreben lagen über den Hügeln wie nassgekämmtes Haar. Warme, honigfarbene Steinmauern umgaben jedes Domizil.

„Ich habe einen Wegweiser nach Dijon gesehen. Geht es *dorthin?*“, ließ sie nicht locker.

Er kicherte und blickte sie herablassend an. „Versuchen Sie es mal mit etwas Geduld, Liebes. Nicht mehr lange."

Marianne kehrte zu ihrem neuen Lieblingsspiel zurück, sich langsame und schmerzhafte Arten vorzustellen, um ihn zu töten. Er war bereits von Wölfen gefressen und hinter ein Gespann wilder Pferde geschnallt worden. Selbst das schien viel zu barmherzig.

KAPITEL 12

Es war am späten Nachmittag, als Valette die müden Pferde durch ein Paar prächtige schmiedeeiserne Tore führte. Eines hing schief und locker aus den Angeln, wie ein Trunkenbold an einem Laternenpfahl. Marianne drehte den Hals und suchte nach einem Namen, der in den Stein geätzt war, aber es gab nichts, was darauf hindeutete, wo sie sich befanden.

Eine einstmals stattliche Baumallee flankierte mit schwer durchhängenden Ästen den maroden Zufahrtsweg. Sie lehnten sich wie Verschwörer einander zu, flüsterten und schmiedeten Intrigen; belaubte Wächter, um die Uneingeladenen abzuschrecken. Die Felder auf beiden Seiten waren ungepflegt. Reihe um Reihe bewachsene Reben bildeten eine fast undurchdringliche Masse aus gewundenen Zweigen und sich krümmenden Wurzeln.

Und dann erschien das Haus in Sichtweite, und Marianne stockte der Atem. Es war ein Märchenschloss mit hoch aufragenden, weißen Mauern, grauen, turmgedeckten Dächern und einer perfekten, symmetrischen Fassade.

„Wessen Haus ist das?“, hauchte sie ehrfürchtig.

Valette betrachtete sie mit seiner üblichen unergründlichen Miene. „Es gehörte einem Aristokraten, dessen Ländereien konfisziert wurden. Dem Marquis de la Garde.“

„Was ist mit ihm passiert?“

„Er starb“, sagte er kurz und knapp.

Sein Tonfall ließ sie aufblicken. Ein schrecklicher Gedanke kam ihr in den Sinn. „Kannten Sie ihn?“

„Nein.“

Als sie näher kamen, wurde klar, dass der Ort dem verwahrlosten Schloss von Dornröschen viel mehr ähnelte als der Festung Rapunzels. Grau gestrichene Holzfensterläden hingen verloren an den Fenstern oder fehlten gänzlich. Gesprungene und schmutzige Glasscheiben wurden sichtbar. Eine Kletterpflanze schlängelte sich unkontrolliert über eine Wand, als wolle sie das Gebäude vor neugierigen Blicken verbergen. Sogar das Knarren des Wagens schien die friedliche Trostlosigkeit des Hauses zu stören; ein Rabe flog aus einem Türmchen und krächzte vorwurfsvoll über die Störung.

Valette schien von der Kargheit nicht beeindruckt zu sein. Wahrscheinlich, weil er keine Angst hatte, mit ihr allein zu sein, dachte Marianne säuerlich. Ihr Magen verknotete sich bei dem Gedanken.

Zumindest schien er zu wissen, wohin es ging. Er ignorierte den großen Vordereingang mit der doppelten Reihe von geschwungenen Steintreppen und fuhr mit dem Wagen hinter das Haus, wo zwei Flügel einen bewachsenen Innenhof umschlossen.

Der linke und der mittlere Teil enthielten offensichtlich Wohnräume. Die rechte Seite, einst ein Stallblock, zeigte Hinweise auf einen verheerenden Brand.

Ein vertrautes Aufrühren entstand in Mariannes Magen, als sie die verkohlten Überreste untersuchte. Verbrannte Balken lagen in einem stacheligen schwarzen Gewirr, wo das Dach zusammengebrochen war, und ragten wie gebrochene Rippen empor. Rußspuren verjüngten sich von den Türöffnungen nach oben und verschmutzten den makellosen weißen Stein. Sie erschauderte. „Was ist hier geschehen?"

Valette wandte sich von seiner Untersuchung des Hauses ab. „Was? Die Ställe?" Er zuckte die Achseln. „Die Familie züchtete früher Pferde. Nachdem das Haus beschlagnahmt worden war, wurde eines der kaiserlichen Kavallerieregimenter hier einquartiert. Ein paar der Offiziere schlichen sich hinaus, um zu rauchen, und einer löschte seine Zigarre nicht richtig. Sie hatten Glück, dass sie das Haus retten konnten. Da sie ihre Pferde nirgendwo unterbringen konnten, wurde die Kavallerie verlegt. Jetzt benutzt Fouché es als sicheren Unterschlupf."

Marianne hätte fast geprustet. Es war wohl kaum ein sicherer Ort für sie. Die größte Bedrohung in der unmittelbaren Umgebung saß direkt neben ihr. Doch sie war zu müde um zu streiten. Sie sah ihm zu, wie er das Pferd sicherte und einen Schlüssel in dem Koffer auf der Rückseite des Wagens ausfindig machte.

Die Hintertür knarrte protestierend, als er sie mit

seiner Schulter aufstieß, und er trat mit Elan zurück. „Nach Ihnen, Mademoiselle."

Marianne kletterte schwerfällig hinunter und betrat einen Raum, der die Küche zu sein schien, mit einer Feuerstelle, die groß genug war, um einen Ochsen zu braten, und einem langen, staubigen Tisch mit Holzbänken auf beiden Seiten. Valette trat um sie herum und schritt mit vertrauter Leichtigkeit vorwärts.

„Waren Sie schon einmal hier?", fragte sie.

„Ein paar Mal. Hier entlang." Er verschwand durch einen Torbogen.

Marianne biss sich auf die Lippe und hörte seine Schritte verklingen. Sie waren wirklich allein, nur sie beiden, ohne jede Hilfe über viele Kilometer hinweg. Sie blickte wehmütig zur Tür. Es hatte keinen Sinn, wegzulaufen. Sie konnte den Wagen nicht allein fahren, und sie war seit Jahren nicht mehr ohne Sattel auf einem Pferd geritten. Er würde sie einholen, bevor sie eine halbe Meile weit kam. Der Gedanke daran, was er ihr dann antun würde, ließ sie zittern.

Sie blickte sich um und suchte nach einem Schüreisen, einem Stock, irgendetwas. Eine Vase würde reichen. Sie hatte sich mit einer zerbrochenen Vase gegen Duval gewehrt, oder nicht? Aber Valette war nicht Duval. Sie konnte ihn nicht überrumpeln. Seine körperliche Überlegenheit war eindeutig; er hatte immer wieder bewiesen, dass er sie überwältigen konnte, wann immer er wollte. Ihre Kehle schnürte sich zu, und ihr Herz begann, unangenehm zu rasen.

Sie nahm einen tiefen, ruhigen Atemzug. Soweit würde es nicht kommen. Sie würde einfach die Arbeit tun, für die sie hierhergebracht worden war, dann zu Sophie zurückkehren und vergessen, dass Nicolas Valette je existiert hatte.

„Kommen Sie?" Seine gedämpfte Stimme hallte durch die Gänge zu ihr herüber. Mit einem resignierenden Seufzer folgte Marianne dem Ruf.

Sie fand ihn in einem der verlassenen Salons, als er die Fensterläden aufklappte. Die Luft roch muffig, nach Staub und Mäusekot, aber wenigstens war sie nicht feucht. In Paris durchdrang der modrige Geruch der Seine die Straßen auf beiden Seiten. Dies war wesentlich besser. Licht strömte herein, beleuchtete die Wandmalereien, die jede Wand schmückten, und Mariannes Mund formte ein widerwilliges Lächeln.

Der Künstler hatte eine fantasievolle ländliche Idylle gemalt; Frauen auf Schaukeln lachten sorglos und unbeschwert, zerzauste Röcke und schleifenbesetzte Hüte flatterten in der Brise. In blumengeschmückten Gärten flirteten leidenschaftliche Liebhaber, während Kavaliere, Musiker und Hunde um ihre Aufmerksamkeit wetteiferten. Der Effekt war sowohl erhaben als auch geradezu absurd.

Sie blickte nach oben. Die Glasperlen eines riesigen Kronleuchters klimperten schwach, wie gespenstische Feenglocken. Selbst von Staubschichten bedeckt, fingen die Prismen noch das Licht ein und warfen Regenbogensplitter wie Dolche über den staubigen Parkettboden.

Eine Welle der Traurigkeit überkam sie angesichts der Spuren solch verblasster Herrlichkeit. Es war so leicht, sich das Haus in seiner Blütezeit vorzustellen; Partys mit Kutschenumzügen, die die Auffahrt säumten, und aufgeregten Gästen, die aus jeder einzelnen herausstürzten. Die Härchen auf ihren Armen sträubten sich. Sie konnte fast das Rascheln der seidenen Röcke hören, das Klirren der Gläser, die Geräusche einer geisterhaften Quadrille. Sie konnte fast den schwachen, schwer fassbaren Duft von gepuderten Perücken und duftenden Fächern riechen.

Ein Ort wie dieser sollte mit Leben erfüllt sein, mit Lachen, nicht mit Termiten und Motten. Ihre Haut kribbelte und sie blickte zu Valette hinüber, der sie beobachtete. Sein Gesicht war halb von der Nachmittagssonne erleuchtet, halb im Schatten verborgen. Wie üblich war es ihr unmöglich, seinen Gesichtsausdruck zu lesen. Wie konnte sie ihn gleichzeitig furchterregend und faszinierend finden? Sie ließ ihren Blick sinken und wandte sich ab.

Einige Möbelstücke waren noch vorhanden. Ein staubiges Cembalo stand in einsamer Pracht in einer Ecke, vermutlich zu schwer, um es zu bewegen. Marianne hob den Deckel an und streichelte mit den Fingern über die Tasten, was einen trillernden, unharmonischen Ton erzeugte. An den Wänden hingen noch einige große Porträts mit Goldrahmen, deren edle Motive durch Staub und Spinnweben verdeckt waren. An anderer Stelle deuteten blassere Rechtecke und nackte Haken Orte an, wo einst kleinere Bilder gehangen hatten.

Sie machte einen Satz, als Valette vortrat. „Es ist noch mehr Essen im Wagen. Schauen Sie, was Sie zum Abendessen zusammenkriegen können. Ich hole uns Brennholz."

Marianne sträubte sich gegen seinen Ton. Sie war

nicht seine Dienerin. Andererseits war die Vorstellung von Essen und einem warmen Feuer zweifellos reizvoll.

In dem Wagen fand sie eine Flasche Wein, ein Stück Brot und ein weiteres trockenes Stück Käse. Sie stellte alles auf den Küchentisch, brach ein Stück Käse ab und machte sich auf die Suche nach Valette. Durch eine Reihe offener Türen strömte der Duft einer Zigarre herein. Sie folgte dem Geruch und fand ihn auf einer abgestuften Terrasse, mit breiten Schultern an der Wand lehnend. Ein Bild entspannter Trägheit.

Sein makelloses Gesicht war im Profil, und sie ertappte sich dabei, wie sie seine gerade Nase, seine dunklen Brauen und seinen glatt rasierten Kiefer mit einer Art morbider Faszination studierte. Auf rein ästhetischer Basis war er perfekt. Es war keine Überraschung, dass Frauen sich zu ihm hingezogen fühlten. Zweifellos konnte er charmant sein, wenn er wollte. Er hatte wahrscheinlich noch nie eine dieser Frauen so behandelt, wie er sie behandelt hatte - mit Einschüchterung, Drohungen und Verachtung.

Aus Angst, er könnte sie beim Starren ertappen, folgte Marianne seinem Blick hinaus über die Felder und Weinberge bis zu dem Ort, wo die spätnachmittägliche Sonne die Wipfel der Reben vergoldete. Um die reifenden Trauben schwirrten goldene Insektenwolken. Reste von formellen Gärten waren noch sichtbar: von Ziegelsteinen gesäumte Parterres, durchschnitten von niedrigen Buchsbaumhecken, überwachsenen Rosenbögen und kunstvoll platzierten Statuen. Der süße Duft des Geißblattes wehte in der warmen Brise.

„Dies ist ein wunderschöner Ort. Es muss beeindruckend gewesen sein, als es möbliert und mit Menschen gefüllt war", sagte sie.

Er zuckte die Achseln und atmete aus. „Das nehme ich an."

Sie hustete übertrieben und wedelte mit der Hand vor ihrer Nase, um den blauen Nebel zu zerstreuen, den er in ihre Richtung geblasen hatte. Er übertönte das Geißblatt völlig, aber in Wahrheit störte sie der Geruch nicht. Wie seltsam. Seit dem Tod ihrer Eltern hatte sie das Brennen immer mit Panik und Angst in Verbindung gebracht. Aber das hier war gar nicht so schlimm. So etwas hatte sie noch nie gerochen.

„Was rauchen sie da?"

Er blickte auf seine Finger hinunter. „Meine eigene Mischung. Hergestellt von den Herren Fribourg und Treyer in London."

Viele wohlhabende Herren hatten ihre eigene individuelle Tabakmischung. Ihr eigener Vater auch, erinnerte sie sich plötzlich. Maman hatte sich immer scherzhaft über den Geruch beschwert. Mariannes Brust zog sich bei der Erinnerung zusammen. Es tat weh, sich an solch gewöhnliche, alltägliche Details zu erinnern.

Wie hatte Valette Geschmack an englischem Tabak gefunden? War er für Fouché über den Kanal gefahren? Das war durchaus möglich. Oder vielleicht war das Rauchen einer ausländischen Mischung eine perverse Art, diejenigen zu reizen, die seine Loyalitäten in Frage stellten. Der Mann liebte es offensichtlich, rätselhaft zu erscheinen.

Sie forcierte einen Ausdruck höhnischer Geringschätzung. „Ein Franzose, der englischen Tabak mag.

Das ist ziemlich unpatriotisch, wenn man bedenkt, dass wir uns im Krieg befinden. Wie kommen Sie daran? Es gibt ein Embargo für importierte britische Waren."

Er lächelte. „Mit Geld und Kontakten kann man so ziemlich alles bekommen, woran man sein Herz gehängt hat, chérie."

Sie spürte die Wärme in ihrem Gesicht. Hat er wieder von ihr gesprochen? Er hatte *sie* schließlich gekauft. „Ein *Gentleman* hätte gefragt, ob ich etwas dagegen hätte", sagte sie hochmütig.

Er lächelte mit sanfter Ironie. „Gütiger Gott. Wie kommen Sie auf die Idee, dass ich ein Gentleman bin?"

Sie kniff die Augen zusammen.

„*Würde* es Ihnen etwas ausmachen?", fragte er verspätet.

„Ja."

„Pech gehabt." Er lehnte sich zurück und stützte seinen gestiefelten Fuß auf die Brüstung. „Sie müssen nicht hier draußen bleiben."

„Warum rauchen Sie diese schrecklichen Dinger?"

Er zuckte die Achseln. „Weil es äußerst angenehm ist. Eine Angewohnheit, die ich aus meiner Zeit bei der Armee mitgebracht habe."

Marianne stürzte sich auf den Informationsschnipsel und fügte ihn zu den erbärmlichen wenigen Dingen hinzu, die sie über den Mann vor ihr wusste. Er war also in der Armee gewesen. Interessant. Sie nahm einen Bissen von dem Hartkäse.

„Sie sollten sich darüber freuen", sagte er freundlich. „Es gibt mir zu tun mit meinen Händen. Außer sie Ihnen um den Hals zu legen."

Sie rollte die Augen vor der Bedrohung, aber ihr Herz schlug schneller bei dem Gedanken, dass er sie wieder berühren würde. Und dann warf er ihr einen Blick zu, der so schamlos lüstern war, dass ihr Herz stehen blieb.

„Und weil es im Moment die befriedigendste Tätigkeit ist, die ich mir vorstellen kann, die nicht zwei Personen und ein Bett beinhaltet", stellte er fest.

Sie verschluckte sich an dem Käse.

Er warf ihr einen wissenden Blick zu und unternahm keinen Versuch, ihr zu helfen. Er nahm einen letzten Zug, atmete ein Rauchfähnchen aus, warf dann den Stummel hinunter und trat die Zigarre unter dem Absatz seines Stiefels aus. Sie verkrampfte sich, als er sich von der Wand abstieß, aber er schritt an ihr vorbei, ohne sie zu berühren, und ging zurück ins Haus.

„Kommen Sie. Es ist Zeit, dass ich Ihnen den Plan verrate."

* * *

MARIANNE SAß an einem Ende des langen Küchentisches, als Valette zum Wagen hinausging. Er kehrte mit dem Lederkoffer zurück, aus dem er eine Papierrolle und ein ledergebundenes Buch hervorholte. Sie nahm einen Bissen Brot, als er das Dokument auf dem Tisch ausbreitete, wobei er den Käse und eine Weinflasche benutzte, um die Ecken festzuhalten.

„Sie sagten, wir eskortieren jemanden über die Grenze", sagte sie. „Wenn Sie ‚eskortieren' sagen, meinen Sie ...?"

„Ihn aus dem Gefängnis zu befreien und nach Holland zu bringen."

„Natürlich", sagte sie und flüchtete sich in Sarkasmus. „Warum dachte ich, es würde etwas Einfaches sein? Wie die Bergung der Kronjuwelen oder der Einbruch in das Schlafgemach des Kaisers." Sie schloss die Augen. „Warum muss dieser Gefangene überhaupt gerettet werden? Wenn der Kaiser ihn aus dem Gefängnis heraus haben will, warum unterschreibt er dann nicht einfach einen Befehl zur Freilassung?"

„So einfach ist das nicht. Der Kaiser würde ihn gerne verrotten lassen."

Marianne hob die Stirn. „Sie meinen, Fouché handelt entgegen Napoleons Befehl?"

Valette gab ein schiefes Lächeln zum Besten. „Fouché dient niemandem außer Frankreich. Er unterstützt Napoleon, wenn es ihm passt, so wie er vor einigen Jahren die Bourbonen unterstützt hat. Er ist ein Überlebenskünstler. Er unterstützt die Seite, die am ehesten zu gewinnen scheint. Und in diesem Fall hält er es für politisch sinnvoller, dass der Gefangene flieht und verschwindet."

„Das heißt, man *lässt* den Mann entkommen", fragte sie hoffnungsvoll. „Werden die Wachen seine Zellentür unverschlossen lassen und eine extralange Mittagspause einlegen?"

„Nein. Niemand im Gefängnis wird über unsere Mission Bescheid wissen. Wenn man uns erwischt, wird Fouché alles Wissen über uns leugnen und wir werden als Verräter hingerichtet."

„Wie beruhigend", sagte sie trocken.

„Fouché ist der Ansicht, dass die Freiheit des Gefangenen von nationaler Bedeutung und dieses Risiko es wert ist."

„Ha. Es ist leicht für ihn, die Gefahr abzutun, wenn er sicher in seinem Büro sitzt und am Brandy nippt. Er ist nicht derjenige, der einem Erschießungskommando gegenüberstehen könnte. Welches Gefängnis ist es?"

Valette tippte auf das Papier vor sich. Ihre Augen weiteten sich, als sie die Details sah. „Das ist das Ziel?", sagte sie ungläubig. „Das ist das Château de Vincennes."

Er nickte entnervend ruhig. „Eines der sichersten Gefängnisse in Frankreich."

Das Blut dröhnte ihr unangenehm in den Ohren. „Warum stürmen wir nicht auch die Bastille? Oder wenn Sie Zeit sparen wollen, warum schicken Sie mich nicht gleich an den Galgen?"

Er ignorierte ihre Theatralik. „Ein Mann ist sowohl aus der Bastille als auch aus dem Château de Vincennes geflohen."

Sie kräuselte ihre Lippen. „Sie, nehme ich an?"

Er hob eine Augenbraue, anscheinend amüsiert über ihren Tonfall. „Ich nicht. Ein Mann namens Henri Latude. Oder Danry oder Masers de La Tude, je nachdem, mit wem Sie sprechen. Er hatte viele Namen."

„Haben wir das nicht alle?", murmelte sie. „Und wird uns dieser Monsieur Latude helfen?"

Valette verschränkte die Arme vor der Brust und lehnte sich zurück, um sie zu betrachten. „Das bezweifle ich. Er ist tot. Er hat jedoch einen schönen Bericht über seine Flucht geschrieben." Er klopfte in das kleine, ledergebundene Buch.

„Was nützt uns das? Wenn dieser Latude entkommen ist, muss er *im* Gefängnis gewesen sein. Wir werden *draußen* sein, erinnern Sie sich?"

„Der Weg hinein ist einfach. Wir spazieren hinein. Dann tauschen Sie den Platz mit dem Gefangenen."

Sie gab ein kurzes ungläubiges Schnauben von sich. *„Wie bitte?"*

„Sie bleiben in der Zelle, während der Gefangene flieht, und so tut als ob er Sie wäre."

Sie musste lachen. „Das ist lustig. Denn so, wie Sie es sagen, klingt es, als würden Sie mich gegen den Gefangenen austauschen. Dass Sie mich in der Zelle lassen werden."

„Exakt."

„Nein", sagte sie unverblümt. „Das soll wohl ein Witz sein."

„Ich meine es todernst. Hier kommen die Informationen von Latude ins Spiel. Sie werden aus der Zelle entkommen, genau wie er es vor zwanzig Jahren getan hat. Alles ist bereit."

Marianne runzelte die Stirn. „Warum kann der Gefangene nicht einfach von selbst fliehen?"

„Er ist zu schwach. Er ist seit Jahren eingesperrt, und sein Gesundheitszustand ist schlecht." Valettes Augen waren voller Rauch und Schatten. „Er braucht jemanden, der klein, beweglich und furchtlos ist. Jemanden wie Sie."

Mariannes Herz machte bei seinem Kompliment einen erbärmlichen kleinen Sprung, obwohl es sich offensichtlich um eine unverhohlene Manipulation handelte. Sie seufzte. „Was muss ich tun?", fragte sie.

KAPITEL 13

„Es ist unmöglich." Marianne warf das Buch von Latude auf den Tisch.

Valette schaute von seinem Wein auf. Offenbar hatte er es geschafft, in einem der Schränke ein unbeschädigtes Weinglas zu finden. Der Mann hatte das Glück des Teufels.

„Hören Sie auf zu jammern. Es ist alles für Sie vorbereitet. Latude musste sogar sein eigenes Seil herstellen. Das hat ihn Monate gekostet. Er und sein Zellengenosse zerrissen seine gesamte Wäsche in einzelne Fäden und verarbeiteten sie dann zu einer vierhundert Meter langen Schnur, um zwei Leitern herzustellen - eine dreißig Fuß lang, die andere achtzig Fuß lang."

„Er entfernte auch vier Eisenstangen, die den Weg den Schornstein hinauf versperrten, mit nur einem kleinen Stück Metall und seiner eigenen Spucke. Nachdem er es auf das Dach geschafft hatte und den

Turm hinuntergeklettert war, bohrte er neun Stunden lang ein Loch in die Außenwand, während er brusttief im Wasser stand und den Wachen entging, die halbstündlich vorbeikamen und nur 15 Meter entfernt waren."

„Ich jammere nicht", knurrte Marianne. „Ich mache es einfach nicht. Es gibt zu viele Dinge, die schiefgehen können."

Sein herausfordernder Blick machte sie wahnsinnig. „Latude hat es geschafft."

„Latude hatte Glück. Und er war verrückt. Wissen Sie, warum er überhaupt inhaftiert wurde?" Sie klatschte auf den Einband des Buches. „Ich habe es in der Einleitung gelesen. Er schickte eine Schachtel mit vergiftetem Pulver an Madame de Pompadour und tat dann so, als wüsste er von der ‚Verschwörung', sie zu ermorden. Nur er wurde erwischt." Sie drückte sich die Hände auf die Hüften und starrte ihn über den Tisch hinweg an. „Das ist Selbstmord."

„Seien Sie nicht albern."

„Wenn es so einfach ist, warum tun *Sie* es nicht?"

„Ich habe nicht gesagt, dass es einfach sein wird. Und es ist offensichtlich, warum ich Sie brauche." Er blickte zu seiner Brust hinunter und dann zu ihr hinauf. „Sehen Sie mich an, *Chérie*. Und schauen Sie sich an. Sehen wir gleich aus und haben wir die gleiche Größe und Statur?"

Eine unwillkommene Hitze stieg in ihrer Brust auf. Den ganzen Nachmittag hatte sie an kaum etwas anderes gedacht, während sie im Wagen gegen ihn gedrückt wurde. Wie unterschiedlich sie waren, und dennoch, wie sie auf die faszinierendste Weise zusammenpassten. Sie war klein und geschmeidig. Er war muskulös und hart. Ihr Mund wurde trocken. Wie würde sich seine Haut unter ihren Fingerspitzen anfühlen? Auf der Zunge? Sie widerstand dem Drang, mit der Stirn auf den Tisch zu schlagen. Sie wurde wahnsinnig. Genau wie Latude.

„Welcher Teil stört Sie?", fragte er ruhig.

Sein geduldiger Ton brachte sie dazu, ihn erwürgen zu wollen. *Ihre Brust,* dachte sie wütend. *Ihre Hände, Ihre Arme, Ihr ganzer Körper stört mich.*

„Oh", sagte sie sarkastisch, „was könnte mich da wohl stören? Es ist nur eine uneinnehmbare Festung mit sechs Fuß dicken und hundertachtzig Fuß hohen Mauern. Die Außenmauer und der zwanzig Fuß breite, mit Wasser gefüllte Graben sind dabei noch nicht einmal mit eingerechnet. Oder die Wachen, die auf dem Gelände patrouillieren."

Er lächelte und hob sein Glas - ein stiller Trinkspruch. „Sie sind so eine Pessimistin, ma chère. Immer eine dunkle Wolke als Schatten für Ihren Silberstreif." Er lehnte sich im Stuhl zurück. „Denken Sie an Ihre Schwester, wenn Sie Motivation brauchen."

Marianne runzelte die Stirn über die subtile Bedrohung. „Ich denke an sie. Ich werde ihr nichts nützen, wenn ich tot bin." Sie schloss die Augen. Valette hatte gesagt, dass er den Job ohne sie nicht schaffen würde. Das gab ihr ein Druckmittel. Sie verschränkte ihre Arme über der Brust. „Also gut. Ich werde es tun. Aber ich will eine Gegenleistung dafür, dass ich mein Leben riskiere."

Er hob fragend die Augenbrauen.

„Nur dieser eine Auftrag. Und dann werden Sophie und ich frei sein, ohne weitere Verpflichtungen Ihnen gegenüber. Sie werden auf alle Ansprüche an uns beide verzichten. Für immer."

Sie hielt den Atem an, während er sie studierte, sein Kopf war geneigt und sein eindringlicher Blick unmöglich zu lesen.

Und dann trank er seinen Wein aus und stand abrupt auf. „Einverstanden."

Marianne verengte die Augen und fühlte sich unerklärlicherweise betrogen, obwohl sie ihren Willen durchgesetzt hatte. War das die ganze Zeit seine Absicht gewesen? Und konnte sie ihn beim Wort nehmen? Das schien unwahrscheinlich. Der Mann war so vertrauenswürdig wie ein Sack voller Schlangen.

Er ging an ihr vorbei und in die Halle hinaus. „Kommen Sie. Es ist Zeit fürs Bett."

Ihre Herzfrequenz verdoppelte ihr Tempo. Die Vorstellung, mit ihm an diesem abgelegenen Ort unter einem Dach wohnen zu müssen, war, gelinde gesagt, beunruhigend.

Eine riesige Treppe mit schmiedeeisernen Stützelementen schlängelte sich anmutig zu den höheren Stockwerken hinauf. Valette machte sich auf den Weg nach oben, seine Finger hinterließen parallele Linien im Staub auf dem breiten steinernen Geländer. Marianne folgte ihm schleppend. Dann erstarrte sie im Türrahmen des Zimmers, das er betreten hatte.

„Oh! Ich dachte, es wäre leer", sagte sie törichterweise.

Ein riesiges Himmelbett stand in einsamer Pracht in einer Säulennische, ein Stofffetzen fiel von einer vergoldeten Krone über dem Kopfteil herab. Andere Möbelstücke waren mit Staubtüchern bedeckt; weiße verhüllte Formen in der Dunkelheit, wie kauernde Gespenster.

Ihr Herz sank. Schlafzimmer und Valette waren eine gefährliche Kombination.

„Spione brauchen keine Ballsäle. Sie brauchen jedoch einen Platz zum Sitzen und Schlafen." Er zog ein Laken zurück und sandte eine Staubwolke in die Luft, die ein elegantes vergoldetes Holzsofa mit hellrosa Satinkissen enthüllte, das neben seiner hohen, männlichen Statur lächerlich weiblich aussah. Diese spindeldürren Beine würden wahrscheinlich zusammenbrechen, wenn er darauf säße. Wie ein Zauberer zog er weitere Tücher von Stühlen, einen Waschtisch und eine Kommode mit Griffen aus vergoldetem Metall. Ein zufriedenes Lächeln wölbte seinen Mund. „Wir werden heute Nacht hier schlafen."

Marianne musste niesen. „Wir? Ich schlafe nicht mit Ihnen! Ich will mein eigenes Zimmer."

Er bückte sich und vertrieb eine Mäusefamilie aus dem Kohleflöz. Sie sah tatenlos zu, wie sie die Sockelleiste entlang rannten und den Weg aus der Tür fanden. Wenn er erwartete, dass sie schreien und auf die Möbel springen würde, wäre er enttäuscht. Mäuse störten sie nicht. Sie hatte in Paris mit viel schlimmeren Nagetieren zu tun gehabt, sowohl in tierischer als auch in menschlicher Gestalt.

Er wandte sich ab, um den Schornstein zu inspizieren. „Sie scheinen zu vergessen, dass ich Sie *gekauft* habe.

Das bedeutet, Sie schlafen, wo immer ich es Ihnen sage." Seine Stimme war seidig, unerbittlich.

Sie schluckte ihre Empörung über seine selbstherrliche Haltung hinunter. Er hatte sie mit einem gefälschten Bankscheck über tausend Francs „gekauft", aber es schien nicht klug, jetzt darauf hinzuweisen. Zumindest für den Augenblick war sie ihm völlig ausgeliefert.

„Es bedeutet", fuhr er rücksichtslos fort, „dass, wenn ich Ihnen sage, Sie sollen sich nackt ausziehen und in das Bett steigen, Sie es tun werden, ohne Fragen zu stellen."

Ihr Herz hämmerte in ihrer Brust bei dem entschlossenen Schimmern in seinem Auge. Sie trat einen Schritt zurück. „Das werde ich ganz sicher nicht tun!"

Er warf ihr einen listigen, seitwärts gerichteten Blick zu. „Kommen Sie jetzt. Tun Sie nicht so, als ob Sie noch mädchenhafte Sensibilitäten zu bewahren hätten. Nicht nach der Zeit im Bordell."

„Ich werde auf dem Boden schlafen", sagte sie hartnäckig und verschränkte die Arme. „Sie können das Bett haben. Sie brauchen etwas Weiches für Ihre verwöhnten, aristokratischen Knochen."

„Niemand schläft auf dem Boden."

„Warum nicht? Ich habe es schon einmal getan." *Und Schlimmeres.* Sie hatte einmal unter einer Hecke geschlafen, auf dem Weg nach Paris. Ein Fußboden war dagegen der reinste Luxus.

„Wir teilen uns das Bett." Sein Ton ließ keine Argumente zu. Er zog seine Jacke aus und legte sie über die

Stuhllehne, dann zog er das Halstuch von seiner Kehle. „Ich brauche etwas Schlaf, und Sie müssen für morgen ausgeruht sein."

„Ich kann mich gut auf dem Boden ausruhen", beharrte sie stur.

Seine Augen verengten sich. „Was glauben Sie, was ich tun werde? Sie vergewaltigen?"

Das Blut wich aus ihrem Gesicht. Er untersuchte ihren Körper in einer kühl einschätzenden Inspektion. Es schien beleidigend und spöttisch zugleich. Sein Blick schlenderte herablassend über die Wölbung ihrer Brüste und die Stelle, an der ihre Oberschenkel zusammenliefen. Sein Gesichtsausdruck machte deutlich, dass er von dem, was er sah, weder beeindruckt noch versucht war. „Ich glaube, ich kann meine Hände für eine Nacht von Ihnen lassen", betonte er.

Marianne wollte im Boden versinken. Er war an die glamourösesten und elegantesten Frauen in Europa gewöhnt. Natürlich wollte er sie nicht vergewaltigen, ungeachtet dessen, was er damals im Montausier getan hatte. Er hatte dort eine Rolle gespielt, mehr nicht. Er fühlte sich zu ihr nicht mehr hingezogen als zu seinem Pferd. *Gott sei Dank*.

Ihr Herz zog sich schmerzhaft zusammen, aber sie presste die Lippen aufeinander und seufzte tief, als ob es ein regelmäßiges, unangenehmes Ereignis in ihrem Leben wäre, neben gefährlich attraktiven Fremden schlafen zu müssen. „Gut. Aber stellen Sie sicher, dass Sie auf Ihrer eigenen Seite des Bettes bleiben."

Er verschwand in der angrenzenden Garderobe.

Marianne sank dankbar auf die Bettkante und begann, ihre Stiefel zu aufzuschnüren, blickte aber auf, als er wieder in der Türöffnung erschien.

„Hier. Sie können das zurückhaben, wenn Sie sich dadurch besser fühlen."

Sie fing den Dolch reflexartig aus der Luft, wobei sich ihre Hand um die vertrauten Konturen des Griffs schloss.

„Sie dürfen mich gerne erstechen, wenn ich in Ihre Richtung atme", sagte er mit einem vor Ironie strotzenden Lächeln.

Sie verkrampfte ihre Finger, in schmerzlicher Versuchung. Der arrogante Bastard war sich seiner selbst so sicher. Sie legte sich vollständig bekleidet unter die Decke, schob den Dolch unter ihr Kissen und drehte sich um, wobei sie ihre Schulter als Barriere benutzte. Sie hörte sein gedämpftes Schnauben der Belustigung und das geheimnisvolle Rascheln und Rascheln der Kleidung, als er sich auszog.

Marianne drückte ihre Augen zu und versuchte, sich nicht vorzustellen, wie er sein Hemd auszog. Oder wie er seine Reithose aufschnürte. *Dieu,* schlief er nackt?

Die Matratze senkte sich, als er sich neben sie schob. Sie verkrampfte sich, als jedes einzelne der winzigen Härchen an ihrem Körper anfing zu kribbeln. Sie bemerkte, dass er immer noch Hemd und Hose anhatte und sie entspannte sich etwas.

Seine Stimme drang hinter ihr hervor und war von Belustigung durchdrungen. „Schlafen Sie, Marianne. Heute Nacht sind Sie in Sicherheit, das verspreche ich Ihnen."

Bedeutete das, dass sie vor ihm völlig sicher war? Oder dass sie sicher war, aber nur für diese eine Nacht? Sie sollte ihm nicht glauben, so oder so. Er war ein ausgezeichneter Lügner. Sie würde warten, bis er eingeschlafen war, dann herausrutschen und sich auf den Boden legen.

„Denken Sie nicht einmal daran wegzulaufen", warnte er leise und las ihre Gedanken noch einmal mit unheimlicher Genauigkeit. „Ich habe einen sehr leichten Schlaf. Wenn Sie versuchen zu gehen, werde ich es merken. Und glauben Sie mir, die Konsequenzen werden Ihnen nicht gefallen."

Marianne unterdrückte einen Schauer. Das war keine leere Drohung.

Sie versuchte, sich von ihm fernzuhalten, aber es war unmöglich, steif zu bleiben. Die Matratze war zu weich, ihre Muskeln zu müde. Und die Anspannung der letzten vierundzwanzig Stunden forderte schließlich ihren Tribut. Valettes Geruch umhüllte sie, entwaffnend sauber und angenehm, und sie schloss ihre Augen mit einem resignierten Seufzer. Die Matratze gab nach und sie wusste, ohne hinzusehen, dass er auf dem Rücken lag und die Arme unter den Kopf gelegt hatte.

Die schiere Unmöglichkeit des von ihm skizzierten Plans wirbelte in ihrem Gehirn herum. Potentielle Fallstricke jagten in ihrem Kopf herum, bis sie dachte, sie würde verrückt werden. Sie zwang ihren Geist, sich zu leeren, konzentrierte sich auf nichts anderes als auf das Ein- und Ausatmen, so wie sie es tat, bevor sie auf das Seil trat. Sie konnte eine Nacht durchstehen.

„Wenn Sie schnarchen, werde ich Ihnen wehtun", drohte sie schläfrig.

Sie spürte Valettes leises Schmunzeln der Belustigung durch die Matratze und griff das Messer fester. Wenn er sie berührte, würde sie es benutzen. Keine Frage.

KAPITEL 14

Die Welt stand in Flammen.

Marianne lief durch das Inferno und schrie nach ihren Eltern, nach Sophie, nach irgendjemandem, aber niemand antwortete. Flammen jagten über die Wände. Sie züngelten und krallten nach ihr wie gierige Finger. Erstickender schwarzer Rauch wühlte an der Decke entlang. Und der Lärm: Ein gewaltiges, saugendes *Wusch* wie das Gebrüll einer schrecklichen, albtraumhaften Bestie, dass ihre verzweifelten Schreie erstickte.

Die Baumwolle ihres Nachthemdes verbrannte ihre Haut, ihr Haar klebte an ihren verschwitzten Wangen. Sie rannte in das Schlafzimmer ihrer Eltern, traf auf eine Wand aus Flammen und warf ihre Arme hoch, um ihr Gesicht zu schützen. Die Farbe an den Wänden perlte ab, die Flammen verfärbten sich und bekamen kleine grüne und blaue Flecken. Sogar die Vorhänge brannten. Die

Flammen tröpfelten wie eine geschmolzene Flüssigkeit - entsetzlich, schrecklich schön.

„Wachen Sie auf."

Die Stimme war rau und dringlich. Marianne kämpfte. Sie strampelte wild, als sie ihre Augen öffnete und zunächst nach Luft schnappen musste: süß, kalt und sauber. Ihr Herz raste und sie konnte ihre eigenen zitternden Atemzüge hören. Die Wirklichkeit kroch langsam zurück in ihre Wahrnehmung und mit bleierner Sicherheit wurde ihr klar, dass ihre Eltern immer noch tot waren. Jedes Erwachen bedeutete erneuten Schmerz, selbst nach all der Zeit.

Starke Hände rieben ihren Rücken in einem beruhigenden Rhythmus. Valette. Sie lag in seinen Armen. Sie sog einen schaudernden, unruhigen Atemzug ein, umklammerte die Vorderseite seines Hemdes, um sich in der Gegenwart zu verankern, auch wenn die Vergangenheit zurückwich. Sein Duft ersetzte allmählich den beißenden Rauchgeruch in ihren Nasenlöchern. Er war stark und robust und echt.

Er säuselte ihr unsinnige Worte ins Haar, dumpfe Beteuerungen. „Es ist alles in Ordnung, Bébé. Komm zu mir zurück. So ist es gut."

Schnell wurde sie sich dessen vollkommen bewusst. Sein Hemd war offen; ihr Gesicht war an die heißen, glatten Muskeln seiner Brust gepresst. Der Herzschlag unter ihrer Wange war langsam und gleichmäßig, ein demütigender Kontrast zu ihrem eigenen rasenden Puls. Eine seiner Hände streichelte ihren Rücken, die andere streichelte ihren Kopf, die Finger vergruben sich in ihrem Haar.

Er zog sich zurück und senkte sein Kinn, um sie anzuschauen, und strich ihr die Haare aus dem Gesicht. Sie wich seinem Blick aus, zu beschämt, um seinen Augen zu begegnen, sogar in der Dunkelheit des Raumes. Wie erniedrigend. Sie hasste Schwäche, Verwundbarkeit. Sie hasste es, sie jemandem zu zeigen, besonders ihm. Zumindest weinte sie nicht. Sie hatte trockene Augen. Ihre Tränen waren in den Flammen vertrocknet.

Ohne ein Wort zu sagen, drehte er sie im Schutz seiner Arme um, so dass sie ihm den Rücken zuwandte. Sie erhob einen murmelnden Protest, aber er zog sie einfach ganz an sich, steckte ihren Kopf unter sein Kinn und schlang seinen starken Körper um ihren.

Marianne schloss ihre Augen, als Verwirrung und Verzweiflung in ihr aufkamen. Es war dumm, ihm zu erlauben, sie zu trösten. Es war in vielerlei Hinsicht falsch. Er war der Urheber ihres gegenwärtigen Elends, nicht das Heilmittel. Diesen spezifischen Traum hatte sie seit fast einem Jahr nicht mehr gehabt. Es war der Anblick der ausgebrannten Ställe, der ihn heute Abend zurückgebracht hatte, da war sie sich sicher.

Sie sollte ihre Hand unter das Kissen schieben und ihn erstechen, solange sie die Gelegenheit dazu hatte.

Aber der schlichte Trost, festgehalten zu werden, war unwiderstehlich. Sie hatte es so satt, stark zu sein. Sophie erwartete immer, dass sie diejenige wäre, die ihre Ängste überwand, Entscheidung traf und sich einen Plan ausheckte. Es war seltsam, von jemandem getröstet zu werden, der so schmerzhaft verlockend war, auch wenn es nur vorübergehend war.

Sie seufzte. Sich auf jemand anderen zu verlassen, war eine Schwäche, aber sie war zu erschöpft, zu emotional ausgelaugt, um sich darum zu kümmern. Heute Abend konnte es einen Waffenstillstand geben. Morgen würde sie wieder gegen ihn ankämpfen.

„Schlaf ein", murmelte er in ihr Haar. „Du wirst heute Nacht nicht mehr träumen, das verspreche ich dir."

Marianne schnaubte leise. Wie dumm, so etwas zu sagen. Solche Dinge waren nicht einmal unter seiner legendären Kontrolle. Aber es war eine schöne Lüge.

* * *

Sie erwachte mit einem Ruck. Erinnerungen an ihren Alptraum kehrten zu ihr zurück, aber was in der Dunkelheit so furchterregend gewesen war, erschien ihr im klaren Morgenlicht töricht.

Das Bett neben ihr war leer. Auf dem Stuhl lagen eine Reithose und ein weißes Leinenhemd, die eindeutig für sie bestimmt waren. Ihre Messer - alle drei, lagen ordentlich oben auf dem Stuhl. Sie schaute unter ihrem Kissen nach. Nichts als kühle Baumwolle. Er muss das letzte Messer entfernt haben, als sie schlief.

Sie *hasste* diesen Mann.

Die Reithosen waren klein und an den Knien abgenutzt. Sie schnupperte zögernd an ihnen und erinnerte sich an den schmierigen Stallburschen in der Poststelle, aber sie schienen sauber genug, weshalb sie sich in sie hineinwagte und die Messer am Hosenbund versteckte. Dann zog sie das Hemd an. Es war zu groß, aber sie steckte es, so gut sie konnte, in die Hose.

Das Knarren der Dielen in der angrenzenden Garderobe ließ sie erstarren. Sie näherte sich der Türöffnung auf leisen Sohlen, rüstete sich für die Gefahr und blieb erstarrt stehen. Valette rasierte sich vor einem Spiegel, ohne Hemd, mit langen Beinen, nur mit weichen, braunen Unterhosen bekleidet.

Ihr Mund war trocken. Er war lang und schlank. Seine Hüften waren deutlich schmaler als seine breiten, geschwungenen Schultern. Sie hatte ihn beschuldigt, ein verwöhnter Aristokrat zu sein, aber diese Muskelstränge bewiesen, dass ihm harte Arbeit nicht fremd war.

Er schäumte seine Wangen ein. Die geübte Art und Weise, wie er das Rasiermesser - mit einer so tödlichen Leichtigkeit der Bewegung - aufschnappte, war erschreckend. Und hypnotisierend. Er zog die Klinge mit einem schwachen, hörbaren Kratzen über seine Kehle und über seinen Kiefer, wobei er seinen Kopf nach hinten neigte. Die dreieckigen Muskeln an seiner Seite wölbten sich über seine Rippen, als er sich nach vorne beugte und die Klinge im Wasser wirbelte.

Eine Hitze breitete sich über ihre Wangen aus. Sie hatte noch nie einen Mann beim Rasieren gesehen. Es erschien ihr seltsam intim. Die schwachen Stoppeln, die sein Kinn verdunkelten, ließen ihn piratenhaft und gefährlicher erscheinen. Sie wollte die Hand ausstrecken und ihn berühren. Um zu sehen, wie sich diese Stacheln an ihrer Handfläche anfühlen würden.

Sie machte eine Faust und drückte sich die Nägel in ihre Haut. Was *stimmte* mit ihr nicht? Sie hatte schon vorher Muskeln gesehen. Der Zirkus war voll von geschmeidigen, straffen Akrobaten und prallen, starken

Männern. Bei keinem von *ihnen* hatte es sie in den Fingern gejuckt, um sie . . . zu erkunden.

Etwas auf seiner Schulter fiel ihr ins Auge. Er hatte dort eine Zeichnung, einen Entwurf, auf seine Haut getuscht. Sie bewegte sich schlängelnd, während er sich streckte. Was war das? Ein Schiff? Ein Gesicht? Es hätte nicht richtig aussehen sollen - ein Makel, der die Perfektion seines zurückgelehnten Rückens trübte - aber irgendwie verbesserte es ihn eher, als dass es störte.

„Genug gesehen? Oder soll ich mich ganz ausziehen?"

Seine sarkastische Bemerkung ließ sie aufschrecken. Ihr erschrockener Blick traf seinen im Spiegel, und er warf ihr einen amüsierten, wissenden Blick zu.

„Es tut mir leid. Ich ..."

Er hob die Brauen.

„Was ist das?" Sie gestikulierte hilflos auf seinen Rücken und gab jede Heuchelei auf.

Er blickte über seine Schulter, als hätte er vergessen, was da war. „Eine Tätowierung."

„Hat das weh getan?"

„Ich kann mich nicht erinnern." Er hob die Achseln, was seine Muskeln wieder zucken ließ. „Das habe ich aus Portugal. Tony - mein Bruder und ich waren eines nachts sturzbetrunken. Wir haben uns beide ein Bild stechen lassen." Sein reuevolles Lächeln ließ ihn fast wie einen Jungen aussehen. „Es schien zu dem Zeitpunkt eine gute Idee zu sein."

Marianne versuchte, sich Valette jung, betrunken und sorglos vorzustellen. Es schien so unwahrscheinlich. Er hatte eine so vollkommene Kontrolle. „Was haben Sie in Portugal gemacht?"

Sein Ausdruck trübte sich. „Gekämpft."

Seine Knappheit deutete an, dass sie das Thema fallen lassen sollte, aber sie weigerte sich, den Wink zu verstehen, nicht als er ihr endlich etwas über sich selbst erzählte. „Und wo ist Ihr Bruder jetzt?", fragte sie fröhlich.

Ein Muskel zuckte „Er ist tot."

Sie zuckte zusammen. „Das tut mir leid."

„Mir auch", sagte er grimmig.

Er schien plötzlich zu bemerken, was sie trug. Sein skeptischer Blick glitt von ihrem Kopf auf ihre nackten Füße und wieder nach oben. Sie glättete die Vorderseite des Hemdes, in der Gewissheit, dass er im Begriff war, an ihrem Aussehen etwas auszusetzen. „Was?"

Er verengte vorwurfsvoll die Augen. „Sie sehen nicht gerade wie ein Mann aus."

Sie umklammerte ihre Hände über dem Herzen und tat so, als wäre sie erstaunt. „Ist das ein Kompliment? Sei still, mein schlagendes Herz!"

Er runzelte die Stirn. „Es ist Ihr Haar. Es ist zu lang. Sie werden nie als ein Junge durchgehen, wenn Sie so aussehen." Er gestikulierte mit dem Rasiermesser. „Kommen Sie her. Wir müssen es abschneiden."

Ihre Hände flogen instinktiv nach oben, um ihren Kopf zu schützen. „Nein!"

Ihr Haar war eines der wenigen Dinge, die sie tatsächlich an ihrem Aussehen *mochte*. Sie hatte vielleicht nicht Sophies runde, üppige Figur oder Maries klare blaue Augen, aber ihr Haar war lang und dicht und leicht gelockt. Laurent machte ihr dazu immer Komplimente. Das war das weiblichste an ihr.

Valette schoss ihr einen ungeduldigen Blick zu. „Hören Sie auf, so dumm zu sein."

Ihre Blicke trafen sich und kämpften einen langen Moment lang.

„Sie haben mir Ihre volle Kooperation versprochen", erinnerte er sie sanft. „Vergessen Sie nicht, wessen Männer Ihre Schwester bewachen. Ich kann sie im Handumdrehen zurück zu Duval bringen lassen."

Bastard.

Marianne verschränkte ihre Arme wütend und drehte ihm den Rücken zu. „Gut. Aber machen Sie es schnell."

Er trat hinter sie. So nah, dass sie die Wärme seiner nackten Brust durch ihr Hemd hindurch fühlen konnte, er konnte den schwachen, spritzigen Duft seiner Rasierseife riechen. Ihr Herz begann zu pochen. Sie hielt sehr still, als er ihr Haar im Nacken zusammenrollte, seine Finger waren rau und ungeduldig. Er drehte es, wickelte es um seine Faust und zog es straff und zwang ihren Kopf nach hinten.

„Aua!"

Eine seltsame, flatternde Hitze krümmte sich in ihrem Bauch. Seine Berührung war primitiv, animalisch. Als wolle er ihr die Kehle durchschneiden. Oder sie zum Bett zerren und schänden. Sie wusste nicht, was schlimmer wäre. Sie zitterte, als das kalte Metall ihren Nacken berührte. Auf diese Weise hatte man die Leute auf die Guillotine vorbereitet, indem man ihnen die Haare abhackte, um die mörderische Klinge nicht zu behindern. Sie stellte sich das Zischen und Dröhnen der

Klinge vor, wie einen Metzgerblock und ein Hackbeil, den spöttischen Jubel der Menge. Zumindest war ihren Eltern diese letzte Demütigung erspart geblieben.

Abgetrennte Strähnen kitzelten ihre Schultern, bevor sie zu Boden fielen. Es klang, als zerrisse Seide. Sie drückte ihre Lider fest zu und wollte nichts sehen. Tränen traten ihr in die Augen. Es waren nur Haare. Es war dumm, sich darüber so aufzuregen. Warum sollte es ihr überhaupt wichtig sein, feminin auszusehen? Es war nicht so, dass sie seine Aufmerksamkeit auf sich ziehen *wollte*. Oder die irgendeines Mannes. Je schlechter sie aussah, desto besser.

Eine einzige, verräterische Träne fiel auf die staubigen Holzdielen, bevor sie sie aufhalten konnte. Ihre Augen öffneten sich, und sie blickte mit gedemütigtem Entsetzen auf sie herab.

Valette lehnte sich über die Schulter und schaute auf den winzigen schwarzen Fleck. Dann schnaubte er ungläubig und mitleidlos. „Mein Gott, Frau. Sie weinen doch nicht um Ihr Haar?"

Sie rieb ihr Auge mit dem Handrücken. „Natürlich nicht. Ich habe nur was ins Auge bekommen, das ist alles."

Er fing ihr Kinn auf und zwang es nach oben, dann wartete er, grausam geduldig, bis sie ihn ansah. Seine gelbbraunen Augen waren unleserlich. „Es wird nachwachsen", knurrte er.

Sie zog sich weg von zurück. Ein Blick in den Spiegel bestätigte ihre schlimmsten Befürchtungen: Sie sah wie ein dürrer Junge aus. *Genau das war der Zweck.*

„Ich hasse es“, sagte sie stumpfsinnig.

„Sie sollen es nicht *mögen.*“

Emotionsloser Bastard.

Er senkte seinen Kopf und entließ sie. „Gehen Sie frühstücken. Ich treffe Sie auf dem Dach.“

KAPITEL 15

Marianne sah trübsinnig zu, wie Valette aus demselben Fenster, das sie benutzt hatte, herauskletterte, flink auf die Steinbalustrade sprang und sich auf den flachen Teil des Daches schwang. Sie war widerwillig von seiner Agilität beeindruckt. Zumal er ein dickes Stück Seil über die Schulter trug.

„Wir scheinen uns immer auf Dächern zu treffen."

Als ob er sie daran erinnern müsste.

„Ich mag Dächer", sagte sie kühl und wandte sich wieder der Landschaft zu. „Ich werde dort selten gestört."

In Paris kletterte sie nachts auf das Dach des Theaters und stellte sich vor, sie sei die einzige, die noch wach war. Das war natürlich naiv, denn Paris schlief nie wirklich, zu keiner Zeit der Nacht. Besonders nicht im Palais Royale.

Valette lächelte über ihre Unverschämtheit. Sie zog

ihre Knie bis zur Brust hoch und legte ihr Kinn darauf ab. „Was machen wir hier oben?"

„Sie haben den Plan gesehen. Der Gefangene wird im Pavillon des Königs in Vincennes festgehalten. Sie müssen aus seinem Zimmer fliehen, die Außenmauer herunterklettern und über den Graben in die Freiheit gelangen."

„Bei Ihnen klingt das so einfach."

Er ignorierte ihren Sarkasmus. „Ich habe Sie seiltanzen gesehen. Ich will sehen, wie Sie ein Gebäude hinunterklettern." Er trat zur Seite, schaute über die niedrige Brüstung, drehte sich dann um und sicherte ein Ende des Seils um einen Schornstein. Den Rest warf er hinunter. „Runter mit Ihnen."

Marianne starrte ihn an. Sie erhob sich und überprüfte zweimal die Sicherheit seiner Knoten, zog sie fest und lehnte sich mit ihrem vollen Gewicht dagegen, um sicher zu sein, dass sie halten würden.

Er lehnte sich mit dem Rücken an die Wand. „Vertrauen Sie mir nicht, meine Liebe?"

„Sagen wir einfach, ich bezweifle, dass Sie so viel Interesse daran haben, mich am Leben zu erhalten wie ich". Zufrieden mit den Knoten, schaute sie über die Seite und maß die Entfernung zum Boden. „Das ist sehr hoch."

„Die Gefängnismauern sind hoch", erinnerte er sie.

„Was ist, wenn ich falle?"

Er verschränkte die Arme über der Brust. „Können Sie fliegen?"

„Nein." *Wenn sie ein Vogel wäre, würde sie nach Paris zurückfliegen.*

„Dann fallen Sie nicht."

„Das ist Ihr Rat? *‚Fallen Sie nicht'*?"

Er schenkte ihr ein irritierend gelassenes Lächeln. „Nicht zu sterben ist ein sehr guter Anreiz." Er schnippte ein nicht vorhandenes Staubkörnchen vom Ärmel seines Mantels. „Wenn Sie erwischt werden, werden die Folgen äußerst unangenehm sein. Es gibt keinen Spielraum für Fehler. Und ich werde sicherlich nicht mein Leben riskieren, um Sie zu retten. Wenn Sie einen Fehler machen, sind Sie auf sich allein gestellt."

„Wunderbar." Marianne schlüpfte aus ihren Stiefeln und trat vorsichtig auf die Balustrade. Der warme Aufwind blies ihr die Haare aus dem Gesicht, und sie streckte die Arme seitlich aus und genoss den vertrauten Kick, so hoch oben zu sein und das Gefühl der Unbesiegbarkeit zu genießen.

Von hier oben konnte sie mehr von der Landschaft sehen. Hügelige Rübenfelder und üppige, bewaldete Parklandschaften erstreckten sich, soweit das Auge reichte. In einiger Entfernung konnte sie die dunkle Rauchfahne aus einem Schornstein erkennen. Bei diesem Anblick fühlte sie sich etwas besser. Sie waren also nicht völlig von menschlicher Anwesenheit isoliert.

Sie rollte ihre Zehen über den Rand des Daches und balancierte auf der Kante und testete dabei ihre Nerven.

„Ich wünschte, Sie würden das nicht tun", sagte Valette ruhig. „Es macht mich nervös."

„Wirklich?" Sie lachte und ging auf die Zehenspitzen, nur um ihn zu reizen. „Und wenn ich das tue?"

Er verengte unbeeindruckt den Blick auf sie.

„Haben Sie Angst, dass ich falle?", spottete sie.

„Nein." Sein Gesichtsausdruck war todernst. „Angst, dass ich in Versuchung komme, Sie zu stoßen."

Sie konnte nicht sagen, ob er scherzte oder nicht. Nur um sicher zu gehen, trat sie vom Rand zurück. „Wie haben Sie es überhaupt geschafft, ein Seil in das Gefängnis zu bekommen?"

Er lächelte, als ob er sich über ihre Neugier freute. „Es ist hereingeschmuggelt worden. Jede Woche erhält der Gefangene Besuch von einem Priester, dessen Gewänder durch einen Gürtel aus gedrehtem Seil gesichert sind. Wenn er hereingeht, hat sein Gürtel drei Stränge. Wenn er ihn verlässt, hat er nur einen. Der Gefangene hat die Abschnitte zu einem einzigen Seil zusammengebunden, das Sie verwenden werden."

„Besteht die Möglichkeit, dass der Gefangene in seinem früheren Leben ein Seilmacher war? Oder ein Seemann?"

Seine Lippen zuckten vor Belustigung. „Ich fürchte, nein. Ich sagte Ihnen, er ist ein Aristokrat. Ein Royalisten-Anhänger, der wegen seiner Überzeugungen im Gefängnis sitzt."

„Also werde ich mein Leben einem Seil anvertrauen, das von einem aristokratischen Invaliden hergestellt wurde, der in seinem Leben noch keinen einzigen Tag gearbeitet hat", bemerkte sie säuerlich. „Das wird ja immer besser und besser."

Sie griff hinter sich, zog die Messer aus ihrem Hosenbund und reichte sie Valette. Er hob eine Stirn und nahm sie feierlich entgegen, als ob die Geste irgendwie symbolisch wäre. Sie schaute ihn warnend an. „Ich erwarte sie zurück, wenn ich fertig bin."

Sie hob das Seil auf, stellte sich darüber und drehte der malerischen Aussicht den Rücken zu. Das Seil straffte sich, als sie sich nach hinten über die Kante lehnte, und sie entlastete ihr Gewicht vorsichtig, indem sie ihre Beine gerade gegen das Gebäude stemmte. „Wir sehen uns unten."

Trotz ihrer äußerlichen Unbekümmertheit hämmerte ihr Herz gegen ihre Rippen. Das war höher, als sie es je zuvor versucht hatte. Sie ging mit ihren Füßen die Seite des Gebäudes hinunter und hielt das Seil mit den Händen, bis sie die Balustrade verlassen hatte, dann wickelte sie ihre Knöchel um das Seil und begann, sich Hand um Hand herunterzulassen, wie Laurent es ihr beigebracht hatte.

Sobald sie ein paar Meter vorangekommen war, erkannte sie den Fehler im Plan. Als Latude entkommen war, hatte er dies mit einem Freund getan, der den unteren Teil des Seils festgehalten hatte, während er sich hinunterließ. Diesen Luxus hatte sie nicht. Das Seil begann sich zu drehen, und ihre Schulter stieß hart gegen das Mauerwerk. Sie gab ein schmerzhaftes Stöhnen von sich. Verzweifelt versuchte sie, so schnell wie möglich zu Boden zu kommen, lockerte ihren Griff und begann, das Seil kontrolliert hinunterzurutschen.

Ihre Handflächen begannen durch die Reibung zu brennen, und die Innenseiten ihrer Oberschenkel rieben schmerzhaft am Hanf, aber sie schaffte es, sich festzuhalten. Sie landete mit einem alle andere als ladyhaften Knall auf dem Boden und stieß ein Gebet der Erleichterung aus. Ein berauschendes Erfolgserlebnis erfüllte sie, als sie in die Höhe blickte, aus der sie gekommen war.

Sie hatte es geschafft! Ha!

Sie wischte sich die zitternden Hände an ihrer Reithose ab, ein Lächeln reiner Freude auf den Lippen.

Valettes Kopf und Schultern erschienen über der Brüstung, sein dunkles Haar von der Brise zerzaust. „Jetzt kommen Sie hoch und machen Sie es noch einmal", rief er herunter.

Marianne gaffte ihn bestürzt an. „*Schon wieder*? Was stimmte denn dieses Mal nicht?"

„Nichts. Aber einmal ist nicht genug. Sie müssen perfekt sein. Los gehts."

Sie ging auf die offenen Doppeltüren zu, die wieder nach innen führten, und trat dabei eine unschuldige Blume auf dem Weg. *Ein empörender Mann*. Sie sollte *ihn* vom Dach stoßen. Mal sehen, wie *ihm* das gefiel.

KAPITEL 16

Nachdem sie noch dreimal das Seil hinunterklettern musste, wobei Marianne schwor, ihn im Schlaf zu erstechen und auf seiner wertlosen Leiche zu tanzen, erlaubte Valette ihr eine Mittagspause.

Sie fand Äpfel, Brot und Schinken auf dem Tisch in der Küche und aß sie allein im Sonnenschein auf den Stufen der Terrasse. Sie war dankbar für die Verschnaufpause. Sie nahm sich Zeit, kaute jeden Bissen mindestens zehnmal, ließ die Wärme der Sonne ihren schmerzenden Körper pflegen. Sie zuckte und schimpfte über das Seil, das ihre Hände verbannt hatte.

„Wie gut können Sie reiten?"

Valettes Stimme erklang so dicht hinter ihr, dass sie aufsprang. Dieu! Sie war gut im Herumschleichen, aber er hatte es auf ein ganz neues Niveau gehoben. Sie wandte sich von den verwilderten Gärten ab und starrte ihn an.

„Als ich noch jünger war, bin ich viel geritten, aber ich tue es nicht viel im Zirkus, außer als Statist in einigen der großen Bühnenstücke. Die Akrobatik überlasse ich den Kunstreitern."

Der Cirque Olympique war berühmt für seine Reitspektakel, riesige Inszenierungen berühmter Schlachten, darunter eine, die sich „Kurier von Sankt Petersburg" nannte und in der die Reiter als Tribut an die militärischen Siege des Kaisers die Flaggen aller vom Kaiser eroberten Länder trugen. Diese Schlacht hatten sie schon lange nicht mehr aufgeführt. Laurent müsste sie wahrscheinlich wiedereinführen, jetzt, da Napoleon zurück war, dachte sie bitter.

Ein Stirnrunzeln zierte Valettes Gesicht. „Wir werden nach der Flucht nach Paris zurückreiten. Ich lasse nicht zu, dass Sie herunterfallen und gefangen genommen werden." Er ging, offensichtlich in der Erwartung, dass sie ihm folgte.

„Bitte, Marianne", fügte sie sarkastisch unter ihrem Atem hinzu, „ich würde es als die größte Ehre betrachten, wenn Sie mich begleiten würden."

Ganz ehrlich, würde es den Mann umbringen, zu fragen, *anstatt nur Befehle zu erteilen?* Autokratisches Schwein.

Sie hatte keine andere Wahl, als ihm durch die Hintertür des Hauses zu folgen. Steine knirschten unter ihren Füßen, als sie zwischen Reihen wild wuchernder Reben stolzierten. Valette griff sich eine Handvoll Trauben und steckte sich eine in den Mund. Sie beobachtete die Art und Weise, wie sich sein Kiefer beim Kauen bewegte, das Ducken seiner Kehle, als er schluckte, und schaute weg. Das Letzte, was sie brauchte, war, sich zu ihm hingezogen zu fühlen.

Er führte sie an den ausgebrannten Ställen vorbei zu einem großen Gebäude, das abseits des Haupthauses stand; es sah aus wie eine Art Gewächshaus. Reihen von hohen Fenstern verliefen entlang einer ganzen Wand, und Sonnenlicht schimmerte von dem gebogenen Glasdach. Statt Blumen enthielt das Innere jedoch eine riesige ovale Manege für die Reiterausbildung, ähnlich der im Zirkus.

Marianne stand mit offenem Mund da und staunte über diesen Luxus in einem Privathaus. Kein Wunder, dass die Kavallerie des Kaisers den Ort beschlagnahmt hatte.

Lichtbalken, die schräg über den Boden verliefen, und ein ordentlicher Holzzaun trennten die Arena auf einer Seite von einem kleinen Sitzbereich. Marianne atmete tief durch, ihre flatternden Nerven wurden durch den vertrauten Duft von warmer Erde und Sägemehl beruhigt. Es roch genau wie im Zirkus.

Zwei Pferde - keines davon der alte Gaul, der den Wagen gezogen hatte - waren an der Reling angebunden. Sie blickte sich um und suchte nach einem Diener oder Stallburschen, aber es war niemand in Sicht. Marianne knirschte mit den Zähnen. *Natürlich konnte er zwei Pferde aus dem Nichts auftauchen lassen.* Der Mann schnippte einfach mit den Fingern, gab einen Befehl, und egal wie ungeheuerlich die Forderung war, die wurde ohne Frage erfüllt.

„Sehen wir mal, was Sie können“, forderte er leise.

Sie näherte sich vorsichtig dem kleineren Pferd, um

es nicht zu erschrecken, und bot ihm ihre flache Hand an. Die samtene Schnauze des Pferdes leckte ihre Finger in der Hoffnung auf ein Leckerli. Sie schwang sich auf den Rücken des Pferdes, zuckte ein wenig zusammen, als sie die Härte des Sattels auf ihren ohnehin schon wunden Innenschenkeln spürte, und führte das Tier zaghaft nach vorne.

Eine Stunde später war Marianne zu dem Schluss gekommen, dass Nicolas Valette noch viel mehr ein sklaventreibender Perfektionist war als alle Falconis zusammen. Er behandelte sie wie eines von Laurents Trickpferden und zwang sie, Manöver immer und immer wieder zu wiederholen, bis sie tadellos eingearbeitet waren: endloses Aufsteigen, Absteigen, Drehen, Anhalten, Achterfiguren.

Sie biss sich auf die Lippe. Es war ein Willenskampf, und sie wollte sich nicht beugen. Duval hatte versucht, ihren Geist zu brechen, und war gescheitert. Sie wäre *verdammt,* wenn sie sich von Valette bezwingen lassen würde.

Gerade als sie dachte, die demütigende Sitzung nähere sich dem Ende, nahm Valette den Sattel von ihrem Pferd und befahl ihr, ohne Sattel und ohne Steigbügel zu reiten und sich einfach an der Mähne des Pferdes festzuhalten. Die böse Kreatur galoppierte vorwärts und hielt dann abrupt an. Marianne schlitterte herunter und schlug auf dem Boden auf. Schon wieder.

Ihr unfreiwilliges Aufstöhnen vor Schmerz rief bei Valette nicht einen Funken Mitleid hervor. Er zwang sie, wieder aufzusteigen und es noch einmal zu versuchen.

Selbstherrlich, herrisch, unsensibel, grausam . . . Sie

begnügte sich damit, ihn im Takt der Pferdehufe zu beleidigen. Nach einer weiteren halben Stunde war sie noch zweimal gefallen und bereit, jemanden zu töten. Namentlich Valette.

„Noch einmal!" Er stand in der Mitte der Arena, drehte sich ab und zu um, um ihr zuzusehen. Das Klatschen seiner Hände war wie der Knall einer Peitsche.

„Wenn Sie noch einmal in die Hände klatschen, schwöre ich, dass ich sie abschneiden werde", zischte sie auf ihrem Weg an ihm vorbei.

„Ich weiß nicht, wovor ich mehr Angst habe", höhnte er, „vor Ihren Messern oder Ihrer scharfen Zunge. Noch einmal!"

Marianne stellte sich vor, eines ihrer Messer in sein Herz zu bohren. Es war ein schönes Bild.

„Noch einmal."

Sie zwang sich, nicht zu schreien. Sie hasste diese Worte. Sie hasste diesen Mann. „*Dieu*! Woran ist Ihr letzter Diener gestorben? An Erschöpfung?"

Sein teuflisches Lachen folgte ihr durch den Ring.

Ihre Oberschenkelmuskeln protestierten. Ihr Rücken tat weh. Ihre Handflächen hatten Blasen. Ihr Haar klebte in einem heißen, verschwitzten Durcheinander an ihrer Stirn. Er trieb sie bis an die Grenze ihrer Belastbarkeit, um zu sehen, wie viel sie aushalten konnte.

Er klatschte in die Hände. „Machen Sie das nochmal", befahl er kühl.

Sie verlor die Kontrolle. Sie riss an der Mähne des Pferdes. Es stoppte schlitternd und schnaubte schwer. „Warum? Ich habe es schon zehnmal getan. Und jedes Mal war ich perfekt."

„Sie müssen dazu in der Lage sein, auch wenn Sie wütend, müde und abgelenkt sind."

Marianne blickte finster drein. „Ich lasse mich nicht ablenken."

„Wirklich?", fragte er. Er ging zur Seite und kehrte mit zwei langen, schlanken Fechtklingen zurück, die an der Wand befestigt waren. Er übergab ihr eines und bestieg das zweite Pferd, einen glänzend braunen Hengst, der ungeduldig gewartet hatte, während sie übte.

Sie war es gewohnt, hölzerne Requisitenschwerter zu halten. Die Show ‚Der tapfere Kosake' endete in einer groß angelegten Schlacht mit Kanonen, Explosionen und der Eroberung eines Landschlosses. Ihr persönlicher Favorit war „Marzeppa und das wilde Pferd des Tataren", eine Show, die nicht nur choreographierte Kämpfe, sondern ausgerechnet auch ein Zebra und einen mechanischen Geier beinhaltete.

Diese Klinge war jedoch aus Stahl, nicht Holz. Sie beobachtete ihn mit zusammengekniffenen Augen.

Lord Byrons fiktiver „Korsar" war im vergangenen Jahr der letzte Schrei gewesen, obwohl der Autor Engländer war. Die dünne Marie hatte von einem ihrer vielen Bewunderer eine ledergebundene Übersetzung erhalten, und da weder sie noch eines der anderen Mädchen in Montausier tatsächlich lesen konnte, war Marianne gebeten worden, bei jedem Besuch ein paar Kapitel vorzutragen. Alle hatten sich in den schneidigen Piratenkapitän Conrad verliebt, der alles riskierte, um Gulnare, die Hauptsklavin aus dem Harem des türkischen Paschas, zu retten.

Bei Valette würden sie in Ekstase verfallen, dachte Marianne verbittert. Sein Haar war zerzaust, als wäre er gerade aus dem Bett aufgestanden, und auf irritierende Weise attraktiv. Sein Hemd passte sich den harten Formen seiner Brust an. Aber Valette war kein Held aus dem Märchenbuch. Er war ein gefühlloses, emotionsloses Monster, und sie würde *alles* dafür geben, ihn so zerzaust und wütend zu sehen, wie sie es war.

Er gab dem Hengst die Sporen und sie stellte zu ihrem Erstaunen fest, dass sein Pferd wie in einem mittelalterlichen Ritterturnier auf ihres zustürmte. Sonnenlicht glitzerte vom Metall, als er das Schwert hoch über seinen Kopf hob und wie ein Racheengel auf sie zustürzte.

Ihr Magen überschlug sich in Alarmbereitschaft. Sie hob den Arm, um seinen Schlag zu parieren, überlegte es sich dann besser und duckte sich stattdessen im allerletzten Moment zur Seite. Seine Klinge streifte ihre mit einem scheußlichen metallischen Kratzer ab, der ihren ganzen Arm herunter hallte.

Sie riss ihr Pferd herum, versuchte verzweifelt zu entkommen, aber Valette war direkt neben ihr. Er lenkte sein Reittier in sie hinein, während sie galoppierten. Sein harter Oberschenkel stieß an ihren, und sie ließ ihr Schwert fallen und verlor beim Aufprall fast ihren Halt.

Fils de putain!

Marianne senkte ihre Schulter und stieß ihn mit einem kräftigen Stoß zurück. Sie hörte ihn lachen. Er beugte sich vor, griff mit der Faust nach der Vorderseite ihres Hemdes und zog sie zu sich, so dass sie seitlich von ihrem Reittier lehnen musste. Sie waren Nase an Nase.

Marianne warf einen versteinerten Blick auf den Boden, der in einer furchtbaren Unschärfe unter ihr vorbeidonnerte. „Sie Wahnsinniger! Was *tun* Sie da?"

Sein Grinsen war teuflisch. „Sie ablenken." Sein Mund fiel auf ihren.

Bevor sie auch nur daran denken konnte, ihn zu schlagen, zog er seinen Griff fester an und hob sie sauber vom Pferd. Für den Bruchteil einer Sekunde staunte sie darüber, wie stark er sein musste.

Und dann öffnete er seine Faust und ließ sie los.

KAPITEL 17

Marianne fiel hart zu Boden.

Sie rollte sich instinktiv ab und krümmte sich zu einem schützenden Ball, als die donnernden Hufe des Pferdes sie nur um Zentimeter verfehlten. Sie lag wie betäubt und keuchend im Dreck, ihr Herz raste. Holzspäne klebten an ihrer Wange und hingen in ihrem Haar. Es waren sogar welche in ihrem Mund. Sie spuckte sie angewidert aus und setzte sich vorsichtig auf, um ihren Körper auf Verletzungen zu untersuchen. Als sie keine fand, wandte sie sich ihrem Verfolger zu. Sie kochte vor Wut.

Von all den dummen, rücksichtslosen, gefährlichen Stunts!

„*Fils de putain!* Ich hätte mir den Hals brechen können!"

Valette galoppierte auf sie zu, völlig reuelos, und stieg in einer einzigen fließenden Bewegung ab. „Ich lasse mich nicht ablenken", spottete er in singendem Tonfall.

Ihre Wangen waren vor Erniedrigung gerötet. Sie

wünschte sich fast, sie hätte sich einen Knochen gebrochen, nur um ihn zu ärgern. Dann könnte er seine kostbare Rettungsmission alleine zu Ende bringen. „Wenn Sie glauben, dass ich nicht gut genug bin, suchen Sie sich jemand anderen“, schoss sie zurück. „Oh nein, stimmt ja, das können Sie nicht. Sie wollen mich hier haben. Sie brauchen mich. Also hören Sie auf, so ein Bastard zu sein.“

Valette war ihren Beleidigungen gegenüber unempfindlich. „Stehen Sie auf. Sie sehen aus wie ein gepeitschter Welpe.“

Marianne kroch vorwärts und holte ihr Schwert aus dem Dreck. Sie hatte sich auf die Zunge gebissen; der salzige Geschmack des Blutes füllte ihren Mund. Sie wischte sich mit dem Handrücken über den Mund und versuchte aufzustehen. Sie zuckte zusammen, als ihr zerschrammter Körper protestierte. Sie würde ihn nicht anflehen, aufzuhören. Schmerzen waren ihr nicht fremd.

Er nahm eine wartende Haltung ein, das Schwert erhoben, mühelos elegant. „Seien Sie nicht schüchtern. Greifen Sie mich an.“

Ihre Knie waren gebeugt, aber sie pirschte sich auf ihn zu, angespornt von rechtschaffener Wut. „Mit Vergnügen.“ Sie zielte auf seine Brust.

Er blockierte ihre Klinge und stieß sie weg. Sie umkreisten sich vorsichtig. Sie versuchte es erneut, aber er konterte mit einem sauberen Ausweichmanöver.

„Sie sind so verdammt anmutig!“, spottete er. „Das ist kein Ballett. Sie wollen mich töten, nicht mit mir tanzen.“ Ihre Klingen kreuzten sich erneut. „Zeigen Sie mir etwas Wut.“

Marianne schlug ihn erneut, härter. Er versuchte, sie zu reizen, und es funktionierte. „Geben Sie mir meine Messer, und ich werde Ihnen meine Wut zeigen", zischte sie. „Direkt durch Ihr elendes Herz." Sie schlug nach seinem Kopf und bündelte all ihren aufgestauten Ärger in diesem Schlag. Valette lenkte ihn mit einer mühelosen Bewegung aus dem Handgelenk ab.

„Hundert Francs darauf, dass Sie mein Blut nicht vergießen können", forderte er.

Sie schlug erneut zu und drängte ihn zurück. „Ich habe keine Hundert Francs."

„Und Sie werden auch keine haben." Er duckte sich vor ihrer Klinge und trat näher heran. So leicht kam er unter ihre Verteidigung hindurch. Die Spitze seines Schwertes lag an der Basis ihrer Kehle. Kalter Stahl drückte heißes Fleisch. Marianne erstarrte und zog ihr Kinn von der tödlichen Spitze weg, ihr Puls hämmerte.

Sie waren sich so nahe, dass sie fühlen konnte, wie die Wärme von seinem Körper ausstrahlte. Sie konnte den sauberen, männlichen Duft in ihren Nasenlöchern wahrnehmen. Sein Blick fiel zu ihrem Mund und dann wieder zurück zu ihren Augen. Sie schien nicht wegsehen zu können. Etwas Dunkles und Gefährliches flimmerte in der Luft zwischen ihnen, ein Augenblick von außergewöhnlichem Potenzial. Marianne stand völlig still. Sie war sich sicher, dass er sich vorbeugen und sie küssen wollte.

Und dann ließ er sein Schwert mit einem seitwärts gerichteten Schwung sinken und trat zurück.

Er stapfte ein paar Schritte davon, drehte sich um und winkte sie mit einem herrischen Fingerschnipsen wieder heran, als ob die Intensität des vorherigen Moments nie aufgetreten wäre.

Marianne stieß den Atem aus, den sie angehalten hatte.

„Nochmal. Stellen Sie sich vor, ich hätte Ihre Schwester. Sie ist so hübsch", stichelte er. „Ich will sie haben. Ich werde sie auch haben, es sei denn, Sie können mich davon abhalten."

Nichts hätte sie noch wütender gemacht.

Sie lief auf ihn zu. „Sie werden sie nicht anfassen!"

Er packte ihren Arm, verdrehte sie und warf sie so leicht ins Sägemehl, als wäre sie ein Kind.

Marianne krabbelte nach oben, glühende Wut sprudelte in ihrer Brust. „Lassen Sie sie in Ruhe, Sie Mistkerl!"

Sie griff erneut an, und er stieß sie erneut um, nur dieses Mal folgte er ihr nach unten, kniete neben ihr, hielt ihre Handgelenke auf beiden Seiten des Kopfes fest und drückte sie mit einem zermürbenden, festen Griff in das Sägemehl. Marianne stieß ein Heulen ohnmächtiger Wut aus.

„Hören Sie auf, sich von der Wut Ihr Urteilsvermögen trüben zu lassen", riet er kühl. „Und hören Sie auf, nach den Regeln zu spielen. Es gibt keine Regeln. Der dreckigste Kämpfer gewinnt, jedes Mal. Tun Sie, was immer Sie können, um sich den Vorteil zu verschaffen. Treten Sie mir in die Eier. Kratzen Sie mir die Augen aus. Verrenken Sie mir die Daumen."

Sie wölbte ihren Rücken, stieß ihre Hüften vom Boden ab, aber er bewegte sich keinen Zentimeter. Sie versuchte, ihm einen Kopfstoß zu geben, fast blind vor

Wut. Er wich mit einem irritierenden Grinsen aus. „So ist es schon besser."

Als er stand, trat sie mit ihren Beinen um sich. Ihr Fuß machte einen sehr erfreulichen Kontakt mit seinem Schienbein. Er jaulte und hüpfte rückwärts, und sie zischte zufrieden. Sie rollte und versuchte, seine Füße unter ihm wegzufegen, aber er sprang über sie hinweg, und ehe sie sich versah, war sie mit dem Gesicht nach unten gekehrt. Seine Hand am Hinterkopf drückte ihre Nase in das Sägemehl. Er lag auf ihr, seine kräftigen Oberschenkel spreizten ihre Beine, sein Gewicht erdrückte sie. Er beugte sich vor, sein Atem in ihrem Ohr war schroff.

Und plötzlich war es kein Sägemehl mehr in ihrem Gesicht. Es war die Wäsche eines ungemachten Bettes. Sie konnte Schweiß und Knoblauch und Wein riechen. Und es war Duval, nicht Valette, der sie festhielt. Duvals süßliches Parfüm ließ sie würgen.

Ihre Haut fühlte sich an, als würde sie vor Maden überlaufen werden. Sie versuchte, sich umzudrehen, ihn von sich zu stoßen, aber er war so viel stärker, so viel schwerer. Sie konnte nicht atmen. Sie hörte, wie jemand wimmerte, schluchzte und zusammenhanglos flehte. Die erstickende Dunkelheit stürzte auf sie zu, um sie zu verschlingen.

Und dann war das erdrückende Gewicht verschwunden. Starke Hände rollten sie auf den Rücken. Marianne holte tief Luft, als die Welt wieder klarer wurde. Holzspäne auf dem Schmutzboden. Die Hufe eines Pferdes. Und Valette, an ihrer Seite kniend, sein Gesicht unergründlich.

„Atmen."

Sie schauderte, als das Entsetzen zurückwich und Erniedrigung an dessen Stelle trat. Seine ausgestreckte Hand ignorierend, setzte sie sich auf und senkte ihre Stirn auf ihre gebeugten Knie. „Gehen Sie weg."

Ihre Stimme zitterte. Genau wie ihre Hände. Sie drehte ihre Schulter, um ihn abzustreifen, und er folgte schließlich ihrem Wink, erhob sich und trat zurück. Sie hörte das Knirschen seiner Stiefel, als er ging.

Ihre Erleichterung war nur von kurzer Dauer. Einige Minuten später kam er zurück und schob ihr ein Glas Wasser unter die Nase. *Warum konnte er sie nicht einfach in Ruhe lassen? Hatte er sie nicht schon genug gequält?*

„Trinken Sie.", befahl er knapp.

Sie nahm das Glas mit zitternden Händen, nahm einen pflichtbewussten Schluck und stellte es dann in das Sägemehl. Er ließ sich neben ihr nieder.

„Wer hat Ihnen wehgetan, Marianne?"

Sie schüttelte den Kopf. „Niemand. Ich will nicht darüber reden."

„Erzählen Sie es mir."

Marianne presste ihre Augenlider zusammen. Ihre Schläfen pochten. Gott, er war wie ein Terrier, der nicht mehr losließ, wenn er einmal seine Zähne in etwas versunken hatte. Sie nahm an, sie schulde ihm eine Erklärung. Erst ihr Alptraum letzte Nacht, und jetzt das. Er musste sie für eine Wahnsinnige halten.

Was auch *gut so* wäre, erinnerte sie sich streng. Vielleicht würde er, wenn er glaubte, sie sei gestört, jemand anderen für seinen dummen Rettungsversuch benutzen.

Sie holte zitternd Luft. „Als unsere Eltern starben,

wurden Sophie und ich zu unserem einzigen lebenden Verwandten geschickt. Einem Cousin in Paris. Eines nachts, kurz nach unserer Ankunft, kam er in das Schlafzimmer, das Sophie und ich teilten. Er war betrunken. Ich konnte es an ihm riechen.“ Ihre Lippen fühlten sich taub an. „Er sagte, unser Vater sei in ein Komplott zum Sturz Napoleons verwickelt gewesen, und wenn wir nicht täten, was er uns sagte, würde er uns als Töchter eines Verräters denunzieren.“

„Was ist passiert?“, fragte Valette leise.

„Er sagte, wir müssten beweisen, wie dankbar wir wären.“

Marianne öffnete die Augen und konzentrierte sich auf ihre Hände. Die blasse Linie einer Narbe verlief über ihr Handgelenk. Dort hatte sie sich bei einer frühen Messerstecherei geschnitten. Sie wollte Valettes Gesicht nicht sehen. Sie wollte nicht sehen, wie sich der Ekel in seinen Ausdruck einschlich, als er von ihrer Verdorbenheit erfuhr.

„Ich stimmte zu. Damit er Sophie in Ruhe ließ. Sie war erst zehn.“

„Sie können nicht viel älter gewesen sein.“ Valettes Stimme war kühl, emotionslos, als ob er wüsste, dass sie mit Sanftheit oder Mitleid nicht umgehen konnte. Sie würde in tausend kleine Stücke zersplittern. „Wie alt waren Sie?“

„Vierzehn.“ Sie starrte geradeaus und sah nichts. „Er brachte mich in ein anderes Zimmer, zumindest das, damit Sophie nichts sehen musste. Er zog mich aus.“ Ihre Stimme drang als würgendes Flüstern heraus. Ein inniger Schauder durchzog sie. Sie riss einen Faden aus dem Knie ihrer Reithose und wickelte ihn um ihren Finger. „Ich sagte mir, ich würde mich nicht wehren. Ich würde nur meine Gedanken woanders hinlenken. Er könnte meinen Körper haben, aber ich würde ihn nicht meine Seele berühren lassen.“ In bitterer Erinnerung fühlte sie, wie sich ihre Lippen bewegten. „Aber das wollte er nicht. Er wollte, dass ich kämpfe. Er stachelte mich immer wieder an, sagte mir, dass er auch Sophie haben würde. Wie seine Männer mich festhalten würden, damit ich zusehen müsse.“

Sie holte noch einmal tief Luft. „Ich habe damals gegen ihn gekämpft. Er schlug mich so heftig, dass ich vom Bett fiel und mit dem Kopf auf das Gitter schlug. Ich biss ihn, aber er drückte mich zu Boden. Er...“

„Er hat was . . .?”, verlangte Valette harsch. „Er hat dich vergewaltigt.“ Es war eine Aussage, keine Frage.

Marianne schüttelte den Kopf. „Nein! Er hat es versucht, aber . . .“ Sie zwang die Worte in aller Eile heraus, bevor sie es sich anders überlegen konnte. „Er konnte nicht hart werden.“

Da, sie hatte es gesagt. Die ultimative Demütigung. Sie ließ ihren Kopf wieder auf die Knie fallen.

Das Schweigen war schrecklich, vernichtend. Sie wollte sich die Zunge abbeißen. Scham kroch durch ihre Adern wie Spinnen. Dann kam auch Wut auf: ein dunkler, harter Knoten in ihrer Brust. „Er gab mir die Schuld. Er sagte, ich sei nicht Frau genug, dass ein Mann mich ficken wolle.“

Als Valette nichts sagte, fuhr sie fort, fest entschlossen, jetzt, wo sie angefangen hatte, alles offen zu legen. „Ich griff eine Vase vom Nachttisch und schlug ihn damit. Sie schnitt ihn hier am Kinn." Sie zeigte die Stelle auf ihrem eigenen Gesicht an. „Er hat noch immer die Narbe, die ihn daran erinnert." Ihre Augen verengten sich in kurzer, bitterer Zufriedenheit. „Es hat ihn umgehauen. Als er zu sich kam, schwor ich mir, dass ich ihm die Kehle durchschneiden würde, wenn er Sophie oder mich je wieder berühren würde. Er verstand, dass ich nicht bluffte."

Sie umarmte ihre Knie. „Wir haben uns geeinigt. Ich würde einen Job finden und alle anderen ‚Besorgungen' erledigen, die er von mir verlangte, solange er sich von Sophie fernhielt."

Ihr Magen drehte sich um, als sie auf Valettes Urteil wartete. Würde er Mitleid mit ihr haben? Ihr die Schuld geben? Sie verachten? Sie verkrampfte sich, als er sein Gewicht verlagerte. *Warum in aller Welt hatte sie ihm so viel erzählt?* Sie hatte nie jemandem erzählt, was passiert war, nicht einmal Sophie. Und nun hatte sie ihre Seele entblößt und sich seiner Kritik und seiner Verachtung ausgesetzt. *Idiotin.*

Sie zuckte überrascht zusammen, als er ihr Kinn mit seinen Fingern umschloss und ihr Gesicht ihm zuwandte. Seine Augen waren dunkel, unergründlich. „Wer hat Ihnen das angetan? Der Name Ihres Cousins, Marianne."

„Duval."

Valette nickte lediglich. Er stand auf, bürstete seine Reithosen ab und verließ die Manege, ohne sich noch einmal umzusehen.

KAPITEL 18

Marianne begab sich auf einen Spaziergang in den verwilderten Gärten. Sie fürchtete sich vor Valette, dem unvermeidlichen Urteil in seinem Gesicht, aber es gab keine Alternative. Er war wie diese exotischen gefleckten Katzen, die sie im Zirkus hielten; sobald sie einen Hauch von Angst zeigte, würden sie angreifen. Kontrolle war alles. Sie tat einfach so, als sei ihr demütigender Fehler nicht passiert.

Als ob sie ihm gegenüber nicht etwas eingestanden hätte, was sie noch nie einer anderen Menschenseele erzählt hatte.

Er heftete gerade Spielkarten an eine der hölzernen Säulen, die die Manege umgaben, als sie den Mut aufbrachte, zurückzukehren. Er hatte seinen Mantel wieder angezogen, bemerkte sie. Das machte ihn noch distanzierter und unnahbarer als je zuvor.

Sie unterdrückte ihre Nervosität und stieß einen gelangweilten, langen Seufzer aus. „Und was jetzt?"

Er bot ihr die Wurfmesser an. „In Anbetracht Ihrer mangelnden Geschicklichkeit mit dem Schwert dachte ich, wir versuchen es mit einer Waffe, mit der Sie angeblich gut umgehen können."

Sie sträubte sich gegen seinen unflätigen Tonfall und schnappte nach den Klingen, zutiefst dankbar, dass er anscheinend auch nicht über ihr Geständnis von vorhin sprechen wollte. Irritation war viel besser als Kränkung.

Das Gefühl der Messer in ihren Händen bestärkte sie in ihrer Zuversicht. Sie konnte sich verteidigen, auch wenn ihr seine Fähigkeiten mit dem Schwert fehlten. Mit diesen Klingen konnte sie umgehen. In dieser Nacht, als Duval sie angriff, hatte sie verstanden, wie wehrlos sie wirklich war.

„Ihr Ziel ist der Pik-König", sagte Valette kühl.

Marianne versuchte, seine ablenkende Anwesenheit zu ignorieren, zielte sorgfältig und warf. Die Messer bohrten sich nacheinander in das Holz, der vertraute Klang des Aufpralls beruhigte ihre zermürbten Nerven. Sie marschierte vorwärts, zerrte sie heraus und nahm ihre Position wieder ein, die Distanz diesmal vergrößernd.

Valette studierte seine Fingernägel. „Noch einmal."

Sie stellte sich ihn als Pik-König vor. Zack! Die erste Spitze durchbohrte seine Kehle. Zack. Mitten durchs Herz. Zack! Der letzte enthauptete ihn. *Das* soll er ruhig kritisieren. Ihr Wurf war perfekt. Sie unterdrückte ein Lächeln.

„Sie haben mir immer noch nicht gesagt, für wen ich mein Leben riskiere.", sagte sie über ihre Schulter.

„Spielt das eine Rolle? Ich sagte Ihnen, er ist ein politischer Gefangener, der zu Unrecht inhaftiert ist."

„Natürlich spielt das eine Rolle!"

Er lächelte über ihre offensichtliche Frustration. „Kommen Sie schon. Sicherlich glaubt Ihre kleine revolutionäre Seele an *‚Liberté, Égalité* und *Fraternité*'?"

Marianne kniff die Augen zusammen.

„Und sollte sich dieses ‚Freiheit, Gleichheit und Brüderlichkeit' nicht auf alle erstrecken, unabhängig von ihrem familiären Hintergrund?", fuhr er nahtlos fort.

Sie biss sich auf die Lippe. Freiheit war ein Konzept, das ihr sehr am Herzen lag, besonders wenn man bedachte, wie wenig sie selbst davon hatte. Wer war sie denn, dass sie jemandem dasselbe Grundrecht verwehrte?

„Die Person, die wir retten, ist der Bürger Louis-Charles Capet. Zuvor bekannt als Louis-Charles de Bourbon, Königlicher Prinz von Frankreich."

Marianne gab ein ungläubiges Prusten von sich. Die Bestie wollte es ihr offensichtlich nicht sagen. „Sie haben zu viele Märchen gelesen, Monsieur", sagte sie scharfzüngig. „Er starb im Gefängnis in dem Jahr, als ich geboren wurde."

„Was, wenn nicht?", sagte Valette mit ernster Miene. „Was, wenn Napoleon nicht wollte, dass irgendwelche streunenden Bourbonen als Anlaufpunkt für die königlichen Anhänger herumlungern? Was, wenn sogar er davor zurückschreckte, ein unschuldiges Kind zu töten, und Fouché den Tod des Prinzen vortäuschen und ihn verstecken ließ, zuerst bei der Tour in Paris und später in Vincennes?"

Marianne studierte sein Gesicht. Wenn Menschen logen, dann hatten sie in der Regel einen Tick, eine winzige Zuckung, die sie verriet. Henri zum Beispiel schaute immer nach links hinunter, wenn er ein gutes Kartenblatt hatte. Das war der Grund, warum er aufgehört hatte, Karten mit ihr zu spielen. Valette hingegen verriet nichts. Sein Gesicht war so gelassen und unleserlich wie eine Maske. Der verfluchte Mann war so hinterhältig, dass er wahrscheinlich Sand an einen Beduinen verkaufen konnte. Marianne hatte sich vorgenommen, niemals mit ihm Karten zu spielen.

„Gut, sagen Sie es mir nicht", ärgerte sie sich.

Er streckte seine Hand nach einer Klinge aus. „Darf ich?"

Sie hob überrascht die Brauen.

„Lesen Sie meine Zukunft in meiner Hand?", spottete er, als sie nicht sofort nachgab.

„Ja. Ich sehe Schmerz und Demütigung in Ihrer sehr nahen Zukunft." Sie klatschte ihm ein Messer in die Handfläche. „Zielen Sie geradeaus, halten Sie den Ellenbogen hoch..."

„Königin der Herzen", unterbrach er. In einer geschickten Bewegung warf er die Klinge hoch und fing sie am anderen Ende wieder auf, wobei er ihr Gewicht und ihre Balance testete. Noch bevor sie die Überraschung über seine Geschicklichkeit registrieren konnte, pfiff das Messer ihm aus der Hand. Zack!

Marianne schritt vor, um die Säule zu inspizieren, und ihre Augen weiteten sich ungläubig. Genau in der Mitte der Herzkönigin. *Sang de Dieu*. Gab es etwas, was dieser Mann nicht gut konnte?

„Warum tun wir das überhaupt?", knurrte sie.

„Ich muss wissen, dass Sie sich verteidigen können, wenn es nötig ist. Haben Sie jemals jemanden getötet?"

Sie erschauderte entsetzt. „Nein! Natürlich nicht. Ich könnte das nicht. Egal, wie lästig jemand auch sein mag", fügte sie betont hinzu.

Sein Kiefer verhärtete sich. „Ich schon. Und Sie werden es lernen. Versuchen Sie es noch einmal. Von weiter hinten."

Marianne machte noch fünf Schritte rückwärts und konzentrierte sich mit zusammengekniffenen Augen. Valette nahm seine Stellung ein, dicht hinter ihrer Schulter. Sein würziger Duft kitzelte ihre Nase und machte es ihr schwer, sich zu konzentrieren. Sie nahm ihn sehr intensiv wahr, so nahe war er ihr.

Die ersten beiden Messer trafen ihr Ziel mit zufriedenstellender Genauigkeit. Aber gerade als sie das letzte warf, rüttelte er absichtlich an ihrem Ellbogen. Das Messer prasselte nutzlos von der Säule und auf den Boden.

Marianne wirbelte herum. „Hey! Das ist unfair!"

Seine Finger klemmten sich wie ein Schraubstock um ihre Oberarme. „So etwas wie Fairness gibt es im Krieg nicht. Es gibt keine Ehre. Keinen Verhaltenskodex. Es gibt nur Leben oder Sterben. So einfach ist das."

Er schüttelte sie, als wolle er seine Worte unterstreichen, und sie zuckte vor der düsteren Bitterkeit in seinem Gesicht zurück. „Je eher Sie das lernen, desto sicherer werden Sie sein", knurrte er. Er drückte ihre Arme, als wolle er seinen Standpunkt verdeutlichen, ließ sie dann abrupt los und drehte sich kopfschüttelnd weg.

„Mein Gott. Ich weiß nicht, was zum Teufel ich mir dabei gedacht habe."

Die Wut stieg in ihrer Brust auf wie ein glühender Ball. Dachte er, sie hätte nicht den Mut, jemanden zu verletzen? Duval hatte den gleichen Fehler gemacht.

Er war so diktatorisch. So überheblich. So nervtötend. Er war . . . fast an der Tür.

In einer schnellen Bewegung, fast ohne nachzudenken, bückte sich Marianne, nahm ein Messer in die Hand und warf. Die Klinge drückte Valettes Ärmel mit einem dumpfen Schlag gegen den Türrahmen, und sie erstarrte in Entsetzen.

Du dumme, ungestüme Idiotin! Was hast du nur getan?

Ein kaltes Rasseln an Panik lief ihr über den Rücken. In der folgenden schrecklichen Stille hörte sie das Schnauben der Pferde, das Zwitschern der Vögel draußen und ihren eigenen Herzschlag in ihren Ohren dröhnen.

Er würde sie umbringen.

Valette beugte den Kopf, inspizierte kühl seinen Ärmel und schaute sie über seine Schulter hinweg an.

„Besser", sagte er sanft.

Marianne konnte ihn nur verwundert anstarren.

Er griff mit der freien Hand quer über seinen Körper und zog das Messer mit einem splitternden Geräusch aus dem Holz. Er hielt ihr die Klinge mit dem Heft voran entgegen, wie ein Friedensangebot. Oder eine Herausforderung. Der Mundwinkel zogen sich nach oben. „Sie haben meinen Mantel ruiniert. Ich werde Ihnen eine Rechnung schicken."

Sie schluckte, ihre Augen wurden von dem roten

Rinnsal abgelenkt, das seinen Handrücken hinunterlief und in das Sägemehl tropfte.

Sie hatte das Ding nur in den Türrahmen setzen wollen, als Warnung, sie nicht zu unterschätzen. Eine heiße Welle der Scham überrollte sie, aber sie weigerte sich absolut, sich schuldig zu fühlen. Es geschah ihm recht. Zugegeben, sie hätte nicht die Beherrschung verlieren dürfen, aber es war trotzdem seine Schuld. Er hatte sie dazu angestachelt. Marianne zog sich zur gegenüberliegenden Tür zurück - ein unmissverständlicher Rückzug - selbst als ihr hartnäckiger Stolz verlangte, das letzte Wort zu haben. Sie nickte mit ihrem Kinn zu seiner Hand.

„Ich habe Ihr Blut vergossen, Valette. Das sind 100 Francs, die Sie mir schulden."

Und dann drehte sie sich um und lief davon.

KAPITEL 19

Marianne rannte zurück zum Haus und die Treppe hinauf. Sie hörte die Küchentür zuschlagen und hielt den Atem an. Gewiss würde Valette ihr folgen, aber als einige Minuten verstrichen und keine Spur von ihm zu sehen war, seufzte sie erleichtert auf und fiel auf das Bett.

Ihr Herz klopfte noch immer, und sie ihr war etwas schlecht. Sie konnte nicht glauben, dass sie ihre Beherrschung so vollständig verloren hatte. Sie hatte noch nie in ihrem Leben vor Wut eines ihrer Messer geworfen. Sie legte einen Arm auf ihre klamme Stirn. Valette war der nervenaufreibendste Mann auf diesem Planeten. Und definitiv nicht die Art von Mann, der einen solchen Vorfall ungestraft durchgehen ließ. Zweifellos war er bereits dabei, sich eine schreckliche Vergeltung auszudenken.

Sie wusch sich im lauwarmen Wasser aus dem Krug, als das Licht am Himmel schwächer wurde. Plötzlich fühlte sie sich unwohl in einem Haus, das so voller Schatten und knarrender Dielenböden war, und wagte sich entschieden hungrig wieder nach unten. Irgendwann musste sie sich Valette stellen. Und in ihrem Zimmer zu bleiben, zeugte von Feigheit.

Ein einladendes Feuer knisterte in der riesigen Feuerstelle der Küche, und eine Kerze flackerte auf dem Tisch. Valette inspizierte das Vorhängeschloss an einer Tür in der hinteren Wand. Er hatte einen frischen weißen Verband um seinen Unterarm gewickelt. Marianne blickte schuldbewusst auf und bemerkte seinen hämischen Gesichtsausdruck.

„Bewundern Sie Ihr Werk?", fragte er freundlich.

Sie biss sich auf die Lippe.

„Bringen Sie die Kerze hierher", befahl er. Marianne folgte seinem Befehl.

Er griff in seinen Mantel und zog einen kleinen Lederbeutel heraus. Er entrollte sich und enthüllte einen Satz glatter Metallinstrumente mit seltsam geformten Enden, die wie die Werkzeuge eines Chirurgen aussahen. Er bot es ihr an. „Würden Sie mir die Ehre erweisen?"

Als Marianne die Stirn runzelte, deutete er ungeduldig auf das Vorhängeschloss. „Los, machen Sie schon. Knacken Sie es."

„Ich weiß nicht, wie."

„Natürlich wissen Sie es. Ich weiß, was Sie alles gemacht haben, denken Sie daran. Viele von diesen Aufträgen erforderten das Knacken eines Schlosses."

Marianne hob eine hochmütige Stirn. „Ihre Informationen sind unzutreffend."

„Was ist mit der Operation Loyelle? Ich weiß, dass Sie das waren."

Sie konnte nicht anders; sie lächelte, auch wenn es belastend war. Monsieur Loyelle zu bestehlen, war äußerst befriedigend gewesen. Der bösartige Zuhälter hatte im sechsten Stock in Dachgeschosszimmern gewohnt. Sie hatte auf das Dach klettern, an einem Seil die Außenwand hinunterklettern, sein Fenster öffnen, den unter seinem Bett versteckten Tresor finden und dann auf demselben Weg entkommen müssen, nur umgekehrt.

„Wie sind Sie in seinen Tresor gekommen, wenn Sie ihn nicht geknackt haben?" Valette blieb hartnäckig. „Sie haben ihn nicht gewaltsam geöffnet. Ich habe den Tatort gesehen. Es gab keine Anzeichen für ein Verbrechen."

„Monsieur Loyelle war an diesem Abend mit Skinny Marie im Montausier. Er ist einer ihrer Stammgäste. Er trägt den Schlüssel zu seinem Safe um seinen Hals. Marie gab ihm reichlich zu trinken, machte ihn mit einem energischen Liebesspiel müde und nahm den Schlüssel, während er schlief. Sie gab ihn mir. Nach der Arbeit gab ich ihn ihr zurück, und sie legte ihn wieder um seinen Hals. Er hat nie einen Verdacht geschöpft." Valettes offensichtliche Bestürzung bereitete ihr eine perverse Freude.

„Merde. Sie machen keine Witze, oder?"

Sie lächelte, völlig ungerührt. „Tut mir leid."

Er fluchte erneut. „Sie können nicht reiten. Sie können nicht kämpfen." Er starrte sie an. „Sie sind nicht mal *halb* so viel wert, wie ich für Sie bezahlt habe."

Ihr Gesicht erwärmte sich. Wie kann er es wagen,

ihren Mangel an Fähigkeiten zu kritisieren? „Geben Sie nicht mir die Schuld. Ich habe nicht darum gebeten. *Sie* haben *mich* entführt, erinnern Sie sich?"

Valette strich sich mit ungeduldiger Hand die Haare zurück und seufzte. „Für jemanden, der in ständiger Gefahr lebt, von den Gendarmen in die Mangel genommen zu werden, hätte ich gedacht, Sie wüssten, wie man ein Schloss knackt. Dann sehen Sie zu und lernen Sie."

Er wählte eines der Metallwerkzeuge aus, nahm es zwischen seine Zähne und schob ein weiteres in das Schloss. Er wackelte mit dem Handgelenk, neigte den Kopf zum Lauschen, nahm dann das dünne Instrument aus dem Mund und führte es in das Schloss über dem ersten ein.

Er blickte zu ihr auf. „Geben Sie es zu, Sie hielten mich für einen weiteren nutzlosen, talentlosen Aristokraten, nicht wahr?"

„Nein", log Marianne. „Aber es ist schön zu sehen, dass Sie neben Entführung und Erpressung noch andere Fähigkeiten besitzen."

„Es gibt kein Schloss in Europa, das ich nicht öffnen kann, wenn ich die richtigen Werkzeuge habe".

„Auch so bescheiden", höhnte sie.

„Dies ist eine einfache Feder und Zuhaltung. Vielleicht runde ich eines Tages Ihre kriminelle Ausbildung ab, indem ich Ihnen beibringe, wie man es knackt."

Sie hielt die Kerze weiter zur Seite, damit er besser sehen konnte. „Es wird kein 'eines Tages' geben, Valette. Sobald dieser Auftrag erledigt ist, gehe ich direkt zu Sophie zurück. Sie haben mir die Freiheit versprochen.

Wenn Sie glauben, dass ich einer Ihrer Agenten werde, irren Sie sich gewaltig."

Er verwarf ihre Weigerung mit einem Achselzucken und steckte einen weiteren Metallstreifen in das Schlüsselloch. „Wissen Sie, Schlösser sind wie Frauen. Äußerst nervtötend. Sie schließen einen aus. Wenn Sie versuchen, sie zu zwingen, widersetzen sie sich Ihnen mit aller Kraft. Man muss sanft sein, sie dazu überreden, ihre Geheimnisse zu verraten." Er warf ihr einen bösen Blick zu.

Er würde ihr keine Geheimnisse mehr entlocken. Sie hatte ihm schon mehr als genug erzählt.

Marianne rollte mit den Augen. „Oh, das ist köstlich. Erzählen Sie mir mehr über Ihre Theorie, dass Frauen wie Schlösser sind. Ich kann's kaum erwarten."

Er lächelte über ihren Sarkasmus. „Jedes Schloss hat seine eigenen kleinen Macken. Einige wenige geben roher Gewalt nach, aber die meisten sind subtiler. Man muss genau an den richtigen Stellen Druck ausüben - hier eine Berührung, dort ein kleiner Ruck."

Sie konnte nicht anders. Sie schaute auf seine Hände. Solche geschickten, fähigen Hände. Sein Handgelenk war stark und gegen sein weißes Hemd gebräunt, und über den Manschetten war ein Fleck dunkler Haare zu sehen. Wärme stieg ihr in die Kehle. Der verdammte Mann schaffte es sogar, einen *Einbruch* wie einen Flirt klingen zu lassen. Er war eine absolute Bedrohung.

„Natürlich", fuhr er fort, „je komplexer der Mechanismus, desto größer die Zufriedenheit, wenn er schließlich kapituliert". Er blickte auf, sein Gesichtsausdruck war dämonisch. „Es ist so schön, auf etwas zu stoßen, das schwer zu knacken ist."

Er meinte sie, sie war sich sicher. Sie legte eine Hand auf ihre Hüfte. „Nun, ich habe auch eine Theorie über Männer."

Er hob eine Braue.

„Sie sind wie die Seine. Voller Scheiße."

Er schüttelte den Kopf mit einem Schmunzeln. „Sie sind viel zu jung, um so zynisch zu sein. Haben Sie ein wenig Vertrauen." Das Schloss klickte.

Er gab ein zufriedenes Grunzen von sich, und die Tür öffnete sich mit einem eiskalten Luftstoß. Eine Reihe von Stufen führte in die Dunkelheit hinab. Marianne trat unwillkürlich einen Schritt zurück, als sich die Haare auf ihren Armen sträubten.

„Was ist da unten?"

Er lächelte über ihren offensichtlichen Widerwillen. „Die Weinkeller des Marquis."

„Woher wissen Sie das?"

Sein Lächeln war ironisch. „Spion, wissen Sie noch? Ich bin gut darin, Geheimnisse aufzuspüren." Er nahm ihr den Kerzenständer aus der Hand und ging die Treppe hinunter. „Kommen Sie."

Der Keller war ein riesiger unterirdischer Raum mit einer gewölbten Decke, wie eine Höhle. Das Licht flackerte über Reihe um Reihe von Regalen, die ewig weiter zu gehen schienen und sich wie ein Regiment von Soldaten auf allen Seiten in die Dunkelheit erstreckten. Jedes Regal enthielt anscheinend hunderte von Weinflaschen. Ihr Mund öffnete sich, als sie eine schnelle Kopfrechnung anstellte. Hier unten muss ein absolutes Vermögen liegen!

Valette ging, um eine ordentlich gestapelte Reihe von Holzfässern zu erkunden. Jedes lag auf der Seite, mit Metallreifen gebunden und mit schablonierten Buchstaben gestempelt. Er klopfte leicht mit seinen Fingerknöcheln auf eines der Fässer. „Französische Eiche. Sie rösten das Innere des Fasses über einer Flamme, um es leicht zu verkohlen. Das verleiht dem Wein einen subtilen Geschmack."

„Faszinierend", bemerkte Marianne. „Nächstes Mal, wenn ich bei einer ausgefallenen Soirée bin, werde ich es meiner Gastgeberin gegenüber sicher erwähnen."

Er verzog bei ihrem Sarkasmus das Gesicht und ging hinüber, um die Flaschenregale zu inspizieren, wobei er ab und zu innehielt, um ein verstaubtes Etikett zu lesen. Der Schein der Kerze warf seine Gesichtszüge in ein scharfes Relief, eine erhabene Opposition von Dunkelheit und Licht, wie ein Meisterwerk der Renaissance.

Nein. Er hatte nichts Engelsgleiches an sich. Er war ein Dämon aus der Hölle, geschickt, um sie zu quälen.

Schließlich wählte er zwei Flaschen aus, blies den Staub ab und kehrte zu den Stufen zurück. Marianne folgte ihm mit einem dankbaren Seufzer. Sie war froh, der drückenden Dunkelheit zu entkommen.

KAPITEL 20

Die verhältnismäßig warme Küche war äußerst angenehm. Valette stellte die Flaschen auf den Tisch und zerzauste sich die Haare, um den Staub und die Spinnweben zu beseitigen. Es fiel, wie üblich, perfekt zerzaust zurück.

Marianne hätte fast mit der Zunge geschnalzt. Wie *schaffte* er es, so mühelos elegant auszusehen? Es war mehr als ärgerlich. Zweifellos verbrachten Normalsterbliche Stunden mit Pomade und Haarölen, um genau diesen unachtsamen Stil nachzuahmen. Eine Locke fiel ihm in die Stirn und verlieh ihm die Gestalt eines verrufenen Piratenprinzen, so prächtig und korrupt wie Luzifer selbst.

Ihr Herz machte einen merkwürdigen kleinen Sprung. Nach den Dingen, die sie mit Duval ertragen hatte, hätte sie ihr Leben darauf verwettet, niemals einen Mann attraktiv zu finden, geschweige denn einen so rücksichtslosen und anspruchsvollen Mann wie Valette.

Und doch kribbelte ihr Inneres bei seinem Anblick. Es war, um es vorsichtig auszudrücken, beunruhigend.

„Wie sollen wir die wohl ohne Korkenzieher öffnen?“

„Sie sind der Spion“, spottete sie. „Ich dachte, Sie hätten auf alles eine Antwort.“ Sie bot ihm eines ihrer Messer an, mit dem Griff voran, und er drückte damit die Korken in die Flaschen.

„Ein weißer und ein roter. Ich wusste nicht, welchen Sie bevorzugen, also habe ich von jedem einen mitgebracht.“

Marianne verengte die Augen, sofort misstraute sie seiner Freundlichkeit. Versuchte er, sie dazu zu bringen, seine Niedertracht zu vergessen? Oder hatte er vor, sie auf andere Weise zu demütigen?

Tatsächlich war alles um ihn herum eine Verschwörung, mit der Absicht, eine Atmosphäre zu schaffen, um sie zu verführen. Der Schein der Kerze verkleinerte die riesige, zugige Küche zu einem intimen Kreis, der beide umschloss. Der warme, honigartige Geruch des Bienenwachses war so viel angenehmer als der Gestank des billigen Talgs, der in ganz Paris verwendet wurde. Talg war tierisches Fett und roch übel, irgendwo zwischen gebratenem Fleisch und Abfall. Davon wurde ihr immer übel.

„Ich weiß nichts über Wein“, sagte sie unverblümt und war entschlossen, sich nicht einwickeln zu lassen. „Ich trinke fast nie.“

„Nun, wenn man bedenkt, wie gut diese sind, wäre das eine unverzeihliche Sünde. Der Marquis, Gott hab' ihn selig, hatte einen exquisiten Geschmack. Dies sind beides außergewöhnlich gute Jahrgänge.“

Er hatte in einem der Küchenschränke vier Stielgläser gefunden. Bei einem fehlte ein Stück am Fuß, bei einem anderen ein Stück am Rand, aber sie waren brauchbar genug. Zweifellos wäre er in der Lage gewesen, mitten in der Sahara ein Tablett mit Bonbons und einen Krug mit Eiswasser bereitzustellen, wenn er dies wünschte, dachte sie verschmitzt. Wahrscheinlich könnte er mit seinen langen Fingern schnipsen und ein Geist würde erscheinen, der bereit wäre, jede seiner Launen zu bedienen. Ein Dschinn und ein Harem.

Er goss den Rotwein in zwei Gläser, griff dann in seine Tasche und legte einen Hundert-Franc-Schein dazwischen auf den Tisch. „Man soll nie sagen, dass ich meine Schulden nicht ehre." Er erhob sein Glas in einem lebhaften Trinkspruch. „Auf den Marquis de la Garde."

Marianne hob ihr eigenes Glas an und berührte sein Glas mit einem leichten Klirren. „Auf die Mission", sagte sie pointiert. „Möge sie bald vorbei sein."

Valette nahm einen Schluck und schloss die Augen und stöhnte aufrichtig. Als sie ihm nicht sofort folgte, warf er ihr einen spöttischen Blick zu. „Hören Sie auf, so zu schauen, als würde ich Sie gleich vergiften." Er nahm noch einen Schluck. „Ich würde einen so guten Wein nicht mit Arsen ruinieren."

Marianne studierte ihn von der anderen Seite des Tisches aus, der Groll brodelte in ihr. Er sah sündhaft und dekadent aus und war überaus reizvoll. Warum hatte er plötzlich beschlossen, seinen legendären Charme auf sie wirken zu lassen? War er gelangweilt? Waren ihm zwei Nächte ohne eine warme, willige Frau in seinem Bett zu viel, als dass er es ertragen konnte?

Nun, es wäre ein kalter Tag in der Hölle gewesen, bevor sie sich ihm auf *diese* Weise anbot. *Sie* war es nicht, die er wollte. Jede willige Frau wäre geeignet. Der Mann würde wahrscheinlich mit einem Baumstumpf flirten, wenn es nichts anderes gäbe.

„Sie mögen Wein." Es war eine Aussage, keine Frage.

„Ich *liebe* Wein", berichtigte er, lehnte sich in seinem Stuhl zurück und schlug die Beine vor sich übereinander. „Wenn ich kein Spion geworden wäre, wäre ich Winzer geworden. Ich hätte meine eigenen Reben gezüchtet und meine eigenen Trauben gekeltert. Stellen Sie sich die Genugtuung vor, etwas so Exquisites zu produzieren."

Er warf ihr diesen spekulativen Blick zu, den sie jetzt als Zeichen dafür erkannte, dass er im Begriff war, etwas Ungeheuerliches zu sagen. „Weine sind faszinierend." Er rollte den Stiel des Glases zwischen seinen Fingern und kippte es so, dass die Flüssigkeit herumwirbelte und die Seiten des Glases benetzte. „Jeder hat seinen eigenen subtilen Geschmack, seine eigene unverwechselbare Persönlichkeit."

Sie hielt eine Hand hoch. „Warten Sie! Ich spüre, dass eine weitere Ihrer zahllosen ‚Frauen sind wie . . .' Theorien aufkommen wird."

„Ganz und gar nicht." Er lächelte. „Obwohl, jetzt wo Sie es erwähnen, die Idee birgt durchaus Möglichkeiten. Ich werde darüber nachdenken müssen." Er klopfte gegen die Flasche. „Das ist ein Romanée-Conti, der edelste aller Pinot Noirs." Er schnupperte an der Flasche. „Die Domaine gehörte dem Prinzen von Conti, bevor sie während der Revolution beschlagnahmt und verkauft wurde. Jetzt gehört es einem der Generäle Napoleons." Er nahm einen Schluck. „Mmm. Reich, fruchtig, fast pfeffrig. Schmecken Sie es?"

Marianne nahm einen großen Schluck. Er brannte in den hinteren Teil der Kehle. „Ich denke schon."

Er schaute fassungslos drein. „Nicht so! Nehmen Sie einen kleinen Schluck. Halten Sie ihn im Mund, auf der Zunge. Jetzt einatmen. Ziehen Sie die Luft darüber. Lassen Sie den Duft in Ihren Mund strömen."

Sie versuchte es, aber im Gegensatz zu ihm machte sie ein peinlich schlürfendes Geräusch. Ein Tropfen Wein entwich aus ihrem Mundwinkel.

Er griff über den Tisch und wischte ihr Kinn mit seinem Daumen ab, führte ihn dann zu seinem eigenen Mund und leckte ihn ab. Hitze kräuselte sich tief in ihrem Bauch. Die Bestie tat es natürlich absichtlich. Offensichtlich hatte er beschlossen, dass sie heute Abend die Unterhaltung stellen würde. Das muss die Strafe gewesen sein, die er sich ausgedacht hatte. Tod durch Überhitzung.

„Jetzt schlucken", sagte er sanft.

Sie gehorchte. Der Wein wärmte sie von der Brust und bis hinunter in ihren Bauch.

Er nahm die zweite Flasche und schenkte ihnen jeweils ein frisches Glas ein. „Dies ist ein Sauternes. Château d'Yquem." Er sprach es dee-kem aus. „Was schmecken Sie?"

Sie nahm einen widerwilligen Schluck. Alle beschreibenden Fähigkeiten wichen unter seinem erwartungsvollen Blick. „Ähm. Blumen?", sagte sie schwach.

Er sah enttäuscht aus. Sogar etwas schmerzlich.

Sie versuchte es noch einmal. „Es ist, äh, süß ..." Die Worte versagten ihr. Verlegen starrte sie die Flasche an und fixierte ihren Blick auf die gelblich-bernsteingoldene Farbe des Weins. Es war genau die gleiche Farbe wie seine Augen. Sie würde wahrscheinlich nie wieder eine andere Flasche von dem Zeug anschauen können, ohne an ihn zu denken. *Zum Teufel mit ihm.*

Er neigte seinen Kopf nach hinten. „Das ist nicht nur Wein. Es ist Ambrosia. Eine der großartigsten Erfahrungen des Lebens." Er nahm einen Schluck und seufzte anerkennend. „Geschmeidig und subtil. Intensiv und doch aromatisch." Der Blick, den er ihr unter seinen Wimpern zuwarf, ließ ihren Puls höherschlagen.

Er lehnte sich in seinem Stuhl zurück. Seine offensichtliche Freude war ansteckend und verführerisch. Sie beobachtete die Bewegung seiner Kehle, als er schluckte und ihre Lippen gegen den Drang zusammenpresste, sie gegen diese bräunliche Haut zu pressen. Er war ein Scheusal. Und sie war immun.

„Fühlen Sie die Geschmeidigkeit auf Ihrer Zunge. Können Sie Orangenmarmelade schmecken? Karamell? Geißblatt? Sie sind alle da, wenn man sich konzentriert."

Wie um alles in der Welt konnten einfache Worte so verführerisch sein? Es war nur eine Einkaufsliste. Er ließ es wie Poesie klingen. Wahrscheinlich konnte er das Pariser Kanalisationssystem beschreiben und in ein Sonett verwandeln. Sie nahm einen weiteren, langsameren Schluck, dann noch einen. Jetzt, da er auf sie aufmerksam gemacht hatte, konnte sie die verschiedenen Geschmacksrichtungen wahrnehmen. Beinahe.

Er beobachtete sie über den Rand seines Glases mit

halbgeschlossenen Augen. Er war gesättigt und faul, wie eine wohlgenährte Katze. Eine, die immer noch über die Option eines Desserts nachdachte. Nun, sie würde es nicht sein. Sie leckte sich die Lippen, in vollem Bewusstsein seiner Aufmerksamkeit. Ihre Haut fühlte sich gerötet an. Könnte der Wein sie so schnell beeinträchtigt haben?

Er betrachtete sie in atemloser Stille. Langsam, so langsam, dass sie sich hätte zurückziehen können, stellte er sein Weinglas ab und lehnte sich über den Tisch. Sie blieb regungslos, ihr Herz schlug fürchterlich schnell. Etwas Wildes und Primitives pochte in ihren Adern. Er wollte sie küssen. Er würde nach Wein schmecken. Kraftvoll und berauschend.

Und viel zu verheißungsvoll.

Sie stand abrupt auf, ihr Stuhl knirschte heftig auf den Steinplatten und griff den Hundert-Franken-Schein vom Tisch. „Ich gehe ins Bett."

Er akzeptierte ihren Rückzug mit nicht mehr als einem kühlen Nicken. „Ich habe die Kammer neben meiner geräumt. Sie können dort schlafen. Das Bett wird nicht mehr geteilt."

Erleichterung. Es war Erleichterung, die sie empfand, nicht Enttäuschung. Sie war hier, um einen Auftrag zu erfüllen, mehr nicht.

Trotz ihrer völligen Erschöpfung schlief sie unruhig. Sie reagierte auf jedes Geräusch und jeden Seufzer vor ihrer Tür. Als sie sich schließlich mit trüben Augen erhob und die Fensterläden zurückschob, sah sie Valette, der bereits angezogen war und durch das taufeuchte Gras in den weitläufigen Gärten schlenderte. Er hatte den Anblick eines Kämpfers an sich. Immer noch elegant, aber ungeduldig, eingeengt, mit einer impliziten, unterschwelligen Drohung der absoluten Tödlichkeit.

Hatte er sich schon einmal aus Prinzip duelliert? Oder um die Ehre einer Dame? König Ludwig hatte die Praxis geächtet, aber alle Versuche, sie auszumerzen, waren gescheitert. Eine von Maries Lieblingsbeschäftigungen war es, eine Kutsche zum Bois de Boulogne zu mieten, um den Herren zuzusehen, wie sie ihre Streitigkeiten mit Pistolen oder Schwertern austrugen. Sie bot an, den Gewinner zu belohnen oder den Verlierer zu trösten, je nachdem, wer der hübschere war. Und lebendig ...

Marianne zog sich an und ging nach unten. Sie verfluchte die Steifheit in ihrem Körper und die blauen Flecken, die sich bereits vom Vortag gebildet hatten. Welche machiavellistischen Folterungen hatte Valette sich nun für sie ausgedacht?

KAPITEL 21

Nic stand am Rande der Manege und sah zu, wie Marianne eines der Pferde durch den Ring galoppierte. Er warf dem Mann, der schweigend an seiner Seite erschienen war, einen Seitenblick zu.

„Was gibt es Neues aus Paris?“

Laurent Falconi runzelte die Stirn. „Nichts Gutes. Der Kaiser hat der Armee befohlen, sich nahe der belgischen Grenze zu versammeln. Es gibt Gerüchte, dass er eine große Offensive plant. Fouché hat eine große Fehlinformationskampagne gestartet, und die Nationalgarde wurde nach Lille geschickt, um dort die Aufmerksamkeit abzulenken. Die Sicherheit wurde überall verschärft. Die Grenzen sind geschlossen, die Post wurde gestoppt, keine Schiffe dürfen die Häfen verlassen, und überall sind Straßensperren errichtet worden.“

Nic fluchte.

„Das ist noch nicht das Schlimmste. Der Gefangene wird verlegt.“

„Merde! Wann?“

„Frühestens in ein paar Tagen.“

„Wenn sie ihn verlegen, ist er so gut wie tot.“ Nic fuhr sich mit den Fingern durchs Haar. „Ich dachte, wir hätten mehr Zeit. Gibt es gute Nachrichten?“

„Nicht wirklich. Duval sucht Sie, wie erwartet. Und sie.“ Laurent neigte den Kopf zu Marianne, die sich seiner Anwesenheit noch nicht bewusst war.

„Was ist mit ihrer Schwester?“

„Sie ist in Sicherheit. Andrew behält sie vorerst im sicheren Haus auf dem Montmartre.“

Als ob es eine unausgesprochene Übereinkunft gäbe, drehten sich beide Männer um und sahen Marianne zu, wie sie eine Acht zu Pferd ausführte.

Laurent seufzte seelenvoll. „Ich liebe es, ihr zuzusehen. Sie hat eine solche Anmut, ein solches Gleichgewicht.“ Er blickte zur Seite. „Sei nicht zu streng mit ihr, Nic. Du drängst die Leute immer zu sehr. Du erwartest Perfektion.“

Nic runzelte die Stirn. „Ich muss grausam sein, um sie zu schützen. Das weißt du. Auf einer Mission kann das den Unterschied zwischen Leben und Tod bedeuten.“

Laurent spottete über seinen brutalen Mangel an Gewissensbissen. „Richtig. Aber sie mag es nicht, herumkommandiert zu werden. Wenn du blinden, bedingungslosen Gehorsam erwartest, hast du das falsche Mädchen rekrutiert.“

„Das habe ich bemerkt“, sagte Nic ironisch, während er den Verband an seinem Handgelenk betastete.

Laurens Lächeln wurde breiter. „Sie ist dickköpfig.

Und mutig. Ich bezweifle, dass selbst du sie zähmen kannst."

„Ich bezweifle, dass ich das wollen würde."

Es war wahr, erkannte Nic überrascht. Marianne trieb ihn mit ihren ständigen Rebellionen in den Wahnsinn, aber mit ihrer zielstrebigen Entschlossenheit hatte sie sich seinen Respekt verdient. Er wollte sie zwar bändigen, aber ohne diesen übermütigen Geist zu brechen.

Laurents Augen verengten sich, als ob er die Richtung seiner Gedanken ahnen würde. „Sei nett, Nicolas. Sie ist zerbrechlich, trotz dieser harten Außenhülle. Wie ein Ei." Er schüttelte den Kopf und mochte die Analogie nicht. „Nein, nicht wie ein Ei, wie ... Crème brûlée." Er küsste die Spitzen seiner Finger in einer rein italienischen Geste der Wertschätzung. „Ja, wie Crème Brulée. Ganz Süße im Innern."

Nic warf ihm einen schrägen Blick zu. „Was ist sie für dich, Laurent?"

Die Schärfe in seiner Stimme überraschte ihn, und auch, wie sehr er die Antwort hören wollte.

Laurent hielt seine Hände abwehrend hoch. „Hey, ich liebe sie, aber sie ist wie eine kleine Schwester, nichts weiter." Er fixierte Nic mit einem waagerechten Blick. „Kümmere dich um sie. Das meine ich ernst. Wenn du ihr wehtust, werden wir uns unterhalten müssen."

Nic hob die Stirn. „Glaubst du, ich würde ihr wehtun?"

Laurent zögerte und wählte seine Worte eindeutig mit Bedacht. „Nicht absichtlich. Aber ich glaube, du würdest alles opfern, um deine Ziele zu erreichen. Was wäre, wenn du dich zwischen Napoleon und ihr entscheiden müsstest?"

Nic presste den Kiefer zusammen. „Das weißt du. Napoleon. Jedes Mal."

Laurent zuckte die Achseln, weder verurteilend noch anklagend. „Das ist es, was ich meine." Er drehte sich um, um Marianne wieder zu beobachten. „Das Publikum liebt sie - wie sagt man auf Französisch? - ihren Elan, nicht wahr? Ihren Stil."

„Sie ist eine Nervensäge", entgegnete Nic lapidar. „Aber mit der richtigen Ausbildung könnte sie eine brillante Agentin werden." Er konnte sie zu einer tödlichen Waffe ausbilden, aber er brauchte mehr Zeit. Sie war noch nicht so weit. Noch nicht ganz. Es könnte alles schiefgehen.

Die Vorstellung, dass Mariannes heller Funke erlosch, wollte er nicht in Betracht ziehen. Nichts war für ihn so belastend wie sein Gewissen; in seiner Position war es ein Luxus, den er sich nicht leisten konnte. Das Stechen in seiner Brust war also kein schlechtes Gewissen, weil er sie unvorbereitet in die Mission gezwungen hatte. Sie war einfallsreich, intelligent und anpassungsfähig. Es würde alles gut gehen.

Er drehte sich um, um sie wieder zu beobachten. Ihr Körper bewegte sich im perfekten Takt mit dem Gang des Pferdes, ihre schlanken Oberschenkel wurden durch die engen Reithosen unanständig betont. Diese Reithosen waren eine dumme Idee gewesen. Und zu sehen, wie sein eigenes weißes Hemd ihre Brust bedeckte, machte ihn hart. Eine Woge heißer Lust schoss durch ihn hindurch. Er wollte in den Ring schreiten, sie auf den Boden zerren und ihr das Hemd ausziehen. Er wollte ...

Er machte tatsächlich einen Schritt vorwärts, bevor er sich selbst stoppte. Er konnte es sich nicht leisten, abgelenkt zu werden. Sie war ein Mittel zum Zweck, ein integraler Bestandteil der Mission. Nichts weiter. Nach ihr zu gieren, könnte beide umbringen.

Laurent warf ihm einen Seitenblick zu und lachte verschmitzt vor sich hin. „In Italien haben wir ein Wort für Mädchen wie sie. Belladonna. Tollkirsche. Schön, aber tödlich."

Nic seufzte. „Auf Französisch heißt es ‚femme fatale'."

„Sie macht in jeder Sprache Ärger, mein Freund. Überlege nur, was diese Messer deiner Männlichkeit antun könnten." Laurent winkte suggestiv mit den Brauen. „Ich habe dich gewarnt."

Nic klopfte ihm auf die Schulter. „Mach dir keine Sorgen um mich. Ich kann mit einem kleinen Mädchen umgehen, Laurent. Komm schon."

* * *

Marianne blinzelte auf die vertraute Gestalt, die mit Valette auf sie zuging. *„Laurent*? Laurent!"

Sie sprang von dem sich noch bewegenden Pferd, rannte über den Übungsplatz und warf sich in die Arme ihres Freundes. Laurent wankte durch die Wucht der Umarmung zurück und erwiderte sie leidenschaftlich.

„Buon giorno, cara. Du siehst immer noch gut aus, nach all den Abenteuern."

Sie feuerte einen anklagenden Blick auf Valette ab.

„Wenn man bedenkt, dass ich entführt und gefoltert wurde, ja."

Laurent streckte seine Hände aus. „Ich dachte, du möchtest vielleicht die hier haben."

Marianne nahm ihre rosa Ballettschuhe automatisch von ihm an, dann runzelte sie die Stirn, als die Widersprüchlichkeit seiner Anwesenheit sie traf. „Ich danke dir. Aber was machst du hier? Wie hast du mich gefunden?"

„Ich dachte, Nic könnte ein wenig Hilfe gebrauchen."

Sie rümpfte ihre Nase. „Ich wusste nicht, dass ihr zwei euch kennt..." Und dann, einfach so, passte alles zusammen wie die Bolzen eines Schlosses. Sie holte schockiert Luft und drehte sich zu Valette. „Oh mein Gott! Er arbeitet für Sie, nicht wahr?" Ohne auf eine Antwort zu warten, drehte sie sich um und stieß Laurent mit dem Finger in die Brust. „Du bist ein Spion!"

Er machte einen Rückzieher. „Nun mal langsam..."

„Ich kann es nicht glauben!" Sie blickte finster drein, als sie die Wahrheit in seinem Gesicht las. „Ich glaube es einfach nicht!"

Valette trat vor. „Laurent ist einer meiner besten Agenten. Der Zirkus ist perfekt, um Informationen weiterzugeben. Jede Ebene der Gesellschaft mischt sich dort ungehindert."

Mariannes Kopf drehte sich. Es machte Sinn. Der Zirkus war voll von exzentrischen Figuren, Ausländern, Menschen, die das Risiko auf sich nahmen, die gemeinsam die Autorität missachteten. Sie starrte Valette an. „Wer arbeitet *noch* für Sie?"

„Im Zirkus"? Nur Laurent und Henri. Und Joseph

Breton, im Empfang. Er war ein großartiger Agent, bis die Männer von Duval ihm die Beine brachen."

Ein Schimmer von etwas Dunklem und Beängstigendem blitzte bei der Erwähnung von Duval in seinen Augen auf, ein stilles Versprechen auf Vergeltung. Marianne schnaubte innerlich. Er musste sich anstellen. Sie hatte Voranspruch auf Duval.

„Als Nächstes werden Sie mir sagen, dass Pagnol, der Affe, einer von Ihnen ist", höhnte sie.

Valette lächelte süß. „Gelegentlich trug er Nachrichten bei sich."

Sie wandte sich wieder an Laurent. „Und du wusstest die ganze Zeit, dass ich für Duval arbeite?"

Er nickte, und sie lachte hämisch über diese Ironie. Die ganze Zeit über hatte *sie sich* naiverweise für die Einzige im Cirque Olympique gehalten, die ein Doppelleben führte.

„Ich habe für Fouché gegen Duval ermittelt, bevor Sie überhaupt nach Paris kamen", sagte Valette leise. „Ich wusste, dass er Ihr Cousin war. Genauso wie ich weiß, dass Ihr richtiger Name nicht Marianne Bonnard ist. Er lautet Marianne de Beauvais. Ihre Eltern waren der Graf und die Gräfin von Chanterac."

All das Blut lief aus ihrem Gesicht, da die Geheimnisse, die sie jahrelang verborgen hatte, so beiläufig enthüllt wurden. Valette runzelte die Stirn. „Duval hat Ihnen die Wahrheit gesagt. Ihr Vater war nicht so unschuldig, wie Sie denken. Er war ein glühender Royalist. Er unterstützte während der Revolution aktiv die Chouans- die royalistische Widerstandsbewegung im Untergrund, obwohl er darauf achtete, dies geheim zu halten. Und kurz vor seinem Tod half er Fouché, einen Komplott zum Sturz des Kaisers zu schmieden."

Marianne schüttelte den Kopf. „Das ist nicht wahr! Mein Vater war ein Gelehrter. Er hat Politik immer gehasst."

„Napoleon kämpfte in Italien. Fouché und einige andere hochrangige Beamte zogen in Erwägung, einen Staatsstreich zur Wiederherstellung des Königs zu inszenieren, während er außer Landes war. Ihr Vater und Ihr Onkel waren dabei. Letztendlich beschlossen sie, den Plan zu verschieben, aber Ihr Vater besaß Dokumente, die nicht nur Fouché, sondern auch Duvals Vater belasteten."

Mariannes Kopf hämmerte. Sie taumelte nach hinten und fühlte, wie Laurent ihren Arm packte und sie stützte. *Oh, Papa. Nein.*

Valette sprach weiter. „Das Feuer, das Ihre Eltern getötet hat, wurde absichtlich gelegt."

Der Raum drehte sich um sie. „Was? Nein. Es war ein Unfall. Ein Funke von einem Feuer."

Seine Miene verhärtete sich. „Es war Duval. Er versuchte verzweifelt, sich in der glorreichen neuen Republik einen Namen zu machen. Als er die Verwicklung seines Vaters in das Komplott entdeckte, bekam er schreckliche Angst davor, durch Assoziationen belastet zu werden. Um seine Loyalität zu beweisen, erzählte er Fouchés Rivalen Savary von dem Plan. Savary schickte ihn, um die Dokumente von Ihrem Vater zu stehlen, aber Duval nahm die Sache selbst in die Hand. Er legte das Feuer, das Ihre Eltern tötete, um die Beweise zu vernichten."

Marianne bedeckte den Mund mit ihrer Hand. Ihr Magen drehte sich.

Nic räusperte sich. „Duval hat sich durch seinen Verrat gut gehalten. Dank Savarys Einfluss erhob ihn ein entsprechend dankbarer Napoleon zum Minister für Moral."

Sie konnte kaum atmen. Der Hass verhärtete sich zu einem schwarzen Knoten in ihrem Bauch, einem Knoten kalter, mörderischer Wut. Duval hatte ihre Eltern getötet. Als hätte sie nicht schon genug Gründe gehabt, ihn tot sehen zu wollen. Er würde bezahlen. Sobald sie wieder in Paris war.

„Fouché vermutete immer, dass Duval beteiligt gewesen sei, aber er konnte nichts beweisen. Er beauftragte mich, etwas Belastendes zu finden, mit dem wir ihn vor Gericht bringen könnten. Deshalb habe ich *Ihre* Aktivitäten verfolgt. Wann immer Duval Sie zum Stehlen, Überbringen von Nachrichten oder Beschaffen von Informationen drängte, wusste ich davon."

„Sie haben mich verfolgt?", wiederholte Marianne entsetzt.

Valettes Mund zuckte amüsiert. „Nicht ich persönlich. Ich war zu beschäftigt. Aber meine Männer, ja. Immer."

Die Wut drehte sich wie ein Messer in ihrem Bauch. „Für wie lange?", brachte sie zwischen zusammengebissenen Zähnen heraus.

„Nur das vergangene Jahr etwa."

Sie wollte ihre Hände an ihre klopfenden Schläfen halten und schreien. *Ein Jahr!* Er hatte sie *ein ganzes Jahr lang* beschatten lassen? Sollte sie sich geschmeichelt fühlen, dass er sie einer solch zweifelhaften Ehre für würdig hielt?

Er hob die Augenbrauen und verfolgte ihre Reaktion genau. „Warum sind Sie wütend? Sie sollten mir danken. Meine Männer haben auf Sie aufgepasst. Sie haben Ihnen die Gendarmen vom Leib gehalten. Sie haben Ihre Sicherheit garantiert."

Ein bitteres Lachen strömte in ihre Kehle. *Sicher*? Es gab keine Sicherheit. Nicht vor der einen Person, vor der sie Schutz *brauchte*: Duval selbst.

Gott, sie hatte es so satt, dass Leute versuchten, sie zu kontrollieren, sie zu benutzen. Erst Duval und jetzt Valette. Sie hatte überhaupt keine Freiheit. Es war eine Illusion, wie diese dummen Schattenpuppenspiele im Palais Royale. Sie verschränkte ihre Arme über der Brust. „Ich habe noch nie jemanden bemerkt, der mir folgte."

Valettes arrogantes Kichern erhöhte ihren Blutdruck um eine weitere Stufe. „Das liegt daran, dass meine Männer gut sind."

Ihre Finger zuckten. Sie wollte ihre Klingen. Wollte sein schwarzes, gefühlloses Herz herausschneiden.

Er lächelte, als ob er die von ihr ausgehende Abneigung fühlen konnte. „Ihr Vater wäre mit diesem Auftrag einverstanden gewesen."

Zum Teufel mit ihm. Mit jeder weiteren Wendung verstrickte sie sich mehr und mehr in seinem Netz.

KAPITEL 22

Valette verbeugte sich spöttisch vor ihr. „Ich verlasse euch, damit ihr Abschied nehmen könnt."

Marianne beobachtete ihn beim Weggehen mit zusammengekniffenen Augen und rammte geistig Messer zwischen seine Schulterblätter.

Laurent räusperte sich. „Henri hätte das tun sollen", sagte er als Entschuldigung. „Aber dann hat er sich das Bein gebrochen. Und ich bin zu groß. Bleibst nur noch du. Du schaffst das, Marianne. Nic hätte dich nicht gewählt, wenn er dich nicht für fähig gehalten hätte."

Sie wollte nicht über Nicolas Valette sprechen. „Was ist mit Sophie? Hast du sie gesehen? Geht es ihr gut?"

Laurent akzeptierte den Themenwechsel mit Wohlwollen. „Ich habe sie selbst nicht gesehen, aber ich habe eine Nachricht von Andrew Ducrow, ihrem Wächter, erhalten. Sie sind in einen anderen Unterschlupf in Paris umgezogen."

Marianne keuchte bestürzt. „Zusammen? Allein?"

Er schoss ihr einen schrägen Blick zu. „Ich kenne Andrew gut. Er ist ein Profi. Und außerdem, wie unterscheidet sich das von dem, was du hier mit Valette machst? Zusammen. Und allein." Er hob suggestiv die Augenbrauen.

„Es ist *völlig* anders. Andrew ist wahrscheinlich höflich. Sophie will ihm wahrscheinlich nicht mit der Faust in sein selbstgefälliges Gesicht schlagen, wenn sie zusammen in einem Raum sind."

Laurent lachte. „Es wird ihnen gut gehen."

„Wenn er ihr Angst macht oder sie in irgendeiner Weise verletzt, wird er das scharfe Ende meiner Klinge irgendwo spüren, wo es lebensgefährlich ist." Marianne warf einen Blick auf seinen Schritt, um ihr Anliegen zu unterstreichen.

„Du bist eine furchterregende Frau, Marianne Bonnard."

„Bleibst du heute Nacht hier?", fragte sie hoffnungsvoll. Laurent wäre ein willkommener Puffer zwischen ihr und Valette. Sie freute sich nicht auf eine weitere Nacht allein mit ihm. Vor allem nicht, wenn sie an so viel anderes zu denken hatte.

„Kann nicht. Ich muss zurück nach Paris. Ich muss noch für Henri in den Vorstellungen auftreten."

„Du lässt mich im Stich", warf sie mir vor. „Ausgerechnet mit ihm."

„Was ist mit dir? Vertraust du ihm nicht?"

„Vertraust *du* ihm?", schoss sie zurück.

Laurent trat mit seinem Fuß gegen einen Stein. „Ich kenne Nic schon lange, und ich bin stolz darauf, ihn meinen Freund nennen zu dürfen. Ich würde ihm mein Leben anvertrauen. Und deines." Er warf ihr einen Blick zu. „Aber er hat nur ein Ziel, und das ist die Vernichtung Napoleons. Er hat lange auf seine Rache gewartet. Ich werde dich nicht anlügen, Marianne. Er wird dich in Gefahr bringen. Er wird dich benutzen."

Sie runzelte ihre Nase. „*Das* weiß ich. Er hat kein Geheimnis daraus gemacht."

Laurent zog sie für eine Umarmung an seine Seite. „Sei vorsichtig, ma chère. Ich will nicht, dass du verletzt wirst."

Sie küsste seine Wange und fühlte einen warmen Strom der Liebe für seine schroffe Besorgnis. „Ich kann auf mich selbst aufpassen."

Er warf ihr einen skeptischen Blick zu. „Ich weiß nicht… er ist ein harter Mann. Skrupellos. Und ihr Frauen scheint ihn gefährlich faszinierend zu finden. Vertraue ihm dein Leben an, Kleine, aber mach nicht den Fehler, ihm dein Herz anzuvertrauen, hm?"

Marianne grunzte unelegant. „*Die* Gefahr besteht nicht, das verspreche ich dir."

Laurent gluckste. „Ich weiß, es ist schwer zu glauben, aber er ist nicht der Feind. Widerstehe der Versuchung, ihn zu erstechen, ja?"

Ihr Gesicht errötete vor schuldbewusster Hitze. Dafür ist es zu spät. „Ich kann nicht anders. Er ist einfach so irritierend. Wie können wir ein Team sein? Ich mag ihn nicht einmal", klagte sie. „Kannst du mich nicht einfach mit zurück nach Paris nehmen?"

Laurent schüttelte den Kopf. „Ich habe Nic mein Wort gegeben. Es tut mir leid, dass du da reingezogen wurdest, aber dieser Auftrag ist wirklich wichtig." Er zerzauste ihr liebevoll das Haar. „Viel Glück, meine Kleine."

* * *

NIC STAND GRÜBELND im Schatten und beobachtete Marianne mit Laurent.

Sie lächelte den verdammten Laurent an. Wenn er darüber nachdachte, lächelte sie fast jeden an, nur ihn nicht. Nein, für ihn bewahrte sie sich alle ihre Beleidigungen und Sticheleien auf. Er verengte die Augen, als sie sich achtlos in Laurents Arme warf und ihren geschmeidigen Körper an ihn presste. Als wären sie ein lange getrenntes Liebespaar. Um Gottes willen. Sie hatte den Mann vor weniger als drei Tagen in Paris gesehen.

Auf dem Rückweg zum Haus trat er gegen ein Büschel Nesseln. Er spielte mit dem Feuer, aber er konnte einfach nicht anders.

Der kalte, logische Teil seines Gehirns sagte ihm, dass es Sinn ergab, sie zu verführen. Marianne wollte ihn. Sie kämpfte dagegen an, kämpfte gegen ihre eigenen Reaktionen, aber er kannte die Frauen. Trotz ihrer offensichtlichen Angst vor körperlicher Nähe reagierte ihr Körper auf seine Berührung.

Er sollte ihre Zuneigung nutzen, um sie an sich zu binden, an die Mission. Das hatte er schon früher getan, mit anderen Frauen: Spione, Kollegen, Feinde. Das gesteigerte Gefühl der Gefahr, der Nervenkitzel, beinahe erwischt zu werden, wirkte auf männliche und weibliche Agenten gleichermaßen aphrodisierend.

Aber diese Frauen kannten das Spiel. Sie hatten ihn so oft benutzt, wie er sie benutzt hatte. Sie waren keine kleinen Jungfrauen mit großen Augen, die kaum wussten, wie man küsst. Nic schüttelte den Kopf und versuchte, seinen eigenen aufgeheizten Körper zu beruhigen.

Sie war eine außergewöhnliche Frau, voller Widersprüche - lebhaft und unschuldig, verführerisch und äußerst lästig. Und verdammt ablenkend.

Er passte die unbequeme Wölbung an der Vorderseite seiner Reithose an. Er verlor wohl den Verstand. Sie zu verführen, wäre eine Komplikation, die er nicht brauchte. Er sollte es nicht einmal in Betracht ziehen. Er hatte keine Zukunft. Nicht mit ihr. Nicht mit irgendeiner Frau. Er rieb sich den Nacken. Warum musste das Leben so verdammt kompliziert sein? Die Grenzen zwischen Recht und Unrecht, zwischen Verbündeten und Feinden waren auf tückische Weise verschwommen. Diese Mission war ein Einzelfall - eine gemeinsame Operation zwischen Fouché und dem britischen Außenminister Castlereagh: Zwei scheinbare Gegner, deren Interessen sich vorübergehend überschnitten.

Doch wenn seine Tarnung auffliegen würde, könnte er von keiner der beiden Seiten Hilfe erwarten. Keine der beiden Nationen würde die Verantwortung für die Mission übernehmen. Er wäre ganz auf sich allein gestellt. Er konnte nur beten, dass er Marianne nicht mit sich herunterziehen würde, falls er scheitern sollte.

Nic ging in die Keller. Sie hatte die Neuigkeiten über sein Eingreifen in ihr Leben besser aufgenommen, als er erwartet hatte, aber trotzdem brauchte er einen Drink.

KAPITEL 23

Marianne fand Valette in der Küche, eine offene Flasche Wein vor sich. Auf dem Papieretikett auf der Vorderseite stand Latour, und darauf war ein kleiner zinnenbewehrter Turm zu sehen, genau wie die Mauern von Vincennes. Sie hoffte, dass er daran erstickte, der nervtötende Esel.

„Warum essen Sie nicht etwas zu Mittag?", schlug er milde vor und deutete auf einen Weidenkorb auf dem Boden.

Laurent musste sowohl neue Vorräte als auch Informationen mitgebracht haben. Sie war mit dem Auspacken der Lebensmittel beschäftigt und griff mit unbändiger Begeisterung nach dem Inhalt.

Valette beobachtete sie mit einem leichten, amüsierten Lächeln, als sie frisches Brot und Pastete, gefolgt von einer saftigen Birne, verschlang. „Essen Sie nicht zu viel. Ich will nicht, dass Sie stecken bleiben."

Sie runzelte die Stirn über seinen merkwürdigen Kommentar. „Wo stecken geblieben?“

„Im Schornstein.“ Er neigte den Kopf zum riesigen Kamin.

Das Essen, das sie gerade heruntergeschlungen hatte, wirbelte unangenehm in ihrem Magen.

Er stand auf, ging zum Herd hinüber und schob die kalte Asche mit seinem Stiefel beiseite. „Dies ist der einzige Teil des Fluchtplans, den wir noch nicht geübt haben. Man muss den Schornstein aus der Zelle des Gefangenen erklimmen, um Zugang zum Dach zu erhalten. Kommen Sie her.“

Mariannes Hintern klebte auf der Bank. Vom ersten Moment an, als sie von der Flucht von Latude gelesen hatte, war *dies* der Teil, den sie am meisten gefürchtet hatte. „Sicherlich kann der Schornstein nicht der einzige Ausweg sein?“

Valette verschränkte die Arme über der Brust und warf ihr einen hämischen Blick zu. „Können Sie das Schloss an der Zellentür knacken?“

„Sie wissen, dass ich das nicht kann.“

„Nun denn. Wenn Sie nicht versuchen wollen, alle Wachen auf Ihrem Weg nach draußen im Alleingang zu meucheln, ist dies Ihre einzige Option.“

Sie zitterte. Es war erniedrigend, Schwäche zuzugeben, vor allem einem Mann wie Valette gegenüber, der alles ausgezeichnet beherrschte. Aber sie musste es wenigstens versuchen. „Ich glaube nicht, dass ich es schaffe.“

„Natürlich können Sie das“, sagte er ungeduldig. „Tausende von Schornsteinfegern machen das jeden Tag.

Einige von ihnen sind erst vier oder fünf Jahre alt. Wenn sie es schaffen, können Sie es auch. Es ist nicht weit. Nur etwa sechs Meter."

Sie schauderte bei dem Gedanken, dass irgendjemand so leben musste, geschweige denn ein kleines, verängstigtes Kind. „Warum nehmen Sie dann nicht einfach einen Schornsteinfeger?"

„Weil ein Schornsteinfeger nicht Ihre Fähigkeiten im Seiltanzen hat." Er wartete ab, die Hände auf seinen schlanken Hüften.

Es gelang ihr, einen Schritt näher an den Schornstein zu treten. Der Stein unter ihrer Handfläche war noch warm vom Feuer der vergangenen Nacht. Sie leckte ihre trockenen Lippen. „Ich kann da nicht hinaufgehen."

„Doch, das können Sie. Lassen Sie es mich nicht bereuen, das ganze Geld für Sie bezahlt zu haben. Und für Ihre Schwester."

Seine mit Widerhaken versehene Bemerkung, wie viel sie ihm zu verdanken habe, brachte ihr Blut zum Kochen. „Ich fürchte mich vor der Dunkelheit", sagte sie verzweifelt.

„Nein, das tun Sie nicht. Gestern im Keller ging es Ihnen gut. Und Sie verbringen Ihr halbes Leben damit, nachts herumzuschleichen. Hören Sie auf, Zeit zu schinden."

Er senkte den Kopf und trat unter den Türsturz, in den Kamin hinein. Er war so groß, dass nur der obere Teil seines Kopfes im Schornstein verschwand. „In Vincennes gibt es in dem Schornstein einen Rost, um eine Flucht zu verhindern, aber der Gefangene hat seit

Wochen daran gearbeitet. Er hat ihn gelockert, so dass Sie ihn nur noch hochheben und beiseitelegen müssen."

Er ergriff ihren Arm und zog sie an sich, um neben ihm auf engstem Raum zu stehen, so dass sie Brust an Brust standen. Ihr Kopf reichte nur bis zu seiner Schulter. Marianne blickte nach oben in die Dunkelheit, und ihr Herzschlag beschleunigte sich. Es sah so einladend aus wie eine Gruft. Ein Gefühl tiefster Furcht erfüllte sie, und sie rieb ihre Hände an den Armen auf und ab, um einen plötzliche Kälteschauer abzuwehren.

Valette legte seine Hände auf ihre Hüften, drehte sie und zog sie mit dem Rücken gegen ihn. Sie versuchte, sich auf ihn zu konzentrieren, statt auf das schreckliche schwarze Loch, das sich über ihr auftat: Die Wärme und Kraft seines Körpers drückte sich in ihren Rücken, seine Wange streichelte ihre, als er sich nach vorne beugte, und sein würziger Duft neckte ihre Nase. Wenn sie ihren Kopf drehte, würde ihr Mund an seinen Kiefer heranreichen. Er hatte einen wunderschönen Mund. Sie dämpfte das Kribbeln in ihren Lippen, wenn sie daran dachte.

„Ich werde Sie hochheben. Sie müssen sich gegen die gegenüberliegenden Wände drücken. Es wird nicht ganz glatt sein. Es wird unebene Steine und Spalten geben, die Sie für Ihre Hände und Füße benutzen können."

Sie konnte kaum über das Hämmern ihres Pulses hinausdenken. Das große Gewicht der obenliegenden Steine drückte auf ihren Kopf, auf ihre Brust. Der dunkle Tunnel war wie das Maul einer schrecklichen Bestie, das sich weit öffnete, um sie ganz zu verschlingen.

Valette hob sie nur mit der Kraft seiner Arme hoch und ignorierte ihr winselndes Protestwimmern.

Marianne klemmte sich mit dem Rücken zur Wand in die rechteckige Öffnung ein, wobei ihre Beine, teilweise angewinkelt, gegen die gegenüberliegende Seite gestützt wurden. Valette lockerte seinen Griff, und sie blickte in plötzlicher Verzweiflung zu ihm hinunter. Die Handflächen ihrer Hände waren klamm gegen den rauen Stein.

„Beugen Sie nun Ihr Knie und stellen Sie einen Fuß flach auf die Wand hinter Ihnen, unter Ihren Hintern. Legen Sie Ihre Hände mit flachen Handflächen und Daumen nach unten an die Wände auf beiden Seiten. Drücken Sie mit Ihren Armen und Beinen, bis Sie ganz gestreckt sind. Wechseln Sie dann die Füße und machen Sie es noch einmal. Gehen Sie einfach ein paar Zentimeter nach oben."

Marianne kämpfte gegen eine Welle hysterischer Panik. *Sie haben leicht reden. Sie sind nicht derjenige, der im Schornstein zerquetscht wird.*

Er schaute erwartungsvoll zu ihr auf. „Na dann los."

Sie schaute wieder nach oben. Es war wie ein Grab. Der rußartige Geruch des Todes erfüllte ihre Nase mit jedem Atemzug, und ihr keuchender Atem hallte in dem engen Raum wider. Sie drückte ihre Augen fest zusammen. Sie konnte fühlen, wie der Schweiß auf ihrer Oberlippe perlte.

Sie schaffte es, ein paar Zentimeter nach oben zu rutschen. Die Wände kamen näher. Ihre Kehle war zugeschnürt, als ob ihr etwas im Hals stecken geblieben wäre. Es gab nicht genug Luft, um ihre Lungen zu füllen. Sie versuchte, ihre Hände zu bewegen, aber ihre Muskeln wollten nicht gehorchen. In ihren Ohren begann es zu rauschen. Sie hörte Sophie schreien, die Fenster zerspringen, das Knistern der Flammen, als sie durch den Salon von Chanterac raste. Schwarzer Rauch wogte über ihr. Es gab keinen Ausweg. Sie war dem Tode geweiht.

Valettes ungeduldige Stimme durchbrach ihre Panik. „Machen Sie weiter! Sie müssen schneller sein."

Sie schüttelte ihren Kopf.

„Hören Sie auf, so ein Baby zu sein", knurrte er.

„Ich kann es nicht tun!" Ihr erstickter Schrei hallte seltsam wider, verstärkt durch den Kamin. Sie verdrehte ihren Körper und ließ sich fallen, wobei sie in ihrer Eile, herauszukommen, auf ihn fiel. Ihre Beine zitterten so stark, dass sie kaum noch stehen konnte, aber sie stieß sich von ihm weg und taumelte aus dem Kamin.

„Was machen Sie da? Gehen Sie wieder da rauf."

Sie unterdrückte einen Schluchzer der Verzweiflung. „Ich kann nicht", keuchte sie. „Bitte zwingen Sie mich nicht dazu."

Valettes Gesicht war unerbittlich, völlig gnadenlos. „Sie müssen es tun."

Er griff nach ihrem Arm, aber sie wich aus und rannte zur Küchentür, wobei ihr die Verzweiflung Kraft verlieh. Seine wütenden Flüche überschlugen sich hinter ihr, als sie über den Hof raste und in die verwilderten Gärten eintauchte.

Das Pflanzengeflecht verlangsamte schon bald ihr Vorwärtskommen, und sie drehte sich um, wand sich und sank dann zu Boden. Tränen ohnmächtiger Wut rannen ihr über die Wangen, und sie schlug wütend mit dem Handrücken nach ihnen.

Der Mann hatte kein Mitleid, kein Erbarmen. Welches Recht hatte er, sie zu solch schrecklichen Dingen zu zwingen? Sie lag mit der Stirn auf ihren gebeugten Knien, bis ihr Herz seinen natürlichen Rhythmus wiederaufnahm. Sie hasste sich fast so sehr, wie sie Valette verabscheute. Entschlossenheit kochte in ihrer Brust, als sie erkannte, dass er Recht hatte. Es gab keine Möglichkeit, dem Schornsteinaufstieg zu entgehen, nicht, wenn sie zu Sophie zurückkehren wollte.

Sie war lange genug vor ihren Ängsten geflohen.

KAPITEL 24

Es war fast dunkel, als Marianne sich vom harten Boden erhob und sich in Richtung der ausgebrannten Ställe kämpfte. Ihre Füße waren wie Blei. Ein zusammengebrochener Balken versperrte teilweise den Eingang, und sie duckte sich darunter, um sich darauf vorzubereiten, dass die Erinnerungen zurückkommen würden.

Es geschah nichts.

Sie drehte sich langsam um und inspizierte die verkohlten Mauern und Haufen von spröden, geschwärzten Holzstücken. Dann trat sie vor und roch zögernd an der Kohle. Ein schwacher, rußiger Geruch verweilte, aber monatelanger Wind und Regen hatten die Wirkung getrübt. Es war nicht mehr der gleiche Geruch des Todes, an den sie sich erinnerte.

Ein Farbtupfer fiel ihr ins Auge. Eine kleine Pflanze hatte sich durch das Geröll gedrückt, ihre leuchtend grünen Triebe standen in starkem Kontrast zu dem trostlosen Verfall ringsum. Sie sah so fehl am Platz aus. Wie konnte etwas so Schönes aus einer solchen Zerstörung hervorgehen? Aber da war sie, nach oben gereckt, hartnäckig klammerte sie sich an das Leben und hoffte auf die Hitze der Sonne. Sie wandte sich ab. Dumme Blume. Sie sollte nicht nach Wärme suchen. Das Feuer hatte ihre Eltern getötet. Sie würde nur wieder verbrannt werden.

Es begann zu regnen, ein warmes, leichtes Prasseln, das ihr Haar benetzte, als er durch die Lücke fiel, wo einst das Dach gewesen war. Das funktionierte nicht. Es war zu offen, nicht annähernd so erdrückend wie der Schornstein. Sie drehte sich um, um zu gehen, und ihr Herz schlug gegen ihre Rippen, als Valette sich wie ein Phantom aus dem Schatten löste. Sie hatte ihn nicht näherkommen hören.

Könnte er ihr nicht einen Moment der Ruhe gönnen?

Er blieb ein paar Meter entfernt stehen und lehnte sich achtlos an einen geschwärzten Türrahmen. Sein Gesicht wurde kurz erleuchtet, als er auf einen Feuerstein schlug, und das Ende seiner Zigarre glühte rot in der Dämmerung. Er drehte den Kopf zum Ausatmen, aber der Wind blies noch immer einen Hauch der duftenden Wolke zu ihr zurück. „Was ist da vorhin passiert?", fragte er leise.

Marianne schaute weg. Es war einfacher, mit ihm zu reden, wenn sie ihn nicht ansah. Hier draußen, im Halbdunkel, konnte sie sich vorstellen, dass er jemand anders war. Dass sie Freunde waren. In der Dunkelheit konnte sie ihm alles erzählen.

„Sie wissen, dass meine Eltern in einem Feuer umgekommen sind. Wenn ich Alpträume habe, bin ich dort, gefangen in einem engen Raum, während alles um mich herum brennt." Sie warf einen spitzen Blick auf seine Zigarre. „Ich nehme an, deshalb mag ich das Drahtseil so sehr. Es ist das genaue Gegenteil von eingeschlossen sein. In jeder Richtung gibt es nichts außer Luft."

Seine Nähe tat ihr seltsame Dinge an. Sie fühlte sich nervös, ängstlich auf eine Weise, die nichts mit ihrer verbrannten Umgebung zu tun hatte. Er kommentierte nichts, er beobachtete sie nur aus diesen gelbbraunen, unleserlichen Augen heraus.

Sie neigte ihren Kopf nach hinten und schaute in den Himmel, um seinem durchdringenden Blick auszuweichen. Da war Orion, mit seinem Schwertgürtel. Da war Perseus. Und Herkules. Wenn sie nur so stark sein könnte wie diese mythischen Helden. Ihr Vater hatte ihr immer die Sternbilder gezeigt, wenn sie nicht hatte schlafen können. *Oh, Papa. Ich vermisse dich so sehr.* Sie kniff die Augen vor dem Schmerz des Verlustes zusammen.

„Was machen Sie hier draußen?"

Sie verdrehte ihre steifen Schultern. „Mich testen, nehme ich an."

„Das ist eine mutige Entscheidung. Die meisten Menschen verstecken sich vor allem, was ihnen Angst macht."

Sie warf einen Blick auf sein Profil, das in Mondlicht und Schatten getaucht war. Winzige Regentropfen glitzerten wie Pailletten auf seiner dunklen Jacke. Sie wollte sie wegwischen. Wollte ihre Hände über seine Schultern gleiten lassen, um seine Kraft durch den Stoff in sich aufzunehmen. Sie konnte etwas von seiner Unbesiegbarkeit, etwas von seinem Selbstvertrauen gebrauchen.

Sie schaute weg, unbehaglich angesichts der Stärke Ihres Dranges. „Sie verlangen von mir, dass ich mich meinen schlimmsten Ängsten stelle, und Sie wollen mir nicht einmal sagen, warum. Ich kenne Sie kaum."

Er lehnte sich mit dem Rücken an die Wand, tödlich und elegant wie immer. „Was wollen Sie wissen? Fragen Sie mich, was Sie wollen."

Marianne verengte die Augen, sofort misstraute sie seiner plötzlichen Freundlichkeit. Verspottete er sie wieder? „Sie haben bereits zugegeben, dass Sie lügen."

Er stieß eine weitere Rauchwolke aus. „Keine Lügen heute Nacht, das verspreche ich."

„Also gut. Ist Nicolas Valette überhaupt Ihr richtiger Name?"

„Ja und nein."

„Der Frage auszuweichen ist so schlimm wie zu lügen", ermahnte sie ihn streng.

Er seufzte. „Ja, das ist mein richtiger Name. Einer von mehreren, die ich benutze."

Willkommen im Club. Duval hatte sie veranlasst, ihren Namen in Bonnard zu ändern. Er sagte, er klänge eher bürgerlich. Natürlich hatte damals alles einen neuen Namen bekommen, auch die Monate des Jahres. Es waren nicht Januar, Februar und März gewesen. Es waren Brumaire, Ventose, Thermidor.

„Wo sind Sie geboren?"

Das Ende seiner Zigarre leuchtete hell in der Dunkelheit. Sie studierte sein perfektes Profil, die gerade Nase, die harte Linie seines Kiefers. Ihr Herz schmerzte ein wenig seltsam. Er war ein so attraktiver Mann. *Äußerlich,* sagte sie sich eindringlich. Innerlich war er immer noch ein völliges Rätsel.

„Ich wurde in einem kleinen Ort in der Nähe von Studland, in Dorset, geboren."

Sie hätte nicht schockierter sein können, wenn er ihr gesagt hätte, er sei der König von Frankreich. Ihr Mund fiel auf. „Sie sind *Engländer*?"

Er schenkte ein schiefes Lächeln. „So englisch wie Roastbeef und Yorkshire-Pudding."

Sie runzelte die Stirn. „Ich weiß nicht, was dieser Pudding ist. Aber Sie sprechen Französisch ohne jeglichen Akzent."

„Danke", sagte er sarkastisch. „Ich fühle mich geschmeichelt, dass Sie so denken. Wie es der Zufall will, ist mein Vater Engländer. Meine Mutter ist Französin. Sie lernten sich vor der Revolution in Paris kennen. Er half, ihre Familie über den Kanal zu schmuggeln. Ich nehme an, die ganze Aufregung diente der Romantik. Wie dem auch sei, ich habe beide Sprachen von klein auf gelernt."

„Für wen arbeiten Sie also? Für Frankreich? Oder für England?"

Er zuckte die Achseln. „Für keinen. Für beide. Ich weiß es kaum noch."

„Sie meinen, Sie sind ein Verräter?"

Er lächelte verschmitzt. „Des einen Mannes Verräter ist des anderen Held. Das hängt von Ihrem Standpunkt ab."

„Aber ich dachte, Sie arbeiten für Fouché?"

„Tue ich auch. Unter anderem."

Marianne wusste kaum, was sie denken sollte. „Also *dieser* Auftrag. Für wen ist er?"

„Was möchten Sie von mir hören? Für das Wohl Frankreichs? Würde das an Ihren Patriotismus appellieren?"

„Ich habe keinen Sinn für Patriotismus", sagte sie. „Ich bin kriminell. Ich habe Eigentum und Informationen gestohlen. Frankreich und England sind mir egal. Ich sorge mich um Sophie. Mir ist es wichtig, ein Dach über dem Kopf und Schuhe an den Füßen zu haben."

Er zog noch einmal langsam an seiner Zigarre. „Wir sind also gar nicht so verschieden. Wir tun beide, was wir tun müssen, um das zu schützen, was uns lieb und teuer ist."

„Was ist das denn?", fragte sie noch einmal. „Wenn es nicht Ihr Land ist. Was kümmert Sie dann? Die Familie? Die Pflicht? Ehre?"

„Sie haben die Liebe nicht erwähnt", mahnte er mit einem Kräuseln seiner Lippen. „Ist es nicht *das*, was alle Männer antreibt?"

Jetzt war sie an der Reihe, zu spotten. *„Liebe.* Haben Sie bemerkt, dass Menschen sich ‚verlieben'? Wenn es so wunderbar ist, warum tun sie das dann nicht?" Sie schüttelte den Kopf. „Es ist, weil Liebe *wehtut.* Genauso wie es *wehtut,* wenn ich von meinem Seil falle."

Er drehte seinen Kopf, und seine Augen waren dunkel und unergründlich. „Sie haben Recht. Es ist nicht die Liebe, die mich antreibt. Es ist Rache."

Die düstere Entschlossenheit in seinem Blick ließ sie erschauern. Er sah so besessen aus, dass sie den Schmerz, der seine Stirn zerfurchte, wegfegen wollte, aber sie hielt ihre Hand fest; sie war sich sicher, dass jedes Mitleid mit Verachtung erwidert werden würde.

„Wie wurden Sie zu einem Spion?"

„Als der Krieg ausbrach, stellten mein Bruder Tony und ich uns Lord Castlereagh, dem britischen Außenminister, vor und sagten ihm, dass wir nützlich sein könnten."

Marianne hob die Augenbrauen, und er lächelte selbstherrlich.

„Anmaßend, was? Ich war vierundzwanzig. Tony war achtzehn. Wir dachten, wir würden Napoleon in ein paar Wochen zum Teufel jagen." Sein Mund wurde schmal. „Castlereagh ergriff die Chance, uns, weil wir fließend Französisch sprachen, zu benutzen. Unsere Familie besaß noch Ländereien in der Nähe von Paris, die wir als Unterkünfte nutzen konnten. Wir waren ein großartiges Team. Wir waren Kuriere - Spione, die effektiv Interferenzen über den Ärmelkanal hin und her schickten. Wir hatten die beste Zeit unseres Lebens." Ein Muskel pulsierte in seinem Kiefer.

„Was ist passiert?"

„Wir waren in Nordspanien, überquerten die Berge mit Hilfe einiger spanischer Freiheitskämpfer, und wir trafen auf eine französische Patrouille. Unsere Anführer wurden getötet, Tony wurde verwundet, und wir wurden beide gefangen genommen." Er lächelte trübsinnig. „Sie konnten sich nicht entscheiden, ob wir Engländer oder Franzosen waren, also wurden wir in ein Kriegsgefangenenlager geschickt. Tony drängte mich, ihn zu verlassen und zu fliehen; wir hatten immer noch wichtige Informationen, die wir an Wellington weiterleiten mussten. Ich wollte ihn nicht verlassen, aber er war in keinem reisefähigen Zustand, und im Lager wurde er zumindest medizinisch behandelt. Also ging ich und schwor, zurückzukehren und ihn zu retten, sobald ich meine Nachricht überbracht hatte."

Mariannes Herz verkrampfte sich angesichts der düsteren Verzweiflung, die sie in seinem Tonfall hörte.

„Damals glaubte ich noch, dass es eine Art Gerechtigkeit, einen grundlegenden menschlichen Anstand in der Welt gibt. Dass Kriege nach ungeschriebenen, aber allgemein akzeptierten, ritterlichen Regeln geführt würden. Unbewaffneten Bürgern würde kein Schaden zugefügt werden. Kinder und Frauen wären sicher. Kriegsgefangene würden fair behandelt werden". Seine Lippen verzogen sich in bitterer Selbstironie.

„Kurz nachdem ich Paris erreicht hatte, breitete sich die Krankheit in Tonys Lager aus. Napoleon ging das Geld aus, und kranke Gefangene sind teuer. Anstatt sich also um sie zu kümmern oder ihnen anzubieten, sie gegen seine eigenen Gefangenen auszutauschen, befahl er, sie alle hinrichten zu lassen."

KAPITEL 25

Mariannes empörtes Aufatmen hallte in der ruhigen Nachtluft wider.

Valette senkte seinen Kopf ein. „Ich bin wohl ein bisschen durchgedreht. Ich habe mich sechs Wochen lang in der Nähe von Paris verkrochen, um zu entscheiden, was ich tun sollte. Als ich schließlich Castlereagh davon in Kenntnis setzte - er nahm ebenfalls an, ich sei tot - befahl er mir, in Frankreich zu bleiben. Er schickte mich nach Paris und zu Fouché."

Mariannes Augen weiteten sich ungläubig. „Und Sie gingen?"

Er zuckte die Achseln. „Ich ging. Was konnte Fouché mir antun? Ich hatte bereits meinen Bruder verloren. Es war mir egal, ob ich lebte oder starb."

Sie runzelte die Stirn. „Aber war Fouché nicht misstrauisch gegenüber jemandem, der halb Engländer war? Und Aristokrat? Der Mann ist, soweit ich gehört habe, kein Narr."

„Natürlich war er misstrauisch. Und ich vermute, ich hegte eine Art Todessehnsucht. Er erkannte es und rechnete damit, dass ich ihm lebendig mehr von Nutzen sein könnte als tot. Er sah die gleichen Vorteile, die Castlereagh ebenfalls gesehen hatte. Ich hatte immer noch meine englischen Titel und Besitztümer, ich konnte mich in der Londoner Gesellschaft leicht bewegen. Er wollte, dass ich die Emigranten, die nach England geflüchtet waren, im Auge behielt. Er wollte von den Machenschaften der Anhänger der Royalisten wissen, derer, die versuchten, den bourbonischen König wiedereinzusetzen."

Marianne schüttelte den Kopf.

„Sie wären erstaunt über die Menge an Informationen, die zwischen Ländern ausgetauscht werden, die sich angeblich im Krieg befinden. Fouché weiß, dass er mich mit den Briten teilt. Ich bin in Wirklichkeit ein Doppelagent. Das ist alles Teil des Spiels."

Ein Spiel. Marianne lief ein Schauer über den Rücken. *Ein tödliches, furchterregendes Spiel. Und sie war mittendrin gefangen.*

„Jetzt wissen Sie also, warum diese Mission so wichtig für mich ist."

Sie nickte.

Er blieb kaum einen Meter entfernt stehen und griff nach ihr, um ihr eine Haarsträhne von der Schläfe zu streichen. Sein Gesichtsausdruck wurde weicher. „Ihr Gesicht ist ganz schwarz."

Sie stand erstarrt da, als er ihr mit beiden Händen den Kiefer umschloss und ihr mit den Daumen über die Wangen wischte, fast so, als wäre sie ein Kind. Seine

Finger waren warm auf ihrer Haut. Seine bernsteinfarbenen Augen wanderten zu ihren Lippen und dann zurück zu ihren Augen.

„Wissen Sie, es gibt einen Trick bei schlechten Erinnerungen."

Sie schluckte. Ihre Knie fühlten sich weich an. „Einen Weg, sie loszuwerden, meinen Sie?"

Er nickte.

„Wie?"

Er strich mit seinem Daumen über ihre Unterlippe, rollte sie nach unten und fuhr über die feuchte Innenseite. Ihr Magen protestierte. Seine Augen wurden dunkel und hatten die Farbe von altem Brandy. Er schlang seine Handfläche um ihren Nacken, und sie wagte kaum noch zu atmen, als er sie näher und näher heranzog.

„Man ersetzt sie durch etwas Erinnerungswürdiges."

Er beugte sich und eroberte ihren Mund.

Es war kein sanfter Kuss. Es war eine Besitzergreifung. Marianne öffnete sich ihm blind und teilte unbewusst ihre Lippen, während er seinen Kopf anwinkelte. Er küsste mit einer exquisiten Sorgfältigkeit, seine Zunge drang ein und zog sich zurück, neckte und verführte. Sie schloss ihre Augen und nahm seine Berührung, den Geschmack seines Mundes auf. Er schmeckte nach Holzrauch und Wein. Rauch und Schatten, dachte sie wild. Das fasste ihn perfekt zusammen.

Sie wollte in die von ihm geschaffene dunkle Spirale der Lust fallen und nie wiederauftauchen. Sie war heiß und strahlte wie neu entflammte Glut. Sie ergriff seinen Kragen, um ihn noch näher an sich zu ziehen, aber er trat so plötzlich zurück, dass sie taumelte und ihr verleugnendes Gewimmer hinunterschluckte.

Er starrte sie an, sein Ausdruck undurchschaubar, seine augenblickliche Gelassenheit war wie eine Ohrfeige. „Gehen Sie zu Bett, Marianne. Wir fahren morgen früh ab."

Ihr Gesicht zeigte Bestürzung. „Aber ich brauche mehr Übung. Ich habe noch nicht einmal..."

„Wir haben keine Zeit mehr." Sein Blick fiel wieder auf ihre Lippen, und seine Mundwinkel zeigten ein Lächeln. „Wenn Sie vor diesem Schornstein in Vincennes stehen, müssen Sie einfach an etwas denken, wofür es sich zu leben lohnt."

Er streichelte ihr in einer beiläufigen, vernichtenden Geste über die Wange, drehte sich dann um und löste sich in den Schatten auf.

Marianne drückte ihre Finger auf ihre kribbelnden Lippen. Ihr Atem kam stockend. Sie fühlte sich erschüttert, schockiert, erregt. Warum hatte er sie geküsst? War es ein weiterer rücksichtsloser Trick, um sie zur Loyalität zu verführen? Sie verstand ihn überhaupt nicht. In der einen Minute verführte er sie, in der nächsten warnte er sie, dass er sie ohne Bedenken sterben lassen würde.

Ihre Laune wurde sogar noch schlechter. Die Hälfte der Zeit behandelte er sie als eine lästige, aber unvermeidliche Begleiterin. Eine kindische Belästigung. Wahrscheinlich betrachtete er den Kuss mit ihr als eine weitere lästige Pflicht zur Vorbereitung auf den Auftrag, wie das Reinigen seiner Waffen oder das Schärfen seiner Messer.

Eine seltsame Verzweiflung überkam sie. Sie hatte Jahre damit verbracht, sich emotional zu schützen, aber Valette nahm ihr diese Abwehrkräfte mit nichts anderem als der Berührung seines Mundes. *Zum Teufel mit ihm.* Sie fühlte sich roh, aus dem Gleichgewicht gebracht, als hätte sich alles Verlässliche unter ihren Füßen irgendwie verschoben. Und für ein Mädchen, dessen Leben vom Gleichgewicht abhing, war das das schlimmste Gefühl der Welt.

* * *

VALETTE WAR NICHT in seinem Zimmer, als sie sich nach oben schlich, und trotz ihrer chaotischen Gedanken war sie so erschöpft, dass sie fast sofort einschlief, als ihr Kopf das Kissen berührte.

Einige Zeit später öffnete sie ihre Augen in der Dunkelheit. Sie war sich nicht sicher, was sie aufgeweckt hatte. Es war nicht an der Zeit, aufzustehen - der Raum war dunkel, bis auf einen Schimmer Mondlicht, der zwischen den Fensterläden durchschien. Sie schlug gegen ihr Kissen und drehte sich um, bereit, wieder einzuschlafen, als sie ein Geräusch hörte, das so leise war, dass sie es fast verwarf. Allerdings brachte es die Überzeugung mit sich, dass sie nicht allein war.

„Valette?“, flüsterte sie.

Sie spürte eine Bewegung in der hinteren Ecke. Als sich ihre Augen einstellten, sah sie ihn ausgestreckt auf dem Ohrensessel, das Hemd zerzaust, die Beine ausgestreckt. Die Schatten der Fenstergitter fielen in dünnen

Streifen über seinen Körper, wie die Gitterstäbe eines Käfigs.

Sie lockerte ihren Griff um das Messer mit einem erleichterten Seufzer. „Sie haben mich erschreckt!", zischte sie anklagend. „Was machen Sie denn da? Stimmt etwas nicht?" Sie konnte ihn kaum sehen. Es war nur ein schwacher Schatten im Raum.

„Nein, es ist alles in Ordnung. Ich sitze nur hier", sagte er leise. „Es gibt keinen Stuhl in meinem Zimmer, dem ich zutraue, nicht zusammenzubrechen."

Sie zog den Kragen ihres Schlafhemdes mit einer Hand zusammen und blinzelte schläfrig. „Sind Sie nicht müde?" Sie spürte es mehr, als dass sie sah, wie er den Kopf schüttelte.

„Nein. Schlafen Sie weiter. Ich wollte Sie nicht wecken."

Sie legte sich wieder hin und drehte sich, so dass sie ihm den Rücken zuwandte. Auf seltsame Weise war sie zufrieden. Es hätte beängstigend sein müssen, dass er dasaß und sie beobachtete. Andererseits hatte er in den letzten Jahren ohne ihr Wissen über sie gewacht. Sie sollte ihm diese Verletzung ihrer Privatsphäre übelnehmen, aber zum ersten Mal brachte der Gedanke eher Trost als Wut.

Sie schloss die Augen und lauschte dem langsamen, gleichmäßigen Rhythmus seiner Atmung. Er bewachte sie, ihr eigener finsterer Engel. Sie würde heute Nacht keine Alpträume haben. Jemand, der so gefährlich war, würde sie alle in Schach halten.

KAPITEL 26

Marianne spürte einen Hauch an Bedauern, als das Château langsam aus ihrem Blickfeld verschwand. Dieser Ort hatte sie schon fast zu sehr an ihre Kindheit in Chanterac erinnert, obwohl das Anwesen deutlich größer war. Tatsächlich wäre es ihr viel zu leicht gefallen sich an diesen Ort zu gewöhnen oder sich dort ein anderes, neues Leben vorzustellen.

Sie reisten auf demselben knarzenden Heuwagen, der sie auch vom Gasthaus hergebracht hatte. Sie hatte sich dazu entschieden auf der Ladefläche zu bleiben, um der verstörenden Nähe Valettes zu entkommen. Sie trug die bunte Bauernkleidung, die er ihr gegeben hatte. Sie saßen locker und waren gemütlich. Zusätzlich genoss sie die Freiheit, kein Korsett tragen zu müssen. Ihr Zirkuskostüm war verschwunden. Sophie wäre verärgert gewesen, falls sie ihr ein neues schneidern müsste. All diese Rüschen und Pailletten nahmen anscheinend *Stunden* in Anspruch.

Marianne breitete ihren Tellerrock aus und lag auf der Decke, die nach Pferden und Heu roch. Valette wandte seinen Kopf und durch ihre Wimpern beobachtete sie sein Profil. Sein hartes Gesicht faszinierend schön. Die klassischen Züge und die nüchterne Perfektion lagen im morgendlichen Licht. Ein Schmerz vor Verlangen, wie ein Hunger, erwärmte ihre Magengrube.

„Wie sind Sie beim Cirque Olympique gelandet?", fragte er plötzlich.

Sie nahm einen Halm Stroh, damit sie ihn nicht anschauen musste. „Um ehrlich zu sein war es eher ein Unfall. Mein altes Kindermädchen Jeanne war die Cousine von Antonio Falconi. Sie verließ den Zirkus, als sie heiratete und ließ sich in unserem Dorf nieder. Sie wurde das Dienstmädchen meiner Mutter, dann Kindermädchen und Gesellschaft für Sophie und mich.

Sie erzählte uns oft von den vielen ungeheuerlichen Geschichten ihrer Familie; ihr Cousin war ein venezianischer Graf, der nach einem tödlichen Duell aus seiner Heimat ins Exil geschickt worden war. Er war einer der vorzüglichsten Reiter Europas gewesen und ihm gehörte der großartige Zirkus namens Cirque Olympique in Paris."

Marianne lächelte, während sie in den Erinnerungen schwelgte. „Sophie und ich hörten ihr begeistert zu, obwohl wir uns sicher waren, dass sie sich vieles nur ausdachte. Eines Tages brachten wir sie dazu, uns ein paar Zirkustricks zu zeigen. Also spannte sie ein Seil durch den Garten, ungefähr dreißig Zentimeter hoch, und brachte uns das Seiltanzen bei. Danach waren wir Feuer und Flamme. Sie zeigte uns wie man

Messer auf ein Ziel, das auf einem Baum gemalt war, warf. Und wie man genau die Anzahl an Umdrehungen berechnete, die das Messer benötigte, um mit der Spitze ins Schwarze zu treffen." Ihr Lächeln verblasste. „Sie starb in dem Jahr, als ich zwölf wurde. Ich vermisse sie immer noch.

Erst als ich mit Duval verhandeln musste, wurde mir klar, was für ein Geschenk sie mir gemacht hatte. Als ich zum Cirque Olympique kam und um eine Anstellung bat, hießen die Falconis mich mit offenen Armen willkommen."

Valette warf ihr über seine Schulter hinweg einen Blick zu. „Und was macht Sie so glücklich am Seiltanzen?"

„Es ist die Herausforderung, glaube ich. Es zu tun ist etwas Unmögliches. Wenn ich auf das Seil steige, steht alles still. Das Publikum feuert mich an, aber irgendwie will es mich auch scheitern sehen. Ihre Hoffnungen und Ängste liegen in meinen Händen."

„Und dieses Gefühl gefällt Ihnen?"

Sie zog die Schultern hoch und versuchte ihre Gedanken auszudrücken. „Es ist so ... als würde ich ihnen ein Geschenk machen. Was auch immer außerhalb des Zirkus passiert, für diese wenigen Minuten kann ich sie es alles vergessen lassen. Es ist Magie. Echte Magie, keine Taschenspielertricks oder so. Keine Schatten und Spiegel, wie bei den Auftritten im Palais Royale." Sie brach den Strohhalm in zwei. „Es gibt den Leuten Hoffnung. Wenn sie sehen, dass ich so etwas tun kann, sind vielleicht auch andere unmögliche Dinge möglich. Ein Ehemann kann sicher aus dem Krieg heimkehren. Ein

Kind kann gesundwerden. Eine Sünde kann vergeben werden."

Sie könnte sich von Duval befreien.

Plötzlich errötete sie vor Verlegenheit. Er würde sie für einen Dummkopf halten. Sie gab alles von sich Preis, Zentimeter um Zentimeter enthüllte sie diesen persönlichen Teil von sich, den sie so lange versteckt hatte. Sie verstummte und tat so, als würde sie einschlafen.

Er begann zu summen.

„Muss das sein?", fragte sie irritiert.

„Muss was sein?"

„Das Summen. Es ist nicht einmal eine Melodie."

„Woher wollen Sie wissen was ich summen möchte?"

„Was auch immer es ist, es sollte sicher nicht wie das klingen, was Sie von sich geben."

„Es ist ein altes englisches –" Er stoppte abrupt und die Worte froren auf seinen Lippen. Dann hörte es Marianne es auch: Das rollende Donnern von Hufen.

Valette fluchte. „Truppen. Sprechen Sie Italienisch?"

„Ein wenig. Lauren hat es mir beigebracht. Besonders das Fluchen. ‚*Vaffuculo*'…bot sie beherzt an, „das bedeutet, verpiss d—"

„Ich weiß, was es bedeutet", sagte er mit einem finsteren Schmunzeln. „Okay. Wir sind Italiener. Sie sind meine Frau, Fatima."

Nervosität machte sie schnippisch. „Mein Vater wäre so stolz. Er hat immer davon geträumt, dass ich einen lügenden abtrünnigen Spion heirate."

Er grinste. „Schnell, rufen Sie was. Ich will, dass sie uns hören."

„Was soll ich denn sagen?"

„Irgendwas. Lassen Sie ihrer Fantasie freien Lauf. Beschimpfen Sie mich", sagte er unvermittelt und sprang über die Sitzlehne, um hinten neben ihr im Heu zu liegen. „Sie haben mich dabei erwischt, wie ich die Titten einer anderen angeglotzt habe."

Es war nicht schwer, sich *das* vorzustellen. Marianne fing an zu schreien, wie ein Fischweib und es hagelte Flüche. Sie erklärte ihm, in sehr eindeutigen Formulierungen, was mit verschiedenen Teilen seiner Anatomie geschehen sollte, falls er es noch einmal wagen würde, eine andere Frau auch nur anzusehen. Wie sie ihn vergiften – nein – im Schlaf *erdrosseln* würde. Wie sie ihn bei nächster Gelegenheit mit ihren Messern aufspießen würde. Wie sie ihn –

„Perfekt, meine Liebste. Sehr weibisch." Er legte eine Hand auf ihren Mund. „Jetzt müssen wir uns küssen und vertragen."

Bevor sie auch nur erahnen konnte, was er vorhatte, griff er den Vorderteil ihres Mieders und zog daran, wodurch ihre Brüste dem grellen Sonnenlicht ausgesetzt wurden.

„Was in Gottes Namen ---!"

Er ignorierte ihr wütendes Kreischen und drückte sie zurück ins Heu und hielt sie problemlos fest, als sie versuchte sich zu herauszuwinden. Sie hatte kaum den Schock seines langen, schlanken Körpers, den er auf den ihren presste, verarbeitet, als er ihren Rock anhob und seine Hand an ihrem nackten Bein hochwanderte.

„Nein! Ich—"

„Psst, *cara*! Nicht so laut. Sonst könnte uns noch jemand hören!" Sein absichtlich lautes ‚Flüstern' hätte man eine halbe Meile weit hören können. „Küssen Sie mich!“, zischte er in ihr Ohr. „Tun Sie es, Marianne. Jetzt.“

Oh Gott. Es war genau wie beim Montausier. Nur, dass sie hier, der Geräuschkulisse zu urteilen nach, die halbe französische Armee überzeugen mussten und keine Handvoll alter dreckiger Männer. In einer aus Verzweiflung entstandenen Panik ergriff Marianne seinen Kragen und drückte ihre Lippen auf die seinen. Ihre Zähne kollidierten. Seine Finger verwickelten sich in ihren Haaren. Er repositionierte ihren Kopf und neigte seinen eigenen nach unten. Sie schnappte nach Luft, als seine Zunge sich in sündhafter Lust in ihren Mund drängte.

Die Welt verschwand. Dunkelheit und Hitze erfüllte ihr Hirn. Sein Hemd rieb gegen ihre Brust, grob und doch lustvoll. Und schon konnte sie ihre Erregung im Schoße ihrer Schenkel spüren. Ihr ganzer Körper schmerze und wurde ruhelos.

„Das ist gut! Weiter so“, flüsterte er gegen ihre Lippen.

Es war ein Spiel. Nur vorgetäuscht. Das musste sie sich vor Augen halten. Aber auch sein Atem wurde wilder. Er ließ seine Hand hinunterwandern und ergriff ihre nackte Brust.

Mariannes unverständlicher Aufschrei wurde von seinem Mund verschluckt. Mit einem Stöhnen vergrub er sein Gesicht in ihrer Halsbeuge und er ließ Küsse auf ihre Haut prasseln, während sein Daumen in einer Liebkosung, die sie verrückt machte, über ihren Nippel strich, wodurch sie begann sich unbedacht gegen ihn zu drücken. Etwas Verruchtes schoss in ihre Blutbahn und ihre Nerven fingen Feuer. Seine Berührung war wie eine Flamme. Was ein süßer, schockierender Reiz.

Sie spürte die Vibration seines qualvollen Ächzens, als er die Woge ihre Brüste küsste. Marianne erstickte fast, bei diesem dunklen, verdorbenen Nervenkitzel. Sie packte sein Haar, um ihn hochzuziehen, doch sie war absolut gelähmt, als er mit seinem feuchten Mund darauf bestand weiterhin an ihr zu zerren. Sie würde vor Lust sterben, vor Scham. Seine Hand rutschte ihren Schenkel hoch. Sie rekelte sich. Sie wollte, dass er – nein – er musste weiter nach innen, nach oben, wandern. Nur ein kleines Bisschen. Sich gegen ihr sehnendes, heißes Zentrum drücken. Sie wölbte ihre Hüfte in einer wortlosen, atemlosen Bitte.

Mehr.

„Ehem!" Jemand räusperte sich. Laut.

Mariannes schockiertes Keuchen war nicht geschauspielert. Sie riss ihre Augen auf. Mindestens dreißig uniformierte Soldaten standen entlang der Straße und sie alle spähten in den Wagen. Ihre Mienen reichten von leichter Belustigung hin bis zu offen anzüglichem Interesse.

Sang de Dieu! Ihr Gesicht brannte. Valettes Mund ruhte immer noch auf ihrer Brust. Er ließ sich viel Zeit, seinen Kopf zu heben. Ein skurriler enttäuschter Blick huschte über seine Züge, als er so tat, als hätte er plötzlich gemerkt, dass die Truppen sich um den Wagen aufgestellt hatten. Mit einer schnellen Handbewegung flickte er ihr Mieder wieder lässig nach oben und wischte sich den Mund mit seinem Handrücken ab, als er dem kommandierenden Offizier einen frustrierten, stechenden Blick zuwarf.

„Kanne isch ihn helfen, Misuur?“ Er legte einen starken italienischen Akzent auf.

Der Offizier zuckte bei dieser Misshandlung der französischen Sprache zusammen. „Sind sie Italiener?“

Valette nickte. *„Sí, Italiano.* Wie, Napoleon, eh?“ Er tippte stolz auf seine Brust.

Bei der Erinnerung daran, dass der oberste Befehlshaber tatsächlich Korse und kein Franzose war, blickte der Offizier finster drein. Marianne hätte Valette für diese Provokation treten können. Es war, als würde dieser Mann nur nach Ärger *suchen. Idiot.*

„Welche Angelegenheiten führen euch hier her?“

Valette runzelte die Stirn. „Angelegenheit? Kein Angelegenheit. Nur Vergnügen.“ Er zwinkerte und tätschelte liebevoll ihren Schenkel. Selbst diese lässige Geste ließ ihr Blut prickeln. Der Offizier schaute böse und Valette stellte sich dumm. „Was ich tun? Mein Französisch nicht, eh, so gut.“

Der Offizier versuchte es erneut und sprach diesmal langsamer, damit der dumme Fremde ihn verstehen konnte. „Warum bist du hier? Auf dieser Straße? Wo willst du hin?“

„Wohin ich gehen? Italia, eh? Venezia.“ Valette küsste seine Fingerspitzen, wie es eine von Laurents liebsten Gesten war. *„La Serenissima.“*

„Papiere?“

Valette starrte den Mann verdutzt an. „Kein Papiere.“ Er warf den Soldaten einen kläglichen Blick zu, als würden sie mit ihm unter einer Decke stecken. „Ich sagen Venezia. Sie, Fatima sagen Roma." Er zuckte mit den Schultern und schaffte es irgendwie, das universelle männliche Leid zu vermitteln. *„Donne. Sono una bella seccatura,* nicht?"

Marianne machte ein mürrisches Gesicht. *So viel* Italienisch verstand sie. Er hatte gerade gesagt, dass ‚alle schönen Frauen Nervensägen sind'.

Das Italienisch des Hauptmanns war vielleicht nicht sehr gut, aber er konnte nachvollziehen, was er meinte. Seine Haltung entwickelte sich zu einem kläglichen Mitgefühl. „Ich kenne das, mein Freund." Er ließ seinen Blick über ihr nacktes Bein wandern. „Ein schönes kleines Ding hast du da." Er befeuchtete seine Lippen. „Und das sind gefährliche Zeiten zum Reisen. Ein Mann sollte vorsichtig sein, mit so einem Schatz..."

Mariannes Haut kräuselte sich in Vorahnung. Er hielt sie wahrscheinlich für eine Hure, die man sich einfach so nehmen konnte. Die Spannung stieg. Die Truppen kamen näher und auf subtile Art und Weise wurden sie bedrohlicher.

Valettes Ausdruck änderte sich nicht, aber die Muskeln seines rechten Arms spannten sich unter ihrer Hand an. Lächelnd schüttelte er seinen Kopf aber seine Augen waren eisenhart. „Meine Fatima." Seine Hand streichelte ihren Schenkel. Eine leichte, besitzergreifende Berührung, die sie erzittern ließ. „Meine Problem." Für eine nicht enden wollende Sekunde fixierte der Hauptmann seinen Blick. Mariannes Hand glitt hinter ihren Rücken und umschloss ihr Messer. Es wären zwei gegen dreißig, sollten sie angreifen.

Doch dann blinzelte der Hauptmann und die

Anspannung verflüchtigte sich ebenso schnell, wie sie aufgekommen war. „Nun ja. Genießen sie ihre Unterhaltung, Monsieur, Madame. *Vive l'Empereur.*" Er salutierte, drehte sein Pferd und befahl seine Männer von dannen.

„Glückspilz."

„Kümmer' dich gut um sie."

Marianne war ruhig, bis das Getrappel der Hufe nachließ und die Geräusche der ländlichen Gegend zurückkehrten. Vogelgezwitscher, das Zirpen von Grillen, das Säuseln des Windes in den Bäumen. Sie nahm einen langen und unregelmäßigen Atemzug und ließ ihn wieder langsam entweichen. Sie legte ihren Kopf zurück ins Heu. Ihr Herz hämmerte gegen ihre Rippen. Valette hatte es auch fühlen müssen; er lag immer noch auf ihr und zerquetschte sie. Er war hart, muskulös und unglaublich verlockend. Ihr Gesicht erhitzte sich wieder und sie wandte sich erneut in Scham.

Wie hatte sie sich so vergessen können? Was er alles getan hatte!

Es musste die Gefahr gewesen sein, die Möglichkeit aufzufliegen. Es hatte ihre Sinne verschwimmen lassen, so wie wenn sie auf dem Seil tanzte. Sie hätte sich wahrscheinlich mit jedem so ... aufgewühlt ... gefühlt.

Valette lächelte finster, als würde er sie vollkommen durchschauen. Sie bockte und versuchte ihn loszuwerden, aber es war unmöglich sich im Heu irgendeinen Vorteil zu verschaffen.

Ihre Augen trafen aufeinander und verblieben. Er griff nach oben und wischte einen Halm von ihrer Wange. Ihr Bauch spannte sich an, als sie seine federleichte Berührung spürte. Sie fürchtete sich vor ihm. Vor dem, was sie fühlte, wenn sie in seiner Nähe war. Er machte sie leichtsinnig und dumm. Er machte sie so heiß, dass sie in Flammen aufgehen könnte. Ihre Augen wanderten zu seinen Lippen. So nah. Für eine irrsinnige, furchterregende Sekunde hatte sie es tatsächlich in Erwägung gezogen sich nach oben zu recken und ihren Mund auf seinen zu pressen.

Wahnsinn.

KAPITEL 27

„Merde."

Nics Fluch katapultiere Marianne aus ihrer Benommenheit. Sie schüttelte sich, um wieder einen klaren Kopf zu bekommen. Dem Sonnenstand nach zu urteilen schien es spät am Nachmittag zu sein und sie hatte gerade einen unangenehmen erotischen Tagtraum erlebt, in dem Valette eine Hauptrolle gespielt hatte. Und zwar sehr explizit. Sie wurde allein beim Gedanken daran rot und sie fühlte eine kribbelnde Hitze in ihrem Körper. Gott, sie hoffte, dass er sich zu sehr auf die Straße konzentriert hatte, um es zu bemerken.

„Was ist los?"

„Eine Straßensperre. Ich habe es von oben auf dem Hügel gesehen. Wir sind jetzt versteckt zwischen den Bäumen aber sie haben uns schon kommen sehen. Es würde verdächtig wirken, wenn wir nicht weiterfahren."

Ihr Herz begann zu pochen, aber sie versuchte, sich seinem ruhigen, gelassenen Ton anzupassen. Er hatte für jemanden bezahlt, der seiner eisigen Ruhe unter Druck gerecht wurde. Der Stolz verlangte von ihr, zu beweisen, dass sie genauso professionell sein konnte. „Sind wir wieder italienische Touristen?"

Er schüttelte den Kopf. „Französische Bauern. Ich habe gefälschte Papiere."

„Natürlich haben Sie das. Wer hat sie gefälscht?"

„Philippe Lacorte."

Sie hob eine Stirn, beeindruckt. „Lacorte? Wirklich? Ich hörte, seine Warteliste sei ein Jahr lang." *Sie* hatte sechs Monate gebraucht, um ihre eigenen gefälschten Papiere von ihm zu bekommen. Sie hatten auch ein Vermögen gekostet, aber sie glaubte fest daran, dass es sich lohnte das Beste zu bekommen, vor allem für ein gefälschtes Leben. Lacorte war ein Künstler.

Valette zuckte die Achseln. „Er schuldete mir einen Gefallen."

Marianne blinzelte zu ihm auf, und ihr Puls stieg, als sie sein attraktives Profil betrachtete. „Wenn Sie glauben, ich tue so etwas noch einmal" - sie mühte sich ab, das passende Wort zu finden - „so eine Leistung wie die letzte, dann können Sie noch einmal umdenken."

„Bei Ihnen klingt das so, als wäre es eine besonders verabscheuungswürdige Arbeit", stellte er fest. „Ich hatte den Eindruck, Sie fangen an, sich zu amüsieren."

Sein Gesichtsausdruck war unschuldig, aber das Zwinkern in seinen Augen war geradezu verrucht. Eine *Bestie*. Er wusste genau, welche Wirkung er auf sie hatte. Wie erniedrigend. Zumal das Spiel mit ihren Gefühlen für ihn nichts anderes war als kurzweiliges Vergnügen, um sich die Zeit zu vertreiben. Sie war eine lästige, aber notwendige Gefährtin für ihn, nichts weiter.

Marianne drehte ihren Kopf, um ihre verräterische Schamesröte zu verbergen. Alles wäre besser, als ihn noch einmal küssen zu müssen. Sie konnte es nicht ertragen, seine Hände auf ihrer Haut zu haben, seinen Mund auf ihr ...

Konzentriere dich, du Schwachkopf!

Sie warf einen Blick auf die Bäume und Wildblumen am Straßenrand. Sie suchte verzweifelt nach einer Alternative. Die gezackten Blätter einiger Brennnesseln weckten die Erinnerung an einen kindischen Streich, den sie und Sophie ihrer Mutter einst gespielt hatten. „Ich habe eine Idee. Lassen Sie mich runter."

Valette brachte die Pferde zum Stehen und runzelte misstrauisch die Stirn. „Woran denken Sie?"

„Wir sollten ihnen etwas zum Gucken geben, statt unserer Papiere."

Valette lächelte. „Genau das haben wir das letzte Mal getan, wenn Sie sich erinnern..."

Sie warf ihm einen vernichtenden Blick zu, sprang auf die Straße und krempelte dabei die Ärmel hoch. Ohne Zeit zu verlieren, zog sie ihre Röcke hoch und rannte in die nächstgelegenen Brennnesseln.

„Was um Himmels willen tun Sie da?" Ertönte Valettes alarmierendes Zischen hinter ihr.

Sie erstickte einen Aufschrei. Ihre Haut brannte, aber sie zwang sich, sich immer weiter zu drehen, ließ sich von dem Schwung den Hang hinuntertragen und zerdrückte die Pflanzen unter ihr. Tränen stachen ihr in die Augen, als der Schmerz zunahm. Der Teufel selbst stach sie mit Tausenden winzigen flammenden Feuerhaken.

Sie war eine dumme, ungestüme Idiotin! Sang de Dieu! Als sie acht Jahre alt war, hatte es definitiv nicht so sehr wehgetan.

Schließlich hörte sie auf, sich zu wälzen, lag still auf dem Rücken und schnappte nach Luft.

Valette sprang vom Wagen herunter und ging auf sie zu, wobei seine Stiefel und seine Reithose ihn vor Stichen schützten. Marianne zwang sich auf die Beine und stapfte die leichte Schräge hinauf, ein leicht wackeliges Lächeln zeichnete ihr Gesicht. Er presste die Hände auf die Hüften und blickte in entsetztem Erstaunen auf sie herab. „Jesus, Frau, sind Sie verrückt? Sehen Sie sich an!"

Sie konnte sich gut vorstellen, wie sie aussah; ein Blick nach unten bestätigte ihren Verdacht. Ihre Arme waren eine Ansammlung böser roter Striemen, hochgezogen und grässlich wie klumpiger Reispudding. Sie konnte nur annehmen, dass ihr Gesicht ebenso unansehnlich aussah. Wenigstens konnte sie jetzt aufhören, sich Sorgen zu machen, dass Valette sie wieder küssen wollte.

Sie kletterte vorsichtig zurück ins Heu und legte sich hin, wobei sie ein Stöhnen unterdrückte, als das stachelige Stroh ihre raue Haut berührte. „Das sieht genauso aus wie der Ausschlag vom Scharlachfieber." Sie zog die Decke über sich und zwickte sich in die Wangen. „Fügen Sie ein errötetes Gesicht und Halsschmerzen hinzu, und es ist äußerst überzeugend."

„Sie sind wahnsinnig." Valette beobachtete sie mit

einem Ausdruck vermischter Verwirrung und Ungläubigkeit. Er schüttelte den Kopf und schlug dann die Zügel über die Köpfe der Pferde. Sie trampelten vorwärts. „Nun, jetzt haben Sie es geschafft. Überlassen Sie mir das Reden."

Marianne starrte in den Himmel und fühlte, wie der Wagen langsam wurde, als sie die Straßensperre erreichten. Sie hörte das Geräusch von gestiefelten Füßen, das metallische Klirren von Schwertern und Musketen. Ganz ruhig. Sie musste ruhig sein. Sie hatte schon schlimmere Schrammen erlitten und hatte überlebt.

„Halt. Papiere, bitte."

„Guten Tag, Herr Offizier. Was hat das alles zu bedeuten?"

Valette hatte seinen Akzent wieder getarnt. Weg war das wohlklingende, aristokratische Französisch, das er normalerweise pflegte. Stattdessen fügte er einen Hauch von Gossenpariserisch hinzu, vermischt mit einem Hauch von Loire. Marianne dämpfte ein wenig die Bewunderung für seine Fähigkeiten.

Er zog ein Paket mit Reisedokumenten aus seinem Mantel und reichte es an die Wache weiter.

„Sind Sie allein, Monsieur Guillard?"

„Nur ich und die Frau." Nic zuckte mit dem Kopf zu ihr zurück.

„Was wollen Sie hier?"

„Wir sind auf dem Weg nach Tours, Monsieur."

„Warum versteckt sie sich da hinten?"

Zwei Soldaten kamen an der Seite des Wagens vorbei und starrten sie an. Marianne musste sich nicht sehr anstrengen, um unglücklich auszusehen. Ihr ganzer

Körper kribbelte. Und auch nicht in der guten, aufregenden Weise, wie Valettes Blick sie kribbeln ließ.

„Es geht ihr nicht gut", sagte Valette, ein Meister der Untertreibung. „Wir hatten die Hoffnung schon fast aufgegeben, bis wir von Monsieur Brettoneau hörten. Er leitet das Krankenhaus von Tours. Man sagt, er habe schon viele Menschen mit ähnlichen Symptomen geheilt."

Marianne beobachtete mit halbgeschlossenen Augen, wie die Soldaten den Ausschlag auf ihrer Haut erfassten. Ihr Gesichtsausdruck wechselte von Misstrauen zu Entsetzen. Beide bäumten sich zur gleichen Zeit auf.

„Monsieur! Kommen Sie und sehen Sie sich das an."

Der Offizier sah sie an und runzelte die Stirn. „Was ist denn mit ihr los?"

Valette zuckte die Achseln. „Ich bin kein Arzt, Monsieur. Ich glaube nicht, dass es ansteckend ist, aber..."

Marianne versuchte, noch mitleiderregender auszusehen. „Meine Kehle tut weh", keuchte sie schwach. Sie legte eine Hand auf ihre Stirn und lenkte die Aufmerksamkeit auf die Striemen an ihren Armen. Sie schlug ein wenig um sich und trat die Decke beiseite, damit man auch ihre Beine gut sehen konnte. „So heiß!" Sie hustete trocken.

Valette mischte einen Anflug von Panik in seine Stimme. „Bitte, Monsieur, lassen Sie uns passieren. Mit jeder Stunde wird es schlimmer."

Er drehte sich um und schoss Marianne einen zermürbenden Blick über die Schulter, und sie biss sich auf die Lippe, um dem wahnsinnigen Drang zu kichern entgegenzuwirken. Vielleicht hatte sie es ein wenig übertrieben. Aber der Nervenkitzel der Täuschung war wie ein Rausch. Sie war es gewohnt, allein zu arbeiten, aber sie musste zugeben, dass es ein Vergnügen war, mit einem so kompetenten Partner zusammenzuarbeiten. Damit davonzukommen war das beste Gefühl der Welt.

Es war eine Überraschung, festzustellen, dass es sich noch besser anfühlte, den Erfolg mit jemand anderem zu teilen.

Der Kommandant wühlte in seiner Tasche und drückte sich sein Taschentuch über Nase und Mund. „Jesus, schaff sie hier raus! Und bleiben Sie nicht stehen, bis Sie im Krankenhaus sind, hören Sie?"

Nic nickte unterwürfig und schickte die Pferde vorwärts. Er tippte sich an den Hut. „Vielen Dank, Herr Offizier. Guten Tag."

KAPITEL 28

„Ich kann nicht glauben, dass die darauf reingefallen sind!“ Marianne widerstand dem Drang, sich wieder am Arm zu kratzen.

Valette schüttelte gereizt den Kopf. „Hätte ich gewusst, dass Sie so drastische Maßnahmen ergreifen würden, hätte ich Sie aufgehalten.“

Sie begann, ihre Nase zu rümpfen, aber selbst diese Bewegung tat weh. „Ich hätte nicht auf Sie gehört. Außerdem hat es doch funktioniert, oder nicht? Geben Sie es zu, es war eine brillante Idee.“

„Es war eine rücksichtslose, dumme, idiotische Idee. Sollten Sie so etwas noch einmal versuchen, drehe ich Ihnen den Hals um.“

„Ja, Monsieur“, sagte sie sanftmütig.

Er neigte den Kopf, ganz und gar nicht getäuscht von ihrer plötzlichen, inszenierten Unterwürfigkeit. „War der Gedanke, sich wieder als meine Frau auszugeben, zu schrecklich, um ihn in Betracht zu ziehen?“

„Absolut."

Seine Augen nahmen jenen berechnenden Schimmer an, den sie zu fürchten gelernt hatte. „Es scheint seltsam, dass Sie sich so sehr bemühen, es zu vermeiden. Doch warum ist das so? Was stört Sie so daran, mich zu küssen?"

Ihr Herz hämmerte gegen ihre Rippen, aber sie schaffte es, gelangweilt zu klingen. „Es *gefällt* mir einfach nicht, Sie zu küssen."

Er schnaubte. „Lügnerin. Eines Tages werden Sie mich ebenfalls küssen."

Ihr gelang ein theatralischer Schauder, auch wenn es schmerzte. „Ich würde mir lieber selbst die Augen ausstechen."

Sein freches Lachen hallte die Straße hinunter.

Sie reisten noch etwa eine Stunde weiter, wobei jede Erschütterung des Wagens Qualen für ihre empfindliche Haut bedeutete. Sie nahm an, dass sie am nordöstlichen Rand von Paris vorbeifuhren, aber sie fühlte sich zu elend, um sich darum zu kümmern. Als sie endlich in ein Gasthaus kamen, sprang Valette ab, um ein Zimmer zu mieten, und Marianne sah sich müde um. Zumindest sah es besser aus als der Ort, an dem sie am ersten Abend die Kutsche verlassen hatten.

Es tat weh, sich zu bewegen. Sie war noch dabei, vom Wagen herunterzukommen und zuckte bei der Anstrengung zusammen, als Valette fünf Minuten später zurückkam.

„Au. Aua. Aua, aua, aua."

Er legte seine Hände auf die Hüften und sein

Ausdruck war kompromisslos. „Es ist Ihre eigene Schuld. Von mir bekommen Sie kein Mitleid."

„Ich habe Ihnen das Fell gerettet, Nicolas Valette. Dafür könnten Sie etwas Dankbarkeit zeigen."

Er beobachtete ihr Mühen etwa eine Minute lang und schwang sie dann mit einem Seufzer der Verzweiflung einfach in seine Arme.

„*Aua*! Hey!"

„Halten Sie den Mund. Sie sind nicht in der Position zu widersprechen."

In Wahrheit war sie dankbar für die Hilfe, aber sie wollte eher sterben, bevor sie ihm das gesagt hätte. Sie fühlte sich ein wenig schwindelig. Er schnappte sich einen Umhang und deckte sie damit zu, um ihren Ausschlag zu verbergen, als er durch die offene Tür ging. Marianne legte ihren Kopf an seine Brust und fühlte seinen Herzschlag an ihrer Wange. Er sagte etwas über seine schlafende Frau zum Gastgeber, und dann bewegten sie sich wieder. Es war schön, in seinen Armen die Treppe hinaufgetragen zu werden, als ob sie überhaupt nichts wiegen würde.

Valette trat mit seinem Fuß eine Tür auf und setzte sie sanft in der Mitte eines riesigen Bettes ab. Es war ein altes Himmelbett mit vier Säulen und Vorhängen, um die Zugluft fernzuhalten. Marianne blickte in sein Gesicht und schluckte nervös. Er betrachtete sie mit einem eigentümlichen, aber seltsam zärtlichen Gesichtsausdruck. „Arme kleine Soldatin."

Er klang, als hätte er es mit einem ungezogenen Kind zu tun, aber es mischte sich Bewunderung mit Mitleid, da war sie sich sicher. Und sogar - so hoffte sie - ein kleines bisschen Stolz?

„Diese Brennnesseln stachen mich sogar durch meine Kleidung", murmelte sie klagend. „Ich habe *überall* Ausschlag."

Ein Muskel zuckte in seinem Kiefer. „Ich habe Ihnen ein Bad bestellt. Ich werde in der Schankstube etwas trinken."

Innerhalb von Minuten hatten zwei Diener eine riesige Kupferwanne vor das Feuer gestellt und mit dampfendem Wasser gefüllt. Welch ein Luxus! Sie konnte sich nicht daran erinnern, wann sie das letzte Mal ein richtiges, wirklich heißes Bad genommen hatte. Im Château hatte sie sich kaum die Zeit genommen, sich zu waschen, und in Paris hatte sie nie die Geduld, das notwendige Wasser zu erhitzen, so dass sie und Sophie gewöhnlich abwechselnd ein lauwarmes Hüftbad nahmen.

Es gelang ihr, sich von Kleid und Mieder zu befreien und sie fluchte, als die raue Baumwolle auf ihrer zarten Haut kratzte. Zartrosa Flecken bedeckten noch immer ihren Körper, aber es war nicht annähernd so schlimm, wie es vorher gewesen war. Sie griff reflexartig nach oben, um ihr Haar zu einem Knoten zu verdrehen, bevor sie sich daran erinnerte, dass sie kein Haar hatte, das sie trocken halten konnte. Eine weitere Leiche in Valettes Keller. Mit einem Seufzer sank sie in die Badewanne. Der Schmerz hatte nachgelassen, aber nun kehrte er mit voller Wucht zurück, und ihre Augen brannten vor Tränen. Trotzdem fühlte es sich himmlisch an, wieder sauber zu sein.

Das leise Brummen der Unterhaltungen hallte aus dem Schankraum herauf und vermischte sich mit dem Knistern und Zischen des Feuers im Kamin und dem rhythmischen Ticken der Uhr auf dem Kaminsims. Sie lehnte ihren Kopf zurück, eingelullt in einen schläfrigen, halb dahintreibenden Zustand von Hitze und dem Dampf.

Der Stummel einer Kerze war in ein Rechteck aus Seife gepresst worden, und Marianne sah ihn durch halb geschlossene Augen flackern, ihr Körper war von träger Schläfrigkeit durchdrungen. Ihre Glieder fühlten sich wie Blei an. Sie wollte sich nie mehr bewegen.

Das Knarren der Bodendielen draußen im Korridor nahm sie kaum wahr, aber als die Türklinke klickte, wurde sie wachgerüttelt. *Merde*! Ihre Klingen lagen im ganzen Raum verteilt. Wasser schwappte auf den Teppich, als sie sich in plötzlicher Panik aufrichtete und all ihre traumhafte Müdigkeit vergaß. Und dann erkannte sie den Eindringling.

„Valette!“, schrie sie und verschränkte vor Empörung die Arme vor ihrer Brust. Sie sank bis zu den Schultern in der Wanne zurück. Die Position hob ihre Knie aus dem Wasser, aber es war das Beste, was sie tun konnte. Gott sei Dank hatte die Seife das Wasser trüb gemacht. „Würde es Ihnen etwas ausmachen?“

Er schloss die Tür hinter sich, sein entspanntes Lächeln war in keiner Weise zerknirscht. „Überhaupt nicht.“

Sie blickte ihn über die Schulter an. „Drehen Sie sich um! Oder noch besser, verschwinden Sie.“

Er ignorierte sie. Stattdessen stellte er die beiden

Flaschen, die er in der Hand hielt, auf einen Beistelltisch und ging um die Wanne herum. Er stand aufrecht und schaute zu ihr hinunter, ein teuflisches Lächeln umspielte seine Lippen.

„Hören Sie auf", sagte sie und versank tiefer im Wasser.

Er sah sie unschuldig an. „Aufhören womit?"

„Sie sehen mich an, als ob ich ein Schloss wäre, das Sie gleich knacken werden", sagte sie scharfzüngig.

Sein Grinsen wurde wölfisch. „Was für ein anschauliches Bild."

„Drehen Sie sich um, damit ich aussteigen kann."

Er setzte sich ganz entspannt auf die Bettkante. *Diese Bestie.*

„Da ist nichts, was ich nicht schon einmal gesehen habe", betonte er sachlich. „Mir ist die nackte weibliche Form nicht völlig fremd."

Sie unterdrückte ein Schnauben. Was für eine monströse Untertreibung. Er hatte wahrscheinlich mehr nackte Frauen gesehen, als sie warme Mahlzeiten gehabt hatte. Er hatte mit den schönsten Frauen von Paris geschlafen. Das bedeutete, dass er die schönsten Frauen der Welt gebettet hatte, denn jeder wusste, dass die Pariserinnen konkurrenzlos waren.

„Mir ist es jedoch fremd, in Gegenwart eines Mannes nackt zu sein", konterte sie energisch.

„Machen Sie sich nicht lächerlich. Sie haben in einem Bordell gewohnt." Er holte ein Badelaken vom Bett und hielt es ihr entgegen. Sein sündhafter Blick forderte sie auf, es zu nehmen.

Dies war eine Art Test. Er dachte, sie sei im Nachteil,

er hielt sie für zu feige, um ihn zu bestehen. Nun, er hätte es besser wissen müssen, als sie herauszufordern.

Marianne fixierte ihn mit ihrem entschlossensten Blick, ergriff den Wannenrand und stand auf.

Wasserströme glitten das Tal zwischen ihren Brüsten hinunter und liefen über ihren Bauch und ihre Oberschenkel. Heiße Erregung durchströmte sie, als ihr jeder empfindliche Zentimeter ihrer Haut bewusstwurde. Ihr Körper dröhnte vor Angst und Erregung, die sich vermischten. Sie konnte nicht glauben, dass er so unverschämt war.

Das war eine wirklich dumme Idee.

Sie unterdrückte den Drang, sich wieder ins Wasser fallen zu lassen. Stattdessen hob sie ihr Kinn an und ballte die Fäuste an den Seiten, entschlossen, sich nicht zu verstecken. Kein Mann würde ihr jemals wieder das Gefühl geben, beschämt oder verletzlich zu sein.

Wenn es ihr gelungen war, ihn zu überraschen, zeigte er es nicht. Sein teilnahmsloser Blick schweifte über sie hinweg, die Augen verschleiert, als er eine kurze, vernichtende Inventur vornahm. Was sah er, wenn er sie ansah? Er war an Frauen mit perfekter Haut und perfekten Brüsten und langen, wohlgeformten Beinen gewöhnt. Frauen mit prächtigem Haar und winziger Taille. Neben ihnen war sie unbeholfen und schlicht und einfach. Es war lächerlich zu glauben, er würde einen Blick auf ihren knochigen, jungenhaften Körper werfen und von Lust überwältigt werden. Außerdem war sie von Kopf bis Fuß mit roten Striemen bedeckt. Er hatte wahrscheinlich nur Mühe, seine Abneigung zu verbergen.

Einen Augenblick lang sprach Valette nicht. Dann erhob er sich und kam auf sie zu, schweigsam wie ein Panther. Die Luft zwischen ihnen wurde dicker. Er blieb eine Armlänge entfernt stehen, und seine glitzernden Augen wanderten mit der Tiefe einer Liebkosung über sie hinweg.

Ihr Magen drehte sich, und sie fühlte, wie das Blut in ihre Wangen aufstieg. Er berührte sie nicht einmal, aber ihre Haut kribbelte, als würde sie von einer Feder gestreichelt werden. Ihre Brustwarzen versteiften sich in der kühlen Luft, und ihr Herz pochte in ihrer Kehle. Ein seltsames, schmerzhaftes Gefühl zog sich in der Magengrube zusammen, halb Angst, halb Erregung.

Er war spöttisch und schön, makellos und verrucht. Und sie wollte ihn mehr, als sie je etwas in ihrem Leben gewollt hatte. Die Erinnerung daran, wie er sie auf dem Karren geküsst hatte, stieg in ihrem Kopf auf. Sie hatte hunderte Male daran gedacht, seine Hände auf ihrer Haut, sein Mund auf ihrem.

Sie wollte nicht nachgeben. Sie stellte sich ihn als Diener und sich selbst als Königin vor. Sie hob hochmütig und königlich die Augenbrauen und streckte die Hand nach dem Badelaken aus und war erleichtert, dass sie so ruhig geblieben war.

Ein anerkennendes Lächeln bildete sich auf seinen Lippen. „Bravo.“

KAPITEL 29

Zu Mariannes äußerster Verwunderung schaute er zuerst weg.

Er ging zu dem Tisch unter dem Fenster, und sie stieß den Atem aus, von dem sie nicht gemerkt hatte, dass sie ihn angehalten hatte. Sie griff nach dem Laken und steckte die Enden fest unter die Achseln. Dann stieg sie aus der Wanne.

Er nahm die beiden Flaschen vom Tisch; eine enthielt eindeutig Branntwein, aber die andere war kleiner, aus braunem Glas. „Ich habe Kamillenlotion vom Gastwirt besorgt", sagte er. „Sie wird bei dem Ausschlag helfen."

Marianne stand eingehüllt in das Laken, unsicher, was sie als Nächstes tun sollte. „Danke."

Er schoss ihr ein subtil verdorbenes Lächeln entgegen. „Sie werden Hilfe brauchen, es aufzutragen."

Ihre Haut kribbelte erneut. „Und wofür ist der Brandy?"

Er schenkte zwei großzügige Gläser ein, reichte ihr eines und klimperte mit dem Rand seines eigenen dagegen. „Gegen den Schmerz. Trinken Sie aus."

„Ich weiß nicht ..."

Seine Finger schlossen sich um ihre, als er das Glas zu ihren Lippen führte. „Trinken Sie es, Marianne."

Es war absurd intim, nur mit einem Handtuch bekleidet zu sein und in einem Schlafzimmer mit einem Mann Schnaps zu trinken. Marianne fühlte sich verrucht und kultiviert. Und nervös. Sie nahm einen vorsichtigen Schluck, ihre Augen auf seinen, und fühlte, wie er ihr die Kehle hinunter und in ihren Magen brannte. Er lächelte über ihre Fügsamkeit, und als er seine Hand von ihrer fallen ließ, fühlte sie sich seltsam verloren.

Sie nahm einen weiteren Schluck, der von innen heraus wärmte. Sie sollte ihn dazu bringen zu gehen. Es bedeutete nur Ärger, ihn bleiben zu lassen, aber sie konnte nicht widerstehen. Sie trank den Brandy aus.

„Legen Sie sich jetzt aufs Bett."

Als sie zögerte, pirschte er sich vor, legte seine Hände auf ihre Schultern und drehte sie mit dem Gesicht zum Bett. Es bedurfte nur eines winzigen Stoßes, damit sie nach vorne auf die Matratze fiel. Sie keuchte, als er das Laken nach unten zog. Kühle Luft streichelte ihren Rücken und ließ auf ihrer Haut Gänsehaut aufsteigen. Sie vergrub ihr Gesicht in der Bettdecke, von plötzlicher Schüchternheit übermannt. Wie sah sie jetzt wohl aus, halb nackt auf der Decke ausgestreckt wie eine verkommene Hure?

Andererseits hatte er wahrscheinlich schon Hunderte

solcher Frauen gesehen. Sie würde wetten, dass keine von ihnen mit unansehnlichen roten Flecken übersät gewesen war.

Das Schweigen strapazierte ihre Nerven bis zum Äußersten. „Ist es so schlimm?", traute sie sich.

„Hm?" Er klang abgelenkt.

„Meine Haut", stellte sie klar. „Wie sieht sie aus?"

„Wie Zimt und Sahne."

Erstaunt öffnete sie ihren Mund. Die Matratze sank ein wenig tiefer in den Bettkasten, als er sich auf die Bettkante setzte, und sie erschrak sich, als seine Finger ihre nackte Schulter berührten. „Wissen Sie, es ist schon gut", murmelte sie in Panik und begann sich umzudrehen. „Ich bin sicher, ich schaffe das alleine."

Er drückte sie fest nach unten, seine Hand auf ihrer Schulter. „Und ich bin sicher, dass Sie das nicht können. Liegen Sie still." Er entkorkte die Flasche mit einem Plopp.

Marianne zischte, als er den nassen Lappen auf ihre Haut drückte. Die Kühle war eine Wonne. Ein scharfer, spritziger Geruch stach ihr in die Nase, herb aber seltsam angenehm.

„Die Wirtin hat Zitronensaft hinzugefügt", sagte er, als ob er ihre Gedanken lesen würde.

Vergnügen vermischte sich mit Schmerz, als er die kalte Kompresse über ihren Rücken strich, abwechselnd stechend und lindernd. Sie zitterte, als er ihre Wirbelsäule nachzeichnete, und biss sich auf die Lippe, als er das Tuch nach unten schob, um auf eine Ansammlung von Stichen in der Vertiefung ihres Rückens zu tupfen.

Es war so falsch. Kein Mann hatte sie jemals so gesehen oder so berührt.

Mit einem Schwung seiner Hand beruhigte und entzündete er sie zugleich. Sie steckte ihren Kopf tiefer in die Kissen als ein dunkles und böses Summen, sich tief in ihrem Bauch bündelte. Ihre Brüste kribbelten. Ihr Atem wurde flach. Was würde passieren, wenn sie sich umdrehen und ihm die Arme öffnen würde?

Er würde wahrscheinlich anfangen zu lachen.

„So." Seine Stimme klang rau, als ob er sich räuspern müsste. Er warf das Laken wieder über ihren Körper, und sie unterdrückte ein enttäuschtes Ächzen.

„Danke", krächzte sie.

„Es war mir ein Vergnügen."

Sie drehte ihren Kopf, um ihn anzuschauen. Er blickte einen langen Moment zu ihr hinunter, und sie dachte, er wolle noch mehr sagen, aber er stieß sich vom Bett ab und stand auf. „Den Rest können Sie selbst übernehmen."

„Wohin gehen Sie?"

„Nach unten."

„Schlafen Sie hier drin?", fragte sie mit leiser Stimme.

„Ja, aber auf dem Stuhl. Ich gehe in den Schankraum. Gehen Sie schlafen."

Die Tür schlug hinter ihm zu. Marianne starrte auf die Holzbretter und kämpfte mit einer seltsamen Kombination aus Enttäuschung und Schmerz.

* * *

NIC STAMPFTE DIE TREPPE HINUNTER, Lust und Frustration kochten in seinem Blut.

Er wusste genau, was Marianne dachte - dass er sie einfach abgelehnt hatte. Sie hatte bereits die absurde Idee, dass sie nicht attraktiv genug war, um einen Liebhaber zu verführen, und das dank Duval. In ihrem verwirrten weiblichen Verstand würden seine Taten vorhin dies nur bestätigen.

Er schluckte sein bitteres Lachen herunter. Nichts war der Wahrheit ferner. Die Tatsache, dass er so massiv war, steinhart für sie, schien kaum der Rede wert. Er hatte sie vom ersten Moment an gewollt, als er sie gesehen hatte.

Sie war wunderschön. All das warme, rosige Fleisch lockte ihn.

Er hatte es ihr sagen wollen, aber zum ersten Mal in seinem Leben hatten ihm die Worte versagt. Er machte den Frauen Komplimente, schmeichelte und lobte sie mit extravaganten, bedeutungslosen Plattitüden. Er hatte Frauen gesagt, dass er sie wollte, dass er sie anbetete, sie verehrte, vergötterte. Aber er hatte einer Frau nicht ein einziges Mal gesagt, dass er sie brauchte.

Er brauchte Marianne. Er sehnte sich nach ihr mit einem seelischen Schmerz, der beunruhigend, lächerlich, unerklärlich war. Allein der Gedanke, sie zu berühren, machte ihn wahnsinnig. Alles an ihr war verkehrt. Er mochte Ordnung und Sauberkeit und Effizienz. Sie war unberechenbar, unordentlich und emotional.

Er schlug gegen die Wand und begrüßte den Schmerz in seinen Knöcheln.

Warum hatte er es nicht getan? Zu jedem anderen

Zeitpunkt, bei jeder anderen Frau, hätte er das Angebot ohne zu zögern angenommen. Sie war bereit gewesen, eifrig und begierig. Sie hatte ihn praktisch angefleht. Gott, er sollte sich umdrehen, die Tür eintreten und sie einfach nehmen. Er könnte innerhalb von zehn Sekunden in ihr sein. Er stöhnte bei dem Gedanken. Er wollte sie so sehr, dass er sie praktisch schmecken konnte.

Und genau aus diesem Grund wollte er nichts unternehmen.

Etwas hatte sich zwischen ihnen verändert, eine undefinierbare Wendung in der Dynamik, die sowohl irritierend als auch faszinierend war. Er mochte sie. Er respektierte sie. Er wollte sie. Sie waren nicht mehr Meister und Lehrling; statt Kontrahenten waren sie plötzlich ein Team.

Nic zwang seine Füße, die Treppe hinunter zu gehen. Sie musste frustriert sein. Er brauchte sie wachsam und nervös für den Auftrag. Aber, verdammt noch mal, es war eine Qual.

Er ließ sich in der Schankstube nieder und wurde sofort von zwei eifrigen Kellnerinnen überfallen. Die Blonde mit den Grübchen beugte sich unter dem Vorwand des Aufwischens tief über den Tisch und gönnte ihm einen Blick auf ihren üppigen Busen. Sie waren eine reife, runde, fleischige Handvoll, aber sie roch nach abgestandenem Bier und süßlichem Parfüm. Die Brünette war schlanker, mit einem dünnen, hübschen Gesicht, aber Nic fühlte, wie ihm die Lust entwich.

Was zum Teufel war mit ihm los? Er war fünfunddreißig, nicht irgendein unerfahrener Jugendlicher von achtzehn Jahren. Er sollte nicht nach einer knochigen kleinen Jungfrau lechzen.

Aber alles, was er sehen konnte, war die Rundung von Mariannes Rücken, als sie sich aus der Wanne erhob. Die beiden Vertiefungen an der Oberseite ihres Gesäßes, wie sie sich mit Wassertropfen füllten. Die Form ihrer Taille, die nur nach seinen Händen schrie.

Verdammt noch mal.

Er starrte launisch in seinen Wein. Er wollte diese Tropfen mit seiner Zunge auffangen. Wollte sie ihr, Zentimeter für Zentimeter, zwischen ihren Beinen weglecken, bis sie sich um ihn wickelte. Er wollte sich in ihren süßen, geschmeidigen Akrobatenkörper versenken und sie vögeln, bis sie sich nicht mehr an ihre eigenen Namen erinnern konnten. Vielleicht würde er sie dann aus seinem Kopf herausbekommen.

Die Blondine schmollte ihn von der anderen Seite des Raumes provokativ an und klimperte mit den Wimpern. Er schüttelte den Kopf, durch und durch verärgert über sich selbst. Er hätte einfach akzeptieren sollen, was sie ihm anbot, und es dann einfach hinnehmen sollen.

Aber das letzte Mal, dass er eine Frau für Sex bezahlt hatte, war an dem Tag, an dem er seine Jungfräulichkeit verloren hatte - an seinem fünfzehnten Geburtstag. Und selbst dann war es sein älterer Bruder Richard gewesen, der das Mädchen - und das Zimmer im Three Bells Inn in Swanage - als Geburtstagsgeschenk für Nic gemietet hatte.

In Paris konnte er mit den Fingern schnippen und

eine beliebige Anzahl schöner, intelligenter, kultivierter Frauen sein Bett schmücken lassen. Er genoss ihre Gesellschaft immer, aber er hatte sich nie mehr von ihnen gewünscht als ein paar Abende Unterhaltung. Es fiel ihm absolut nicht schwer, seine Emotionen von seinen körperlichen Bedürfnissen zu trennen.

Er seufzte frustriert. Er wollte keine dieser Frauen in Paris haben. Und er hatte die schreckliche Vorahnung, dass, selbst wenn er sich mit der drallen Bardame und ihrer mageren Freundin begnügen würde, er immer noch von einem nagenden Gefühl der Unzufriedenheit geplagt sein würde. Er trat mit seinem Stiefel gegen das Tischbein. Wann hatte er angefangen, mehr als nur einen willigen Körper zu begehren, der ihm das gab, was er wollte? Er wollte eine Partnerin, eine Gleichgestellte, jemanden, der ihn verstand, ihn herausforderte. Jemand, der nicht nur seinen Körper, sondern auch seinen Geist und seine Gefühle forderte.

Er wollte Marianne.

Er schloss seine Augen und dachte an sie, oben in diesem Zimmer. Im Bett. Wahrscheinlich nackt.

Er nahm noch einen weiteren großen Schluck Wein.

Verdammt.

Nic blieb ein paar Stunden lang im Schankraum und betrank sich langsam. Der Burgunder war schrecklich, also wechselte er stattdessen zu Brandy, aber der war nur unwesentlich besser.

Marianne schlief, zu einem kleinen Ball zusammengerollt auf einer Seite des riesigen Bettes, als er sich zurück ins Zimmer schlich. Sie hatte eine einzelne Kerze neben dem Bett brennen lassen, und er bewegte sich, damit er ihr Gesicht studieren und das rhythmische Auf und Ab ihrer Brust unter seinem Hemd beobachten konnte. Offensichtlich hatte sie es gestohlen, um darin zu schlafen. Es gefiel ihm, dass sie sein Hemd trug.

Sie sah kleiner aus, während sie schlief - jünger und verletzlicher. Er lächelte und erinnerte sich daran, wie sie heute Abend im Bad seinen Bluff durchschaut hatte. Unverschämtes kleines Luder.

Er wollte sich neben sie legen, seinen langen Körper auf dem schmalen Bett ausstrecken und sie eng an sich ziehen. Um sie zu trösten, um sich selbst zu trösten. Er gab ein angewidertes Schnauben von sich. Nein, das war nicht wahr. Er war nicht so selbstlos. Er wollte mehr als nur Trost. Er wollte, dass sie ihn in ihren Mund nahm. Er wollte seinen Körper in ihren stoßen. Er wollte sie auf all jene Weisen haben, die er sich erträumt hatte.

Er streckte die Hand aus und strich ihr mit einem Finger über die Lippen. Sie machte ein leichtes wimmerndes Geräusch und wandte ihm ihr Gesicht zu. Sie suchte ihn unbewusst im Schlaf auf eine Weise, wie sie es nie tat, wenn sie wach war. Er streichelte ihre Wange, beugte sich dann vor und schmiegte seine Lippen gegen ihre, während er sich selbst für diese Schwäche verfluchte.

Ihre Augenlider zuckten, und er wollte fast, dass sie aufwachte, damit er sie in seine Arme nehmen und sie wieder richtig küssen konnte. Er wäre nicht imstande, mit dem Küssen aufzuhören. Mit einem Seufzer trat er zurück und löschte die Kerze mit seinen Fingern. Er ließ sich in dem klobigen Sessel nieder.

Es sollte wieder eine lange, ungemütliche Nacht werden.

* * *

Nic gähnte und streckte seine steifen Schultern, als sie aus dem Gasthof traten. Der Stuhl im Zimmer war so unförmig gewesen, dass er kaum ein Auge zugetan hatte, und er war lange vor Mariannes Erwachen losgezogen, um etwas zu frühstücken.

Sie warf ihm einen giftigen Blick von ihrer Seite des Wagens zu. „Waren wir mal wieder lange auf?"

Er warf ihr einen Blick zu, der seine Verwirrung widerspiegelte. „Was?"

„Mit der Bardame." Sie schaute weg, sichtlich verärgert über sich selbst, weil sie das Thema angesprochen hatte. „Ich habe gesehen, wie sie Ihnen zugewunken hat. Sind Sie es nicht leid, dass Frauen sich Ihnen an den Hals werfen?"

Ah. Sie dachte, er hätte die Nacht woanders verbracht. Er schenkte ihr ein eingebildetes Grinsen. „Es ist noch nicht passiert."

„Ich dachte, Männer mögen Herausforderungen?"

„Die Herausforderung besteht darin, zu sehen, wie schnell man sie ins Bett bekommt." Er würde in der Hölle schmoren, dafür, dass er sie so quälte, aber er konnte einfach nicht widerstehen. Sie ging so wunderbar auf seine Köder ein. „Eifersüchtig?"

Tatsächlich schwang sie den Kopf herum und hob die kecke kleine Nase hoch in die Luft.

„Kaum. Ihre nächtlichen Aktivitäten gehen mich

nichts an. Es ist mir egal, wie viele Frauenzimmer Sie zwischen hier und Vincennes besuchen. Wenn ich eines im Montausier gelernt habe, dann, dass Männer gewisse ... äh... Triebe haben." Sie errötete.

Er machte sich keine Mühe, sein Vergnügen zu verbergen. „Das haben Sie gelernt, nicht wahr? Und was haben Ihnen die Törtchen noch beigebracht? Wie man einem Mann mit diesen ... Trieben hilft? Hmm?" Es gefiel ihm besonders, dass sogar ihre Ohren rosa wurden.

Sie schürzte die Lippen zu. „Nichts. Sie haben mir absolut gar nichts beigebracht."

Nic warf einen Blick auf ihr ernstes Profil. Mit ihrem kurzen Haarschnitt und ihrer schlanken Figur hätte sie leicht als Junge durchgehen können, abgesehen von ihren verdammt erotischen Lippen und den langen Wimpern.

Eines Tages, Mademoiselle Bonnard, werde ich diese Lücken in Ihrer Bildung schließen.

Gereizt schlug sie auf eine Fliege ein, die es wagte, in ihrer Nähe zu schweben.

Das war eine Sache, die er an ihr liebte. Nein, nicht liebte, korrigierte er schnell, die er an ihr mochte. Er schätzte sie. Bei all ihrer Lebenslust war sie völlig frei von jeglicher Künstlichkeit. Natürlich belog sie ihn permanent, aber zumindest emotional war sie unfähig, ihre Gefühle zu verbergen. Sie wollte ihn weder verführen noch täuschen. Und das war es, was er ironischerweise so attraktiv fand. Sie war nicht immun gegen seine Flirts, aber sie tat ihr Bestes, sie zu ignorieren. Leider brachte ihr Widerwillen nur sein Blut in Wallung.

Sie war so anders als jede andere Frau, die er kannte. Jede andere Frau hätte diese Gelegenheit genutzt, um ihn zu verführen. Jede andere Frau hätte mit ihm geflirtet und gelächelt und jede weibliche List in ihrem Arsenal eingesetzt, um seine Aufmerksamkeit zu erregen. Nic zeigte ein ironisches Lächeln. Er konnte sich nicht vorstellen, dass Marianne flirten könnte. Wenn sie etwas von einem Mann wollte, würde sie ihn nur mit einem Messer bedrohen.

Er wollte ihr die Nasenspitze küssen und das Schmollen aus ihr herauskitzeln. Er wollte ihr all die erstaunlichen Dinge beibringen, die sie mit diesem Mund tun konnte. Er rutschte unbequem auf seinem Sitz herum.

„Es wird regnen", sagte sie hoffnungslos.

Ihre düstere Vorhersage brach wie ein eisiger Vorschlaghammer in seine erotischen Tagträume ein. Vielleicht war das der Grund, warum sie es getan hatte. Nic warf einen Blick in den Himmel und fluchte. Sie hatte Recht. Je näher sie Paris kamen, desto dunkler wurden die Wolken. Sie schwebten bedrohlich über ihnen und kündigten einen Sommersturm von epischen Ausmaßen an. Nic unterdrückte ein abergläubisches Gefühl des Unwohlseins. Sogar das Wetter war gegen sie.

KAPITEL 30

Mariannes Magen krümmte sich vor Nervosität. Es war hundertmal schlimmer als vor ihrer Premiere im Zirkus. Warum in aller Welt hatte sie jemals zugestimmt? Wer bricht bei klarem Verstand *in* ein Gefängnis ein? Und, *oh Gott,* was, wenn etwas schiefging? Valette hatte gesagt, alles wäre arrangiert, aber die Menschen waren notorisch unberechenbar. Es gingen *immer* Dinge schief.

„Bitte sagen Sie mir nicht, dass Sie einen Priester entführt haben, um an dieses Outfit zu kommen", murmelte sie, während Valette ihr den rauen Kapuzenmantel über den Kopf zog. Ihre Zähne klapperten.

Er lächelte engelsgleich. „Natürlich nicht."

Sie rümpfte die Nase und versuchte, sich auf die unmittelbaren Dinge um sie herum zu konzentrieren, statt auf die selbstmörderische Aufgabe, die vor ihr lag. Der Stoff roch nach Knoblauch, Schweiß und Erde. Wer auch immer der Vorbesitzer gewesen war, das Baden stand eindeutig nicht ganz oben auf seiner Prioritätenliste. Ihr Magen kippte und sie kratzte sich. Sie vermutete, dass sie nicht die einzige lebende Kreatur in dem abscheulichen Kleidungsstück war.

Die langärmeligen Roben eines Novizen wurden in der Taille mit einem schmucklosen, gedrehten Seilstück zusammengebunden. Der überlange Saum streifte über den staubigen Boden. Aber zumindest verbarg er die Tatsache, dass sie darunter Diebeskleidung trug: schwarze Reithose, schwarze Strümpfe, schwarzes Hemd. Ihre Ballettschuhe, die ihr Laurent freundlicherweise übergeben hatte, waren hinten in der Reithose versteckt.

Sie vermutete, das Hemd gehörte Valette. Es roch nach ihm. Sie vergrub ihre Nase darin, seltsamerweise beruhigt durch seinen Duft. Alles war besser als Knoblauch.

Er zog ihr die Kapuze in die Stirn und begutachtete sie mit dem Kopf zur Seite geneigt.

„Was?", fragte sie selbstbewusst.

„An Ihren Augen können wir nichts ändern. Sie sollten blau sein, nicht grün." Er seufzte, als sei es ihre Schuld. „Halten Sie den Blick nach unten. Und überlassen Sie mir das Reden. Ich bin Pater Beaupré, ein Jesuitenpater. Sie sind Bruder Franziskus, mein Lehrling."

Sie kannte den Plan. Sie waren ihn nur eine Million Mal durchgegangen.

Als sie sich aus den Ställen duckten, nutzte sie die Gelegenheit, ihrerseits Valette zu begutachten. Sie blickte finster drein, durch und durch angewidert. Kein

Mann sollte so verlockend aussehen, wenn er als Mönch verkleidet war. Er war so gutaussehend. So vital lebendig. Und dieses verführerische, magenschmelzende Lächeln war alles andere als heilig. Sie fummelte an den Ärmeln ihres Hemdes. Ihr war unangenehm heiß.

„Ich bin sicher, es ist eine Sünde, sich als Priester auszugeben", murmelte sie.

Er lächelte dieses teuflische halbe Lächeln. „Das ist wohl kaum die schlimmste Sache, die ich je getan habe. Sie sicher auch nicht."

Sein Gesicht erhellte sich, seine Augen glühten. Es lag eine neue Spannung um ihn herum, eine fast greifbare Aura der Erregung. Er genoss es, wie sie mit einem Schock feststellte. Sie war fast krank vor Angst, und der verdammte Mann genoss es tatsächlich.

Aber irgendwie übertrug sich sein Gefühl der Vorfreude auf sie. Allein die Nähe zu ihm war berauschend. „Sie lieben das, nicht wahr?", sagte sie. „Andere auszutricksen. Die Regeln zu brechen und damit durchzukommen."

Er warf ihr unter seinen Wimpern einen finsteren Blick zu. „Meinen Sie nicht auch, dass die Planung eines Verbrechens etwas Wunderbares ist, *Chérie*? Der Aufbau der Spannung, die Vorbereitung. Dieser Rausch der Begeisterung, wenn man Erfolg hat." Seine Zähne blitzten weiß auf, als er lächelte. „Geben Sie es zu. Sie spüren es auch, wenn Sie auf dem Seil sind. Die Aufregung. Die Vorfreude."

Sein träges Grinsen war so ansteckend, dass sie zurücklächeln musste. „Ja", gab sie zu. „Wenn ich das

Gleichgewicht verliere - nur für eine Sekunde - bringt es mich zum Lachen, als wäre ich verrückt."

„Weil Sie erkennen, wie gut es ist, am Leben zu sein."

Er hatte Recht. Auf festem Boden konnte sie nicht fallen und sich das Genick brechen. Aber dann würde sie auch nicht das irre Glücksgefühl erleben, am Ende des Seils anzukommen und sich zu verbeugen. Er verstand, wie es war, sich der Gefahr zu stellen und sie zu genießen.

Sie konnte das. Es war schließlich nur eine weitere Darbietung.

Er lehnte sich näher zu ihr hin, und sie holte tief Luft bei seinem warmen, maskulinen Duft. Seine Gewänder stanken nicht.

„Wir sind uns ähnlich, Marianne. Wir sind beide süchtig nach dem Nervenkitzel." Er warf ihr einen Seitenblick zu. „Das ist *fast* besser als Sex."

Ihr Mund klappte auf.

„Zeit, mit dem Reden aufzuhören." Er tätschelte ihre Wange. „Sie, so leid es mir tut, Bruder Franziskus, Sie haben ein heiliges Schweigegelübde abgelegt."

Sie begann, ihm zu widersprechen, aber er brachte sie zum Schweigen, indem er ihr mit dem Finger über die geteilten Lippen fuhr. Ihr Bauch flatterte bei der leichten Berührung.

„Ruhe jetzt." Das Funkeln in seinen Augen verriet seine Freude an der Kontrolle über sie.

Sie blickte ihn unter ihrer Kapuze an und versprach schweigend Vergeltung.

„Ja. Ein Schweigegelübde... und Keuschheit", fügte er kichernd hinzu. „Definitiv ein Gelübde der Keuschheit.

Was, wenn man bedenkt, wie hübsch du bist, süßer Bruder Francis, eine bittere Schande ist."

Er griff in den hinteren Teil des Wagens und reichte ihr einen Stapel schwerer, ledergebundener Bücher, dann arrangierte er seine eigene Kapuze so, dass sie sein Gesicht und seine Haare verdeckte.

Das würde niemals funktionieren. Seine Brust war zu breit, sein Körper zu stark für einen gutmütigen Priester. Und dann, vor ihren Augen, schien er mit der Kleidung zu verschmelzen. Er krümmte seine Schultern und beugte seinen Rücken, nahm die Gestalt eines viel älteren Mannes an. Wenn sie es nicht besser wüsste, hätte sie schwören können, dass er einen dicken, weichen Bauch unter den Falten seines Gewandes verborgen hatte, statt des mageren, straffen Bauches, den sie so sehr zu ignorieren versucht hatte.

Als sie auf die Hauptstraße von Vincennes einbogen, blickte Marianne mit Beklommenheit auf die lächerlich hohen Mauern der Festung. Sie ragten über ihnen auf, grau und imposant, und warfen lange Schatten über die Böschung und den äußeren Graben. Ihr Magen schmerzte. Warum in aller Welt hatte sie zugestimmt? Ihr wurde schlecht. Es war noch nicht zu spät, einen Rückzieher zu machen.

Sie stolperte. Valette packte ihren Ellenbogen und hielt sie fest, dann glitt seine Hand nach unten, um unten an ihrer Wirbelsäule zu ruhen. Er rieb ihren Rücken, seine Berührung beruhigte sie und trieb sie unaufhaltsam nach vorne. Dieser Schuft.

„Da Sie nicht antworten können", sagte er mit leiser

Stimme, „denke ich, dass dies die perfekte Gelegenheit ist, über unsere Beziehung zu sprechen."

„Wir *haben* keine Beziehung", zischte sie aus dem Mundwinkel. „Es sei denn, Sie zählen mein Verlangen, Sie umzubringen, zu einer Beziehung."

„Still, Bruder Franziskus", schimpfte er sanft. „Schweigegelübde, erinnern Sie sich?" Er lachte, während sie vor sich hin fluchte. „Und ich muss widersprechen. Wir haben auf jeden Fall eine Beziehung. Eine unorthodoxe, sicherlich, aber nichtsdestotrotz haben wir eine Beziehung."

Sie näherten sich dem Pförtnerhaus. *Merde.*

„Sollen wir darüber reden, wie gerne ich Sie ausziehen würde?"

Fast hätte sie die Bücher fallen lassen. Sein frommer Gesichtsausdruck stand im völligen Widerspruch zu seinen verruchten Worten. Stiche blitzten über ihre Haut. Sie schien Schwierigkeiten beim Atmen zu haben.

„Weil das so ist", fuhr er beiläufig fort, als ob sie über nichts Harmloseres als das Wetter diskutieren würden. „Ziemlich verzweifelt." Er grinste, als er sah, wie sie den Mund zum Widerspruch öffnete. „Nicht reden."

Sie schloss ihn mit einem leichten Klack.

Seine Augen waren an den Ecken zusammengekniffen. „Was, gar nichts zu sagen? Dann werte ich Ihr Schweigen als Zustimmung. Ich mag den Gedanken, dass Sie mich auch ständig nackt in Ihren Gedanken sehen."

Sie konnte nicht glauben, dass er dies sagte. Es war natürlich, um sie abzulenken, so wie er sie geküsst hatte, um sie vom Schornstein abzulenken, und, lieber Gott, es funktionierte. Sie biss sich auf die Lippe, als sich seine anzüglichen Worte in ihr Gehirn einbrannten.

„Zusammen ...nackt“, sinnierte er leise, seine Stimme die eines bösen Erzengels.

Ihr Herz würde direkt aus der Brust springen. Ihr wurde schwindelig. Sie hielt ihr Schweigen - vor allem, weil ihr nichts zu sagen einfiel.

Er schmunzelte erneut und drehte sich um, um einen Passanten, der in die entgegengesetzte Richtung fuhr, mit einem eleganten Kruzifix zu segnen. Der Mann nahm den Segen mit einem Nicken entgegen, ohne den Verdacht zu hegen, dass sie nicht genau das waren, was sie zu sein schienen: ein Priester und sein jugendlicher Begleiter. Sie traten in den kühlen violetten Schatten der Schlossmauern. Der plötzliche Temperatursturz richtete die Haare auf ihren Armen auf.

„Wir haben, seit wir uns das erste Mal trafen, ein Feuer im jeweils anderen entfacht“, fuhr Valette seidenweich fort. Seine Stimme kringelte sich um sie wie der Rauch einer seiner Zigarren. „*‚Un coup de foudre‘*, so nennen es die Franzosen. Ein Blitzschlag. Er ist immer da, wenn wir uns berühren. Jedes Mal, wenn wir uns näherkommen.“

„Sie täuschen sich“, flüsterte sie. „Ich hasse Sie.“

Er hörte plötzlich auf zu gehen und stellte sich ihr gegenüber. „Nein, das tun Sie nicht. Ich habe viel Erfahrung mit Menschen, die mich hassen. Keiner von ihnen sieht mich so an wie Sie.“

Auch sie blieb stehen und verschränkte ihre Arme über der Brust. „Ach, wirklich? Und wie sehe ich Sie an?“

„Als wollten Sie mich vögeln“, flüsterte er.

Sie keuchte in empörtem Schock, wie er es zweifellos beabsichtigt hatte. *Von all den eingebildeten, arroganten ...*

„Leugnen Sie es", forderte er leise heraus.

Sie schüttelte den Kopf. „Sie sind so ein Mistkerl."

„Das ist wahr. Sie haben es nicht geleugnet."

„Ich *mag* Sie nicht mal", zischte sie.

Er lachte mitfühlend. „Ich weiß. Aber Sie wollen mich trotzdem."

Er legte seine Handfläche auf das oberste Buch, das sie in der Hand hielt, und Marianne erkannte verspätet, dass es sich um eine Bibel handelte.

„Hier ist *mein* heiliges Gelübde", sagte er und hielt ihren Blick fest. „Wenn das hier vorbei ist, werden wir etwas dagegen unternehmen. So wahr mir Gott helfe."

Sie schaute auf und erwartete voll und ganz die Strafe Gottes. Sicherlich handelte es sich dabei um Blasphemie? Sie wappnete sich für einen Blitzschlag.

„Tief einatmen, Chérie", murmelte er und drehte ihren Rücken zum Pförtnerhaus. „Wir sind da."

KAPITEL 31

Der Wächter betrachtete sie argwöhnisch. „Wo ist der Pfarrer, der sonst immer kommt?"

„Pater Aretino ist krank", sagte Valette ruhig. Er bekreuzigte sich. „Möge der Herr seine rasche Genesung herbeiführen. Ich bin Pater Beaupré."

Er hatte wieder seinen Akzent geändert. Dies war das weiche Patois der Vendée.

Der Wächter grunzte. „Und er?"

Marianne hielt den Kopf unten und starrte auf die Bibel.

„Bruder Franziskus. Er hat ein Schweigegelübde abgelegt."

Valette klang so ruhig. Ihr eigenes Herz klopfte so heftig, dass sie erstaunt war, dass der Wächter es nicht hören konnte, aber er ging zur Seite und winkte sie mit einem zustimmenden Grummeln herein.

Sie passierten zwei weitere Gruppen von Wachen, und jedes Mal, wenn sie weitergeschickt wurden, drangen sie tiefer in die Höhle des Löwen vor. Ihre Handflächen schwitzten auf den Ledereinbänden der Bücher, und sie konzentrierte sich darauf, ihren Kopf unten zu halten und Valette dicht auf den Fersen zu folgen. Der letzte Wächter verließ seinen Posten, um sie eine enge, gewundene Treppe hinaufzuführen. Ihre Schritte hallten auf den sich windenden Steinen wider. Der Wächter schloss die Tür zu einer Zelle auf und führte sie hinein.

„Der Priester ist zur Beichte hier", grunzte er und nickte dann Valette zu. „Sie haben eine Stunde Zeit."

Die Tür schlug hinter ihm zu, und Marianne schaute schließlich auf.

Der Raum war spärlich möbliert, ohne Ornamente, aber überraschend groß und nicht ganz ungemütlich. Es gab einen einzigen Holztisch und -stuhl, ein kleines Holzbett und einige andere einfache Möbelstücke. Ein Fleckchen Himmel war durch ein Schlitzfenster hoch oben an einer Wand sichtbar.

Ein Mann saß am Tisch und las. Er stand auf, als sie eintraten, und Marianne betrachtete ihn eingehend. Das erste, was ihr auffiel, waren seine Haare. Es hatte die gleiche braune Haarfarbe wie sie und es war schulterlang. Sie senkte ihren Blick. Valette hätte ihr die Haare doch nicht so kurz schneiden müssen.

Seine Augen waren blau, und er hatte eine feine Nase und ein markantes Kinn. Seine Unterlippe ragte ein wenig heraus, wie die eines schmollenden Kindes. Sie waren ungefähr gleich groß, und obwohl er ein paar Jahre älter aussah als sie, waren sie von der gleichen leichten Statur. Er war offensichtlich seit einiger Zeit ein

Invalide oder ein Gefangener. Seine dünnen Schultern und sein blasses Gesicht erregten einen Anflug von Mitgefühl in ihrer Brust. Das war das Gesicht eines Menschen, der kaum je nach draußen ging. Wie schrecklich. Selbst an ihren schlimmsten Tagen in Paris konnte sie noch ihr Gesicht zum Himmel heben und die Sonne auf ihren Wangen spüren.

Ein seltsames Gefühl der Erkenntnis packte sie. Hatten sie sich schon einmal getroffen? Hatte er den Zirkus besucht? Oder das Palais Royale?

Valette nahm seine Kapuze ab und machte eine Verbeugung. „Monsieur, Ihr Diener."

Der Gefangene quittierte die Begrüßung mit einer eigenen Verbeugung. „Ist es Zeit?" Sein Gesicht war gefasst, aber in seinen Augen glitzerte die Aufregung, als er nach vorne trat.

„Ja. Darf ich Ihnen Mademoiselle Marianne Bonnard vorstellen?"

Marianne streifte ihre Kapuze ab, und die Augenbrauen des Häftlings schossen überraschend hoch. „Ein *Mädchen*?"

Sie bäumte sich auf. „Was haben Sie erwartet? Einen Schornsteinfeger?"

Der Mann appellierte an Valette. „Aber... ich dachte, sie müsse ein Mann sein... dafür, was sie tun muss... sind Sie sicher?"

Valette nahm Marianne die Bücher ab und legte sie mit einem dumpfen Schlag auf den Tisch. „Ich habe größtes Vertrauen in sie, Monsieur. Ich würde sogar so weit gehen, zu sagen, dass sie die einzige Person in Frankreich ist, die es tun *kann*."

Ihr Herz hüpfte bei dem Kompliment, obwohl er es nur gesagt hatte, um ihr Selbstvertrauen zu stärken.

„Marianne, darf ich Ihnen den Bürger Louis-Charles Capet vorstellen? Auch genannt Louis-Charles de Bourbon, Prinz von Frankreich."

Der Raum schwankte, und für einen Moment glaubte Marianne, falsch verstanden zu haben. Sie hätte schwören können, dass er gesagt hatte ...

Sie schaute den Gefangenen noch einmal genau an und versuchte zu leugnen, was ihre Augen ihr sagten. Das Gesicht des fetten Königs Ludwig war auf all den alten Münzen zu sehen. Napoleon hatte sich auf die neuen Dezimalmünzen gesetzt, aber Louis D'or war noch immer als inoffizielle Währung im Umlauf. Gold war Gold, egal wessen Kopf darauf geprägt war. Der Mann, der ihr gegenüberstand, war eine dünnere Version des Mannes auf den Münzen.

Valette beobachtete sie und wartete geduldig darauf, dass sie zum richtigen Schluss kam.

Merde. Merde. Merde.

Zum ersten Mal in seinem Leben hatte der hinterhältige Bastard ihr tatsächlich die Wahrheit gesagt. Dieser bleichgesichtige Mann war der rechtmäßige König von Frankreich.

„Entschuldigen Sie mich einen Moment." Marianne nickte dem Gefangenen zu, packte Valettes Ärmel und zog ihn zur Seite. „Warum in Gottes Namen haben Sie mir nicht gesagt, wen wir retten wollen?"

Er hob seine Brauen in jener hochmütigen Art und Weise, die sie dazu verleitete, ihn zu erstechen. „Ich habe es Ihnen gesagt, wenn Sie sich erinnern."

„Sie sagten mir, er sei Anhänger der Royalisten!"

„Ist er auch. Der ultimative Anhänger der Royalisten."

„Das ist nicht lustig", flüsterte sie wütend. „Sie wissen, dass ich Ihnen nicht geglaubt habe! Dachten Sie, ich würde mich weigern?"

Sein Mundwinkel zog sich nach oben. „Es kam mir in den Sinn. Sie sind wohl kaum der größte Fan der Monarchie."

„Es ist eine Sache, einen Dieb oder einen politischen Flüchtling zu retten. Es ist eine ganz andere Sache, den *rechtmäßigen, verdammten König von Frankreich* zu entführen!" Ihre Stimme erhob sich zu einem schrillen Kreischen, und sie bemühte sich darum, sie zu senken. „Das ist Hochverrat", zischte sie.

„Es ist Barmherzigkeit."

Wie um seine Worte zu untermauern, wurde der Gefangene von einem Hustenanfall geschüttelt, der ihn zu Boden warf. Der Mann umklammerte die Stuhllehne zur Unterstützung. „Und wie Sie sehen können, ist er nicht in der Lage, aus eigener Kraft zu fliehen", schloss Valette.

Mariannes Herz wurde weicher. Wenn dieser Mann wirklich der Prinz war, dann hatte er die letzten zwanzig Jahre in dem einen oder anderen Gefängnis verbracht, bestraft dafür, dass er einfach nur existierte. Das war nicht gerecht. Sie schoss Valette ihren besten wir-werden-später-darüber-reden-Blick zu und drehte sich mit einem verlegenen Lächeln zum Gefangenen zurück. „Es tut mir leid, Monsieur. Verzeihen Sie mir."

Der Mann deutete eine förmliche Verbeugung an, und Marianne konnte nicht widerstehen, zu lächeln. Sie war in stinkende Mönchsgewänder gekleidet, darunter trug sie Knabenreithosen. Sollte sie sich verbeugen? Einen Knicks? Ihre Hand reichen?

Die Stimme ihrer Mutter flüsterte in ihr Gedächtnis. *Denk an deine Manieren, Marianne! Röcke zur Seite heraus. Kinn hoch. Die Knie beugen. Weiter! Am tiefsten von allen für das Königtum.*

Sie machte einen unbeholfenen Knicks. Hinter ihr prustete Valette.

„Mit Vergnügen, Mademoiselle." In den blauen Augen des Gefangenen funkelte ein Lächeln, als er sich aufrichtete. Es schien, als ob auch er den lächerlichen Charakter des Treffens zu schätzen wüsste.

Valette schob sich an ihr vorbei, ganz professionell. „Ist alles an seinem Platz?"

„Ja."

„Dann lasst uns gehen."

Der Gefangene griff unter den Tisch und zog ein dünnes Stück Metall heraus. Es war das Scharnier, das das Tischbein mit der Tischplatte verschraubte. Er reichte Marianne das primitive Werkzeug und klopfte mit dem Fuß über eine der Platten rechts vom Bett. „Es ist alles hier drunter. Vorsicht, der Stein ist schwer."

Marianne zog mit einem Seufzer der Erleichterung die Novizenkutte aus und reichte sie weiter. Er zog sie an, zog die Kapuze hoch und hob den Bücherstapel vom Tisch auf.

Valette nickte zufrieden. „Sagen Sie kein Wort. Sie haben ein Schweigegelübde abgelegt."

Das Bett war sehr hart und ungemütlich. Marianne legte sich hin, zog die Decke bis zu den Ohren hoch und blickte zur Wand. Ihr Herz klopfte gegen ihre Rippen. *Oh Gott.* Sie taten das wirklich. *Was, wenn etwas schiefging? Was, wenn dies das letzte Mal war, dass sie ihn sah?*

Die Wolldecke drückte rau auf ihre Wange, als Valette sie über ihre Schulter legte. In plötzlicher Panik blickte sie zu ihm auf. Sie würde ihn *nicht* anbetteln, sie nicht zu verlassen. Sie hatte noch ein bisschen Würde übrig.

Er beugte sich über sie. „Erinnern Sie sich an den Trick mit dem Schornstein?", murmelte er. „Denken Sie an das, was Sie sich am meisten auf der Welt wünschen." Seine Augen brannten sich in ihre ein. „Denken Sie an etwas, wofür es sich zu kämpfen lohnt. Für das es sich zu leben lohnt." Seine Finger strichen in einem kurzen Gruß über ihre Lippen. „Nur Mut, *Chérie*", flüsterte er ihr zu. „Ich warte draußen auf Sie." Er ging zur Tür und klopfte dagegen. „Wache!"

Marianne duckte ihren Kopf unter die Decke, als seine Aufforderung erwidert wurde.

„Er ist zu müde für die Beichte heute", sagte Valette. „Ich werde beten, dass er nicht dem gleichen Leiden zum Opfer fällt wie Pater Aretino."

Die Wache gab ein gleichgültiges Grunzen von sich.

„Kommt, Bruder Franziskus", rügte Valette und führte seinen Schützling in den Korridor. „Wir kommen zu spät zum Abendgebet."

Die Tür schlug hinter ihnen mit einem Klirren wie eine Totenglocke zu.

KAPITEL 32

Marianne spitzte die Ohren und wartete darauf, dass ein Alarm ausgelöst wurde, aber alles blieb ruhig. Als die Stille anhielt, wurde ihr das Alleinsein zunehmend bewusst. Vögel huschten und wirbelten hinter dem winzigen Schlitzfenster umher und verspotteten sie mit ihrer Freiheit. Das schwache, gleichmäßige Tröpfeln der Wassertropfen von draußen entsprach ihrem rasenden Puls, und sie bemerkte mit Bestürzung, dass es zu regnen begonnen hatte.

Wunderbar.

Menschlicher Kontakt war für sie immer eine Selbstverständlichkeit gewesen. Im Zirkus und im Bordell gab es immer jemanden, mit dem man sich interessant unterhalten konnte. Sie runzelte die Stirn. Louis-Charles muss erst acht oder neun Jahre alt gewesen sein, als seine Eltern hingerichtet worden waren. Und soweit sie sich erinnern konnte, war seine einzige überlebende Schwester, Marie Thérèse, ins Ausland geschickt und mit einem österreichischen Prinzen verheiratet worden.

Wie musste es gewesen sein, hier Tag für Tag festgehalten zu werden, ohne Hoffnung auf Flucht oder Rettung? Von dem Leben, das man kannte, von den Menschen, die man liebte, getrennt zu sein? Der Gedanke war unerträglich. Zumindest hatten sie und Sophie einander gehabt, nachdem ihre Eltern gestorben waren.

Marianne verkrampfte sich aufgrund eines Geräusches hinter der Tür. Valette hatte ihr gesagt, dass die Wachen die Zellen zweimal am Tag, morgens und abends, kontrollierten. Wenn sie sich heute für eine ihrer zusätzlichen, zufälligen Durchsuchungen entschieden, wäre sie in großen Schwierigkeiten.

Der Himmel wurde dunkler. Es war Zeit, aufzubrechen.

Ihre Glieder zuckten nervös. Sie schüttelte sie und hob die Steinplatte, die Louis-Charles ihr gezeigt hatte hoch. Das versprochene Seil befand sich darunter, und sie schlang es sich über die Schulter, wie einen Soldatengurt, holte dann ihre Ballettschuhe aus dem Gürtel und zog sie an. Das vertraute Gefühl, das sie dabei empfand, beruhigte ihre Nerven ein wenig. Dies war schließlich nur eine weitere Vorstellung.

Sie trat die kalte Asche des Feuers aus der Feuerstelle, duckte sich unter den Kaminsims und stand im Kamin auf. Er war sogar noch kleiner als der im Château, und ihr Magen krampfte sich vor Entsetzen zusammen.

Die Eisenstangen direkt über ihrem Kopf kamen

nach leichtem Wackeln frei. Ein Schauer Gipsstaub regnete auf sie herab, und sie blinzelte stark und schielte dann nach oben, hoch oben. Dort - ganz oben - war ein winziger Flecken Himmel.

Los geht's.

Marianne stemmte ihre Beine gegen die Wände und begann zu klettern. Es war so eng und dunkel wie in einem Sarg. Ruß füllte ihre Nasenlöcher; der verkohlte Geruch des Todes umhüllte sie wie ein Leichentuch. Ihre Kehle war zugeschnürt. Sie wollte nicht einatmen, um ihre Lungen mit der Dunkelheit zu beschmutzen. Wenn sie einatmete, würde die Dunkelheit ihr wehtun, sie verschlingen. Ihr Herz schlug gegen ihre Rippen. Ihre Brust brannte.

Was hatte Valette gesagt? *Denken Sie an etwas anderes.* Sie drückte die Augen zu und atmete ein. *Sein Kuss. Denk darüber nach. Süße, saubere Luft und sein Kuss.*

Ihr Fuß rutschte ab, und sie rutschte ein paar Meter nach unten, wobei sie sich Ellbogen und Knie aufschürfte. Ihre Fingernägel brachen ab, als sie sich bremste und sie schluchzte erstickt vor Schmerz. Sie presste ihren Kiefer zusammen und wand sich wieder nach oben. Der Schornstein verengte sich noch weiter; sie würde sicher stecken bleiben.

Sie zog das Kinn ein und vergrub ihr Gesicht in ihrem Hemd und atmete tief ein. Nics Hemd. Es roch nach ihm. Schießpulver und Feuerstein, Branntwein und Stahl. Sie konzentrierte sich darauf, die einzelnen Düfte zu identifizieren, genau wie sie es mit dem Wein getan hatte. Moschusgewürz. Leder. Etwas Dunkles und Rauchiges. Und ein Hauch von Erde, wie eine Wiese an einem trockenen, warmen Tag. Sie sog den Duft in ihre Lungen und hielt ihn dort fest, als ob sie seine Kraft auch in sich hineinziehen könnte.

Er war dort draußen und wartete auf sie. Sie konnte es schaffen.

Mit einer Wölbung ihres Rückens drückte sie ihren Körper nach oben. Der schwere Stein presste hinein. Sie hatte keinen Platz, um ihre Lungen aufzublähen.

Sophie war da draußen.

Ihre Finger glitten die von Ruß bedeckten Wände hinauf.

Fast da.

Sie konnte den Regen auf dem Dach hören. Als sie sich der Spitze näherte, fielen ein paar Tropfen auf ihr nach oben gerichtetes Gesicht. Es war kalt und stechend. Sie stieß einen zittrigen Atemzug aus. Noch nie hatte sich etwas so gut angefühlt.

Das Auftauchen aus dem Schornstein war wie ein Auftauchen aus dem Wasser. Die Nachtluft war so süß, dass sie fast laut gelacht hätte. Sie nahm einen tiefen, reinigenden Atemzug, schlängelte sich frei und kümmerte sich kaum darum, dass sie bis auf die Haut durchnässt wurde.

Dieu Merci!

Die Dachziegel waren glatt, und sie rutschte die kurze Strecke bis zur schmalen Brüstung auf ihrem Rücken, lehnte sich dann über den Rand und schaute nach unten. Ihr Bauch rumorte.

Es war jetzt fast völlig dunkel, und Regenwolken verdeckten den kleinen Mond. Überall um die Festung herum blitzten Lichter auf. Auf der gegenüberliegenden

Seite konnte Marianne einen Hof sehen, dann die Außenmauer, deren Kanone auf einer erhöhten Plattform hinter den niedrigen Zinnen aufgestellt war. Unter ihr war das Wasser im Graben ein dunkler, unfreundlicher Schimmer. Sie blinzelte in die Finsternis. Nichts schien sich zu bewegen. Wenn Valette dort draußen war, war er gut versteckt.

Furcht und Erregung packten sie gleichzeitig. Alles wurde scharf sichtbar: die Schwalben, die unter den Zinnen auf ihre Schlafplätze zustürzten, der salzige Geschmack ihres Schweißes, als sie ihre Oberlippe leckte, das harte Prasseln des Regens auf ihrer Haut.

Sie wickelte das Seil ab und befestigte es um einen der Wasserspeier, der aus dem Rand des Gebäudes herausragte. Es war schwer zu sagen, was dieser Wasserspeier sein sollte, denn er war durch die Regenfälle so stark verwittert und mit Ruß verdunkelt - ein knurrender Löwe oder ein gotischer Drache mit Zähnen und Krallen. Sie gab dem Monster einen liebevollen Klaps auf den Kopf. Es erinnerte sie an Valette.

Der Regen trug dazu bei, dass das Seil rutschig und schwer zu binden war. Sie zerrte daran, fluchte über ihre abgeschürften Finger, kontrollierte dann, dass unten keine Wachen patrouillierten, und warf das Seil über die Kante. Es rollte sich mit einem Surren und Schnappen ab, als es herabfiel.

Das verdammte Ding sollte besser halten.

Sie schwang sich hinaus, ohne sich Zeit zum Nachdenken zu lassen. Der Wind warf sie hart gegen das Gebäude, und das Seil drehte sich wie verrückt. Sie hielt sich fest und betete, dass es sich stabilisieren möge.

Schlimmer noch, der Wasserspeier machte seine Arbeit nur allzu gut und schickte eine eiskalte Wasserkaskade direkt auf ihren Kopf, wodurch sie geblendet wurde.

Als sie schließlich aufhörte, sich zu drehen, begann sie sich hinabzulassen, Hand über Hand, das regenglatte Seil um die Knöchel geschlungen. Es wurde immer schwerer zu greifen. Ein panischer Ruck traf sie, als sie ihren Halt verfehlte, und sie begann, nach unten zu rutschen.

Der raue Hanf schnitt in ihre Handflächen, und die Reibung brannte. Ihre Arme zitterten vor Anstrengung. Der Regen spritzte in ihr Gesicht, aber sie hatte keine Hand frei, um sich die Augen zu wischen.

Merde.

Das Seil war zu kurz. Sie war immer noch 5 Meter über dem Boden. Sie baumelte für einen Moment, unwillig, loszulassen, aber es gab keine andere Lösung. Sie schickte ein stilles Gebet nach oben und ließ sich dann fallen. Der Schmerz machte sie blind, und die harten Steinplatten schlugen ihr den Atem aus den Lungen. Sie rollte sich instinktiv zusammen, krümmte sich dann in eine embryonale Haltung und lag keuchend da, bis die Welle der Übelkeit vorüberging.

Wie dumm. Wie dumm!

Ihre Handgelenke taten höllisch weh. Sie drückte sich nach oben und benutzte die Wand als Stütze, während der Schmerz ihre Schienbeine hochkam. Sie unterdrückte ein Stöhnen. Sie fühlte sich, als wäre sie von einem Pferd getreten worden.

Das dumpfe Geräusch gestiefelter Füße ließ sie erstarren. Die Schritte kamen näher: zwei Wachen, die sich fröhlich über etwas stritten. Marianne zog sich in den Schatten einer Türöffnung zurück und hielt den Atem an, als sie an ihrem Versteck vorbeigingen.

Als sie um die Ecke bogen, erlaubte sie sich, wieder zu atmen, und inspizierte ihr Handgelenk, aus Angst, es könnte gebrochen sein. Sie drehte es vorsichtig. Nichts knackte. Es war wahrscheinlich nur eine Prellung. Sie humpelte ein paar Schritte vorwärts und warf einen Blick über den Graben. Valette hatte gesagt, er sei mindestens drei Meter tief. Die Seite, die ihr am nächsten lag, war schräg gebaut, die Steine waren glatt und geneigt wie die Seite einer Pyramide. Es war unmöglich, sie zu erklimmen. Das Wasser am Boden sah aus wie Öl, schwarz und abweisend.

Das Seil war dort, wo Valette versprochen hatte. Es war um den Stamm eines kleinen Baumes befestigt, der aus den Fundamenten herauswuchs. Es sah kaum stark genug aus, um ihr Gewicht zu halten, aber sie hatte keine Zeit, sich darüber Gedanken zu machen. Es erstreckte sich über den Graben und verschwand in den Bäumen am anderen Ufer.

Ein Schatten bewegte sich in der Dunkelheit, und ihr Herz sprang vor Erleichterung auf. Valette. Er hatte sie also nicht im Stich gelassen. Sie hatte halb erwartet, dass er dem Prinzen folgen und sie sich selbst überlassen würde.

Eine letzte Hürde.

Sie stieg auf das Seil, benutzte den Baum als Stütze und holte tief Luft. Sie wusste, dass es albern war - ihre Lungen mit Luft zu füllen, konnte sie unmöglich leichter machen - aber es war ein Ritual, das sie nicht ablegen konnte. Sie trat vor, fühlte mit ihren Zehen. Sie vermisste ihren Sonnenschirm.

Das Seil federte und schaukelte. Es war dicker, als sie es gewohnt war. Außerdem war es lockerer. Es wackelte hin und her, und sie benutzte ihre Arme als Gegengewicht.

Sieh nicht runter. Du hast das schon tausendmal gemacht.

Sie war auf halber Strecke, als sie ein Geräusch wie einen schwingenden Bogen hörte. Das Seil schwankte und sie starrte entsetzt auf eine Stelle direkt vor ihr. Einer der drei Stränge des Seils war gerissen; die kaputten Enden drehten sich wie verrückt um die anderen. Sie konnte sie tatsächlich surren hören, während sie sich abwickelten. Die verbleibenden zwei Stränge zogen sich zusammen, als sie die Belastung aufnahmen, und das Seil knarrte bedrohlich.

Valette muss es auch gehört haben. Sein leises, dringendes Zischen drang vor ihr aus dem Schatten hervor. „Kommen Sie schon! Vorwärts! Jetzt!"

Marianne ging so schnell nach vorne, wie sie sich traute.

Sie hatte fast die Mitte erreicht, als es riss.

* * *

Sie platschte ins eiskalte Wasser und schluckte schockiert einen Mundvoll; es schmeckte ekelhaft, wie verfaulte Vegetation. Sie tauchte mit einem Keuchen auf und schlug völlig orientierungslos um sich. Ihre Hände verhedderten sich in den Blättern und schleimigen Seerosenstielen. Etwas wand sich um ihre Taille, und sie geriet in Panik und versuchte, es wegzutreten, bevor sie merkte, dass es nur das lose Ende des Seils war.

Hinter ihre ertönte dringende Rufe, und sie gab jede Illusion von Stille auf. Sie trat mit den Beinen und krallte sich im Schilf am gegenüberliegenden Ufer fest und kämpfte darum, den Kopf über Wasser zu halten.

Etwas Schleimiges und definitiv *Lebendiges* streifte ihr Bein. Ein Gefühl der Furcht erfüllte sie, all diese Kindheitsgeschichten von monströsen Aalen und furchterregenden Meeresungeheuern.

Gott, sie würde ertrinken und von Aalen gefressen werden.

Das schlammige Wasser und das Unkraut des Teiches zerrten an ihr, als ob greifende Finger versuchten, sie nach unten zu ziehen. Sie schlug um sich, versuchte verzweifelt, den namenlosen Schrecken im Wasser zu entkommen. Und dann sah sie Valette, auf dem Bauch liegend, am anderen Ufer.

„Das Seil!"

Sie fing das ausgefranste Ende auf, das er ihr zuwarf, hielt sich grimmig fest und drehte ihren Kopf, um dem Wasserspritzer auszuweichen, als er sie zu sich zog. Ihre Füße berührten die Seite, aber das steile, abfallende Ufer war von einer Schlammschicht bedeckt, die so dick und rutschig war, dass es fast unmöglich war, hinaufzuklettern. Sie versuchte, sich am Schilf, am Gras oder an *irgendetwas* anderem festzuhalten. Dabei fluchte sie schnaufend. Ihr Knöchel verdrehte sich ungünstig im Schlamm, und sie rutschte mit einem unfreiwilligen Aufjaulen vor Schmerz und Frustration wieder nach hinten.

Und dann beugte sich Valette vor, packte ihren

Kragen und zog sie in einem nassen Bündel aus Schlamm und Gliedmaßen das Ufer hinauf.

„Oh, danke …"

Schnell legte er seine Handfläche über ihren Mund. „Um Himmels willen, sei still!" zischte er ihr ins Ohr. Er zog sie mit dem Rücken an seine Brust und zog sie dann halb rückwärts in die Deckung der Bäume. „Merde", murmelte er leise. „Komm schon!"

Und dann hörte sie es auch: das Donnern der Stiefel auf der dünnen Brücke, die aus dem Pförtnerhaus herausführte.

KAPITEL 33

„Ich kann nicht rennen“, keuchte Marianne. „Mein Knöchel.“

Valette fluchte wieder. Die Patrouille kam näher und krachte durch das Gestrüpp auf sie zu. Er legte ihren Arm über seine Schulter, und es gelang ihr, weiter zu humpeln, aber sie stolperte, als ihr Knöchel nachgab.

„Gehen Sie schon!“, zischte sie und schubste ihn an. „Es ist nicht nötig, dass man uns beide erwischt.“

Er schüttelte den Kopf. „Ich habe Tony zurückgelassen. Ich will verdammt sein, wenn ich Sie auch zurücklasse.“ Mit einem ungeduldigen Knurren beugte er sich vor und warf sie über seine Schulter. Marianne legte ihre Hände auf seinen unteren Rücken, als er durch die Bäume rannte.

Er atmete kaum noch schwer, als sie in den Stall rutschen. Er setzte sie ab, und sie sackte schlaff gegen die Wand und wagte kaum zu glauben, dass sie der Patrouille entkommen waren. Ihr Herz donnerte gegen ihre Rippen, aber ein berauschendes Gefühl der Freude erfüllte sie. Sie kletterte auf den wartenden Wagen, und er lenkte ihn auf die Straße, aber als sie um die Ecke kamen, sackte ihr Herz zusammen.

Merde.

„Halt, wer ist da?"

Marianne blickte direkt in den Lauf einer Muskete. Eine Gruppe von Soldaten blockierte die Straße, ihre Waffen erhoben zum Schießen. Sie hob die Hände zur Kapitulation. Valette jedoch begann zu lachen, als hätte er gerade den lustigsten Witz der Welt gehört. Er beugte sich vor und umklammerte seine Seiten. Die Wachen sahen ihn verwirrt an. Er richtete sich auf und wischte sich das Auge mit dem Finger ab, als sein Lachen verebbte.

„Guten Abend, die Herren Beamten." Seine Stimme war leicht undeutlich. „Bitte verzeihen Sie. Vive l'Empereur!" Er hob eine Hand und führte einen inkompetenten Gruß aus, stach sich dabei fast selbst ins Auge und ließ sich dann auf dem Sitz gegen sie fallen. Ein langsames, idiotisches Grinsen breitete sich über seinem Gesicht aus.

Warum tat er so, als sei er betrunken?

Die Wachen sahen sich gegenseitig an und waren sich offensichtlich unsicher, ob sie diesen scheinbaren Trunkenheitszustand glauben sollten oder nicht.

Valette begann, seinen Gürtel abzunehmen. „Ich muss pissen", murmelte er in einem vertrauensvollen Ton. „Hätte das letzte Bier nicht trinken sollen." Er stieg vom Wagen herunter.

Die Musketen der Wachen verfolgten seine Bewegungen.

„Bleiben Sie, wo Sie sind. Was haben Sie hier zu suchen?"

Er ließ einen beeindruckend lauten Rülpser los. „Wir waren im Red Cat, nicht wahr, Patrice?" Er klopfte Marianne so heftig auf den Rücken, dass sie fast würgte. Sie schaffte es, zu nicken.

Die nächstgelegene Wache griff Valettes Hemd und zerrte ihn vom Wagen herunter. Er stolperte und fluchte. Der misstrauische Blick des Mannes nahm Mariannes schmutziges Gesicht, sein nasses Haar und seine durchnässte Kleidung auf. Er runzelte die Stirn. „Warum bist du nass?"

Valette kicherte erneut. „Ich habe mit ihm um zehn Sous gewettet, dass er keinen Frosch im Graben fangen kann." Er schnaubte. „Der Idiot ist reingefallen! Es war verdammt lustig."

Der Offizier schien anderer Meinung zu sein. Er richtete seine Muskete auf sie. „Sie, gehen Sie auch runter. Sie kommen mit uns."

Marianne hatte keine andere Wahl, als zu gehorchen. Sie verkrampfte sich in der Erwartung, dass Valette anfangen würde, sich den Weg nach draußen zu erkämpfen, aber er zuckte nur mit den Achseln und ging sanftmütig und ein wenig taumelnd mit. Vielleicht erkannte er sogar, dass die Chancen acht zu zwei nicht zu ihren Gunsten standen. Zumal keiner von ihnen bewaffnet war.

Sie wurden zurück zum Wachhaus eskortiert. Marianne humpelte, so gut sie konnte. Der Hauptmann der

Wache beendete gerade sein Abendessen; die Reste einer Mahlzeit und eine Flasche Wein standen auf dem Tisch, und er sah nicht glücklich aus, als er unterbrochen wurde. „Was ist jetzt schon wieder?"

Die erste Wache salutierte. „Wir fingen die beiden draußen am Graben, Hauptmann. Der eine ist ganz nass."

Der Offizier runzelte die Stirn über Marianne. „Was hast du angestellt?"

Marianne beugte die Schultern und duckte den Kopf, aus Angst, er würde merken, dass sie ein Mädchen war. Hoffentlich war sie so in Schlamm getaucht, dass er nicht viel von ihrem Gesicht sehen konnte.

„Könnte sein, dass es sich um entflohene Gefangene handelt, Hauptmann", sagte eine der Wachen, als sie nicht antwortete.

Valette gab einen weiteren betrunkenen Schnaufer von sich. „Gefangene! Sehen wir aus wie Gefangene?" Er wischte sich die Nase am Ärmel ab.

Der Hauptmann wandte sich an eine der Wachen. „Ich will sofort eine Zählung der Häftlinge."

„Ja, Hauptmann."

Marianne biss sich auf die Lippe. Es war nur eine Frage der Zeit, bis man ihr Seil fand und feststellte, dass der Prinz vermisst wurde. Doch je länger sie sich ruhig verhielten, desto mehr Zeit hatte Louis-Charles, um zu entkommen.

Der Hauptmann zuckte irritiert die Schultern. „Informieren Sie den Kommandanten. Und bringen Sie diese beiden in die Arrestzellen. Vielleicht erinnern sie sich an mehr, wenn sie nüchtern sind." Er schnipste mit dem Handgelenk, entließ sie und ging zurück zu seinem Abendessen.

Diesmal wurden sie über eine Steintreppe nach unten statt nach oben eskortiert. Die Luft kühlte ab, als sie unter die Erde kamen, und Marianne zitterte vor dem muffigen, unangenehmen Geruch, der ihre Nasenlöcher durchströmte. Ihr Knöchel schmerzte. Sie humpelte weiter, aber die Wache schubste sie ungeduldig vorwärts.

Valette begann, ein unanständiges Lied über eine dralle Bardame zu singen.

Sie wurden zu einer Reihe von vergitterten Zellen geführt, die wie große Käfige miteinander verbunden waren. Eine Wache schloss die erste auf und gab Marianne einen harten Stoß. Sie fiel mit einem unfreiwilligen Aufschrei auf den harten Steinboden.

Die Wache verhöhnte sie. „Halt die Klappe. Du klingst wie ein wehleidiges kleines Mädchen."

Valette wurde nach ihr hineingeworfen, und der Schein der Laternen der Wachen verblasste, als sie die Treppe hinaufgingen.

Marianne sah sich in der Dunkelheit um. Die Zelle war kaum drei Meter groß. Die Rückwand war aus Stein, aber die übrigen drei Seiten waren aus kräftigen Eisenstangen gebaut, ebenso wie die Decke. Die Zwischenräume waren zu klein, um sich durchzuzwängen, selbst für sie. Eine Pritsche mit einem dünnen Belag aus schmutzigem Stroh lag quer über die Rückwand. Ansonsten gab es nichts weiter als einen leeren Eimer und eine Reihe von Ketten und Handschellen, die an einem Eisenring befestigt waren, der in den Steinboden eingelassen war. Nicht gerade beruhigend. Sie sackte in sich zusammen und legte ihren Kopf völlig erschöpft auf die gebeugten Knie.

„Es wird schon alles in Ordnung kommen."

Sie blickte auf. Valette beobachtete sie, seine dunklen Augen waren ruhig. Es war ein wenig verwirrend, ihn plötzlich nüchtern und aufmerksam zu sehen.

Marianne verzog ihr Gesicht. „Was meinen Sie mit ‚*in Ordnung*'? Nichts daran ist in Ordnung!"

„Betrachte es einfach als ein weiteres Abenteuer, das du deinen Enkeln erzählen kannst."

Sie sah ihn entsetzt an. „Wie können Sie jetzt nur scherzen?"

Sein Lächeln war verschlagen. „‚Das Leben ist ein Schiffswrack, aber wir müssen daran denken, in den Rettungsbooten zu singen.' " Er sah ihren verwirrten Ausdruck. „Hast du nie Voltaire gelesen?"

Sie schüttelte den Kopf.

Er seufzte. „Kulturbanausin. Du kannst entweder lachen oder weinen, Chérie. Panik hilft dir nicht weiter."

* * *

ZUMINDEST WAREN sie in die gleiche Zelle geworfen worden, dachte Nic dankbar. Die Wachen hatten noch nicht gemerkt, dass Marianne ein Mädchen war, aber es war nur eine Frage der Zeit.

Verdammte Scheiße. Sie sollten jetzt schon kilometerweit weg sein, auf dem Weg zurück nach Paris und zu ihrer kostbaren Sophie.

Nic schaute zu ihr hinüber. Sie saß zusammengekauert in der Ecke. Sie war ein kleines Häufchen Elend und ihr Gesicht war trotz der Ruß- und Schlammdecke blass in der Dunkelheit. Sie sah verstört und angeschlagen aus. Sein Herz blutete. Das war alles seine Schuld. Sie war nur seinetwegen hier. Er hatte die Gefahren heruntergespielt, auf ihre Loyalität zu ihm gezählt, so wie er es mit Tony getan hatte. Dem loyalen, vernünftigen Tony, der am Ende sterben musste.

Er hatte alles in seiner Macht Stehende getan, um Marianne an sich zu binden. Alles, außer mit ihr zu schlafen. Und Gott weiß, warum er sich zurückgehalten hatte, obwohl er es mehr wollte, als er sich je etwas gewollt hatte.

Bilder von ihr, wie sie vergewaltigt, gedemütigt und gefoltert wurde, füllten seine Gedanken. Es gab unzählige Schrecken, die eine Frau in der Macht einer Gruppe von Männern erdulden musste. Und er würde ihr nicht helfen können, so wie er seinem Bruder nicht hatte helfen können.

Das Summen begann in seinen Ohren, und Dunkelheit verdunkelte seine Sicht. Nic biss die Zähne zusammen, als die vertraute, schwere Kälte seine Seele erfüllte. Er weigerte sich, an diesen schrecklichen Ort zurückzukehren, an dem er hilflos und ohnmächtig und ängstlich war. Wenn er sich erlaubte, auch nur für einen Augenblick darüber nachzudenken, würde er den Verstand verlieren. Er würde das bisschen Kontrolle verlieren, das er hatte.

Herrgott, Tony, es tut mir leid. Es tut mir so leid.

Er war an Schuldgefühle nicht gewöhnt, und er mochte es nicht, dass die Emotionen jetzt an seinem

Inneren nagten. Er kannte die mit dieser Rettung verbundenen Risiken und akzeptierte sie als Teil der Arbeit. Und um ehrlich zu sein, hatte er sich nicht wirklich um sein Leben gekümmert. Aber Marianne hatte das nicht verdient. Sie hatte ihr ganzes Leben vor sich und eine liebevolle Schwester, die auf ihre Rückkehr wartete.

Fouché würde nicht eingreifen, selbst wenn es eine Möglichkeit gäbe, ihn zu erreichen. Die politische Lage war viel zu instabil. Er würde sie mit dem allerkleinsten Anflug von Reue hinrichten lassen - bequeme, entbehrliche Sündenböcke, die die zerzausten Federn auf beiden Seiten wieder glattstreichen würden.

Noch vor einer Woche hätte es Nic nicht interessiert. Nur, jetzt, wo es darauf ankam, war er noch nicht ganz bereit zu sterben. Irgendwann hatte er wieder angefangen, sich um das Leben zu kümmern, so wertlos es auch war. Er starrte Marianne quer durch die Zelle an. Es war alles ihre Schuld. Sie machte ihn verwundbar. Sie machte ihn angreifbar. Er erinnerte sich an sie, wie sie im Heuwagen lag, ihr Gesicht in Sonnenlicht getaucht, ihre Augen funkelnd vor Übermut und ihre Wangen gerötet und rosig, als hätte sie den ganzen Morgen damit verbracht, im Stroh die Liebe zu genießen.

Ich gebe den Menschen Hoffnung, hatte sie gesagt.

Zum Teufel mit ihr. Sie hatte *ihm* Hoffnung gegeben.

Was für ein verdammtes Chaos. Er schloss die Augen, Wut, Verzweiflung und ein schweres Gewicht auf seiner Brust. Er war ein Verräter. Er verdiente den Tod, verdiente alles, was sie mit ihm vorhatten. Es war ein Wunder, dass er so lange überlebt hatte. Seit Tony gestorben war, buhlte er seit Jahren um den Tod, winkte ihn heran, verspottete ihn, um seiner elenden beschissenen Existenz ein Ende zu bereiten.

Paradoxerweise schien sein mangelndes Interesse am Leben das Schicksal amüsiert zu haben. Mit Freude vereitelte es seine besten Bemühungen, zu sterben. Die wankelmütigen Götter hatten ihn gesegnet, selbst wenn er sie dazu bringen wollte, die Fesseln seines sinnlosen Lebens zu lösen. Er war aus mehr lebensbedrohlichen Situationen entkommen, als ihm lieb war.

Und jetzt, gerade als es so aussah, als würden die humorlosen Bastarde seinen Wunsch tatsächlich erfüllen, hatte ihm eine sarkastische, kosmische Ironie Marianne de Beauvais geschickt, um die schmerzenden Abgründe seiner Seele zu füllen. Ein tapferes, schönes, wütendes Mädchen, das sein Blut vergossen und sein Herz gestohlen hatte.

Nic riss seinen Kopf hoch. Oben gab es einen Tumult, Rufe und Hufgeklapper. Schwere Stiefelfüße stampfen die Stufen hinunter. Stimmen näherten sich entlang des Korridors - zwei Soldaten und ein weiterer. Nic schloss die Augen und hörte aufmerksam zu. Der dritte Schritt war seltsam, schief und ungleichmäßig.

Oh, verdammte Scheiße. Er kannte den Gang.

„Durchkämmen Sie die Landschaft. Ich will, dass dieser bourbonische Bastard vor Einbruch der Nacht gefunden wird, verstanden?“

Mit einem stillen Stöhnen erkannte auch Nic das wütende Brüllen; Baron Pierre Daumier, Gouverneur von Vincennes. Der durchtriebene alte Soldat war einer von Napoleons treuesten Anhängern, ein erfahrener

Veteran, der knochenhart war. Der Mann hatte in der einen oder anderen Schlacht ein Bein verloren, und nun trug er einen hölzernen Ersatz, der diesen unverwechselbaren Gang begründete. Napoleon nannte ihn seinen Glücksbringer. Leider war er weder ein Freund von Fouché noch von Nic.

Die Tür knallte gegen die Wand, und Nic blinzelte gegen das plötzliche Aufflackern des Lichts. Er fluchte innerlich. Vier bullige Männer standen in der Türöffnung. Sie sahen nicht aus wie ein Empfangskomitee.

KAPITEL 34

Die Hoffnung stieg in Mariannes Brust. Der Kommandant sah aus wie ein fröhlicher Großvater. Er hatte ein rötliches Gesicht, einen hervorstehenden Bauch und einen dicken buschigen Schnurrbart. Er stellte die Laterne, die er an einem Haken an der Tür hielt, auf und nickte in Richtung Nic. „Legen Sie sie in Ketten."

Andererseits könnte sie sich auch irren.

Zwei Soldaten zogen Valette nach hinten und befestigten seine Hand- und Fußgelenke an den in die Wand eingelassenen Handfesseln. Er kämpfte kaum, nahm die Handfesseln mit einer seltsamen Passivität an, hielt den Kopf nach unten und wandte sein Gesicht ab.

Was stimmte mit ihm nicht? Warum hat er nicht einmal versucht zu kämpfen? Hatte er aufgegeben?

Die Vorstellung hinterließ eine dumpfe, hohle Leere des Grauens in ihrem Magen.

Eine der Wachen zog Marianne auf die Beine und

sicherte ihre Hände vor ihr mit einem Satz Eisenfesseln. Sie kämpfte, als das kalte Metall ihr Fleisch berührte, aber der Griff des Mannes war unentrinnbar. Die Scharnierschlaufen schlossen sich mit einem entsetzlichen Schnappen um die Knöchel ihres Handgelenks, und die unnatürliche Haltung ließ ihre Schultern aus Protest heulen. Dunkelheit senkte sich auf ihre Sicht. Alles, woran sie denken konnte, war die Notwendigkeit zu fliehen. „Nehmen Sie die mir sofort ab! Nehmen Sie sie weg!"

Der Kommandant ignorierte ihre Einwände. Er trat vor, packte Valette an den Haaren und riss sein Gesicht ins Licht. Er betrachtete ihn für einen kurzen, atemlosen Moment, dann weiteten sich seine Augen. „Jesus!", sagte er mit einem ungläubigen Lachen. „Nicolas Valette." Er schüttelte den Kopf. „Was zum Teufel machst *du* hier?"

Mariannes Magen schmerzte entsetzlich. *Er hat Valette erkannt. War das gut oder schlecht?*

Der Kommandant schloss die Augen. „Ich hätte ahnen müssen, dass so etwas Fouchés Werk sein würde." Sein angewiderter Ton machte deutlich, dass dies kein glückliches Wiedersehen war. *Schlimm sowas.* „Echte Soldaten halten ihre Waffen bereit und halten ihre Position. Sie schleichen nicht wie Ratten in der Nacht herum."

Valette schenkte ihm ein unverschämtes Lächeln.

Der Kommandant gab ein Signal, und der nächstgelegene Soldat zog den Arm zurück und schlug Valette mitten ins Gesicht. Marianne keuchte entsetzt, als sein Schädel mit einem ekelhaften Knacken gegen die Wand prallte. Als er den Kopf hob, blutete seine Nase; eine dünne rote Linie tröpfelte an seinem Kinn herunter und tropfte auf sein Hemd. Er bewegte seinen Kiefer hin und her, testete ihn und wischte dann das Blut an seiner Schulter ab.

Der Captain griff wieder nach seinen Haaren. „Nun?"

„Ich weiß nicht, wovon du sprichst." Der Mundwinkel von Valette machte eine höhnische Krümmung, als er den starren Blick des Captains ohne zu blinzeln erwiderte.

„Noch einmal!", befahl der Kommandant.

Der nächste Schlag traf Nic in den Magen. Er klappte mit einem Stöhnen zusammen und sackte zu Boden. Der Mann schlug ihn erneut, ein brutaler Schlag in die Nieren, dann eine Reihe von Tritten in die Rippen. Mit den gefesselten Händen hatte Valette keine andere Möglichkeit, sich vor dem Angriff zu schützen, als zu versuchen, sich zu einem Ball zusammenzurollen, soweit es seine Fesseln erlaubten.

Marianne hielt es nicht länger aus. Sie stürzte sich auf den nächsten Soldaten. „Halt!"

Sie prallte einfach von ihm ab und fiel mit dem Hintern auf den Boden. Aber sie hatte seine Aufmerksamkeit erregt. Und dann erkannte sie ihren Fehler. Ihr Aufschrei war unmissverständlich weiblich gewesen. Sie wich mit dem Rücken gegen die Wand zurück. Sie erschrak plötzlich, als sie grob auf die Füße gerissen wurde.

„Das isn' Mädchen, Kommandant."

Der Kommandant hob die Stirn. „So, so, so, was haben wir denn da?" Er warf Valette einen selbstgefälligen Blick zu. „Ich dachte, du arbeitest nicht mit Frauen,

Valette. Vielleicht kann uns die Mademoiselle hier sagen, was wir wissen wollen?“

Marianne kämpfte gegen den Griff an ihrem Arm, als der Kommandant sich zu ihr drehte.

„Obwohl es mir eine große Freude wäre, Valette hier zu Brei geschlagen zu sehen - und seien Sie versichert, dazu kommen wir noch - bezweifle ich, dass er mir etwas sagen wird.“ Er warf zur Bestätigung noch einmal einen Blick auf Nics teilnahmsloses Gesicht. „Aber ich habe oft festgestellt, dass es manchmal hilft, einen anderen leiden zu sehen, einen Freund, sagen wir, oder einen geliebten Menschen“, deutete er listig an und neigte den Kopf, um nach einer Reaktion zu suchen.

Valette schob sich mit einem Stöhnen in eine sitzende Position. Marianne war froh zu sehen, dass er noch bei Bewusstsein war. Er schüttelte den Kopf, als wolle er sich Klarheit verschaffen. „Du verschwendest deine Zeit. Ich kümmere mich genauso wenig um sie wie um die anderen Huren, die ich gevögelt habe, Daumier. Sie bedeutet mir nichts.“

Marianne zuckte zusammen. Er meinte es nicht so. Natürlich meinte er es nicht so. Aber er klang so überzeugend.

Der Hauptmann gluckste. „Ach, komm schon. Du willst doch nicht, dass sie leidet.“

„Sie hat keine Ahnung.“ Nics Augen waren leer. Kalt. Er sah aus wie ein furchterregender Fremder.

Der Kommandant trat vor, und Marianne drückte sich mit dem Rücken an die Wand.

„Für wen arbeiten Sie?“, fragte er sanft.

Sie schüttelte den Kopf, ihr Herz pumpt wie wild. Ihre Beine fühlten sich an wie Wachs.

„Wo geht der Gefangene hin? Außerhalb des Landes? Nach Holland? Preußen?"

Sie biss sich auf die Lippe und sagte nichts. Er grunzte, nicht überrascht von ihrem Schweigen. Bei seinem kurzen Nicken versetzte ihr der ihr am nächsten stehende Soldat einen beiläufigen Schlag quer über die Wange. Für den Bruchteil einer Sekunde sah sie die geschlossene Faust auf sich zukommen und war mehr überrascht als alles andere. Und dann kam die klirrende Qual, ein heller Schmerz, der sie gegen die Wand taumeln ließ. Sie hockte sich hin, versuchte, den Kopf in ihrem Schoss zu vergraben und blinzelte gegen die Sterne hinter ihren Augenlidern. Sie hörte ein keuchendes, erstickendes Schluchzen und merkte, dass es von ihr kam. Ihre Augen brannten. Sie war verdammt, wenn sie weinen würde. Nicht vor ihnen.

Sie wurde wieder hochgezogen. Der Kommandant drückte ihr die Nase ins Gesicht, so nahe, dass sie die einzelnen Poren in seiner Haut sehen und den Wein in seinem Atem riechen konnte.

„Wer bezahlt dich?"

„Niemand. Ich weiß gar nichts."

Sein Lachen war eiskalt. „Oh, ich glaube dir, meine Liebe. Valette traut nie jemandem genug, um ihn in seine Pläne einzuweihen. Ich bezweifle, dass du da anders bist." Er schmunzelte. „Aber du könntest der Schwachpunkt in seiner Rüstung sein. Er war immer für ein hübsches Gesicht zu haben." Er beugte seinen Kopf und flüsterte ihr ins Ohr. „Siehst du, wie er dich ansieht?

Siehst du, wie er zu deiner Verteidigung springen will, obwohl er wie ein Tier an die Wand gekettet ist? Er würde mir am liebsten das Herz herausreißen“ - er erhob seine Stimme - „nicht wahr, Valette?“

Mariannes Bauch spannte sich vor Angst an, als die zweite Wache einen großen Metallkübel mit Wasser hereinbrachte und ihn vor sie stellte. Es spritzte auf den rauen, schmutzigen Boden, wodurch ihre Füße nass wurden. Sie trug immer noch ihre blöden Ballettschuhe, wie sie betäubt feststellte. Obwohl sie jetzt schwarz und nicht mehr rosa waren.

Der Wächter packte sie an den Haaren und sie schrie vor Schmerz, als er sie auf den Steinplatten in die Knie zwang. Ein zweiter Soldat ergriff ihre Schultern und drückte sie in Richtung des Eimers. Sie versuchte, sich zu wehren, aber es nützte nichts. Das Wasser auf ihrem Gesicht war ein Schock, ein eisiger Alptraum. Sie versuchte, sich aufzulehnen, aber die starken Hände hielten sie nieder, unerträglich schwer im Nacken. Sie trat und schlug wild um sich, verdrehte ihren Körper, schlug ihren Kopf hin und her, aber sie hielten sie so leicht unter Wasser wie ein Kätzchen.

Entsetzen erfüllte ihren Verstand. Ihre Lungen brannten, ihr Puls pochte in den Schläfen.

Der Druck ließ nach. Sie bäumte sich auf, würgte und spuckte und schnappte nach Luft. Das Wasser blendete sie, ihr durchnässtes Haar lag auf ihrem Gesicht. Sie schüttelte sich absichtlich wie ein Hund, bespritzte ihre Wächter mit Wasser und erlebte einen kurzen Moment der Genugtuung, als sie vor Verärgerung fluchend zurückhüpften.

„Nichts zu sagen?“, fragte der Kommandant freundlich.

Als sich ihr Blick klärte, sah sie Nic, der sie anstarrte. Seine Augen loderten wie die der Großkatzen im Zirkus, Dunkelheit und Wut im Käfig, und sie wusste, dass er Vergeltung schwor. Sie ertappte sich dabei, wie sie den Kopf schüttelte und ihn schweigend bat, still zu bleiben, obwohl sie wusste, dass er nicht die Absicht hatte, etwas anderes zu tun. Er hatte sie nicht angelogen. Er würde ihr lieber beim Sterben zusehen, als die Chance aufzugeben, Napoleons Pläne zu durchkreuzen. Sie erkannte es mit einer plötzlichen, schrecklichen Klarheit.

Erneuter Druck auf ihren Hinterkopf. Sie begann zu protestieren und bekam stattdessen eine Lunge voll Wasser. Die Kälte stach ihr ins Gesicht, hundertmal schlimmer als Brennnesselstiche. Die gleiche vernichtende Panik brach aus. Ihre Kehle brannte. Eine seltsame dumpfe Stille erfüllte ihre Ohren, als ob alles hundert Meilen weit weg wäre. Sie begann, sich schwindelig zu fühlen.

Sie hörte auf zu kämpfen und ließ ihren Körper schlaff werden. Welchen Sinn hatte es? Sie ertrank, und es gab nichts, was sie tun konnte, um es zu verhindern. Nic konnte nichts tun, um sie zu retten. Die Zeit verlangsamte sich bis zu einzelnen Herzschlägen, die in ihrem Schädel, in ihrer Kehle klopften. Eine seltsame Ruhe überkam sie. Sie fiel, schwebte, und es war gar nicht mal eine so schlimme Erfahrung. Sie öffnete ihren Mund, um Wasser in ihre Lungen zu ziehen, um es zu beenden.

Sophie würde nie erfahren, was mit ihr geschehen war. Duval würde gewinnen.

Der Gedanke riss sie aus der friedlichen Benommenheit heraus. Sie trat schwach um sich, aber alle Kraft war aus ihren Gliedern gewichen. Eine verzweifelte Lethargie zerrte an ihr. *Merde*. Sie hatte zu lange gewartet. Die Dunkelheit stürmte auf sie zu, und sie gab sich ihr mit einem Gefühl wütender Akzeptanz hin.

Jemand ohrfeigte sie. Einmal, zweimal.

Sie beugte sich vor, würgte und spuckte Wasser auf den Boden. Ihr Magen und ihre Lungen krampften. Schmerz. Die Wache trat angewidert zurück und ließ sie auf den Boden fallen. Ihr Kopf schlug gegen die Steinplatten, und sie krümmte sich schluchzend. Ihre Kehle war rau. Alles tat weh.

Sie hörte die Bewegung der Stiefel, gedämpfte Schläge und Stöhnen, als Nic erneut attackiert wurde. Sie schloss die Augen und zwang sich dazu, alles zu vergessen.

„Denkt darüber nach“, sagte Daumier und schloss die Tür. „Ich bin bald wieder da.“

KAPITEL 35

Nics Kopf dröhnte.

Er fuhr mit der Zunge über die Zähne und überprüfte, ob eventuell welche kaputt waren, schob sich dann in eine sitzende Position und zuckte bei dem stechenden Schmerz in den Rippen zusammen. Er ließ seinen Kopf wieder gegen die Wand fallen und zerrte erneut an den Ketten, grübelnd und wütend, versuchte er sie von den Wänden zu reißen, als ob Wut allein ihm die übermenschliche Kraft verleihen könnte, die nötig wäre, um sie aus dem Stein zu reißen. Alles, was er für seine Bemühungen bekam, waren blutige Handgelenke.

Marianne lag zusammengerollt auf der Seite mit dem Rücken zu ihm. Aber sie lebte, Gott sei Dank. Zumindest im Moment.

Ein Zittern erstreckte sich über ihren kleinen Körper. Ihr nasses Haar klebte an der Rückseite ihres

Schädels. Nic wollte, dass sie sich bewegte, dass sie aufblickte, damit er den Schaden beurteilen konnte.

„Marianne."

Sie bewegte sich nicht.

„Sieh mich an. Bist du verletzt?" Seine Stimme war schroff, fast anklagend, und er dämpfte seinen Tonfall. „Kannst du dich bewegen?"

Sie schüttelte den Kopf. Ihr dumpfes Wimmern drang in sein Herz.

Als sie sich schließlich umdrehte, hätte Nic den leeren Blick in ihren Augen anschreien können. Sie waren vor Schmerz getrübt, benommen und verschwommen. Ein hässlicher roter Fleck entstellte ihren Wangenknochen, und ihre Unterlippe war gespalten und an der Stelle, an der sie geohrfeigt worden war, bereits geschwollen.

Die Wut kochte wie Säure in seinen Adern und er fügte diese Verletzungen der mentalen Liste der Gründe hinzu, warum er diese Bastarde töten wollte. Langsam. Einen nach dem anderen. So hatte er sich auch gefühlt, als er hörte, dass Tony getötet worden war. Er konnte fühlen, wie seine zivilisierte, kultivierte Fassade bröckelte, um die wahre Dunkelheit darunter zu offenbaren. Er wollte jedem Mann, der sie berührt hatte, die Kehle herausreißen. Die Wut war ein langsames Brennen in seinem Blut. Es fühlte sich stärkend und hilfreich an. Er akzeptierte sie, ließ sie durch seine Adern fließen wie teuren, kräftigen Branntwein.

Marianne schaffte es, sich aufzusetzen und auf ihrem Hintern über die Steinplatten auf dem schmutzigen Boden zu rutschen. Sie sah aus wie ein Schornsteinfeger, ihr Gesicht war trotz des Eintauchens immer noch mit Ruß verschmiert. Ohne ein Wort zu sagen, hob er den Arm, damit sie darunter in seine Ketten passte, und sie kauerte sich fraglos an ihn, als wäre es die natürlichste Sache der Welt. Ihr Kopf schmiegte sich in die Beuge seiner Schulter.

Sein Seufzer kam aus seinem tiefsten Inneren. „Wir hätten schon längst auf dem Weg nach Paris sein sollen."

Sie gab ein seltsames Geräusch von sich, irgendwo zwischen einem Schluchzen und einem Stöhnen, und sie verschmolz noch mehr mit ihm und vergrub ihr Gesicht in seinem Hemd. Sie fühlte sich so zerbrechlich an, so klein und zart. Seine Brust schmerzte. Er wollte seine Arme befreien, damit er sie richtig umarmen konnte.

„Du hättest verschwinden sollen, als du die Chance dazu hattest. Was hat es für einen Sinn, dass wir beide hier drin sterben?" Ihre schroffe kleine Stimme klang dumpf an seiner Schulter.

„Wir werden nicht sterben."

„Doch, das werden wir." Sie hob den Kopf und starrte ihn an, ihre Augen leuchteten in der Dunkelheit, ihre Pupillen waren riesig. „Hier haben sie den Duc D'Enghien hingerichtet, nicht wahr?"

Er konnte sie nicht anlügen. Alles, was er ihr sagen konnte, war die harte, ungeschminkte Wahrheit. „Ja. Sie haben ihn an der Wand neben einem fertig gegrabenen Grab erschossen."

„Sie werden *uns* erschießen, nicht wahr?"

„Wahrscheinlich."

„So will ich nicht sterben." Sie biss sich auf die Lippe. „Ich dachte immer, ich sei stark. Dass ich jede Menge

Schmerzen ertragen könnte. Aber ich bin so schwach." Ihre Stimme brach.

„Du bist der mutigste Mensch, dem ich je begegnet bin", sagte er und bemerkte erschrocken, dass er es ernst meinte.

Sie schüttelte den Kopf. „Nein, das bin ich nicht. Wirst du etwas für mich tun?"

Der Blick in ihren Augen ängstigte ihn. „Was?", fragte er misstrauisch und fürchtete bereits ihre Antwort.

„Du hast schon mal Menschen getötet, nicht wahr?"

Oh, Mist. Er wusste, worauf sie damit hinauswollte. „Nein", murmelte er, um zu verneinen, was sie von ihm verlangte und nicht die Frage selbst.

Metall klimperte, als sie seine Hand in die ihre nahm und mit ihren Fingern über die Wölbungen seiner Knöchel fuhr, als wolle sie deren Tödlichkeit abschätzen. Nic wollte schreien. Da war ein Kloß in seiner Kehle. Sie hob seine Hand an ihre Wange und rieb sich wie eine Katze an ihm. Seine Faust öffnete sich von selbst, so dass er ihr Gesicht umschmeichelte. An seinen Fingerknöcheln klebte Blut.

„Das kannst du mir doch ersparen, oder? Du kannst mich töten?" Sie formulierte es als Frage, nicht als Aussage. „Bitte. Ich wette, du kennst hundert verschiedene Wege, es zu tun. Ganz ohne Schmerzen."

Er verschloss die Augen angesichts des Flehens in ihrem Gesicht.

„Ich meine", zögerte sie, „Du könntest mir das Genick brechen und ich wäre tot, bevor ich auf dem Boden aufschlage". Sie drehte sich um, so dass seine Hand um ihre Kehle rutschte.

Er stellte sich vor, ihren Hinterkopf und ihren Kiefer mit seinen Händen zu packen und zu verdrehen, genau wie sie es sagte. Er könnte sie mit einem einzigen Ruck töten. Der Gedanke ließ ihn würgen.

„Oder vielleicht kannst du mir einfach deine Finger an den Hals drücken?"

Sie drückte seine Hand gegen ihre Haut, verwandelte sie in eine Liebkosung, eine grobe Parodie der Gewalt. Ihr Herzschlag flatterte unter seinen Fingerkuppen. So warm, so weich. So nachgiebig.

„Das würdest du für mich tun, nicht wahr?", flüsterte sie.

„Nein", sagte er kurz und blickte zu ihr hinunter. „Das würde ich nicht."

Ihre Augen weiteten sich, als hätte er sie beleidigt. Sie wich mit einem finsteren Blick zurück. „Du wirst mich nicht töten?"

„Nicht mal, wenn du auf Knien darum betteln würdest."

„Du hättest es lieber, wenn ich erschossen würde?" Ihr Tonfall war ungläubig.

„Auf jeden Fall."

Nic beobachtete, wie sich die Wut in ihrem Gesicht sammelte, und fühlte ein fast überwältigendes Gefühl der Erleichterung. Dieser gebrochene, gespenstische Blick, den sie hatte, als sie sich zum ersten Mal umgedreht hatte, war wie ein Tritt in die Eingeweide gewesen. Sie hatte ausgesehen wie ein geprügelter Welpe. Erschüttert. Besiegt. Wut war viel besser. Er musste sie verspotten, sie verdammt nochmal aufbringen, um sie am Leben zu erhalten.

„Gibt es sonst noch etwas, Madame?“ Er hielt seinen Ton absichtlich leicht. „Welche Dienste, außer Mord, könnte ich Ihnen anbieten?“

Ihr Blick war unbeirrbar direkt. „Die Soldaten werden mich vergewaltigen, bevor sie mich töten.“ Sie sagte es ruhig und emotionslos.

„Das werde ich nicht zulassen“, knurrte er.

„Du bist an die Wand gekettet. Du wirst nicht in der Lage sein, sie aufzuhalten.“ Ihre Augen blickten in seine. Sie hob ihr Kinn. „Wenn ich sterbe, will ich eine schönere Erinnerung als diese mit ins Grab nehmen.“

Wut pulsierte durch seine Adern, vermischt mit einer seltsamen, ergreifenden Verzweiflung. Er wollte sie erwürgen und sie gleichzeitig küssen. Was für eine absurde, mutige, lästige Frau.

Sein Herz klopfte in seiner Brust. „Lass mich das ganz klar ausdrücken“, sagte er langsam. „Willst du, dass ich dich ficke?“ Er benutzte das plumpe Wort absichtlich, nur um sie anzustacheln. Sie brauchte die Ablenkung. „Hier und jetzt, in dieser stinkenden Gefängniszelle?“

Ihre Kehle bewegte sich, als sie schluckte, und er sah zu, wie Vorsicht, Verlegenheit und Trotz über ihr ausdrucksstarkes Gesicht huschten. „Ja.“

Nic unterdrückte einen Lachanfall. Gott, er liebte ihre Stärke. Er schüttelte den Kopf. Sie war wunderbar. Tapferer als jeder Mann, mit dem er je gearbeitet hatte. Sie war ihm an Gerissenheit und Talent ebenbürtig.

„Du denkst, ich bin so gut, dass ich das Elend unserer Situation verdrängen kann“, sagte er, und mit der ihm wohlbekannten Stimme reduzierte er selbst die anspruchsvollsten Matronen der gehobenen Gesellschaft auf zitternde Häufchen der Begierde. „Dass ich dich sogar *an eine Wand gekettet* alles vergessen lassen könnte?"

Er konnte es, dachte er, mit einem Hauch von Arroganz. Er konnte die Dunkelheit, die erdrückende Verzweiflung ausblenden. Er konnte sie ihren eigenen verdammten Namen vergessen lassen. Mein Gott, er wollte es. Er zwang sich zu einem Lächeln, von dem er wusste, dass es sie eher irritieren würde. „Ich bin gut, Süße, aber nicht *so* gut."

„Nicolas, bitte."

Nic schloss seine Augen. Sie hatte noch nie seinen Namen ausgesprochen. Jetzt, als er ihn zum ersten Mal von ihren Lippen hörte, ein Plädoyer, ein Versprechen, entmannte es ihn fast. Sie war wie geschaffen für seidene Laken. Für einen Palast oder ein Château, nicht für schmutziges Stroh und eine stinkende Pritsche. Er wollte sie dort sehen, wo sie geboren worden war: in einem glitzernden Ballsaal, in Seide gehüllt, ihr anmutiger Körper wirbelnd in einem Walzer. Er wollte sie in Diamanten sehen und sonst nichts. Nackt und strahlend, nur für ihn.

Sie beugte sich nach vorne. Ihr durchnässtes Hemd war praktisch durchsichtig. Er konnte ihre Brustwarzen durch den Stoff hindurch ganz deutlich sehen, dunkel und von der Kälte perlend. Und er musste sich zusammenreißen, um nicht sein Gesicht in ihr zu vergraben, seinen Mund über sie gleiten zu lassen und sie mit seinem Atem zu wärmen.

Sein Schwanz pulsierte beharrlich. Dafür, dass er

schon so lange aushielt, verdiente er eine Medaille. Es sollte eine Auszeichnung „Für außerordentliche Zurückhaltung unter äußerster Bedrängnis und äußerster Provokation“ geben. Das hörte sich gut an. Passend heldenhaft. Das, oder eine verdammte Heiligsprechung.

Was wäre, wenn dies *wirklich* ihre letzte Nacht auf Erden wäre? Wenn er sterben würde, würde er eine Ewigkeit in der Hölle schmoren und die Tatsache verfluchen, dass er sie nie auf ihr Angebot eingegangen ist.

Nein. Er weigerte sich, dieses Ergebnis zu akzeptieren. Sie sollte seine Belohnung dafür sein, dass er sie beide lebend hier rausgebracht hat. Sein Stöhnen kam von ganzem Herzen. „Wir können nicht, *Chérie*. Nicht hier.“ Seine Ketten klirrten, als er eine Strähne tropfender Haare hinter ihr Ohr steckte. „Dein erstes Mal sollte nicht in einer stinkenden Gefängniszelle sein.“

„Wo *soll* es denn sein?“, sagte sie mit einem Hauch von Schärfe. „Weil es nicht so aussieht, als hätte ich viele Alternativen.“

Ah, dieses Spiel konnte er spielen. Er hatte nur ungefähr eine Million Mal daran gedacht.

Nic schloss seine Augen und gab sich der Fantasie hin. Er stellte sie sich in seinem Kinderzimmer vor, damals in England, dem sichersten Ort, den er sich vorstellen konnte. „Ein Landhaus. Ein Grand Château. Irgendwo mit Seide an den Wänden, Satinvorhänge an den Fenstern. Spiegel und Gemälde, Bernstein und Marmor, Ormolu und Gold.“

„Und was würde in diesem Raum geschehen?“ Ihre Stimme war kaum ein Flüstern. „Wenn du es wärst, in diesem Zimmer mit mir.“

Er schob sein Gesicht nach vorne, so dass ihre Nasen sich beinahe berührten. „Ich würde dich ausziehen. Langsam. Ich würde dich auf die Decke legen und dein Haar auf dem Kissen auffächern. Und dann würde ich jeden Zentimeter von dir küssen." Er hörte ihren schnellen Atemzug und ignorierte ihn. Der Schauer, der sie durchströmte, hatte nichts mit der zugigen Zelle zu tun, sondern nur mit der Lust. „Ich würde meine Hände benutzen. Und meinen Mund. An dir. *In* dir. Bis du mich anflehtest, es zu beenden."

Ihre Lippen öffneten sich schockiert, und ihre Augen waren weit und verdutzt.

„Und wenn du es keine Sekunde länger aushältst, bedecke ich dich mit meinem Körper und ..."

Nic schüttelte ungläubig den Kopf. Ihr Leben konnte wahrscheinlich an einer immer geringer werdenden Zahl von einzelnen Atemzügen gemessen werden, und hier war er dabei, unanständig mit ihr zu reden. Und verdammt, wenn er nicht so erregt wäre wie sie. Bei diesem Tempo würde er wie ein geiler Schuljunge in seine Reithose kommen, ohne sie auch nur zu berühren.

„Und ...?", flüsterte sie atemlos.

Er verdrängte die erotischen Bilder, die sein Gehirn verbrannten, und setzte ein unschuldiges Lächeln auf seine Lippen. „Leider, Cherie, müssen wir uns, bis wir hier rauskommen, mit einem Kuss begnügen."

Sie blinzelte langsam, als käme sie aus einer Trance. „Ein Kuss?" Ihr Tonfall war eindeutig enttäuscht. Er nickte.

Sie hob ihr Gesicht zu seinem. Ihre Wimpern flatterten nach unten. Ihre Lippen teilten sich erwartungsvoll.

Er drückte einen Kuss auf die Spitze ihrer geschwärzten Nase.

Ihre Augen rissen auf, ihr Ausdruck war so komisch, dass er fast lachte. In ihren Augen blitzte Feuer auf. Und dann beugte sie sich vor, griff nach der Vorderseite seines Hemdes und presste ihren Mund auf seinen.

Verdammt! Das erste Mal hatte sie einen Kuss initiiert, und er war nicht einmal frei, um ihn zu genießen. Ihre Lippen drückten seine ungeschickt, und er unterdrückte ein Stöhnen über ihre Süße, ihre Sanftheit. Nic öffnete seinen Mund und vertiefte den Kuss, indem er sich enger zusammenzog und an seinen Ketten zog, ohne auf den Schmerz zu achten. Der augenblickliche Schmerz verlor sich in der Herrlichkeit ihrer Lippen. Er wollte sie kosten, alles an ihr, sehnte sich danach wie ein hungernder Mann. Sie war wie ein dreifacher Schuss Branntwein direkt in die Venen. Er gestattete sich die kurze, anschauliche Phantasie, sie zu Boden zu stoßen, diese dumme Reithose auszuziehen und sich in ihr zu vergraben.

Oh Gott, ja.

Er zog sich zurück, und ihr leises Jammern über die Zurückweisung spiegelte genau seine eigenen Gefühle wider. Sein Atem war flach, als er seine Stirn gegen ihre lehnte. „Liebes, das ist keine Zurückweisung", keuchte er in ihren Mund. „Es ist nur eine Verschiebung, das schwöre ich. Wenn wir hier rauskommen, werde ich dir zeigen, wie gut es sein kann."

Sie huschte mit einem widerwilligen Seufzer zurück,

als ob sie realisiert hätte, dass Nähe keine gute Idee wäre. Er stellte mit Genugtuung fest, dass auch ihr Atem nicht gerade gleichmäßig war.

Seine Worte schienen schließlich ihren vernebelten Verstand zu durchdringen. „Warte. Wir kommen hier raus?" Erneuerte Hoffnung blitzte in ihren Augen auf. „Wie? Hast du eine Waffe? Kannst du die Schlösser knacken?"

„Nein."

„Kommt jemand, um uns zu retten?"

„Nein."

Ihr Gesichtsausdruck trübte sich erneut. „Wir werden die Wachen einfach bitten, uns gehen zu lassen, anstatt uns zu exekutieren, oder?", sagte sie sarkastisch. „Ich bin sicher, sie werden sich fügen."

Nic unterdrückte ein Grinsen über ihre herbe Rückkehr zu alter Form. „Eigentlich, ja. Das ist genau das, was wir tun werden. Du wirst deine weiblichen Verführungskünste einsetzen."

„Ich *habe* keine weiblichen Verführungskünste."

KAPITEL 36

„Du bist eine Frau und du atmest. Das ist so ziemlich alles, was sich Männer wünschen."

Marianne zuckte bei Valettes schwachem Versuch eines Scherzes zusammen. Er hat es nicht verstanden. Sie zierte sich nicht nur. Sie *konnte* wirklich nicht tun, was er wollte.

„Du weißt, was Duval mir angetan hat", sagte sie, ihre Stimme war ein gequältes Flüstern. Ihr Gesicht erhitzte sich. „Er konnte nicht ... weil ich nicht attraktiv genug war." Sie lachte brüsk und ließ ihr Gesicht in ihre hochgezogenen Knie sinken. „Ich weiß. Ich sollte dankbar sein, dass er mich nicht vergewaltigt hat. Aber ein Teil von mir war tatsächlich *beleidigt*, dass er mich nicht anziehend fand!" Sie stöhnte verzweifelt auf. „Das ergibt doch keinen Sinn, oder? Ich muss verrückt sein."

Valette schwieg schrecklich lange. Sie fuhr fast aus der Haut, als er nach ihr griff und ihr Kinn mit seinem Finger nach oben kippte und sie zwang, ihn anzusehen.

„Es ist nicht deine Schuld." Seine Stimme war sanft, sogar leicht amüsiert.

Sie drehte ihren Kopf weg. „Ich weiß."

„Es ist nicht deine Schuld", wiederholte er geduldig. „Hör mir zu. Ich kann nicht glauben, dass du so dumm warst, zu glauben, was er dir erzählt hat."

Ihr Magen flatterte, obwohl er sie im Grunde genommen beleidigt hatte.

„Hast du wirklich die ganze Zeit gedacht, dass du hässlich bist, nur weil irgendein impotenter Bastard dich sexuell manipuliert hat?" Er schüttelte den Kopf. „Hast du in diesem Bordell nichts gelernt? Wenn ein Mann getrunken hat, könnten die feinsten Flittchen der Christenheit nackt vor ihm tanzen, und er bekommt ihn trotzdem nicht hoch."

Marianne nahm seine Worte in einem hoffnungsvollen Schweigen auf.

„Was Duval tat, hatte nichts mit dem Liebesspiel zu tun. Es war nicht einmal Sex. Es war eine Strafe. Er hat dich missbraucht."

Ihr Gehirn wusste, dass er Recht hatte. Aber ihre Seele schämte sich immer noch. „Aber ich habe dem zugestimmt. Das macht mich zu einer Hure. Im Geiste, wenn nicht sogar tatsächlich. Ich war bereit, mit ihm zu schlafen."

„Um deine Schwester zu retten", sagte er. „Zur Hölle, ich würde wahrscheinlich auch als Hure arbeiten, wenn ich glaubte, dass es jemanden aus meiner Familie verschonen würde." Er streichelte mit dem Daumen über ihren Wangenknochen, seine Berührung war lähmend zärtlich.

Sie riskierte einen Blick zu ihm hinauf. „Es war nicht nur Duval, der mich nicht attraktiv fand. Auch im Zirkus hat mir nie jemand den Hof gemacht."

Er betrachtete sie mit Erstaunen. „Großer Gott, Frau, hast du keine Augen? Laurent und Henri sind wie zwei feuerspeiende Drachen, die jeden abschrecken, der sich dir nähert!" Sein Lächeln wurde boshaft. „Ich war schon oft im Publikum, während du aufgetreten bist. Glaub mir, es fehlte nicht an suggestiven Kommentaren, die zwischen den Herren über dich ausgetauscht wurden."

„Wirklich?", atmete sie, skandalös erfreut.

„Wirklich.", sagte er feierlich. „Das meiste davon kann man nicht wiederholen."

Sie errötete, absurd erfreut.

„Und erinnerst du dich nicht an diese Farce mit der Auktion? Das Gebot war erfreulich hoch, bevor ich einsprang und die Auktion beendete."

Daran hatte sie nicht gedacht. Trotzdem hat er es wahrscheinlich nur gesagt, damit sie sich besser fühlte. Zumindest klang es nicht so, als hätte er Mitleid mit ihr. Sie hasste Mitleid noch mehr, als sie Schwäche hasste. „Nicht so hoch, wie es für Sophie war." Sie sah sich gezwungen, darauf hinzuweisen.

„Die meisten Männer haben nicht mein Urteilsvermögen." Er neigte ihr Kinn nach oben. „Sex sollte nicht wehtun", flüsterte er ihr zu. „Er sollte... außergewöhnlich sein."

Ihr gelang ein zynisches Schnaufen, obwohl ihr Herz unangenehm schnell schlug. „Außergewöhnlich?", höhnte sie.

Er hielt ihrem Blick stand. „Ja."

Seine Blicke machten sie nervös. Es war, als könne er in jede dunkle Ecke blicken, als würde er in ihrer Seele lesen. Sie zog sich mit einem zitternden, resignierenden Seufzer zurück. „Gut. Was muss ich tun?"

Er zeigte ihr seinen anzüglichsten Blick. „Benutze deine Vorstellungskraft. Zeig deine Titten. Zeig etwas Bein."

„Sie werden nicht einmal einen zweiten Blick darauf werfen", sagte sie mürrisch.

Er packte sie am Kinn. „Hab Vertrauen, Kleines. Du unterschätzt deinen Reiz bei weitem." Seine Ketten klirrten, als er seine Hand über sein Herz legte. „Fatal. Sie kommen bald wieder, um nach uns zu sehen, und du musst dich aus diesen Fesseln befreien."

Sie schoss ihm einen verzweifelten Blick zu. „Wie genau? Feenmagie?"

„Entspann deine Hand. Nein, mach keine Faust." Er hob ihre Hand auf und hielt sie in seiner, die viel größer war. „Nun richtest du deine Finger auf und hältst sie eng zusammen. Siehst du? Diese sind für alle Größen gleich. Ich kann mich nicht befreien, aber deine Hände sind so klein, dass sie aus ihnen herausrutschen können, wenn du sie nur ein wenig bewegst."

Marianne tat, was er sagte, und zerrte an ihrer Hand. Das tat weh. Die enge Metallmanschette schnitt in ihre Haut ein und kratzte an ihren Knöcheln, aber er hatte nicht gelogen. Nach ein paar weiteren Versuchen sprang ihre Hand frei.

Schmerz schoss ihr durch die Schultern. Sie ließ das Blut in ihre Hände zurückfließen, wobei sie ihre Finger gegen das kribbelnde, brennende Gefühl bewegte. Dann legte sie ihre Hand auf ihre Brust und schaute ihn missmutig an, als ob es irgendwie seine Schuld gewesen wäre.

Er rüttelte an seinen Ketten und schoss ihr einen heißen Blick unter seinen Wimpern hervor. „Weißt du, manche Leute *bezahlen* tatsächlich für so etwas."

„Was?"

„Sie bitten darum, angekettet zu werden, und haben eine Freude daran."

Eine Hitzewallung knisterte auf ihrer Haut, als sie seine Andeutung erkannte. Sie erinnerte sich an Flüstergespräche in Montausier über Klienten, die gerne bestraft, gezügelt oder sogar ausgepeitscht werden wollten. Sie hatte den Reiz nie verstanden, aber jetzt, mit seinen Augen auf ihr, schossen ihr alle möglichen bösen Gedanken durch den Kopf. Der Gedanke, die Kontrolle über ihren Körper an eine andere Person abzugeben, war absolut beängstigend. Und doch konnte sie zum ersten Mal sehen, dass es auch seltsam befreiend sein konnte, jemandem so viel Vertrauen zu schenken.

Eine Tür knallte. Gestiefelte Füße begannen, die Stufen hinabzusteigen. Beide erstarrten.

„Schnell, aufs Bett!", zischte Nic.

Marianne kletterte auf die Pritsche und legte ihre Hände so, dass es aussah, als sei sie noch angekettet. Nic ließ sich an die Wand fallen, streckte sich aus und tat so, als sei er bewusstlos. Ihr Herz hämmerte verängstigt.

Was in aller Welt sollte sie tun? Sie hatte nicht die leiseste Ahnung, wie man jemanden verführt.

Sie versuchte, sich all die Tricks zu merken, die ihr die Mädchen in Montausier versucht hatten beizubringen. Sie zerrte an der Öffnung ihres nassen Hemdes, um die obere Wölbung ihrer Brüste freizulegen, und lehnte sich mit dem Rücken gegen die Wand in einer, wie sie hoffte, verführerischen Pose.

Das war lächerlich. Sie sah aus wie eine ertrunkene Ratte, die mit Schlamm bedeckt war.

Ihr Anblick veranlasste die einzelne Wache jedoch zu einer Pause am Fuße der Stufen. Ermutigt schickte sie ihm einen flehentlichen Blick durch die Gitterstäbe. „Bitte, Monsieur. Lassen Sie mich gehen. Ich habe nichts verbrochen." Sie ließ ihre Augen über seinen dünnen Körper schweifen und verweilte auf seinem Schritt. „Ich tue... was immer Sie wollen."

Der Mann blickte zu Valette hinüber und dann hinter ihm die Treppe hinauf, als ob er sein Glück kaum glauben konnte. Ein langsames Lächeln zerknitterte sein kantiges Gesicht. „Ist das so?", lächelte er und trat näher an die Zelle heran. „Was immer ich will, ja?"

Marianne nickte. „Ich bin nur seine Hure. Ich arbeite im Montausier. Im Palais Royale."

Sie konnte an seinem Gesichtsausdruck erkennen, dass er davon gehört hatte. Jeder in Paris hatte davon gehört. Sie schmollte mit der Unterlippe. „Ich verspreche, dass es sich für Sie lohnen wird."

Mit einem letzten Blick auf die Treppe stellte der Soldat seine Laterne ab und schloss die Zellentür auf. Er schlüpfte hinein, machte einen großen Bogen um Valette, schloss aber die Tür hinter sich nicht ab, vermutlich im Vertrauen darauf, dass weder sie noch Valette eine Gefahr darstellten, während sie angekettet waren.

Marianne drückte sich mit dem Rücken gegen die Wand, als er auf sie zukam, jeder Instinkt riet ihr zur Flucht. In den Augen des Mannes lag ein Schimmer kranker Erregung, der sie stark an Duval erinnerte.

„Dann zeig mir, wie dankbar du sein kannst", knurrte er.

Er blieb am Rand der Pritsche stehen und streckte die Hand aus, um ihre Brust zu streicheln. Marianne schauderte bei der abstoßenden Berührung und keuchte, als er mit den Fingern kräftig zudrückte. In ihrer Kehle stieg Galle auf, als sie seinen Geruch wahrnahm, eine abscheuliche Mischung aus fettigem Essen und ungewaschenem Körper. Er fuhr ihr mit den Fingern durchs Haar und zwang ihren Kopf mit der einen Hand nach unten, während er mit der anderen Hand in seiner Reithose herumfummelte. Marianne winselte unfreiwillig aus Protest.

„Halt die Klappe, du kleine Schlampe", zischte er. Seine Reithose und sein Gürtel fielen mit einem heftigen Aufprall zu Boden.

Marianne schloss die Augen, ballte die Faust und schlug ihm zwischen die Beine, so fest sie konnte. Der Soldat stieß ein dumpfes, qualvolles Stöhnen aus. Er kippte um, stolperte über seine Reithose und brach in einem sich windenden, fluchenden Knäuel zusammen.

Widerliches Schwein.

Marianne stand auf und schlug ihn mit dem losen Ende der Fesseln. Das Metall erzeugte einen schrecklichen Aufschlag, als es seinen Kopf traf, aber er verstummte augenblicklich. Sie klatschte mit der Hand über ihren Mund, entsetzt über das, was sie gerade getan hatte.

Aus der Ecke ertönte ein Glucksen. „Gute Arbeit", sagte Valette. „Du bist ein Naturtalent. Jetzt schnapp dir die Schlüssel und befrei mich."

Marianne riss dem Gefängniswärter die Schlüssel aus dem Gürtel und wandte ihren Blick von der nackten unteren Hälfte des Mannes ab. Er verdient einen wunden Kopf. Sie kniete vor Valette nieder und öffnete seine Handfesseln. Er nahm ihr den Schlüssel ab und schloss seine eigenen Fußfesseln auf, fing dann ihre Hand und ließ ihr anderes Handgelenk los. Sobald sie frei war, zog er sie in seine Arme für eine erdrückende Umarmung. Sie nahm sie willig entgegen. Er legte seine Wange auf ihren Kopf.

„Gut gemacht, Kleines."

„Ist er tot?", flüsterte Marianne und nickte dem Soldaten auf dem Boden zu.

Valette beugte sich vor und drückte zwei Finger seitlich an den Hals des Mannes, dann nahm er das Messer aus seinem Gürtel. „Keine Angst, du hast ihn nicht getötet." Er drückte die Klinge in ihre zitternden Hände und trat aus der Zelle heraus. „Hier. Nimm das. Lass uns gehen."

KAPITEL 37

Valette löschte das Licht der Laterne und führte sie am Fuße der Treppe zurück in den Schatten. „Da kommt jemand!", murmelte er ihr ins Ohr.

Marianne konnte angesichts des hektischen Pochens ihres eigenen Herzens kaum etwas hören. Eine zweite Wache trat in den Korridor, und sie drückte sich mit dem Rücken an die Wand, als Valette sich vorwärts stürzte. Der Mann gab ein überraschtes Grunzen von sich und taumelte, als Valette ihn schlug, aber er ging nicht zu Boden. Die beiden fielen in einem Gewirr von Schlägen und Tritten zu Boden.

Es war so dunkel, dass Marianne kaum sehen konnte. Sie hörte nur das Scharren der Füße, dumpfe Grunzlaute und Flüche. Die Wache war ein großer Mann, offensichtlich an Kämpfe gewöhnt, und sie hob das Messer, um Valette zu helfen, war aber zu ängstlich, ihn versehentlich zu verletzen. Blinzelnd sah sie, wie er sich auf seinen Gegner setzte und ihm einen brutalen Schlag auf den Kiefer versetzte. Der Kopf des Soldaten schlug mit dem Rücken gegen den Stein, aber er stieß Valette mit einem wütenden Knurren von ihm ab. Er tastete nach der Pistole an seiner Hüfte, aber Valette schlug sie beiseite und warf sie klappernd durch die Gitterstäbe der Zelle.

Die Augen des Soldaten weiteten sich, als Valette ihm von hinten den Arm über die Kehle legte. Beide fielen schwer gegen die Wand. Der Soldat schnappte nach Luft, verdrehte sich und wehrte sich. Es schien endlose Sekunden zu dauern, bis sein großer Körper schlaff wurde und er nach vorne kippte. Valette senkte den schlaffen Körper auf den Boden und kippte um. Auch er atmete schwer.

Alles war in fast völliger Stille geschehen. Marianne bemerkte, dass sie zitterte, ihr Atem kam ungestüm und stockend. Valettes lässige Brutalität war erschreckend.

Ein Geräusch aus der Zelle veranlasste sie dazu, sich umzudrehen. Die erste Wache hatte das Bewusstsein wiedererlangt. Er stürzte sich auf sie zu, Blut strömte aus seiner Schläfe, sein Gesicht mordlüstern. In einem schrecklichen Moment der Klarheit registrierte Marianne die Pistole in seiner Hand, hörte den Hammer klicken, als er sie mit seinem Daumen spannte und auf Valette zielte. Sie dachte nicht nach. Sie fiel auf ein Knie und warf den Dolch, bevor er schießen konnte. Der Mann krümmte sich und fiel.

Sie verharrte erstarrt in ihrer Hocke, ihre Augen klebten an dem Mann auf dem Boden. Er bewegte sich nicht. Ein tiefes Schaudern schien ihre Glieder erfasst zu haben. „Oh, mein Gott. Ist er tot?“

Valette stieß von der Wand ab, trat an ihr vorbei, warf einen Blick auf den Dolch, der aus der Brust des Mannes ragte, und stieß ihn mit dem Fuß an. „Sehr", sagte er trocken. Er streckte seine Hand aus, um ihr hoch zu helfen.

Ihr Bauch wurde schwer. „Ich habe ihn getötet."

Er klopfte ihr auf die Schulter, um sie zu zwingen, ihre Augen von der Leiche zu nehmen. „Es war er oder ich. Du hast die richtige Wahl getroffen."

Sie hatte einen Mann getötet. Ihr Atem war zu schnell. Sie war im Begriff, sich zu übergeben. Ihre Finger wurden taub. Sie ließ den Kopf fallen und stützte sich mit beiden Händen auf die Knie.

„Atme, Chérie." Valette zog sie auf die Füße, schlang seine Arme um sie und zog sie in eine enge Umarmung, in der er sie mit all seiner Kraft und Wärme einhüllte. Sie strömte wie eine Welle durch sie hindurch. „Denk nicht daran."

Seine Stimme klang, als käme sie von weit her. Sie hatte einen Mann getötet. War er der Ehemann von jemandem? Jemandes Vater? *Oh Gott ...*

„Hey! Sieh mich an." Valette nahm ihren Kopf grob zwischen seine Hände und riss sie aus ihrem Elend. Er zwang ihr Gesicht nach oben zu seinem. „Hör auf, darüber nachzudenken. Sonst explodiert dir der Kopf. Kann man es rechtfertigen, einen Mann zu töten, um einen anderen zu retten? Ich weiß nicht. Aber eins kann ich dir sagen: Ich bin verdammt froh, dass du das Messer geworfen hast." Er dämpfte seine Stimme. „Du hast mir das Leben gerettet, Marianne. Ich werde auf ewig in deiner Schuld stehen." Er ließ sie frei und ging voraus. „Komm schon."

Am oberen Ende der Treppe deutete er an, sie solle zurückbleiben. Er schlich vorwärts, und sie hörte ein Grunzen und ein Keuchen, dann einen unheilvollen Aufschlag, als ob jemand einen schweren Sack Mehl auf den Boden hatte fallen lassen. Er tauchte wieder auf und winkte sie weiter.

Marianne blinzelte, als sie in den Hof hinaustraten. Sie hatte jegliches Zeitgefühl verloren. Es war immer noch dunkel, aber sie dachte, es müsse kurz vor der Dämmerung sein. Sie blickte auf den schwachen Mond. Wenigstens hatte es aufgehört zu regnen.

„Die Ställe sind dort drüben", flüsterte Valette. „Bleib hier. Ich komme gleich wieder."

Ihre Nerven schrien, während sie wartete. Sie erwartete Kampfgeschrei zu hören, aber er tauchte wieder auf und führte zwei gesattelte Pferde. Sie stieg auf das eine, und er reichte ihr die Zügel des zweiten und nickte in Richtung des inneren Tors, das ihnen den Weg versperrte.

„Ich werde mich darum kümmern."

Er schlich an einer Mauer entlang und verschwand. Sie wollte nicht daran denken, was er tat, um die Wachen zum Schweigen zu bringen. Sie hoffte nur, dass es nicht tödlich war.

Sobald sie hörte, wie sich das Tor öffnete, trat sie ihr Pferd und ritt an das Torhaus. Valette erschien im Torbogen. Marianne wurde kaum langsamer und vertraute darauf, dass er die Zügel ergreifen und sich auf das Pferd hinter ihr ziehen würde. Er schwang sich in einer einzigen fließenden Bewegung in den Sattel und schoss ihr ein piratenhaftes Grinsen zu, als sie unter dem Bogen hindurch polterten. „Laurent hat mir im Laufe der Jahre ein paar Tricks beigebracht. Jetzt duck dich und reite!" Er trieb sein Pferd geradewegs auf das letzte Wachhäuschen zu.

Das wütende Läuten einer Glocke hinter ihnen signalisierte, dass ihre Flucht entdeckt worden war. Rufe ertönten. Ein einsamer Soldat versperrte ihnen den Weg, aber Nic galoppierte direkt auf ihn zu, und der Mann sprang zur Seite, um nicht umgerannt zu werden. Er versuchte, Marianne an den Zügeln zu packen, als sie vorbeidonnerte, aber sie trat ihm in die Brust und schickte ihn in den Graben. Sie rasten über die Brücke und stürzten sich in die dunklen Schatten des Waldes.

Mariannes Herz klopfte wie wild. Das Tempo ihres Herzschlages entsprach dem rasenden Stampfen der Hufe ihres Pferdes. Sie klammerte sich an die Zügel, ihre Knöchel waren weiß und das Leder grub sich in ihre Handflächen. Ihr Pferd folgte Valettes blind und krachte durch das Gestrüpp. Sie konnte kaum sehen, wohin sie ritt. Wie aus dem Nichts tauchten Äste auf und Brombeersträucher krallten sich in ihre Beine. Es erforderte ihr ganzes Geschick, sich durch die Bäume zu winden und Valette nicht aus den Augen zu verlieren.

Der harte Klang eines Horns durchdrang die Luft, und er fluchte wild. „Dieser Daumier ist ein hartnäckiger Bastard."

Die Morgendämmerung nahte; der Himmel wurde mit jeder Minute heller. Hufschläge donnerten hinter ihnen, jetzt näher, als ihre Verfolger sich durch das

Unterholz kämpften und ein Ruf ertönte, als sie entdeckt wurden. Ihr Bauch machte einen Satz.

Marianne sprang über einen umgefallenen Baumstamm und hielt sich gerade noch im Sattel. Sie hörte eine Stimme „Stopp!“ rufen, dann hörte sie ein Knacken, wie einen abbrechenden Ast. Etwas zischte an ihrem Kopf vorbei.

Mère de Dieu! Sie schossen auf sie!

Ihr Pferd machte ein seltsames, keuchendes Geräusch. Es stolperte und landete mit der Nase im Dreck. Sie stieß ihre Füße von den Steigbügeln und sprang, als das Tier zusammenbrach. Sie rollte sich bei der Landung ab, schimpfte über den erneuten Schmerz in ihrem Knöchel, torkelte dann auf wackeligen Beinen auf und beugte sich vor, um gegen die Übelkeit zu anzukämpfen. Links von ihr tauchte ein Pferd aus dem Gebüsch auf, und sie stieß einen Schrei der Angst aus, der sich jedoch in einen erleichterten Aufschrei verwandelte, als sie den Reiter erkannte. „Oh, Gott sei Dank!“

Valette zog sie mit einer Hand nach oben und zog sie hinter sich. Marianne warf ihre Arme um seine Taille und drückte ihm ihre Wange auf den Rücken, während sie durch die Bäume rasten.

„Ich dachte, du hättest mich verlassen“, keuchte sie.

„Niemals.“

„Sie haben mein Pferd erschossen!“

„Besser das Pferd als dich“, grunzte er.

Es ertönten weitere Schüsse. Ein Baum zu ihrer Rechten explodierte in einem Splitterhagel, und etwas verbrannte ihre Wange. Valette griff in seinen Hosenbund und drückte ihr den Kolben einer Pistole in die Hand. „Schieß", sagte er.

Ein weiterer Schuss ertönte. Er zuckte mit einem dumpfen Fluch vorwärts und beugte sich tief über die Mähne des Pferdes. „Schieß!", befahl er noch einmal, eindringlicher.

Sie drehte sich im Sattel, zielte auf den nächsten Reiter und drückte ab. Die Waffe explodierte, und der Verfolger krümmte sich in einem dunklen Fleck am Boden.

Oh Gott!

Nic zerrte den Kopf des Pferdes scharf zur Seite und drängte es eine steile Böschung hinunter. Es rutschte auf seinen Hufen hinunter, wobei es Schlamm und Steine aufwirbelte. Dann lief es durch einen kleinen Bach und kletterte das Ufer auf der anderen Seite wieder hinauf. Die Soldaten versuchten, ihnen zu folgen, aber das frustrierte Aufheulen und das Geräusch fallender Körper ließen darauf schließen, dass nur einige wenige von ihnen erfolgreich waren.

Die Wälder blitzten in grün-braunen Schatten vorbei. Valette wob das Pferd in die Bäume und wieder heraus und hielt gelegentlich inne, um zu lauschen, bevor er in eine völlig andere Richtung weiterritt. Marianne betete, dass sie sich nicht im Kreis bewegten.

Und dann teilten sich die Bäume und enthüllten eine Mauer. Für einen schrecklichen Moment dachte sie, sie wären wieder zurück bei der Festung, aber es war nur die Ringmauer, die die alte Parklandschaft umschloss. Sie folgten ihr scheinbar kilometerweit, bis sie zu einem Abschnitt kamen, an dem die Mauer zusammengebrochen war. Der verbleibende Teil war immer noch über zwei Meter hoch, und Marianne betrachtete ihn bestürzt. Sicherlich konnte das Pferd mit zwei Personen auf dem Rücken nicht so hoch springen? Sie wollte gerade vorschlagen, dass sie absteigen und hinüberklettern sollten, als Valette das arme Tier vorwärtstrieb.

Marianne schloss ihre Augen und flüsterte ein Gebet. Der Mann war wahnsinnig. Sie würden es nie schaffen. Sie fühlte, wie sich die Hinterläufe des Pferdes zum Sprung bereitmachten, und beugte sich nach vorne und klammerte sich an Valettes Rücken. Ihr Herz rasselte, als einer der Hufe des Pferdes an den obersten Steinen streifte, und sie landeten mit einem markerschütternden Ruck auf der anderen Seite.

Innerhalb weniger Minuten fanden sie einen unwegsamen Pfad, der an einem kleinen Dörfchen vorbeiführte und sich dann mit der Hauptstraße in Richtung Paris verband. Der plötzliche Wechsel vom grünen Wald zur belebten Straße war irritierend. Als sie sich in die Menge einfügten, den Heuwagen und Lieferwagen, den Gänseschlägern und Spitzenhändlern ausweichend, erlaubte sich Marianne schließlich, sich zu entspannen. Schließlich wurde ihr klar, dass sie ihre Verfolger wirklich abgeschüttelt hatten.

Sie erwartete, dass Valette durch eines der südlichen Tore wieder in die Stadt zurückkehren würde, aber stattdessen überquerten sie die Seine und zogen nach Westen. Marianne sagte etwa eine Stunde lang nichts. Sie war zu benommen, um mehr zu tun, als sich einfach an Valette festzuhalten, aber als sie den verzierten

Eingang zum Bois de Boulogne erkannte, merkte sie sofort, dass er um halb Paris herumgeritten war.

Was tun wir hier?

Valette verlangsamte das Pferd und sie betraten den Park. Das arme Tier war erschöpft und schweißgebadet. Die Flanken des Pferdes bebten unter der Anstrengung, zwei Reiter statt einem zu tragen. Als sie zu einer abgelegenen Lichtung kamen, stieg Valette ab und ging weg, ohne ihr Hilfe anzubieten, so dass sie ohne Hilfe herunterrutschte. Ihre Beine waren so wackelig, dass sie ins Gras sank.

Valette stand immer noch mit dem Rücken zu ihr, also lehnte sie sich dankbar an einen Baum und blickte sich um, genoss die schiere, unwahrscheinliche Freude, am Leben und frei zu sein. Der gesprenkelte Wald sah nach dem Kerker so sauber und hell aus und funkelte mit dem Versprechen eines neuen Tages. Sie schloss die Augen und lauschte den Vogelstimmen, atmete den süßen Geruch von nassem Gras und Moos ein - all dies war umso kostbarer, weil sie nicht erwartet hatte, jemals wieder einen Sonnenaufgang zu erleben. Sie lachte zitternd und ungläubig.

Sie hatten es geschafft! Sie hatten es tatsächlich geschafft. Merde!

„Wo ist der Prinz?“, fragte sie plötzlich. „Der König? Wie auch immer du ihn nennst?“

Valette blickte auf, nachdem er das Pferd an einen Baum gebunden hatte. „Ich gab ihn an einen anderen Agenten weiter, als du die Wände hinuntergeklettert bist. Sie werden jetzt auf dem Weg nach Holland sein.“

Ein seltsames Gefühl der Ernüchterung erfüllte sie. *Das war es? Das Ende ihres verrückten Abenteuers?*

Was ist mit all den Dingen, die er gesagt hatte? Über Funken? Darüber, etwas dagegen zu unternehmen. Hatte er irgendetwas davon ernst gemeint?

Sie beobachtete ihn heimlich, während er das Pferd begutachtete, und freute sich böswillig über die Tatsache, dass seine schneidige Eleganz durch ihre Eskapade gründlich ruiniert worden war. Sein schwarzes Hemd hing ihm offen am Hals, und seine Stiefel waren abgewetzt und mit getrocknetem Schlamm bedeckt. Er sah jetzt aber noch gefährlicher aus, wie ein grober Rüpel, anrüchig und tödlich. Und immer noch kriminell hinreißend, trotz einer Schnittwunde über seinem Auge, das sich bereits lila färbte. Getrocknetes Blut verkrustete seinen Mundwinkel.

Sie kniff die Augen zusammen, als sie erkannte, dass etwas an ihr nagte, seit sie gefangen genommen worden waren. „Du wusstest, dass Daumier der Kommandant von Vincennes war."

Er blickte misstrauisch auf. „Ja."

„Du musst also gewusst haben, dass er dich erkennen würde, wenn man dich gefangen nimmt. Dass es die Mission gefährden würde."

„Und?"

Mariannes Herz begann schneller zu schlagen. „Du sagtest mir, der Gefangene habe Vorrang. Dass du mir nicht helfen würdest, wenn ich in Schwierigkeiten gerate. Dass ich auf mich allein gestellt sein würde."

Sein Blick verengte sich.

„Warum bist du nicht verschwunden, als du die Gelegenheit dazu hattest?“, wollte sie wissen.

Sein Blick traf ihren von der anderen Seite der Lichtung, und ihr Magen machte einen Satz.

„Ich habe meine Meinung geändert.“

Marianne runzelte die Stirn. *Was hatte das zu bedeuten?* Er hatte gesagt, er würde sie nicht verlassen, weil er schon seinen Bruder verlassen hatte. Er hatte riskiert, erkannt zu werden, hatte die Mission für sie gefährdet. Er hatte genau das getan, was er geschworen hatte, nie zu tun: Zurückkommen und sie retten. Sicherlich bedeutete das, dass er ein *bisschen* für sie empfand?

Ihr Gesicht erhitzte sich in plötzlicher Erinnerung an all die anderen Dinge, die er gesagt hatte. Skandalöse, schlimme, unmöglich anziehende Dinge. Oh Gott, sie hatte ihn praktisch *angefleht*, mit ihr zu schlafen! Sie zwang ihre Zunge dazu, sich zu bewegen. „Im Kerker... was ich gesagt habe, darüber, dass ich nicht als Jungfrau sterben will ...“ Sie gab, wie sie hoffte, ein abschätzendes Lachen von sich. „Ich habe nicht klar denken können. Ich dachte, wir stehen kurz vor dem Tod. Vergiss einfach, dass ich etwas gesagt habe.“

Er pirschte mit der Anmut seines Panthers auf sie zu, und sie schreckte, irritiert durch den entschlossenen Blick in seinem Gesicht, zurück. Sie rappelte sich auf, um nicht größenmäßig zu sehr im Nachteil zu sein, als er näherkam und sie anstarrte.

„Nein“, knurrte er.

„Nein, was?“

„Ich werde es nicht vergessen. Niemals.“

KAPITEL 38

Die Luft zwischen ihnen begann zu knistern.

Marianne blickte zu ihm auf. Angst und Spannung kämpften in ihrer Brust. Eine heiße Welle der Erregung sammelte sich tief in ihrem Bauch.

Sein Blick brannte sich in ihren ein. „Ich wusste nichts mit Gewissheit", sagte er leise und kam noch näher. Sie war zwischen dem harten Baum und seinem noch härteren Körper gefangen, und sie konnte seine Kraft, seine Hitze durch ihre Kleidung hindurch spüren. Er fasste ihre Oberarme und schüttelte sie leicht. „Wir hätten da drin sterben können."

Er atmete in kurzen Stößen, als wäre er gerannt. Der intensive Ausdruck in seinen Augen ließ sie erzittern. Wie hatte sie ihn jemals für gefühllos gehalten? Seine übliche kühle Abwehr war verschwunden. An ihre Stelle trat jetzt etwas Heißes, Tiefes und Beängstigendes. Etwas, das er für sie empfand.

„Ich hätte auf dein Angebot eingehen sollen",

murmelte er. „Denn wenn letzte Nacht unsere letzte Nacht auf Erden gewesen wäre, gäbe es nichts, was ich lieber getan hätte, als mit dir zu schlafen."

Marianne klappte der Mund auf.

Er schüttelte verzweifelt den Kopf. „Oh, verdammt", sagte er und küsste sie.

Alles verschwamm. Der Schrecken des Kerkers, die Panik, die Flucht. Es waren nur sie beide, ohne jegliche Barrieren zwischen ihnen. Marianne schluchzte gedämpft und warf ihm ihre Arme um den Hals. Er war echt und gesund und lebendig. Sie klammerte sich an ihn, erwiderte seinen Eifer mit schamloser Begeisterung und gab sich ihm mit freudiger Hingabe hin. Er küsste sie hart und tief, und sie verlor sich selbst, ertrank unter der Berührung seiner Lippen, seiner Zunge. Seine Hände erhoben sich, um ihr Gesicht zu umrahmen, und sie griff nach seinem Hemd und die Finger fummelten hastig daran herum, als sie es aus seiner Reithose herauszog. Sie streichelte ihre Hände über die muskulöse Hitze in seinem Unterleib. Ihr Blut sang in ihren Adern.

Oh Dieu! Wie er sich anfühlte.

Sie wollte ihn berühren, ihn ganz berühren. Wollte in ihm versinken und sich einfach in ihm auflösen.

„Frag mich", knurrte er an ihren Lippen, und sie wusste, was er wollte, was er von ihr hören wollte. Seine Hände drückten ihr Hemd mit drängender Rauheit nach oben, und sie stöhnte, während er ihre Brüste umschloss, sie nach oben drückte und mit den Daumen über ihre Brustwarzen streichelte, bis sie vor Verlangen zitterte.

Ja, ja, bitte. Und zwar sofort.

Er hob sie mühelos an und zog ihre Beine um seine Taille, während er sie mit dem Rücken gegen den Baum drückte, wobei seine Lippen ihre nie verließen. Sie stöhnte vor Lust, als seine Härte gegen ihren Rumpf drückte und eine wahnsinnige Reibung erzeugte, die ihren Magen zum Lodern brachte. Ihr wurde schwindelig. Sie schob sein Hemd höher, bis zu den Schultern, und wollte unbedingt die Geheimnisse seines Körpers erforschen.

Ihre Finger rutschten in etwas Warmes und Nasses.

Valette atmete scharf ein und trat fluchend zurück. Sie wurde so plötzlich losgelassen, dass sie wankte. Sie starrte ihn verwirrt an, während er ihr den Rücken zukehrte.

Warum hatte er aufgehört? Hatte sie etwas falsch gemacht?

Und dann schaute sie nach unten. Ihre Handflächen waren blutverschmiert.

Ihr Magen drehte sich. *Sein Blut.* Sein schwarzes Hemd hatte die Tatsache verdeckt, dass er verwundet worden war. Das Verlangen verwandelte sich in einem Augenblick in wütende Besorgnis.

„Oh Gott! Du blutest ja! Warum hast du mir das nicht gesagt?“ Sie trat vor und versuchte, sein Hemd wieder zu heben, um das Ausmaß des Schadens zu begutachten, aber er wehrte sie mit ungeduldiger Hand ab.

„Es ist nichts“, grunzte er. „Mir geht es gut. Es ist nicht das erste Mal, dass auf mich geschossen wurde.“

„Das überrascht mich nicht“, sagte sie scharfzüngig. „Du bist ein extrem nervtötender Mensch. Lass mich mal sehen.“

„Nein."

Sie stemmte ihre Hände auf die Hüften. *Idiot*! „Gut, dann lass uns nach Paris zurückkehren. Du musst zu einem Arzt."

Sein nüchterner Blick fand den ihren. „Wir gehen nicht nach Paris zurück."

Sein Kiefer wirkte angespannt und sie blinzelte. „Sei nicht dumm. Ich muss zurück zu Sophie. Wir hatten eine Abmachung."

„Niemand sollte wissen, wer den Prinzen gerettet hat. Jetzt, wo Daumier mein Gesicht gesehen hat, ist die ganze Mission gefährdet. Er wird erkennen, dass Fouché dahintersteckt. Wir müssen uns fernhalten."

„Nein!", rief Marianne. „Ich habe meinen Teil dieser dummen Abmachung eingehalten." Sie ging auf das Pferd zu. „Ich gehe nach Hause, und du kannst mich nicht aufhalten."

„Doch, das ich kann." Er trat ihr in den Weg, eine stille Bedrohung strahlte von seinem hohen Körperbau aus. „Denk darüber nach, Marianne. In Paris wird es Dolche regnen. Wenn du zurückgehst, bist du in Gefahr, und jeder, mit dem du in Kontakt kommst, auch. Du wirst Sophie in Gefahr bringen."

Sie biss sich auf die Lippe. *Verdammt sei er dafür, dass er genau wusste, was er sagen musste, damit sie sich schuldig fühlte. Oh Gott, was hatte sie getan?* Vielleicht wäre Sophie vorerst wirklich besser unter dem Schutz seiner Männer aufgehoben.

Valettes Finger umschlossen ihr Handgelenk. Sie versuchte ihre Hand wegzuziehen, aber er hielt sie fest und fädelte seine Finger durch ihre. Sie waren mit Blut bedeckt. Er senkte den Kopf. „Ich schwöre dir, sie wird in Sicherheit sein. Andrew wird sie mit seinem Leben beschützen."

Ein bittersüßer Schmerz der Sehnsucht durchbohrte sie, als sie ihre vereinten Hände betrachtete. Sie war so lange allein gewesen. Die Vorstellung, sich auf eine andere Person zu verlassen, einer anderen Person zu vertrauen, war absolut beängstigend. Aber er hatte sich in Gefahr gebracht und hatte sich schlagen und anketten lassen. Um sie zu retten. So viel war sie ihm zumindest schuldig.

Sie atmete aus und akzeptierte ihre vorübergehende Niederlage. „Ein paar Tage. Das ist alles."

Und dann würde sie ihn verlassen, ob er damit einverstanden war oder nicht.

Daumier mochte ihn vielleicht erkannt haben, aber er kannte *sie* nicht. Es gab keine Möglichkeit, sie aufzuspüren. Ihr einziges wirkliches Problem war also Duval. Ihr Herz verhärtete sich. Sie hatte gestern Abend einen Mann getötet, vielleicht zwei. Wenn sie Duval töten müsste, um frei von ihm zu sein, dann würde sie es tun. Nach dem, was sie über seine Rolle im Tod ihrer Eltern erfahren hatte, hatte er es verdient. Und wenn sie gefasst und vor Gericht gestellt wurde, dann sollte es so sein. Solange Sophie in Sicherheit war, würde sie ihr Schicksal gerne akzeptieren.

Valette blickte auf, misstrauisch gegenüber ihrer plötzlichen Einwilligung. „Kommst du mit mir?"

Sie nickte, aber er blickte ihr streng in die Augen und betrachtete ihr Gesicht, als könnte er ihre Gedanken lesen. „Versprich mir, dass du nichts Dummes tun wirst.

Zum Beispiel allein nach Paris zurückzugehen und zu versuchen, Duval zu konfrontieren. Ich werde dir helfen, mit ihm fertig zu werden. Gib mir nur ein paar Tage, um wieder auf die Füße zu kommen." Er wies auf seine Schulter hin und nickte.

Marianne wich seinen Augen aus, da es ihr unangenehm war, wie gut er sie kannte. Sie befreite sich von seinem Griff. Tränen traten ihr in die Augen, aber sie schirmte sie ab, damit er nichts sehen konnte. Er hatte seine eigenen Dämonen zu bekämpfen, seine eigenen Versprechen zu halten. Sie konnte nicht verlangen, dass er auch ihre Probleme auf sich nahm.

„Versprichst du mir das?", wiederholte er eindringlich.

„Ja", log sie. Sie holte tief Luft und wandte sich ab. „Also, in welche Richtung? Wir können nicht weit gehen. Du bist nicht in der Lage zu reiten."

„Es ist nur ein Kratzer."

Sie schnaubte verärgert. „Na schön, was kümmert es mich, wenn du entschlossen bist, zu verbluten? Sag mir einfach, wo du begraben werden möchtest. Ich bin sicher, dass ich das arrangieren kann."

Er lachte über ihren morbiden Humor. „Das liebe ich so an dir, Chérie. Immer so optimistisch."

KAPITEL 39

Er stahl zwei Pferde von einer Gruppe abgelenkter Picknicker, und sie machten sich auf den Weg querfeldein, durch Felder und enge Straßen in Richtung Westen. Straßenmarkierungen huschten vorbei; Schilder nach Ivry, Bicetre, Rouen. Marianne protestierte laut und oft, aber er ignorierte sie einfach und ritt weiter. Sie war halb versucht, ihr Pferd zu wenden und ihn zu verlassen, aber was er über die Gefährdung von Sophie gesagt hatte, ergab Sinn, und außerdem traute sie ihm nicht zu, seine Wunde versorgen zu lassen.

Gegen Mittag zogen sie in ein winziges Gasthaus ein, und sie hoffte, dass sie ihr Ziel erreicht hatten, aber der Gastwirt tauschte lediglich ihre beiden gestohlenen Pferde gegen einen einzigen, prächtigen braunen Hengst, und Marianne musste sich wieder hinter Valette setzen.

Ihre Oberschenkel drängten sich gegen seine, ihre

Brüste rieben sich an seinem Rücken, und ihre Arme schlangen sich um seine Taille, als ob sie dorthin gehörten. Um sich abzulenken, verlangte sie zu wissen, warum der Gastwirt keine Bezahlung gewollt hatte. Valette murmelte etwas von *Chouans*, und ihr wurde klar, dass die geheime, unterirdische Widerstandsbewegung der Royalisten-Sympathisanten, die ihr Vater offenbar unterstützt hatte, noch immer sehr aktiv war. Valette verfiel danach in ein unkommunikatives Schweigen, und Marianne driftete immer wieder in eine benommene Träumerei ab, zu müde, um ihn weiter zu befragen.

Sie muss eingenickt sein, denn als sie ihre Augen wieder öffnete, sah sie zu ihrem Erstaunen, dass die Sonne unterging. *Warum in Gottes Namen hatten sie nicht angehalten?*

Sie öffnete den Mund, um darauf zu bestehen, dass sie sich im nächsten Dorf ausruhen sollten, und fühlte, wie Valette im Sattel gegen sie sackte. Sie stupste ihn an. War er auch eingeschlafen?

Sein Kopf rollte zur Seite.

Sie schaute um ihn herum. „Valette?"

Keine Antwort.

Sie stieß ihn in die Rippen. Nichts.

Mit einem Anflug von Bestürzung stellte sie fest, dass er tatsächlich das Bewusstsein verloren hatte.

Merde. Merde. Merde.

Dummer, dickköpfiger Schwachkopf von einem Mann! Warum hatte er nicht angehalten, um seine Wunde zu versorgen? Sie rüttelte ihn grob am Ärmel. „Wage es ja nicht zu sterben!", zischte sie wütend. Sie nahm die Zügel von seinen schlaffen Fingern. „Nicolas! Bleib bei mir."

Er erwachte wieder mit einem Stöhnen.

„Wohin reiten wir?", wollte sie dringend wissen. „Ich kümmere mich um das Pferd."

Seine Stimme war undeutlich. „Ich kann nicht anhalten. Wir müssen heute Nacht ankommen. Ich muss zu Raven", murmelte er.

„Wohin?"

Er schüttelte den Kopf mit einem schwachen Lachen, als ob sie einen Witz gemacht hätte. „Nicht wo. Wer." Er setzte sich leicht auf und schaute sich um. „Wir sind fast da. Gleich hinter diesem Hügel. Gib mir die Zügel zurück."

Mit einem Anflug von Verwunderung stellte Marianne fest, dass sie sich an der Küste befanden. In der Luft lag ein schwacher Hauch von Salz und Sole, wie Austern, und sie konnte das ständige Rauschen und Krachen der Brandung hören.

Ein Wald aus hohen Kiefern wich den Dünen, die mit Grasbüscheln bedeckt waren, und schließlich kamen sie zum Meer selbst, bleiern und grau im Mondlicht. Der Sand dämpfte das Geräusch der Hufe des Pferdes. Ihr Haar peitschte ihr Gesicht, als Valette am Strand auf und ab schaute, als ob er etwas suchte. Zu ihrer Rechten konnte sie eine Gruppe von Lichtern erkennen, vermutlich einen Hafen, obwohl sie nicht wusste, ob es Le Havre oder Saint-Malo oder irgendwo anders war.

Valette wandte das Pferd von den Lichtern ab und ging auf eine Bucht am anderen Ende des Strandes zu. Die Flut stand hoch und verengte den Sandstreifen, bis das Pferd schließlich bis zum Bauch in der Brandung stand und Marianne schnaufte, als ihr kaltes Wasser um die Beine spritzte. Sie umrundeten die felsige Landzunge, als gerade ein Ruderboot in die Bucht einfuhr, an dessen Vorderseite die unverwechselbare dunkle Uniform eines französischen Offiziers kauerte.

Ihr Herz zog sich vor Schreck zusammen. *Merde*! Man hatte sie gefasst.

Doch Valette entspannte sich. „Raven", seufzte er. „Genau zur rechten Zeit."

Eine kleine Gruppe von Männern sprang an Land, angeführt von einem großen, dunklen Mann, der den uniformierten Mann an den Strand dirigierte, auf die Dünen zeigte und ihn beobachtete, wie er in die Dunkelheit huschte. Der Rest der Männer war damit beschäftigt, mehrere Holzfässer aus dem Ruderboot zu entladen und außer Sichtweite zwischen den Dünen aufzutürmen.

Valette ließ einen tiefen Pfiff ertönen, wie der Ruf eines Vogels, und der Mann drehte sich überrascht um und eilte dann auf sie zu.

Die Erkenntnis dämmerte ihr: Diese Männer waren Schmuggler. Der offizielle Handel zwischen England und Frankreich war seit Jahren verboten, aber der Schwarzmarkt für gestohlene Waren florierte noch immer, vor allem in Paris. Tee und Branntwein waren immer gefragt, aber auch Salz, Leder, Seife, Schokolade und Zigarren. Und natürlich stellte Frankreich auch Dinge her, die von der britischen Oberschicht begehrt waren, wie Seide aus Lyon und Spitzen aus Arras, Dieppe und Le Puy.

Eine Bewegung in den Felsen zu ihrer Linken erregte ihre Aufmerksamkeit. Marianne verkrampfte sich in Erwartung eines Angriffs und erschrak dann, als sie die verwahrloste Gestalt erkannte, die sich unter dem Umhang eines Mönchs zusammenkauerte.

Louis-Charles. Er sollte eigentlich auf dem Weg nach Holland sein.

Der Prinz sah halb erfroren und elend aus, und sie empfand Mitleid mit ihm. Nach zwanzig Jahren in der Stille und endlosen Monotonie des Gefängnisses war er mitten in diese frenetische, verrückte Eskapade gestoßen worden. Er eilte vorwärts.

„Sie, Mademoiselle! Ich hätte nie gedacht, Sie wiederzusehen...Ich muss mich bei Ihnen bedanken..." Er fiel auf dem nassen Sand auf ein Knie und senkte den Kopf. „Ich schulde Ihnen etwas, das ich niemals zurückzahlen kann", sagte er schroff. „Sie haben mir das Leben gerettet."

Marianne trat einen Fuß aus dem Steigbügel und rutschte zu Boden, ihre Oberschenkel waren schwach und zittrig. „Danken Sie mir, wenn Sie in Sicherheit sind, Monsieur. So weit sind wir noch nicht." Sie drehte sich um und blickte Valette an. „Und *du* hast mich angelogen! Du sagtest, er ginge nach Holland!"

Valettes Mundwinkel verzogen sich nach oben. „Habe ich das?", murmelte er. „Wie seltsam." Er sackte zusammen und rutschte seitlich vom Pferd.

Marianne konnte seinen Sturz gerade noch auffangen. „Hilfe!"

Der dunkelhaarige Mann erreichte sie, und gemeinsam legten sie Nic in den Sand. Sein Gesicht war blass, die Brauen zu einer dünnen Linie zusammengezogen. Marianne fühlte sich krank, als sie ihre Hände an seine Brust presste. Er blutete. Da war so viel Blut.

„Sind Sie Raven?“, fragte sie. „Nic sagte, ich soll Raven finden. Er sagte, Sie würden uns helfen.“

Der Mann, der Raven genannt wurde, lächelte. „Hör zu, Liebes, ich werde jedem helfen, wenn der Preis stimmt. Verdammt, ich würde sogar den König von Frankreich rausschmuggeln, wenn du mir genug zahlen würdest.“ Seine Augen funkelten spitzbübisch, und er warf Louis-Charles einen verschmitzten Blick zu. Er gab Nic einen kräftigen Klaps auf die Wange.

Marianne schaute ihn finster an. „Er ist angeschossen worden. Linke Schulter.“

„Das kann ich sehen“, sagte Raven schnippisch. „Ich habe Augen, oder? Nic, Kumpel. Kannst du mich hören?“

Valette stöhnte, was Raven anscheinend für Zustimmung hielt. „Dachte nicht, dass du hierher kommst“, murmelte er. „Was willst du mit dem Mädchen machen?“

Marianne runzelte die Stirn. „Sprechen Sie nicht über mich, als wäre ich nicht hier!“

Nic murmelte etwas Unverständliches. Dann öffnete er die Augen und griff nach dem Mantel Ravens. „Sie behalten.“ Seine Augenlider flatterten. „Sie bleibt bei mir.“

„Was? Bist du verrückt?“, zischte Marianne. „Ich kann nicht mit dir nach England kommen! Wir hatten eine Abmachung.“ Sie wandte sich an den Schmuggler. „Bringt ihn auf das Schiff. Er ist jetzt dein Problem. Ich gehe zurück nach Paris.“

Nics Hand fiel in den Sand. „Nicht Paris. Mit mir“,

keuchte er durch die Zähne. Er hob seine Hand an ihre Wange, und Marianne zischte atemlos wegen des intensiven, brennenden Blicks in seinen Augen. Seine Finger waren kalt, aber sie erwärmten sie bis auf die Knochen, verwandelten ihr Inneres in Pudding. „Marianne, *ma mie*. Ich brauche dich“, krächzte er.

„Ich kann nicht“, klagte sie. „Ich muss gehen. Es wird dir gut gehen. Diese Männer sind deine Freunde. Sie werden sich um dich kümmern. Du brauchst mich nicht mehr.“ Der Blick, den er ihr zuwarf, war vorwurfsvoll. Sie verhärtete ihr Herz. „Nein. Ich kann nicht mitkommen. Ich muss zurückgehen.“

Raven schüttelte den Kopf. „Paris? Jetzt? Schlechte Idee.“

„Meine Schwester braucht mich“, sagte sie hartnäckig.

Raven nickte Nic zu. „Sieht aus, als bräuchte er dich jetzt mehr, meinst du nicht auch?“

Marianne sprang rückwärts, gerade als die Hand Ravens herausschoss und ihr Handgelenk ergriff. Sie drehte und drehte sich, aber sein Griff war unentrinnbar.

„Hör auf zu zappeln. Psst!“, lachte er und drückte ihr die Arme zur Seite.

„Oh nein! Ich steige nicht in dieses Boot. Nicht einmal, um deine Haut zu retten, Nicolas Valette.“

Alle Köpfe schossen beim Klang von Hufschlägen, die von weiter oben am Strand kamen, in die Höhe.

„Scheiße!“, murmelte Raven. „Grenzkontrollen. Zeit zu gehen.“

Zwei stämmige Matrosen packten Nic an den

Knöcheln und unter den Armen und warfen ihn kurzerhand in das Ruderboot. Raven zerrte an Marianne, und als sie ihre Fersen in den Sand grub, kicherte er, senkte den Kopf und schulterte sie wie einen Sack Mehl. Sie klappte mit einem gewundenen „Uff" zusammen, und er zog sie über die Schulter und setzte sie auf den nassen Planken des Bootes zwischen den Reihen der Holzsitze ab. Louis-Charles kletterte hinein und kauerte sich am hinteren Ende zusammen.

Die Rufe vom Strand aus wurden immer lauter. Marianne versuchte aufzustehen, aber die Männer schoben das Boot in die Wellen und sie kippte rückwärts um, direkt auf Nic. Er stöhnte vor Schmerzen.

„Zeit zu gehen, Jungs!", rief Raven über das Brausen der Brandung. Die Mündung eines Gewehrs blitzte am Strand auf, und eine Kugel pfiff an seinem Kopf vorbei. Seine Zähne blitzten im Mondlicht weiß auf, während er lachte. „Los, Bewegung!"

Kein Wunder, dass er mit Valette befreundet war, dachte Marianne verwirrt. Sie waren beide völlig wahnsinnig.

Eine Gruppe berittener Soldaten raste den Strand hinunter. Das Boot buckelte gegen die Wellen, als die Männer hart an den Rudern rissen, und Marianne hielt nicht inne, um nachzudenken. Sie warf sich über die Bordwand.

KAPITEL 40

Das eiskalte Wasser strömte über ihren Kopf.

Sie strampelte und schaffte es, einmal nach Luft zu schnappen, nur um daraufhin von einer riesigen Welle wieder nach unten gedrückt zu werden. Wasser drang ihr in die Nase. Sie tauchte wieder auf und eine Kugel traf das Wasser mit einem leisen Platschen. Sie war nur Zentimeter von ihrem Kopf ins Wasser eingetaucht.

Merde.

Sie wollte zum Strand, zu Sophie und Frankreich und nach Hause. Weg von der Schiffsladung Piraten. Weg von England und Nicolas Valette. Eine weitere Welle stürzte über ihrem Kopf zusammen und drückte sie wieder unter Wasser, und sie fühlte die Hilflosigkeit, gegen eine so ungeheure Macht kämpfen zu müssen. Sie warf sie um sich, der heftige Sog saugte an ihren Kleidern und umhüllte sie wie ein Leichentuch. Sie war wieder in der Zelle in Vincennes, den Kopf in diesem Wassereimer. Sie hatte das Wasser satt.

Sie tauchte wieder auf und schnappte nach Luft. Sie war blind und orientierungslos.

Eine starke Hand griff nach der Rückseite ihres Kragens und zog sie hoch. „Hoch mit dir, kleine Miss Meerjungfrau", lachte Raven nicht unfreundlich. „Keine Zeit zum Schwimmen heute Abend."

Marianne rutschte in den Boden des Bootes und hustete einen Bauch voller Wasser aus. Sie rollte sich zu einem Ball zusammen und fühlte sich völlig elend. Als sie schließlich die Augen öffnete, fand sie sowohl Nic als auch Raven, die sie mit identischen verwirrten Ausdrücken beobachteten.

„Du verlierst wohl dein Gespür für die Frauen, Nic." Raven zog hart an einem Ruder. „Ich habe noch nie jemanden gesehen, der so verzweifelt versucht hat, deiner Gesellschaft zu entkommen."

Die Galeere des Schmugglers war in der Dunkelheit fast unsichtbar, schwarz bemalt und mit schwarzen Segeln versehen. Wie betäubt folgte Marianne Louis-Charles auf einer schwankenden Strickleiter und über eine geschnitzte Holzreling. Dann ging es durch eine Luke, eine weitere Leiter hinunter und einen schwankenden Gang entlang. Die Männer, die Valette mit sich trugen, legten ihn auf ein überraschend großes Bett, und Marianne blinzelte angesichts des Luxus der Kabine. Sie hatte immer angenommen, dass Matrosen in Hängematten schliefen.

Raven wandte sich an sie. „Er gehört ganz dir. Ich muss uns nach Hause segeln. Flick ihn zusammen, ja? Da ist Verbandszeug drin." Er nickte in Richtung einer Truhe, die an einer Wand stand. „Und versuch, meine Kajüte nicht zu ruinieren, ja?" Er zwinkerte und schloss dann die Tür.

Ihre Zähne klapperten. Sie sollte sich wahrscheinlich etwas Trockenes anziehen. Sie fand ein Stück Verband in der Truhe und blickte zu Valette hinüber. Er lag auf dem Bett, ein Arm war über sein Gesicht gelegt. Sein Auge war geschwärzt und geschwollen, seine Lippe aufgedunsen, sein Wangenknochen abgekratzt und roh. Blutergüsse umringten seine Handgelenke.

Sie durchquerte lautlos die Kabine und blickte zu ihm hinunter, dann sprang sie schuldbewusst auf, als sie merkte, dass er sie unter seinem Arm beobachtete. Ein Lächeln kräuselte sich um seine verruchten Mundwinkel.

„Wirst du die ganze Nacht da stehen und meine männliche Form bewundern, oder wirst du Dich nützlich machen?"

Sie stemmte ihre Fäuste in ihre Hüften, erleichtert, dass er wenigstens bei Bewusstsein war. „Ich glaube, was du sagen willst, ist: ‚Danke, Marianne, dass du meine wertlose Haut gerettet hast. Schon wieder'."

Er setzte sich mit einem Stöhnen auf und versuchte, sein Hemd auszuziehen. „Du musst meine Schulter verbinden." Er lächelte kurz auf. „Betrachte es als einen letzten Wunsch."

„Du stirbst nicht", sagte sie mit mehr Selbstvertrauen, als sie fühlte. Er sah schrecklich aus.

„Es fühlt sich verdammt noch mal so an", murmelte er.

Das nasse Hemd klebte an seiner Brust und definierte die breite Muskulatur darunter mit beklemmender Klarheit. Sie schälte es von ihm ab, wobei sie darauf achtete, seine Verletzung zu umgehen, aber er zischte trotzdem vor Schmerzen. Sie zuckte bei der hässlichen roten Schusswunde zusammen.

„Weißt du, so habe ich mir das nicht vorgestellt, wenn ich dich endlich dazu bringe, mich auszuziehen." Seine bernsteinfarbenen Augen glühten mit einem sündhaften Funkeln.

Ihr Gesicht erwärmte sich. Sie schaute weg und versuchte, beruhigend und hart zu klingen, wie eine Ärztin. „Die Kugel ist glatt durchgegangen. Sie hat den Knochen nicht einmal berührt."

„Du hast wohl viel Erfahrung mit Schusswunden im Zirkus gemacht", spottete er.

Sie verengte ihre Augen. „Vielleicht keine Schussverletzungen, aber jede Menge Verletzungen. Definitiv Messerwunden."

Sie biss sich auf die Lippe, als sie den Verband um seine Rippen und über seine Schulter wickelte und versuchte, die Ausdehnung der glatten, gebräunten Haut unter ihren Fingern zu ignorieren. Seine Schultern waren so anders als ihre eigenen. Knochiger. Fester. Eindeutig muskulöser. Sein feuchtes Haar kräuselte sich leicht hinter seinem Ohr, und sie widerstand dem Drang, es mit ihren Fingern zu bürsten. Er roch nach Meersalz und Schießpulver.

Sie band das Ende des Verbandes mit einem Knoten zusammen und trat zurück, weg von der Versuchung.

„Entschuldigung. Ich habe keine sehr gute Arbeit geleistet."

Er warf einen Blick auf ihr Werk. „Es ist in Ordnung. Ich brauche einen Drink."

„Dort ist Wasser." Sie zeigte auf einen Krug an der Seite.

„Kein Wasser. Etwas Stärkeres. Sieh dich um, irgendwo wird es Branntwein geben. Glaub mir, Schmuggler haben immer Spirituosen. Vor allem Raven."

Tatsächlich fand sie eine Karaffe und ein Glas in einem Schrank. Sie goss ein und reichte ihm das Glas. Er nahm einen gesunden Schluck und seufzte genüsslich. „Gott sei Dank. Armagnac."

Sie sank auf den Stuhl des Kapitäns vor dem riesigen Mahagonischreibtisch und erinnerte sich an das letzte Mal, als sie im Gasthaus gemeinsam Brandy getrunken hatten. Als er sie nackt gesehen hatte. Seitdem schien ein ganzes Leben vergangen zu sein. Sie zitterte wieder, sprang dann auf und stellte verspätet fest, dass sie den Ledersitz mit ihrer Kleidung durchnässte.

Valettes Blick verweilte etwas zu lange auf ihrem Hemd. „Zieh dich um. In der Truhe werden Kleider sein."

„Schließ die Augen", sagte sie schroff.

Er seufzte übertrieben. „Zuschauen ist alles, was ich hinkriege. Selbst Don Juan selbst könnte in diesem Zustand nichts anderes tun." Er schloss die Augen und versank tiefer im Bettzeug.

Sie fand ein voluminöses weißes Hemd in der Truhe. Es roch nach Kampfer und einigen exotischen Gewürzen, die sie nicht benennen konnte. Sie hatte keine andere Wahl, als ihre klatschnasse Reithose auszuziehen, wodurch ihre Beine frei lagen. Die Haut auf ihrem nackten Rücken kribbelte, als sie ihr Hemd auszog, aber als sie sich umdrehte, waren Valettes Augen geschlossen und er hatte einen seligen, unschuldigen Gesichtsausdruck.

Vielleicht war er eingeschlafen.

Sie wankte über die Bretter der Kabine und blieb an der Seite des Bettes stehen, dankbar dafür, dass das trockene Hemd bis zu den Knien herunterfiel.

Schmerz und Sehnsucht zogen spiralförmig durch sie hindurch und zerrten an ihrer Brust, als sie zu ihm hinunterblickte. Sie hatte ihn in ihrem Geist zu etwas Unmenschlichem, Unbesiegbarem gemacht. Aber er war nur ein Mann. Geplagt und geprellt und geschlagen. Im Château schien er so weit über ihr zu stehen, so viel weltlicher und kultivierter. Aber jetzt war er plötzlich in greifbarer Nähe. Und sie hatte noch nie etwas so sehr gewollt. Ohne nachzudenken, streckte sie eine Hand aus und zeichnete mit der Spitze ihres Fingers den Umriss seiner Lippen nach, ganz sanft, eine Liebkosung. Seine bernsteinfarbenen Augen flogen auf, und sie erstarrte.

„Mir ist kalt“, murmelte er jammernd. „Komm her.“

Blut schoss ihr in die Wangen. „Ich glaube nicht ...“

„Steig auf das Bett, Marianne“, sagte er müde. „Ich muss mich aufwärmen. Und du musst dich auch wärmen.“ Seine Hand schlängelte sich heraus und packte ihr Handgelenk, überraschend stark. Er zog sie neben sich nach unten, und sie bewegte sich, ohne sich zu wehren.

Er lag auf seiner unverletzten Seite und zog die

Decken über ihre beiden Körper, und sie zitterte und versuchte, sich auf etwas anderes zu konzentrieren als auf die Nähe seines Körpers hinter ihr. Sie hielt sich starr, aber seine Wärme entlang ihres Rückens brachte ihren Widerstand zum Schmelzen. „Wie lange wird die Überfahrt nach England dauern?", fragte sie verzweifelt.

„Hängt vom Wind ab. Ein paar Stunden."

„Ich fahre gleich mit dem nächsten Schiff wieder zurück."

Er lachte. „Du kannst es versuchen. Jetzt schlaf."

Er legte einen Arm über ihre Taille und zog sie mit dem Rücken an sich, wobei er seinen Körper an ihren drückte. Marianne löste die Spannung in ihren Gliedern und verschmolz mit seiner Umarmung. Welchen Sinn hatte es, zu streiten? Es fühlte sich so gut an.

Er steckte ihren Kopf in die Mulde seiner unverletzten Schulter und legte sein Kinn auf ihr feuchtes Haar.

„Das ist nur, um deine Körpertemperatur zu erhöhen", murmelte sie.

Sein Lachen polterte in seiner Brust. „Oh, glaub mir, das machst du ganz sicher."

Sie schloss ihre Augen. „Das heißt immer noch nicht, dass ich dich mag."

Sie fühlte sein Lächeln an ihrem Haar. „Natürlich nicht."

Ihr Herz schlug gegen ihre Rippen. „Es ist Mitleid, nichts weiter. Ich würde dasselbe für einen dreibeinigen Hund tun." Sie musste sein Gesicht nicht sehen, um zu wissen, dass er unerträglich selbstgefällig aussah. Vielleicht konnte sie ihn mit einem Kissen ersticken, während er schlief. „Was soll ich sagen?“, sagte sie finster. „Dass ich dich *liebe?*“

Gott, sie hoffte, dass es abschätzig klang und nicht verzweifelt.

Die Muskeln in seinem Arm spannten sich unter ihrem Ohr an. „Tust du das?“, fragte er ganz leise. „Nicht einmal ein bisschen“, erwiderte sie.

„Du hast Recht. Du liebst mich nicht“, sagte er plötzlich hart. „Mich zu lieben, wäre eine sehr schlechte Idee.“

KAPITEL 41

Marianne trieb in einem Meer der Sinne. Das Blut in ihren Adern war träge wie Lava. Wie eine Katze wölbte sie ihren Rücken in einer langsamen Bewegung und fand warme, harte Haut vor. Ihre Augen sprangen auf.

Über ihr lag ein sehr maskulines Bein. Ein sehr maskuliner Körper drückte sich gegen ihren Rücken. Ihr Herz flatterte, dann begann es schmerzhaft zu schlagen. Ihr geliehenes Hemd lag vorne in einem tiefen V offen, wo sich die Halskrawatte gelöst hatte. Und Valettes große, warme Hand war darunter und legte sich besitzergreifend über eine ihrer Brüste.

Sie hörte auf zu atmen. Es war so sündhaft, so dekadent, das Gefühl von Haut auf Haut. Sie bewegte sich, nur ein kleines bisschen, und ihre Brustwarze drückte gegen seine Handfläche. Sie biss sich auf die Lippe, um ein Stöhnen der Lust zu unterdrücken.

War er wach? Seine Atmung war rhythmisch,

gemächlich. Sie täuschte eine weitere Dehnung vor und rieb ihr nacktes Bein vorne an seinem Schienbein, dann bewegte sie versuchsweise ihren Hintern. Ihre Augen weiteten sich weiter, als der steinharte Beweis seiner Erregung hart gegen ihr Gesäß drückte. Ihr Magen flatterte, und tiefer noch, zwischen ihren Beinen pochte eine seltsame, warme, quälende Anspannung.

Oh, Gott.

„Wenn du so weitermachst, werde ich das Loch in meiner Schulter vergessen", murmelte Valette halb lachend halb stöhnend.

Ihr Gesicht brannte. Sie versuchte, über das Bett zu rutschen, aber sein Arm legte sich wie ein Stahlseil um sie. Er vergrub sein Gesicht in ihrem Nacken, atmete tief ein und zog ihren Duft in seine Lungen. Alle Haare auf ihrem Körper standen ihr zu Berge.

„Du riechst nach Meersalz und Ruß", sagte er heiser.

Sie drehte sich zu ihm um, was seine Hand von ihrer Brust löste, sie aber in gefährliche Nähe zum Rest seines Körpers brachte.

Er lächelte sie an, sexy und schläfrig. „Guten Morgen. Oder guten Abend." Er blinzelte zum Fenster. „Wie spät ist es?"

Ihr Herz klopfte wild, als sie ihn studierte. Die leichten Bartstoppeln auf seinem Kiefer machten ihn nur noch attraktiver. „Morgen, glaube ich", brachte sie es atemlos zustande.

Es war unmöglich, die riesige Ausbuchtung an der Vorderseite seiner Reithose zu ignorieren. Um seine Augen bildeten sich Lachfalten, als er absichtlich mit den Hüften wackelte und sich gegen das V ihrer geschlossenen Oberschenkel presste. Nur seine Reithose und das Hemd des Schmugglers trennten sie. Ihr ganzer Körper brannte. Sie starrte ihn an.

„Was?“ Er zuckte defensiv die Achseln. „Ich kann nichts dafür. Es ist eine ganz natürliche Folge, wenn ein Mann mit einer schönen Frau aufwacht, die über ihm liegt.“

Ihr Herz hämmerte. Fand er sie schön? Sie wich zurück. Er folgte ihr und drückte sie gegen die Seite des Bettes.

„Wie wäre es mit einem Guten-Morgen-Kuss?“

Sie hatte seit Tagen ihre Zähne nicht mehr geputzt. Ihr Atem war wahrscheinlich ekelhaft. Sie schüttelte den Kopf und setzte sich auf, und er rollte sich mit einem Seufzer auf den Rücken.

„Oh, na gut. Es war einen Versuch wert.“

Ihre Kleidung war trocken, aber steif wie ein Brett. Die Reithose knisterte, als sie sie anzog. Und dann bemerkte sie, dass sich das Boot nicht bewegte. Sie rannte zum Fenster und betrachtete die felsige Küste im Licht der bleichen Morgendämmerung.

England sah Frankreich sehr ähnlich.

Sie öffnete die Tür der Kabine und stand Raven von Angesicht zu Angesicht gegenüber. Seine Hand war erhoben, um anzuklopfen. Er schenkte ihr ein piratenhaftes Grinsen. Sie hatte es gestern Abend kaum bemerkt, aber der Mann war lächerlich gutaussehend. Seine funkelnden grünen Augen, seine gebräunte Haut und seine langen schwarzen Haare waren genau richtig für einen schneidigen Schmuggler. Er brauchte nur einen Goldzahn. Oder vielleicht einen Ohrring.

Er blickte Valette über die Schulter. „Zeit zu gehen."

Nic grunzte und setzte sich auf, zog sein Hemd über seine bandagierte Schulter. Falls er froh war, wieder in seinem Heimatland zu sein, zeigte er es nicht.

Louis-Charles war bereits an Deck, als sie auftauchten. Sie klapperten die Planke hinunter auf einen schmalen Strand, der von Felsklippen umgeben war. In den ersten Augenblicken schien der Boden an der falschen Stelle zu sein, als ginge es aufwärts statt abwärts, aber das unangenehme Gefühl verging bald.

Valette nahm eine Reihe von Stufen in Angriff, die an der Seite der Klippe eingeschlagen worden waren. Es folgten Raven und Louis-Charles. Marianne hatte keine andere Wahl, als ihnen zu folgen. Sie stapften einige Zeit bergauf, durchquerten dann einen Tunnel aus hoch aufragenden Rhododendren und kamen an einem Ende eines üppigen Tals heraus. Ein Hektar hügeliger, gepflegter Parklandschaft breitete sich vor ihnen aus wie eine glänzend grüne Tagesdecke.

Raven klopfte Valette auf den Rücken. „Willkommen zu Hause."

Marianne blieb völlig bewegungslos auf dem Weg stehen. Louis-Charles krachte ihr mit einem dumpfen Ausruf voller Überraschung in den Rücken.

Das Haus, das auf der anderen Seite des Tals lag, war ganz eindeutig das Heim einer der vornehmsten Familien Englands. Sie blickte bestürzt auf die weitläufigen Felder, edle Steinflächen, die endlos schimmernden Fenster und die Säulenhallen. Sie begann, die Anzahl der Schornsteine zu zählen, und gab bei siebzehn auf.

Zuhause? Das war Valettes Zuhause? Dieser Palast? Und

er hatte sie verspottet, weil sie eine Aristokratin war. Sie würde ihn umbringen. Ihn wirklich umbringen.

Sie plante sein Ableben, während sie bergab stapften, vorbei an einem griechisch inspirierten Tempel und einer abgestuften Wasserkaskade, vorbei an einem Pavillon, einem Bootshaus und einer Brücke im palatinischen Stil, die sich perfekt in dem darunter liegenden dekorativen See widerspiegelte. Mit jedem Schritt schrumpfte ihr Herz ein wenig mehr.

Aus der Nähe war das Haus noch imposanter, als es vom Hügel aus erschienen war. Das gesamte Palais Royale hätte in die kreisförmige Auffahrt gepasst, wobei noch Platz übriggeblieben wäre. Marianne nahm einen weiteren zweifelnden Blick und fügte Hängen, Strecken und Vierteilen zu ihrer Liste hinzu.

Die riesige Eingangstür wurde von einem großen, dünnen Herrn geöffnet, der eine elegante schwarze Uniform trug, die sein weißes Haar noch heller erscheinen ließ. Er bemerkte zuerst Raven und ein missbilligendes Stirnrunzeln überzog seine Patrizierzüge. Er hob die Stirn hochnäsig.

„Ravenwood", intonierte er, mit einer Stimme, die andeutete, als hätte man ihm gerade die Leiche einer toten Maus präsentiert.

Raven grinste verschmitzt. „Hab' ne Lieferung für eure Lordschaft."

Der ältere Haushofmeister schaute verärgert drein. Er spitzte die Lippen, als er zuerst Marianne und dann Louis-Charles ansah und sie eindeutig als anrüchige Bekannte des Schmugglers abtat.

Sie konnte ihm keinen Vorwurf machen. Sie sah aus

wie ein schmuddeliger Kajütenjunge. Mit einer schlechten Frisur.

„Dann bin ich sicher, dass es etwas ist, das an der Küchentür besser aufgehoben ist..." Der Mund des Dieners öffnete sich, als er schließlich Valette erspähte, wobei er sich schwer gegen eine der Säulen lehnte.

„Hallo, Hodges", sagte Valette ruhig. „Noch nicht tot?"

„Master Nicolas?", flüsterte der Diener heiser und blinzelte, als könne er nicht glauben, was er sah. Sein Gesichtsausdruck wurde zu erstaunter Freude. „Ihr seid es!" Er warf die Tür weit auf. „Oh, ihr Heiligen, gelobt sei der Herr! Eure Mutter wird überglücklich sein. Kommt rein, mein Junge, kommt rein!" Plötzlich schien er den Verband an Valettes Schulter zu bemerken, und seine Stirn runzelte sich alarmiert. „Aber Sie sind verletzt! Was in aller Welt haben Sie sich angetan? Mrs. Belford!"

Eine rundliche Haushälterin stürmte auf seinen Zuruf hin heran. „Was soll die ganze Aufregung, Mr. Hodges?" Sie blieb beim Anblick von Valette stehen, ihr Doppelkinn wackelte beunruhigend. „Großer Gott!", rief sie aus.

Valette schenkte ihnen ein schiefes Lächeln. „Nein, Mrs. Belford, nur ich. Bitte sagen Sie meinem Vater, dass ich hier bin. Hodges?"

Der alte Haushofmeister drehte sich um. „Ja, Sir?"

„Ich nehme an, dass meine Zimmer immer noch meine Zimmer sind?"

„Natürlich, mein Lord. Niemand hat sie angerührt, außer zum Putzen, seit Sie gegangen sind."

„Ausgezeichnet. In diesem Fall werde ich ein Bad nehmen und etwas essen, sobald Sie bereit sind. Ich hoffe, Sie können meine Gäste ebenso willkommen heißen?“

Der Diener verbeugte sich. „Natürlich, Sir.“ Er winkte einem Lakaien zu und wandte sich an Marianne und Louis-Charles. „Wenn Sie Ned bitte folgen wollen, hierher.“

„Ich nicht“, sagte Raven fröhlich. „Ich habe Dinge zu erledigen. Wir sehen uns später, Nic.“ Er zog einen imaginären Zylinder ab und schlenderte über den gepflegten Rasen. „Viel Spaß, *mes enfants.*“

Marianne folgte dem Diener wie betäubt durch eine riesige marmorne Eingangshalle und eine Treppe hinauf. Ihre Schritte hallten wider, als sie einen weiteren riesigen Raum durchquerten und eine Seite einer kunstvollen Doppeltreppe hinaufstiegen.

Tausend verschiedene Eindrücke drängten um ihre Aufmerksamkeit: der Glanz des Marmors unter ihren Füßen; die atemberaubende Höhe der Decke; die anmutigen Säulen; die Wandmalereien, die das gesamte Treppenhaus schmücken, himmlische Visionen von Himmel und Hölle. Es war alles so unglaublich, einem Traum so ähnlich, dass ihr Gehirn sich weigerte, es zu verarbeiten.

Bevor sie protestieren konnte, verschwanden sowohl Nic als auch Louis-Charles in andere Räume. Sie wurde in ein prächtiges Schlafzimmer geführt und allein gelassen, mit der Aussicht auf Essen und ein heißes Bad, das bald eintreffen würde. Alles, was Marianne sah, war das wartende Bett. Es war hoch und einladend, die Kissen und die Decke aus rosafarbenem Samt. Es sah so weich aus.

Der Raum roch nach Lavendel und Bienenwachs.

Feste, beruhigende Gerüche, so anders als die Düfte Frankreichs. Das Montausier roch immer nach Parfüm, aber es war die Mischung von hundert verschiedenen Düften in einem, süßlich und überwältigend. Das war anders, ein leichter Duft, wie Maiglöckchen und Rosen.

Sie war so erschöpft, dass sie sich vollständig bekleidet hinlegte und nur innehielt, um ihre ruinierten Ballettschuhe auszuziehen. Jetzt war nicht einmal mehr eine Spur von Rosa an ihnen zu erkennen. Sie würde sich einen Moment lang ausruhen. Nur einen Moment, um ihre Gedanken zu sammeln. Und dann würde sie ernsthafte Worte mit diesem verlogenen, intriganten, wertlosen Nicolas Valette wechseln. Das erste, was sie wissen wollte, war sein Name. Seinen richtigen Namen.

Jeden Namen, den er besaß.

KAPITEL 42

Das Rascheln von Röcken und eine kühle Hand, die ihre Stirn berührte, weckten sie auf.

„Maman! Sie wacht auf!", sagte eine leise Stimme.

Marianne runzelte die Stirn. Sie war völlig orientierungslos. Parfüm? Frauen? War sie wieder im Montausier?

Ein hübsches Mädchen beugte sich über sie und saß an ihrem Bett. Marianne blickte zu ihr auf. Die Gesichtszüge des Mädchens waren bezaubernd, ihre Augen hatten eine ungewöhnliche Lavendelfarbe, aber es war unmöglich, die blasse Narbe nicht zu bemerken, die ihr über die Stirn lief. Sie halbierte die Kante einer Augenbraue, bevor sie in ihrem Haaransatz an der Schläfe verschwand. Marianne wollte gerade danach fragen, als sich eine ältere Frau zu ihnen gesellte, und beide blickten mit dem gleichen, leicht besorgten Gesichtsausdruck auf sie herab.

Wo um alles in der Welt war sie? Und dann erinnerte sie sich. *England. Raven. Valette.*

Die ältere Dame war unmissverständlich Nics Mutter. Es bestand definitiv eine familiäre Ähnlichkeit, trotz ihrer weicheren, weiblicheren Züge. Es war leicht zu erkennen, wie sie so hübsche Kinder in die Welt setzen konnte. Es war auch leicht zu sehen, von wem Nic seine bernsteinfarbenen Augen geerbt hatte.

„Es tut mir so leid, dass Sie allein gelassen wurden, Ma Chère", sagte die Dame sanft.

Sie hatte einen schwachen französischen Akzent. Marianne hatte vergessen, dass sie Französin war. Sie setzte sich mühsam auf.

„Hier, wir haben Ihnen etwas zu essen gebracht. Ich bin übrigens Heloise", sagte das hübsche Mädchen. Marianne ächzte fast vor Ekstase über die Kanne mit heißer Schokolade und den frischen Brötchen, die auf dem Tablett warteten. Ihr Magen murmelte vor Zustimmung, und sie errötete. „Marianne Bonnard."

„*Enchanté*. Und bitte, nennen Sie mich Thérèse." Die ältere Dame saß auf dem Bett. „Mein Sohn erzählte uns, dass Sie sein Leben gerettet haben, Mademoiselle." Ihre glatte Stirn runzelte sich vor Verwunderung. „Bitte entschuldigen Sie meine Unhöflichkeit, aber ich verstehe nicht ganz. Als ich Sie zum ersten Mal sah, nahm ich an, Sie seien ein Diener." Sie sah eher fasziniert als empört aus. „Aber jetzt denke ich, dass Sie überhaupt keine Dienerin sind. Sagen Sie mir, wie stehen Sie zu meinem Sohn?"

Marianne spürte, wie ihr Gesicht bei solch einer direkten Befragung heiß wurde. Sie war sich nicht sicher, wie sie antworten sollte, wie viel Nics Familie über sein Leben in Paris und seine Beziehung zu Fouché wusste. Sie schluckte einen Mund voll Schokolade. „Eine Kollegin, Madame. Nichts weiter."

Seine Mutter schien erleichtert, und Marianne zuckte innerlich zusammen. Natürlich wäre sie das. Sie muss aussehen wie ein zerlumptes Bettlermädchen. Kaum die Art von Gesellschaft, die sich eine Mutter mit ihrem Sohn wünschen würde.

Heloise lächelte vergnügt. „Nun, ich bin sicher, Sie sind mehr für Nic als das. Er hat mir fast den Kopf abgerissen, als ich ihm sagte, dass Sie schlafen und nicht gestört werden dürfen."

Ihre Mutter legte die Stirn in Falten. „Wir haben ihn so sehr vermisst. Danke, dass Sie ihn zu uns zurückgebracht haben, Mademoiselle. Wie können wir Ihnen das je vergelten?"

Bieten Sie mir bitte nicht an, mich zu bezahlen, dachte Marianne verzweifelt. *Es wäre vulgär und beleidigend.* Und sie wäre viel zu versucht, es anzunehmen. „Wie lange habe ich geschlafen?", fragte sie stattdessen.

Heloise lächelte. „Stunden. Nic hat nach Ihnen gefragt. Nun, er hat eher verlangt, Sie zu sehen. Den ganzen Tag. Aber Maman sagte ihm, Sie müssten Sich ausruhen."

„Wo ist er? Kann ich ihn sehen? Hat er einen Arzt aufgesucht?"

Seine Mutter tätschelte ihre Hand. „Es geht ihm gut, er muss sich nur ausruhen. Der Arzt sagt, er sollte in ein oder zwei Wochen vollständig genesen sein, vorausgesetzt, er tut nichts allzu Anstrengendes."

Marianne wandte sich auf dem Bett um und wurde rot, als sie bemerkte, dass sie immer noch die Kleidung des Schmugglers trug.

Thérèse holte bei dem zerknitterten Hemd und der fleckigen Reithose tief Luft. „Ach, du meine Güte. Wir müssen Ihnen etwas Passenderes zum Anziehen besorgen“, sagte sie schwach.

Marianne schenkte ihr ein verschmitztes Lächeln. „Madame, Ihrem Sohn ist das egal, glauben Sie mir.“

Thérèse warf ihr einen seltsamen, wertenden Blick zu. „Unsinn. Außerdem bin ich sicher, dass Heloise etwas hat, das Ihnen passen würde. Komm, Heloise.“ Sie stand auf und ging auf die Tür zu.

„Oh nein, es ist schon gut, Madame ...“ Marianne protestierte. „Das heißt, ich bleibe sowieso nicht ...“

Auch Heloise erhob sich und ihre Augen glitzerten. „Es ist sinnlos, darüber zu streiten. Maman setzt immer ihren Willen durch. Sie können jeden fragen.“

„Heloise!“, schimpfte ihre Mutter mit einem zärtlichen Lächeln. „Das ist doch nicht wahr!“

Heloise zwinkerte ihr zu. „Nun, alle außer Nicolas machen sowieso, was sie will. Sogar Papa und Dickie.“ Sie winkte mit der Hand zu einer Verbindungstür und senkte ihre Stimme, damit ihre Mutter sie nicht hören konnte. „Er ist gleich da drüben.“ Sie zeigte Marianne ein verschwörerisches Grinsen.

Marianne starrte schockiert auf die Tür. Man hatte sie in der Suite neben Nicolas untergebracht? Sicherlich war es nicht üblich, dass eine Frau als Gast in das Zimmer neben ...? Ihr Gesicht wurde heiß, als ihr die

Bedeutung dieser Situation bewusstwurde. Sie dachten, sie wäre seine ... Geliebte. Seine Hure.

Sie stellte fest, dass sie weder Thérèse noch ihre Tochter anschauen konnte. „Danke", flüsterte sie beschämt.

Thérèse nickte lebhaft. „Es ist fast Zeit für das Abendessen. Fühlen Sie sich wohl genug, um nach unten zu kommen? Ich weiß, dass die Familie sehr daran interessiert ist, Sie kennen zu lernen."

„Ja, Madame", sagte Marianne höflich, wohl wissend, dass sie nicht ablehnen konnte. „Natürlich.", sagte sie.

* * *

Ihre Hand zitterte, als sie den Griff zu Valettes Zimmer drehte. Sie hoffte halb, dass die Tür verschlossen sein würde, aber der Griff drehte sich ganz leicht. Sie musste aufhören, so dumm zu sein. Es war ein Krankenzimmer. Er war ein Invalide. Es war absurd, sich nach allem, was sie zusammen durchgemacht hatten, um Anstand zu sorgen.

Er saß im Bett, mit nacktem Oberkörper, gegen einen Berg von weißen Kissen gelehnt. Ein Exemplar der Londoner Tageszeitung lag auf seinen Knien.

„Willkommen in meiner bescheidenen Bleibe."

Er sah recht gut aus, trotz des neuen Verbandes an seiner Schulter.

Ihr fehlten die Worte. Sie hatten so viel geteilt. Hatten so viel geleistet. Er hatte ihr das Leben gerettet, sie in ihrem dunkelsten Moment gesehen, ihre Seele direkt aus ihr heraus geküsst. Und doch schien er hier, in diesem strengen, eleganten Raum, weiter von ihr entfernt zu sein, als er es je gewesen war. So weit entfernt von dem draufgängerischen Piraten, als den sie ihn kennen gelernt hatte.

Seine Aufmerksamkeit machte sie nervös. Marianne blickte verzweifelt durch die hohen Fenster auf den blauen Himmel dahinter. „Ich dachte, in England würde es immer regnen."

Dummkopf! Ein Kommentar über das Wetter? War das wirklich das Beste, was ihr einfiel? Sie wollte sich auf dem Kaminsims den Kopf einschlagen.

Valettes spöttisches Lächeln sagte ihr genau, was er von ihrem erbärmlichen Versuch einer Konversation hielt. Sie zwang sich, nach vorne zu gehen und auf dem Stuhl an einer Seite des verzierten Bettes Platz zu nehmen.

„Ist meine Familie nett zu dir?", fragte er.

„Natürlich." Sie biss sich auf die Lippe. „Sie waren überaus freundlich. Aber ich kann nicht umhin, mich zu fragen, was sie sagen würden, wenn sie wüssten, was ich bin?"

„Und was bist du?", fragte er mit einer gewissen Ruhe. „Abgesehen von dem Mädchen, das mir das Leben gerettet hat?"

Ich weiß es nicht, dachte sie verzweifelt. *Ich weiß nicht, was ich für dich bin. Dein Mittel zur Rache an Duval? Eine mögliche Eroberung? Dein Protegé? Dir ebenbürtig? Dein Freund?*

„Ein Zirkusdieb", sagte sie. „Und eine Verräterin."

„Sie würden dich für außergewöhnlich halten", sagte er. „So wie ich."

Sie schaute weg, beschämt über die Aufrichtigkeit in seiner Stimme. Sie deutete auf ein Tablett in der Nähe. „Dort steht Essen. Du solltest versuchen, es zu essen."

Er erwischte ihr Handgelenk. „Nur, wenn du bei mir bleibst."

Ihr Herz wurde warm bei seiner offensichtlichen Erpressung. „In Ordnung." Sie hob die gewölbten Metalldeckel an und betrachtete den Inhalt mit unverhüllter Abscheu. „Was ist das?"

Er beugte sich vor, um einen Blick darauf zu werfen. „Sieht aus wie Roastbeef, mit *Spotted Dick*, oder was die Engländer als Kuchen bezeichnen. Guter, herzhafter englischer Fraß."

Sie schüttelte angewidert den Kopf. „Laurent sagte immer, die Engländer täten barbarische Dinge mit Fleisch. Es stimmt. Das ist verbrannt wie Jeanne d'Arc." Sie richtete ihre Aufmerksamkeit auf das Dessert und schubste verächtlich einen Löffel voll herum. „Und was ist dieser ‚Spotted Dick'?"

Er kicherte. „Ich habe eine seltsame Vorliebe dafür. Ich habe es früher im Internat gegessen."

„Es sieht aus, als wäre es aus toten Fliegen gemacht."

„Ich glaube, das sind Rosinen", sagte er mit ernster Miene.

„Nur ein Engländer könnte sich so ein Dessert vorstellen. Wie kann man das einer Crème Brûlée vorziehen?" Sie blickte auf und runzelte angesichts seines amüsierten Gesichtsausdrucks die Stirn.

„Nur dem englischen Teil von mir gefällt es. Glaub mir, der französische Teil hat eine überragende Leidenschaft für Crème Brûlée". Seine Lippen kräuselten sich wie bei einem vertraulichen Witz.

Die plötzliche Hitze in seinen Augen ließ sie erröten. Er griff über die Decke und nahm den Löffel aus ihren nervösen Fingern.

„Du solltest dich ausruhen", schimpfte sie und versuchte erfolglos, ihre Hand von seiner zu lösen.

Er rieb mit seinem Daumen die Innenseite ihres Handgelenks und nahm das Aussehen eines mürrischen Schuljungen an. „Ich bin nicht müde. Ich verliere vor Langeweile den Verstand." Er warf ihr einen teuflischen, sündigen Hundeblick zu. Dann zeichnete er mit seinen Fingern auf der Innenseite ihres nackten Armes einen heißen Pfad vom Handgelenk bis zum Ellbogen und wieder zurück. Ihr Unterleib flatterte.

„Gefällt dir dieses Zimmer?" In seinen Augen war ein verdächtiger Schimmer zu sehen, dem sie sofort misstraute. Sie sah sich um. Die Wände waren mit chinesischer Seide verkleidet. Satinvorhänge hingen an den Fenstern und um das Bett herum. Es gab Spiegel und Gemälde, Ormolu und Schildkrötenpanzer, Bernstein und Marmor. Ihr Atem stockte in ihrer Kehle. Es war der Raum, den er in der Dunkelheit beschrieben hatte - der Fantasieraum aus dem Kerker. Das Bild davon war in ihr Herz eingebrannt.

Ihre Augen trafen die seinen. *All die verruchten Dinge, die er im Gefängnis gesagt hatte.*

Sie wusste nicht, wie sie fragen sollte. Sie wollte es, so sehr, aber ihre Lippen konnten die Worte nicht zusammensetzen.

Ein unbehagliches, bedeutungsschwangeres

Schweigen voller unausgesprochener Dinge fiel zwischen sie. Er hob die Augenbrauen und wartete.

„Nun, ich muss gehen“, sagte sie verwirrt. Sie zog ihre Hand von seiner ab. „Deine Mutter will, dass ich zum Abendessen hinunterkomme. Kommst du mit?“

Er warf ihr einen vorwurfsvollen Blick zu. Er wusste, dass sie sich drückte. „Ich freue mich darauf.“

KAPITEL 43

Nic legte sich mit einem Seufzer auf die Kissen, als sich die Tür hinter Marianne schloss. Es war seltsam, sie hier zu sehen, im Haus seiner Kindheit. In seinem Schlafzimmer. Er lachte wehmütig. Dies war das Zimmer, das er in seiner Phantasie in Vincennes beschrieben hatte. Hatte sie es erkannt?

Er hatte gehört, wie sie plötzlich den Atem eingesogen hatte. Er mochte den rosa Hauch, der sich auf ihre Wangen schlich, als sie sich an all die skandalösen Dinge erinnerte, die er ihr versprochen hatte. Oh ja, sie erinnerte sich.

Es war schwieriger, als er gedacht hatte, wieder zu Hause zu sein. In den letzten zehn Jahren hatte er kaum einen Fuß in dieses Haus gesetzt. Jetzt überfielen ihn auf Schritt und Tritt Erinnerungen, geistige Schemen einer glücklichen, unbeschwerten Kindheit. Er trieb sich mit seinen Brüdern in den Felsenbecken und Höhlen entlang des Ufers herum. Kletterte auf Bäume, schürfte sich die

Knie auf, spielte Piraten und Schmuggler und Wegelagerer. Anthony kletterte auf einen Baum. Richard fiel mit seinem schlecht gelaunten Pferd in den Fluss.

Nic schluckte einen wehmütigen Knoten der Nostalgie herunter. Er hatte es vermisst, Teil einer Familie zu sein. Wie sehr, das merkte er erst jetzt, da er wieder in ihrer Mitte war. Sein Leben in Paris war glanzvoll und glamourös, voller Intrigen und Aufregung. Aber es war ein einsames Leben. Er konnte die Zahl der Menschen, denen er vertraute, an den Fingern einer Hand abzählen. Es war besser so, in einem Spiel, in dem er jeden Tag gute Männer losschickte, um ihr Leben zu riskieren. Er hatte Menschen absichtlich auf Distanz gehalten. Sogar die Falconis und Andrew Ducrow, Männer, die er wie Brüder liebte, hatte er auf Distanz gehalten. Er hatte gedacht, freundlos zu sein bedeute, auch frei zu sein.

Marianne hatte das irgendwie sinnlos erscheinen lassen. Seine glücklichsten Erinnerungen waren die Zeit im Cirque Olympique, als er sie aus dem Schatten heraus beobachtete. Die Zeit, die er mit ihr verbracht hatte.

Nic schaute finster auf die verzierte Decke. Er hatte Jahre damit verbracht, eine undurchdringliche Mauer um sein Herz, um seine Gefühle aufzubauen. Verteidigungsanlagen so dick wie die Mauern der Bastille. Marianne hatte sie niedergerissen. Nicht mit einem direkten Angriff, sondern langsam und heimtückisch. Sie war durch die Lücken gerieselt wie Wasser durch Sand: unmerklich, unaufhaltsam und absolut zerstörerisch.

Er hatte bereits den sehr großen Fehler gemacht, sich zu erlauben, etwas für sie zu empfinden. In seiner Branche war das unverzeihlich. Lieben war nicht nur gefährlich, sie war unmöglich. Er schloss seine Augen. Wenn sie sich nur vor dem Krieg kennengelernt hätten. Bevor Tony gestorben war. Bevor er ein Verräter, Lügner, Mörder und Dieb geworden war.

Er schüttelte den Kopf. Es war dumm, über unmögliche Alternativen zu sinnieren. Er hatte kein Herz, das er ihr schenken konnte. Er hatte sich dafür eingesetzt, den Mörder Napoleon zu besiegen, und er wollte nicht von seinem Kurs abweichen.

Er sah die Zeitung, die er gelesen hatte, mit düsterer Miene an. Der Kaiser war auf dem Weg von Paris nach Norden. Der von allen erwartete Showdown stand kurz vor seinem Höhepunkt. Nic starrte das Zeitungspapier ausdruckslos an. Er hatte ein Versprechen gegeben und er würde nicht ruhen, bis es erfüllt war. Liebe war eine bindende Sache, und er war noch nicht bereit, sich binden zu lassen. Er wollte nicht, dass Wurzeln ihn an einem Ort festhielten. Er hatte noch zu viel zu tun.

* * *

ALS MARIANNE ZURÜCKKAM, lag ein Kleid auf ihrem Bett. Dazu Strümpfe und Strumpfbänder, ein Nachthemd aus reiner Baumwolle und ein Morgenmantel. Ein heißes Bad wartete vor dem Feuer.

Zum ersten Mal schaute sie sich ihre Umgebung bewusst an. Ein riesiger Seidenbaldachin, der über dem Bett drapiert war, passte zu den rosa Seidenpapierwänden und den vergoldeten Schnörkeln der Möbel. Toile-de-Jouy-Hirten und Liebespaare auf Schaukeln tummelten sich auf sämtlichen Oberflächen. Eine vergoldete Uhr mit einem Pendel in Sonnenschliff tickte leise auf dem Kaminsims zwischen Porzellanfiguren von Affen mit Musikinstrumenten. Der Flötenspieler trug ein kleines rotes Hütchen und eine Weste. Er sah genau wie Pagnol aus.

Die ganze Erscheinung war zierlich und elegant. Es war ein unverkennbar femininer Raum, der architektonische Gegenpol zu dem blau-seidenen Raum nebenan. Es erinnerte sie plötzlich an ihr Kindheitsschlafzimmer in Chanterac, vor dem Feuer. Kein Wunder, dass es sich so schmerzhaft vertraut anfühlte.

Marianne strich mit den Fingern über das Kleid, überfallen von einer kurzen Erinnerung an ihre Mutter, die sich für einen großen Ball gekleidet hatte. Von sich und Sophie, die vom Treppenabsatz aus durch das Geländer spähen und beobachten, wie sich ihre glamourösen Eltern auf dem Flur trafen, um in die wartende Kutsche hinausgeführt zu werden.

Mutter hatte so wunderschön ausgesehen, wie eine verzauberte Prinzessin. Genauso, wie die Comtesse de Chanterac aussehen sollte. Diamanten glitzerten an ihren Ohren und an ihrem Hals. Wie winzige Regentropfen schmiegten sie sich in ihr Haar und funkelten auf den Stiften ihres Fächers. Vater war groß und gutaussehend in seiner Kleidung gewesen. Er hatte eine Seidenschärpe über der Brust getragen, einen hellblauen Abendmantel mit silberner Spitze umrandet, weiße Kniestrümpfe und Diamanten, die auf den Schnallen seiner Schuhe glänzten.

Die Erinnerung verblasste. Sie zog ihre grobe Reithose und das geliehene Hemd aus und stieg ins Bad.

Sie schrubbte ihre Haut, bis sie rosa glühte und jede kleinste Spur von Vincennes verschwunden war.

Doch als es an der Zeit war, sich anzuziehen, erstarrte ihr Herz. Von all den Härten, die sie in den vergangenen sechs Jahren ertragen musste, hatte sie nie geweint, nicht ein einziges Mal. Nicht, als ihre Eltern gestorben waren. Nicht, als sie von Duval misshandelt worden war. Und doch wurde ihr die Geschmeidigkeit des Stoffes zum Verhängnis. Die Spitze war so fein, wie der Atem eines Babys. Unzählige Stunden Arbeit mussten darin stecken. Es brachte sie zum Weinen.

Sie mochte in dieses Leben hineingeboren worden sein, aber die letzten fünf Jahre in Paris hatten das Mädchen, das sie einmal gewesen war, ausgelöscht. Dieser Luxus war ihr so fremd wie dieses fremde Land. Sie empfand einen Stich der Wut. Ein solches Leben war ihr von Duval gestohlen worden. Wenn ihre Eltern gelebt hätten, wäre sie an diesen Luxus gewöhnt gewesen. Sie war die beste Diebin in Paris, aber sie konnte nie zurückstehlen, was er ihr genommen hatte.

Liebevoll berührte Marianne das Paar Strümpfe. Es fühlte sich wie ein Verrat an ihrem neuen Leben an, sich solche Dinge zu wünschen, aber sie waren so wundervoll. Wenn Sophie sie nur sehen könnte. Sie würde in solcher Pracht umwerfend aussehen.

Eine Schwiele auf ihrer Handfläche verfing sich in der dünnen Seide, und sie riss ihre Hand mit einem kleinen Aufschrei zurück. Sie würde es ruinieren. Sie konnte es nicht mehr berühren. Sie sollte die Kleider ihre Knabenverkleidung wieder anziehen, aber sie waren zerknittert und schmutzig. Tränen stachen ihr in die Augen. *Idiotin.*

Das Kleid war aus Seide und hatte die gleiche bernsteinfarbene Farbe wie Nics Augen. Wunderschön, mit einem plissierten Mieder und einem vollen Rock, der in weichen Falten um ihre Beine fiel und schwirrte, wenn sie sich bewegte. Es hatte eine Rüsche aus Fichu-Netzgewebe am Mieder. Sie spürte jede Liebkosung des Stoffes auf ihrer Haut.

Ein Dienstmädchen kam herein, um ihr Haar zu richten. Sie bejubelte die kurze Frisur, erklärte sie für ganz *à la mode* und begann, sie mit Klammern und Kämmchen zu befestigen und zu locken. Marianne brachte es nicht übers Herz, zu erklären, dass die Notwendigkeit und nicht die Mode den Stil diktiert hatte.

Als das Mädchen ging, starrte Marianne die Fremde an, die sie vom Spiegel aus ansah. Es war nur eine Fassade. Ein geliehenes Kleid, ein vorübergehender Traum. Wo war das Mädchen, das auf einem Seil tanzen konnte? Wo war die Diebin, die Einbrecherin, die sich über den Dächern von Paris davonstahl? Wo war das Mädchen, das Messer nach Valette warf? Einen Mann tötete? Sie waren alle da, und doch waren sie es nicht. Sie war blass und schlank und elegant. Sie war sich selbst fremd.

Die Farbe des Kleides brachte die grünen Augen in ihrem blassen Gesicht zum Leuchten. Sie kniff sich in die Wangen und biss sich auf die Lippen, um zu versuchen, etwas Farbe hinzuzufügen, dann wandte sie sich vom Spiegel ab.

Es wäre unmöglich, in einem solchen Kleid zu rennen. Und sie wollte unbedingt rennen.

Sie war ein Feigling. Sie hatte Folter, Tod und Vergewaltigung erlitten. Und doch war sie hier, versteinert, weil sie die Treppe hinuntergehen und Valettes Familie im Salon treffen sollte. Ihre Beine zitterten, als sie die Treppe hinabstieg.

Es war noch schlimmer, als sie es sich vorgestellt hatte. Sie hielt in der Tür zum Salon inne, hoffnungslos unsicher. Von Nicolas war keine Spur zu entdecken. Seine Familie war um ihn herum versammelt. Einer nach dem anderen drehten sie sich um und starrten sie an, als ob sie eine der Darstellerinnen in den Gärten des Palais Royale wäre. Was würden sie tun, wenn sie plötzlich mitten im Salon einen Purzelbaum schlagen würde? Wenn ihre unhandlichen Röcke nicht gewesen wären, hätte sie es getan.

Und dann wurde der unangenehme Moment plötzlich beendet, indem Thérèse auf sie zukam und sie sanft in ein Gespräch verwickelte.

KAPITEL 44

Marianne seufzte dankbar, als Louis-Charles den Raum durchquerte und sich tief vor ihr verbeugte. Es schien ihm viel besser zu gehen - er war immer noch gebrechlich, aber seine Haut hatte die leichenhafte Blässe der Gefangenschaft verloren, und sein sauberes Haar glänzte golden im Licht der Kerzen.

Er sah elegant aus, in der vermutlich geliehenen Kleidung. Eine kniehohe Reithose, hohe Lederstiefel und eine marineblaue, äußerst elegante Jacke.

„Sie sehen wunderschön aus, Mademoiselle“, sagte er mit leiser Aufrichtigkeit, während er ihre Hand ergriff und küsste.

Sie errötete. „Das sagen Sie nur, weil Sie schon so lange mit hässlichen alten Männern in einem Gefängnis eingesperrt waren“, scherzte sie.

Er kicherte etwas verschmitzt.

„Was werden Sie also tun, jetzt wo Sie endlich Ihre Freiheit haben?“

Er seufzte. „Ich habe mir diesen Tag so lange vorgestellt, dass es unmöglich scheint, zu glauben, dass er tatsächlich gekommen ist.“ Er dachte über ihre Frage nach. „Ich möchte nicht Teil der mondänen Gesellschaft werden - nach so langer Zeit allein unter so vielen Menschen zu sein, gefällt mir nicht. Ich dachte, ich könnte vielleicht Priester werden, irgendwo hier in England.“

„Sie wollen nicht nach Frankreich zurückkehren?“, fragte sie überrascht. „Aber Sie sind der rechtmäßige Thronfolger.“

Der Prinz schüttelte den Kopf. Seine Augen waren über seine Jahre hinaus weise. „Die Situation ist zu brisant. Es gab genug Blutvergießen, ohne dass ich mich einmischen musste. Reichtum und Macht würden mich, glaube ich, nicht glücklich machen. Die Freiheit wird genügen. Und Kameradschaft und Liebe, wenn ich das Glück habe, sie zu finden.“ Sein Blick schlenderte an ihr vorbei, zu etwas über ihrer Schulter.

Marianne drehte sich um, und ihr Herz blieb in ihrer Brust stehen.

Valette stand im Türrahmen. Er sah unglaublich attraktiv aus, an den Türpfosten gelehnt, ganz entspannt und unbesonnen. Sein dunkelblauer Mantel war perfekt geschnitten; seine Reithose war an seine langen, muskulösen Beine angepasst. Sein Haar war in perfekten Wellen nach hinten geschwungen, und sein schneeweißes Halstuch blendete sie regelrecht.

Nein, es war die Diamantnadel, die es sicherte, die blendete, stellte sie fest. Der einzelne Stein war so groß wie eine Erbse. Ein solches Juwel könnte eine Familie in den Gassen von Montmartre ein Jahr lang ernähren.

Sie drehte sich weg, plötzlich nervös.

* * *

NIC LUNGERTE in der Türöffnung herum und durchsuchte mit dem Blick das Zimmer nach Marianne, aber es gab keine Spur von ihr. Sein Arm schmerzte, aber er war schon einmal angeschossen worden. Und abgestochen. Es war nichts.

Louis-Charles stand am Kamin und unterhielt sich angeregt mit einer jungen Frau in einem goldfarbenen Kleid. Sie muss eine Freundin seiner Schwester sein. Nic seufzte innerlich auf. Seine Mutter vergeudete offensichtlich keine Zeit mit der Partnersuche. Sie tat es jedes Mal, wenn er nach Hause kam. Das war einer der Gründe, warum er so selten nach Hause kam.

Er sah zu, wie Dickie sich ihnen anschloss. Dem dummen Lächeln auf dem Gesicht seines älteren Bruders nach zu urteilen, war auch er offensichtlich von der Kreatur verzaubert. Nic nahm sich einen Moment Zeit, um sie von hinten zu studieren. Er nahm an, dass sie eine schlanke Figur hatte. Ihr Kleid hatte ein Band an der Taille und eine Reihe winziger Knöpfe, die am Rücken hochgingen. Die Haut über dem ausgehöhlten Rücken war blass und glatt. Sie hatte auch einen hübschen Hals, mit kleinen Haarsträhnen, die sich im Nacken kräuselten und die durch ihre modisch kurze Frisur perfekt zur Geltung kamen.

Dickie lachte über etwas, das die junge Frau sagte. Er hob den Kopf, sah, wie Nic ihn ansah, und winkte ihn herüber.

Die junge Frau in Gold drehte sich um, und der Nic versagte der Atem. *Mein Gott.*

Seine Brust schmerzte, als hätte ihm jemand mitten auf den Solarplexus geschlagen. Er hatte sie dreckig und zusammengeschlagen gesehen. Er hatte sie in Zirkuskleidung und als Junge verkleidet gesehen. Verdammt, er hatte sie nackt und rosig gesehen und wie sie aus dem Bad stieg. So hatte er sie noch nie gesehen.

So hatte er sie sich vorgestellt, damals in diesem gotterbärmlichen Kerker. Ihr kurzes Haar war in einfachen Locken um ihren Kopf angeordnet, so dass ihre glatten Schultern und die Alabasterhaut ihres Nackens entblößt blieben. Die Farbe des Kleides brachte das erstaunliche Grün ihrer Augen und das weiche, rosige Pink ihrer Lippen zum Vorschein.

Nics Miene verfinsterte sich. Er fühlte sich seltsam missbraucht, als ob sie ihn irgendwie getäuscht hätte. Sie war nicht nur hübsch. Sie war atemberaubend. Elegant und souverän und unglaublich verführerisch.

Was zum Teufel war mit ihm los? Er hatte gewusst, dass sie gut aussehen würde, wenn sie endlich herausgeputzt war. Er hatte mit einigen der schönsten Frauen in Europa geschlafen. Er flirtete, verführte und verließ sie mit Leichtigkeit. Neben ihr waren sie blasse, geschmacklose Imitationen. Wie Strasssteine neben einem schimmernden Diamanten. *Verdammt!*

Es gelang ihm, sich gerade so weit zu erholen, dass er

die Brauen hochmütig heben konnte, als sie zu ihm aufblickte. „In diesem Outfit kann man nirgendwo seine Messer verstecken", murmelte er.

* * *

MARIANNE VERKRAMPFTE SICH. Sie spürte seine Größe und die Hitze seiner langen Finger, als er ihre Hand nahm. Zumindest zum ersten Mal fühlte sie sich ihm in der Kleidung ebenbürtig. Seine Augen schweiften über ihren Körper, ein anerkennendes Leuchten in ihren gelbbraunen Tiefen, das ihr Blut zum Kochen brachte. Louis-Charles lachte und Marianne spürte ihre Haut noch mehr glühen.

Valette verneigte sich tief über ihre Hand, als befänden sie sich in einem Pariser Ballsaal. „Sie sehen heute Abend bezaubernd aus, Mademoiselle."

Der Prinz nickte zustimmend. „Ja. Wie sagt Ihr Engländer so schön? Ein Diamant erster Güte?"

Marianne blickte ihn missmutig an.

Die blauen Augen von Louis-Charles funkelten. „Natürlich war ich nicht viel in der Gesellschaft unterwegs. Aber selbst ich weiß, wie selten es ist, eine Frau zu finden, die nicht nur Schönheit, sondern auch Mut, Talent und Witz besitzt."

Marianne gab ein wenig damenhaftes Grunzen von sich. Und bei dem Kompliment errötete sie sogar. „Monsieur, Sie machen sich lächerlich! Gehen Sie und üben Sie Ihre Schmeicheleien an jemand anderem."

Er verbeugte sich übertrieben vor ihr, bevor er den

Raum durchquerte, um mit Heloise zu sprechen. Auch Richard entschuldigte sich und ließ sie mit Valette allein.

Sie starrte auf seine Brust. Seine Hemdknöpfe waren aus Perlmutt; sie schimmerten leicht in Regenbogenfarben, als er atmete.

„Du bist sehr abweisend dem Adel gegenüber", murmelte er genüsslich.

„Der Prinz will mich nicht. Er hat deine Schwester seit einer halben Stunde beobachtet." Sie unterdrückte ein Lächeln über die Art und Weise, wie sich sein Kiefer dabei erwartungsgemäß zusammenpresste.

„Ich dachte, er wolle Priester werden?", knurrte er.

„Der arme Mann war zwanzig Jahre lang inhaftiert. Ich nehme an, er ist einfach nur glücklich, ein hübsches Gesicht zu sehen, anstatt seiner grimmig dreinblickenden Kerkermeister jeden Tag. Und Heloise ist so schön, dass sie einen Heiligen in Versuchung führen würde." Marianne stupste ihn sanft an. „Hör auf zu glotzen! Deine Schwester interessiert sich nicht für ihn." Sie machte eine dramatische Pause, um den Augenblick auszukosten. „*Sie* hat nur Augen für deinen Schmuggler."

Sein Ausdruck des Erstaunens war geradezu skurril. „Raven? Woher weißt du das?"

Marianne lächelte. „Ich habe sie gerade auf dem Flur gesehen. Deine Schwester spionierte ihm von der Treppe aus nach und lauerte ihm auf dem Treppenabsatz auf. Aber er muss gewusst haben, dass sie dort war, denn als er das Gespräch mit deinem Bruder beendet hatte, sah er auf und ertappte sie dabei, wie sie ihn beobachtete. Ich schwöre, der Blick, der zwischen ihnen verging, hätte Stein schmelzen können. Heloise errötete hellrosa und floh den Korridor hinunter. Und Raven lachte."

Valette schmollte. „Spioniere niemals einen Spion aus."

Sie blickte ihn unter ihren Wimpern an. „Er ist ziemlich verrucht. Und schrecklich gutaussehend. Frauen finden lässigen Piratencharme geradezu schändlich attraktiv."

„Nun, er kann seinen ‚lässigen Piratencharm' verdammt gut von meiner kleinen Schwester fernhalten." Nic war verärgert. „Sie ist nichts für Leute wie ihn."

„Wer ist *jetzt* ein aristokratischer Snob?", verhöhnte sie ihn süffisant.

„Es ist nicht seine Herkunft", sagte er. „Ravens Stammbaum ist genauso gut wie meiner. Aber dieser Mann hat Dinge getan, die dir das Haar zu Berge stehen lassen würden. Heloise ist eine vollkommen unschuldige Frau. Sie hat keinen Grund, sich in einen Schuft wie ihn zu verlieben."

„Dieser Schuft hat uns beiden das Leben gerettet", erinnerte Marianne ihn sanft.

„Ja, nun, es liegt nicht an ihr, ihm zu zeigen, wie dankbar die verdammte Familie ist."

„Apropos Stammbäume", sagte sie vorsichtig, „willst du mir deinen verraten? Du sagtest, dein richtiger Name sei Nicolas Valette. Ich nehme an, du hast noch andere." Sie hob die Brauen und wartete auf seine Erklärung.

Er seufzte tief und lange. „Ja. Mein voller Name ist Nicolas Sheridan Guy Valette Hampden. Mein Vater, den du kennengelernt hast, ist Sir William Hampden, auch bekannt unter den Ehrentiteln Viscount Lovell und

Baron Trevor. Meine Mutter war vor ihrer Ehe Thérèse Valette. Dickie, dort drüben, ist der Erbe. Mein jüngerer Bruder, Tony, wurde in Spanien getötet, und Heloise ist die Jüngste. Wenn du weitere Informationen möchtest, musst du *Burkes Peerage* konsultieren", schloss er mürrisch.

KAPITEL 45

„Hast du die Nachrichten aus Frankreich gehört?“, fragte er, offensichtlich mit dem Wunsch, das Thema zu wechseln.

Mariannes Magen sackte ab. „Was gibt es?“

„Der Kaiser fährt nach Norden in Richtung Belgien. Er hat General Davout in Paris gelassen. Die österreichische und die russische Armee sind auf dem Weg, um sich mit den Briten unter Wellington zu treffen. Napoleon will sie kurz hinter der Grenze angreifen.“

Ihr Herz begann zu schnell zu schlagen. „Du willst auch gehen, nicht wahr?“

Der grimmige Ausdruck auf seinem Gesicht jagte ihr Angst ein. „Er muss aufgehalten werden.“

Sie berührte seinen Arm, und er zuckte zusammen. „Du bist ein Idiot, Nicolas Valette.“

Er hob die Brauen. „Wieso das?“

„Du hast eine Familie, die dich liebt. Ein Leben voller Privilegien und Luxus.“

„Das Leben hier ist nicht halb so aufregend wie das Erklimmen von Burgmauern und Wassergräben mit dir, meine Liebe", scherzte er.

„Du wurdest gerade angeschossen. Du bist nicht fit genug, um Napoleon gegenüberzutreten."

„Es geht nicht darum, eine Waffe zu halten. Es gibt andere Dinge, die ich tun kann. Mit Informationen gewinnt man mehr Schlachten als mit Musketen und Säbeln."

Ein Anflug von Wut durchströmte sie, als sie die völlige Sinnlosigkeit eines Streits mit ihm erkannte. „Was ist nur los mit euch Männern? Ich bin sicher, dass ihr Kriege fabriziert, nur um ein Ventil für eure Aggressionen zu haben. Sonst würdet ihr alle umherwandern, euch in die Quere kommen und unsinnige Duelle austragen." Marianne wusste, dass sie wetterte, aber das war ihr egal. „Wenn eine Frau wütend wird, isst sie Schokolade oder geht einkaufen. Ihr Männer müsst in ein anderes Land einmarschieren. Das ist lächerlich!"

Valette blieb von ihrer Tirade unberührt. „Ich muss es tun, Marianne. Ich muss ihn ein für alle Mal besiegt sehen."

Wut hämmerte in ihren Schläfen. „Und was dann? Glaubst du, dass du dich danach zur Ruhe setzen kannst? Ein anderer Tyrann wird einfach seinen Platz einnehmen. Jemand ebenso Böses. Wirst du sie alle bekämpfen?" Ihr Zorn verflog plötzlich und sie war erschöpft. Sie blickte in sein leeres Gesicht. „Sie wird dich verzehren, diese Rache. Wann wird diese Rache enden? Wann wird es genug sein?"

Sein Blick war geplagt. „Ich weiß es nicht."

Sie versuchte ein letztes Mal, ihn zu überzeugen. „Deine Familie braucht dich genauso sehr wie dein Land. *Mehr noch* ... Du hast immer noch beide Eltern, einen Bruder und eine Schwester, die dich lieben. Du hast Frankreich und England schon so viel von deinem Leben geschenkt. Das soll genug sein. Es ist an der Zeit, etwas für dich selbst zu tun."

Sie wusste, dass sie ihn verloren hatte, noch bevor er antwortete.

„Ich kann nicht."

Marianne schloss in Anbetracht der Niederlage die Augen. Sie verstand seinen Zwang, auch wenn sie ihn nicht gutheißen konnte. Seine Rache hatte Vorrang. Sie war fast eifersüchtig auf die Tiefe seines Hasses, auf die Tiefe seiner Feindseligkeit gegenüber Napoleon. Nur gegenüber Duval empfand sie dasselbe.

„Warum? Warum musst du ihn aufhalten?"

„Er hat meinen Bruder getötet. Meinen kleinen Bruder. Der zu Hause hätte sein sollen, sich mit Mädchen vergnügen, fischen, trinken und mit seinen Freunden dumme Streiche spielen sollen. Stattdessen starb er auf Befehl dieses Bastards, viele Kilometer weit weg von zu Hause." Er holte tief Luft und bemühte sich um Ruhe. „Das Schlimmste ist, dass ich früher die Ideen Napoleons bewundert habe. Ich bewundere sie immer noch. Die Hälfte seiner Reformen sind ausgezeichnet. Aber das waren die Ideen, nicht der Mann. Bevor sein selbstherrliches Wesen mehr und mehr zum Vorschein kam. Es geht ihm darum, sich selbst unsterblich zu machen. Er will der hellste Stern am Nachthimmel der Geschichte sein. Und bei dem Versuch, das zu erreichen, hat er Tausenden und Abertausenden von Menschen das Leben genommen. *Das* ist der Preis für seinen Ruhm."

Sein Gesicht war grimmig. „Es sind nicht nur seine Feinde. Jeder dieser Soldaten auf einem Schlachtfeld ist jemandes Bruder, Vater oder Sohn. Jungen wie Tony. Dumme, idealistische Jungen, die in den Familien, die sie zurücklassen, schmerzende Löcher hinterlassen." Seine Augen glühten mit einer fieberhaften Leidenschaft. „Das ist der Grund. Um ihn davon abzuhalten, es wieder zu tun. Um ihn daran zu hindern, Familien für nichts anderes als Hochmut und persönliche Eitelkeit auseinanderzureißen. Wenn ich verhindern kann, dass nur noch eine weitere Familie das durchmachen muss, was meine durchmachen musste, dass noch ein Mann seinen Bruder verliert, dann ist es das wert."

Hoffnungslosigkeit und Trauer stiegen gemeinsam in ihrer Brust auf, angesichts der schrecklichen, herzzerreißenden Ironie der Situation. Genau die Eigenschaften, die sie dazu brachten, ihn zu respektieren, waren die Eigenschaften, von denen sie so verzweifelt wünschte, dass er sie aufgab. Seine Ehre, seine starrsinnigen Prinzipien. Sein Wunsch, Teil etwas Größerem als er selbst zu sein. Er stellte das Wohlergehen einer ganzen Nation über seine eigenen persönlichen Wünsche. Wie konnte sie von ihm verlangen, sein Wesen, seine tief verwurzelte Verpflichtung aufzugeben?

Marianne drückte ihre Augen zu. *Sie konnte es nicht.*

Ihre Brust schmerzte. All die Dinge, die sie an ihm bewunderte, hatten sich verschworen, ihr das Herz zu brechen. Er musste gehen. Und er konnte so leicht sterben. Er hatte damit seinen Frieden gefunden, aber sie konnte es nicht. Sie wollte toben und schreien.

Sie blinzelte die Tränen weg, als das Abendessen angekündigt wurde. Laurent hatte sie davor gewarnt, sich Gefühle für ihn zu erlauben aber sie war zu dumm gewesen, um auf ihn zu hören, zu sehr in ihren eigenen Ängsten gefangen, um sie zur Kenntnis zu nehmen. Und nun war es zu spät.

* * *

MARIANNE KONNTE sich kaum an das Abendessen erinnern. Valettes Familie hielt das Gespräch schlicht, trotz der Tatsache, dass sie unbedingt wissen wollten, was passiert war. Sie entschuldigte sich, sobald sie konnte, und behauptete, erschöpft zu sein.

Sie stand in ihrem Zimmer mit dem Rücken zur Tür und umklammerte den Griff als Stütze. Unsicherheit wühlte in ihrem Bauch. Sie musste gehen. Sie musste Valette sehen. Es war noch zu viel ungeklärt zwischen ihnen.

Es schien Stunden zu dauern, bis sie seine Schritte im Flur und das leise Klicken seiner Tür hörte. Sie schlenderte durch den Raum und öffnete die Verbindungstür, bevor sie die Nerven verlor. Er blickte auf und hielt inne, während er sich einen Brandy einschenkte. Er hatte seine Jacke, sein Halstuch und seine Stiefel ausgezogen, und sein weißes Hemd lag nun offen an seinem Hals. Er stellte die Karaffe ganz vorsichtig auf das Tablett und beobachtete sie mit diesen unergründlichen, bernsteinfarbenen Augen. Er wartete darauf, dass sie sprach.

„In Vincennes", platzte sie heraus und stolperte über ihre Worte. „Du sagtest ..." Sie blieb stehen, plötzlich sprachlos. *Was in aller Welt tat sie da?* Zurück in ihrem Zimmer war sie sich so sicher gewesen, dass dies eine gute Idee war. Sie schluckte und versuchte es noch einmal. „Dieses Zimmer hat Seide an den Wänden... und Bernstein und Marmor und ..." Sie hielt wieder inne.

Die kurze Pause, bevor er antwortete, war so tiefgreifend, dass sie das Ticken der Uhr auf dem Kaminsims hören konnte sowie das Rauschen ihres eigenen Blutes in ihren Ohren. Sie glaubte, sie würde ohnmächtig werden.

„So ist es", sagte er vorsichtig.

Er muss wissen, was sie fragen wollte.

„Du hast es versprochen", sagte sie atemlos. „Du sagtest, wir würden beenden, was wir angefangen haben."

Er nahm einen langsamen Schluck Brandy und starrte sie einfach vom anderen Ende des Raumes aus an.

Ein Knoten des Elends formte sich in ihrer Brust, und sie schloss ihre Augen in stiller Verzweiflung. *Wollte er ihr jetzt doch noch eine Abfuhr erteilen?*

Sie machte einen Satz, als seine Finger über ihr Kinn streichelten. Sie riss die Augen auf. Verdammt sei dieser Mann! Er hatte den Raum so lautlos durchquert wie eine Katze.

„Willst du damit sagen, dass du willst, dass ich mit dir schlage, Marianne?"

Sie schaffte es, zu nicken.

„Und du vertraust mir? Um dir zu zeigen, wie es sein sollte?" Er klang skeptisch.

„Ich *möchte* ... so sehr ... aber ..."

Er seufzte. „Liebe ist nicht irgendein schmutziges Machtspiel. Es ist keine Demütigung und kein Leid. Es ist ein Geben und Nehmen. Spiel und Vergnügen." Er schenkte ihr ein schiefes, halbes Lächeln, das ihr Inneres zum Beben brachte. „So viel Vergnügen, dass man glaubt, man könnte daran sterben."

„Ich glaube nicht, dass das möglich ist", sagte sie, wobei sie entschlossen war, ehrlich zu sein. „Jedenfalls nicht für mich. Was, wenn ich beschädigt bin? Jenseits aller Möglichkeit zur Reparatur."

Er legte seine Stirn gegen ihre und streichelte ihr mit den Daumen übers Kinn. „Das glaube ich nicht. Denk noch einmal darüber nach. Erinnere dich an all die Male, als ich dich berühren durfte, ohne dass du zusammengezuckt bist." Er ließ das auf sie wirken, während seine Finger weiter ihre Wange streichelten, leicht, wie die Flügel eines Schmetterlings. Ihr Bauch flatterte. „Als du mit mir im Bett im Château lagst. Auf dem Wagen, als die Soldaten kamen." Seine Augen waren voller Erinnerungen, sein Tonfall neckisch. „Hast du meine Berührung damals gehasst?"

Mariannes Herz klopfte wild in ihrer Kehle. „Nein. Aber ich kann es nicht ertragen, das Gewicht eines Mannes auf mir zu haben. Ich fühle mich dann... hilflos und wütend."

Er schüttelte den Kopf. „Oh, Liebes. Für jemanden, der so lange wie du in einem Bordell gelebt hat, bist du erbärmlich ungebildet!“ Sein Ton war ernst, aber seine Augen lachten.

Es rüttelte sie aus ihrem Selbstmitleid heraus. „*Verspottest* du mich?“

Sein Lächeln war unendlich zärtlich. „Nur ein wenig. Der Mann muss nicht obenauf sein.“

Sie runzelte die Stirn.

Er schmunzelte. „Die Frau kann ihn reiten wie ein Pferd. Oder er kann sie im Liegen von der Seite nehmen. Oder von hinten. Oder im Stehen.“ Sein Daumen glitt über ihre Unterlippe und rollte sie herunter. Hitze breitete sich aus und rollte wie Holzrauch durch ihre Adern.

Es war eine so gewaltige Entscheidung. Ihren Körper, ihre Seele in seine Obhut zu geben.

„Wir können so langsam vorgehen, wie du willst. Wann immer du aufhören willst, werde ich innehalten.“

Seine Berührung brachte sie völlig durcheinander. „Du lügst andauernd“, sagte sie schwach.

Seine Augen richteten sich auf ihre und loderten. „Niemals hierbei. Das schwöre ich dir.“

„Dann, ja.“

Ein tiefes Zittern durchzog ihn, und ihr wurde klar, dass er angespannt gewesen war, wie eine Bogensehne. Er hatte auf ihre Entscheidung gewartet. Sie schluckte, plötzlich erschrocken über den folgenschweren Schritt, den sie tun wollte. *Oh Gott, sie würde das tatsächlich tun.*

Seine Hände umschlossen ihr Gesicht sanft und ehrfürchtig, als wäre sie aus feinstem Sèvres-Porzellan. Er beugte sich und küsste abwechselnd jedes Augenlid, dann die Nasenspitze, den äußersten Mundwinkel. Sie zitterte, wurde schwächer, schmolz bei seiner Berührung wie Eis im Frühling.

Er zog sich zurück, und sie unterdrückte einen Seufzer. Sie konnte ihn ewig weiter küssen.

„Was sollen wir jetzt tun?“, fragte sie atemlos.

KAPITEL 46

Valette ging an die Bettkante, setzte sich hin und lehnte sich zurück. „Was willst du tun?"

Ihr Herz klopfte verängstigt angesichts der Macht ihres Begehrens. „Ich möchte dich berühren", flüsterte sie und fühlte die Hitze in ihrem Gesicht.

„Dann tu es."

Sie ging auf ihn zu, stellte sich zwischen seine Beine und griff nach dem Saum seines Hemdes, erstaunt über ihre eigene Kühnheit. Sie zerrte es aus seiner Reithose. Er hob seine Arme über den Kopf, um ihr zu helfen, und sie zog es hoch und ließ es auf den Boden gleiten.

Für einen atemlosen Moment studierte sie ihn einfach nur. Die schlanke Perfektion seines Körpers. Jeder Muskel und jede Sehne flossen in perfekter Symmetrie, seine Haut glatt und gelbbraun im flackernden Kerzenlicht. Nur die weiße Bandage auf seiner Schulter unterbrach die geschmeidige Linienführung.

Zaghaft berührte sie mit der Hand seine Brust, über seinem Herzen. Seine Haut fühlte sich heiß an, sein Herzschlag stark und gleichmäßig unter ihrer Handfläche. Sie spreizte ihre Finger und fuhr mit ihnen leicht über seine Brust, wobei sie die Art und Weise genoss, wie seine gemeißelten Muskeln unter der Liebkosung zuckten. Sein Bauch war voller Wogen und Vertiefungen, Mulden und Täler, wie das Muster, das die Ebbe auf Sand hinterließ.

Sie verfolgte mit ihrem Finger seinen flachen Bauch hinunter und folgte dabei der faszinierenden Haarlinie, die im Hosenbund seiner Reithose verschwand.

Wie oft hatte sie davon geträumt?

Valette sog seinen Atem ein. Er fasste ihr Handgelenk und stoppte ihren Abwärtsschritt mit einem sanften Ruck. Sein Mund wölbte sich in einem schwachen, reumütigen Lächeln. „Genug davon für jetzt. Dreh dich um."

Marianne tat, was ihr gesagt wurde.

Er begann, die Reihe der winzigen Knöpfe auf ihrem Rücken aufzuknöpfen. Das leise Ploppen eines Knopfs nach dem anderen war ohrenbetäubend in der plötzlichen Stille. Das Kleid gab nach, lockerte sich Zentimeter für Zentimeter mit einem sanften Flüstern der Seide. Es fiel ihr von den Schultern, aber plötzlich hielt sie es schüchtern an ihre Brust.

Sie erzitterte, als seine Finger ihre Haut berührten und die Fäden ihres Korsetts aufschnürten. Als er sie wieder zu sich drehte, klopfte ihr Herz gegen ihre Rippen. Wärme erfüllte ihr Gesicht. Er verschlang sie mit seinen Augen, und ihr wurde klar, dass die Farbe auf seinen Wangen auch Erregung war.

„Lass das Kleid fallen", befahl er leise und setzte sich wieder auf das Bett.

Sie öffnete ihre Hände. Der Stoff fiel in einer anmutigen bernsteinfarbenen Pfütze zu ihren Füßen. Seine Augen verließen nicht ihr Gesicht.

„Jetzt das Korsett."

Sie biss sich auf die Unterlippe, und seine Augen folgten ihr hungrig. Das gelockerte Korsett traf auf das Kleid am Boden, und sie trat aus beiden heraus. Sie blieb nur in ihrem dünnen Baumwollhemd zurück. Es hätte ihr kalt sein müssen, aber sein glühender Blick erhitzte ihr Blut, und sie konnte an nichts anderes denken.

„Jetzt das", flüsterte er und nickte ihr zu.

Mit zitternden Händen gehorchte sie.

Es war nichts außer ihren Strümpfen darunter. Sie beugte sich vor, um das Band zu lösen, das sie hochhielt, eher um sich zu bedecken als alles andere, aber sein stiller Befehl hielt sie davon ab.

„Nein. Lass sie an. Komm her."

Sie kam ihm einen winzigen Schritt näher, und er zog sie zwischen seine Knie. Er legte seine Hände auf ihre Hüften und spreizte seine Finger, beugte sich dann vor und legte seinen Kopf knapp unter ihre Brüste.

Marianne schnappte erstaunt nach Luft. Sie vergrub ihre Hände in seinen Haaren und drückte ihn an sich. Sein Atem auf ihrer Haut war wie zartes Feuer, wie eisige Flammen.

Das war nicht genug. Es war nicht annähernd genug.

Und dann drehte er seinen Kopf und schloss seinen Mund über ihrer Brustwarze. Marianne keuchte. Er zwickte sie mit den Zähnen, ein leichter Schmerz, der sofort von seiner Zunge gelindert wurde. Und dann saugte er, hart, und ihr ganzer Körper zitterte. Ein heftiger Impuls schoss zwischen ihre Beine. Ihre Knie wurden zu Wachs. Seine Zunge folgte dem Halbmond unter einer Brust, und das leichte Raspeln seiner unrasierten Wange ließ sie schlottern.

„Mmm", murmelte er verträumt. „Zimt und Sahne."

Marianne stand in Flammen, und ausnahmsweise begrüßte sie die Flammen. Sie wollte verglühen. Sie wollte, dass die helle, klärende Kraft ihren Körper reinigt und ihn sauber, ganz und neu hinterlässt. Sie sträubte sich nicht, als er sie auf das Bett neben sich herabzog und ihr einen sanften, süßen und erkundenden Kuss auf den Mund drückte.

Tränen drangen ihr in die Augen bei der liebevollen Fürsorge, die er ihr entgegenbrachte. Er gab ihr das Gefühl, schön, kostbar und geschätzt zu sein. Sie küsste ihn zögernd zurück, genoss seine Berührung und als sie stöhnte, legte er seine Arme um sie und nahm ihren Mund mit wilder Besessenheit. Ihr Kopf schwirrte.

* * *

NIC HÄTTE am liebsten über die zarte Perfektion ihres Körpers geweint. Er zog sich zurück, verlagerte sein Gewicht auf seine Unterarme und wollte, nein, er musste sie anschauen.

Ihre unerwartete Schönheit raubte ihm noch immer den Atem: das dunkle Haar, das sich um ihren Kopf herum entfaltete, ihre kleinen, perfekten Brüste, ihre winzige Taille und ihre wohlgeformten Beine. Sie war mit Schrammen und blauen Flecken übersät, Verletzungen, die alle auf ihn zurückzuführen waren. Ein Ball aus Schuld und Zuneigung zog seine Kehle zusammen. Er beugte sich und küsste jede Schürfwunde in stiller Entschuldigung, wobei er den Schmerz mit seinen Lippen und seiner Zunge lindern wollte.

Er küsste ihren Nacken, wo er auf ihre Schulter traf und sie wölbte sich zu ihm hin. Er küsste sie süß und vertrauensvoll, und all der abgestumpfte Zynismus seiner vergangenen Taten begann zu bröckeln.

Er konnte die Lust an ihr schmecken, die Erregung riechen, die von ihrer Haut aufstieg und es machte ihn härter als je zuvor. Er nutzte jede einzelne seiner erheblichen Fertigkeiten, um sie zu erregen. Fähigkeiten, die er bei Frauen verfeinert hatte, die schöner und erfahrener waren. Er bereute diese Frauen, aber er war froh über das Wissen, das sie ihm vermittelt hatten. Als ob jede gesichtslose Begegnung nur ein Vorspiel zu all dem - diesem Zimmer, diesem Moment, *dieser* Frau - gewesen wäre. Er wollte ihr alles geben. Er wollte ihr das Beste von sich selbst geben.

Er ließ seine Hand über die glatten, gespannten Muskeln ihres Bauches gleiten und streichelte das Dreieck der weichen Locken darunter, dann folgte er dem Weg mit dem Mund und küsste ihren Bauch hinunter. Sie wimmerte, aber er streichelte sie, bis sie sich unter seiner Berührung wieder entspannte.

„Entspann dich, Kleines. Ich werde dir nicht wehtun. Ich verspreche es dir."

* * *

Marianne versuchte sich wegzurutschen, als er ihre Oberschenkel auseinanderschob. Sie war ihm gegenüber offen, völlig entblößt, verletzlich. Sie fing seine Handgelenke auf und stoppte sein Vorrücken, aber der Blick, mit dem er sie ansah, war so voller Ehrgeiz, als erwartete er voll und ganz, dass sie ihn loslassen und gegen das Bett zurücksinken würde. Sie war entschlossen, ihm das Gegenteil zu beweisen.

Sein warmer Atem kitzelte die Innenseite ihres Oberschenkels, und dann steckte er seinen Mund zwischen ihre Beine. Sie schoss fast vom Bett. „Was machst du ...? Oh, mein Gott."

Und dann streichelte und liebkoste er sie mit seiner Zunge, zwickte mit den Zähnen, sanft kreisend. Er fand den geheimen, geschmeidigen Ort und schob sich tief hinein, um sie zu schmecken.

Oh merde.

Sie zuckte vor Überraschung. Doch sein gegen sie vibrierendes „Shhh" ließ sie sich noch mehr winden. Hitze, knisternd und vibrierend, prasselte durch ihre Adern. Blind, von reinem Instinkt getrieben, wölbte sie ihre Hüften, um seinem Mund zu begegnen. Welche Dinge er da tat! Es war eine Sünde, eine schreckliche, wunderbare Perversion. Es fühlte sich so gut an.

Er ließ sich Zeit, küsste, streichelte, liebkoste, flüsterte ihr sanfte Worte der Ermutigung, Bitten und

Forderungen auf Englisch und Französisch ins Ohr, trieb sie vor Verlangen in den Wahnsinn, so dass sie ihre Fäuste in der Decke vergrub.

Sie flehte ihn an, aufzuhören, weiterzumachen, *egal was*. Er zog sich zurück, erhob sich über sie, und dieses Mal war es seine Hand, die ihre heiße Mitte fand. Es blieb keine Ruhepause. Er streichelte sie mit seinen Fingern, rund und rund in irrsinnigen Kreisen, bis Marianne sich gegen die Laken drückte und sich ein Gefühl aufbaute und wirbelte wie das Wasser eines Flusses. „Valette!“, keuchte sie atemlos. „Hab Erbarmen.“

Er lächelte. „Niemals.“

Und dann drückte sein Finger in sie hinein, und sie schrie vor Lust auf. Seine Berührung machte sie noch enger, wie eine Feder. Sie grub ihre Fersen in das Bett und wölbte ihre Hüften zu ihm hinauf. Sie glühte, und etwas sammelte sich an - eine Anspannung, eine Verwirrung. Sie wollte ihn schlagen, ihn anschreien, er solle aufhören. Und niemals aufhören. Niemals aufhören.

Und dann brach eine Woge blendender Verzückung über ihren Körper herein. Ein plötzlicher, flirrender Wolkenbruch, und sie schrie bei der durchdringenden Heftigkeit auf, krampfte sich um ihn herum, als es durch sie hindurchfloss, Welle um Welle der Finsternis und Lust.

Die ganze Spannung löste sich sofort auf. Sie konnte nicht mehr atmen, konnte nicht mehr sehen. Es war ihr egal. Kein Wunder, dass es *la petite mort* genannt wurde. Der kleine Tod. Als sie wieder auf die Erde schwebte und langsam aus der heißen, süßen Versenkung auftauchte, stützte er sich auf einen Ellbogen und beobachtete sie mit einem selbstgefällig zufriedenen Gesichtsausdruck.

„Nett?"

Marianne blickte ihn ungläubig an. Nett war ein so lächerlich unangemessenes Wort für einen so grenzenlosen, berauschenden Lustrausch. Sie nickte verwirrt.

KAPITEL 47

Marianne sah zu, wie Nick die Hände an seine Reithose führte. Ihr Herz hämmerte noch immer von den wundervollen Dingen, die er gerade getan hatte. Sie hatte vergessen, dass er noch angezogen war.

Sie verschluckte einen Keuchlaut, als er die Hose auszog. Er war riesig, vollständig erigiert. Gänzlich außerhalb der Sphäre ihrer, zugegebenermaßen begrenzten, Erfahrung.

Als ob er ihre Gedanken lesen könnte, blickte er nach unten und lächelte verrucht. „Siehst du, *ganz anders* als Duval."

Angst breitete sich in ihr aus und dämpfte ihre Aufregung. Er war ein so einschüchternder, kraftvoller, erfahrener Mann. Was, wenn sie das nicht tun konnte? Was, wenn er nicht die Geduld hatte, mit ihr umzugehen? Was, wenn sie eine riesige Enttäuschung war?

Nichts trennte sie, nicht einmal ein Laken, und sie

holte tief Luft, als sie seine heiße, männliche Haut an ihrer spürte. Er brannte auch für sie. Irgendetwas muss sie richtiggemacht haben.

„Ich habe es dir versprochen. Wir - nackt - zusammen.", murmelte er.

Er rückte über sie, bedeckte ihren Körper mit seinem, wobei er seine unverletzte Schulter begünstigte, indem er sein Gewicht auf seinen Ellenbogen abstützte. Er blickte zu ihr hinunter. Sie errötete, als sie fühlte, wie er sich zwischen ihren Beinen bewegte und wie glatte, heiße Seide an ihren feuchten Locken rieb. Er hielt ihren Blick fest, als er sich gegen sie schob. Langsam und schleichend übte er den geringsten Druck dort aus, wo seine Finger zuvor gewesen waren.

„Nicolas", flüsterte sie.

Er hielt inne. „Sieh mich an." Er atmete schwer, sein Brustkorb hob und senkte sich. In seinem Kiefer pochte der Puls. „Bitte sag mir, dass es das ist, was du willst. Denn ich möchte wirklich in dir sein." Seine Stimme war ein heiseres Krächzen. Er legte seine Stirn auf ihre und lachte. „Oh Gott. Ich will dich so sehr. Aber ich will dir nicht wehtun."

Alle ihre Ängste verflogen. Sie legte ihre Handfläche an seine Wange. „Ich bin mir sicher."

Es war, als ob ihre Worte endlich irgendeinen unsichtbaren Damm des Widerstands durchbrochen hätten. Mit einem erleichterten Seufzer ließ er seinen Kopf an ihre Schulter fallen. „Gott sei Dank."

Er bewegte seine Hüften, und sie fühlte ein seltsames, dehnendes Gefühl zwischen ihren Beinen. Sie spannte sich in Erwartung des Schmerzes an, aber er beugte den

Kopf, nahm ihre Brustwarze in den Mund und saugte hart daran. Marianne schlang ihre Arme um ihn und wölbte sich nach oben, gerade als er ihr einen sanften Stoß gab und in sie eindrang. Ihre Augen öffneten sich bei diesem Gefühl weit. *So fühlt es sich also an.* Ein herrliches, heißes, nasses Brennen. Ein Gefühl der Fülle und Vollendung.

Nic stöhnte. Es war ein tiefer Klang der Befriedigung. Er küsste sie, wobei seine Zunge in sie eindrang, während er den Rest seines Körpers noch in ihrem steckte. Und dann zog er sich langsam zurück und presste wieder. Marianne schnappte überrascht nach Luft, als das anfängliche Unbehagen durch dieselbe Spannung ersetzt wurde, die sie zuvor gespürt hatte. Sie bewegte ihren Körper zögernd in einem unbeholfenen Gegentakt und versuchte, den schwer zu fassendem Rhythmus einzufangen. Plötzlich bewegten sich die beiden gemeinsam und fanden sich in perfekter Übereinstimmung wieder.

Sie hielt ein Lachen zurück. Das war so einfach, so richtig. Als ob man auf einem Pferd reiten würde. Er stieß wieder tief hinein, und sie erlebte einen scharfen Rausch der Lust. Jeder Stoß brachte eine neue Höhe exquisiter Hitze.

Die Haut seines Rückens war unter ihren Händen straff und glatt. Schweiß rann herab. Er keuchte jetzt und zitterte vor der Anstrengung, sich zu beherrschen. Und plötzlich war das nicht mehr das, was sie wollte. Sie wollte das volle Feuer seiner Leidenschaft, nichts sollte ihn zurückhalten. Er war so stark. Er konnte sie leicht überwältigen. Aber sie war bei ihm sicher.

„Mehr", keuchte sie und streckte ihm ihre Hände über den Rücken. Sie griff nach seinen Haaren und zog seinen Kopf von ihrer Brust hoch. „Alles von dir", stöhnte sie zwischen den Atemzügen. „Ich will alles von dir."

Er schüttelte den Kopf, aber sie küsste ihn hart, und er stöhnte in ihren Mund. „Ja", verlangte sie heftig.

Ein Blick von großer Freude durchzog sein Gesicht. „Ja", atmete er zustimmend.

Und dann schließlich ließ er sich gehen. Er war nicht sanftmütig. Er war himmlisch, aufregend rau, und sie schwelgte darin. Sie genoss den ungestümen Umgang mit seiner Berührung, verlor sich in einem Tumult aus Hitze, Gliedmaßen und Leidenschaft. Sie gab jeden Widerstand auf und gab bereitwillig die Kontrolle ab. Und dadurch war sie diejenige, die eine Belohnung erhielt.

Er wölbte seinen Rücken und fuhr in sie hinein, ein aggressiver Stoß, der sie hätte erschrecken müssen, aber stattdessen fühlte sie sich unbesiegbar. Seine Hände umfassten ihre Hüften und drückten sie nieder, als er keuchend nach oben fuhr. Er fluchte unbegreifliche Bitten und Versprechungen, sein Atem zischte ihr ins Ohr, als er immer wieder in sie fuhr. „Komm für mich jetzt, Engel, bitte. Gott, ich kann es kaum erwarten. Komm jetzt."

Sie verglühte in diesem Moment. Sie umklammerte und löste sich dann um seinen Schaft. Die Welt drehte sich in einer Spirale, und es war, als befände sie sich auf dem Trapez, flog und fiel auf einmal, zersplitterte und formierte sich neu, während rundum das Feuerwerk wie ein glorreiches Zirkusfinale explodierte.

Fast hätte sie vergessen zu atmen.

Nic gab einen letzten Stoß, dann wurde sein ganzer Körper starr, von rhythmischem Schaudern gebeutelt, als er auf ihr zusammenbrach. Er brach mit einem wortlosen Stöhnen der Vollendung über ihr zusammen.

Marianne schlang ihre Arme um ihn. Sie war ausgelaugt und erschöpft und genoss das Gewicht, mit dem er auf sie drückte. Es war etwas, von dem sie nie dachte, dass sie es genießen könnte: diese völlige Schwäche, diese totale, ungeschützte Lethargie. Ihr Herz raste, und sie konnte die Tränen nicht aufhalten, die ihr aus den Augenwinkeln rannen.

Er bemerkte es natürlich. Er wischte sie weg und sein Ausdruck war zärtlich und amüsiert.

„Tränen, Kleines? War es so schlimm?“

Sie schnüffelte und schämte sich. „Ich weine nie. Ich bin nur müde. Und überanstrengt. Es war eine extrem anstrengende Woche. Und das war“ – sie suchte nach einem angemessenen Wort, um zu beschreiben, was sie gerade miteinander geteilt hatten, und entschied sich für „außergewöhnlich“.

Er gab ein sehr selbstzufriedenes Glucksen von sich. „Ich fasse das als Kompliment auf.“

„Ist es immer so?“

Er streichelte ihr Haar und drehte sie beide auf die Seite, um sie im Schutz seiner Arme zu wiegen. „Nein“, sagte er leise. „Ist es nicht.“

* * *

Marianne erwachte in der Dunkelheit, wobei Nics Körper noch immer um ihren gewickelt war. Sie schaute ihn direkt an und sein Arm lag schwer über ihrer Taille.

Sie konnte nicht glauben, dass sie es endlich getan hatte. Und es war genau so, wie es die Mädchen in Montausier beschrieben hatten, und noch mehr. Ihre Brust verkrampfte sich, als sie die Tränen zurückhielt. Sie musste Abschied nehmen. Ihr Verstand erkannte das, auch wenn ihr Herz schmerzte. Für Menschen wie sie gab es kein Happy End. Sie und Nic kamen aus verschiedenen Welten. Ihre Wege waren schon immer dazu bestimmt gewesen, sich zu trennen. Es war töricht gewesen, sich nach mehr zu sehnen. Wenn auch nur für einen Augenblick.

Aber sie hatte diese eine perfekte Nacht, an die sie sich für immer erinnern würde.

Sie liebte ihn. Es war weder einfach noch rein, aber es war definitiv Liebe.

Sie konnte es nicht sagen. Nicht laut. Es zu sagen, würde es zu etwas Konkretem und Furchterregendem machen und eine Antwort erfordern. Sie war ein zu großer Feigling. Stattdessen drückte sie ihre Lippen auf seine Brust und atmete gegen sein Herz. Es war ein Geheimnis der Lust.

Seine Augen öffneten sich, und sie erstarrte. *Oh Gott, hatte er es gehört?* Ihr Herz klopfte, als er sie anstarrte, und dann wurden seine Gesichtszüge weicher, und sie errötete angesichts des wissenden Blicks, der in seinen Augen aufflammte. Ein schwaches, zufriedenes Lächeln spielte in seinen Mundwinkeln, als er sich niederbeugte, um einen Kuss auf ihre Lippen zu pressen.

„Hallo“, sagte er heiser.

Sie fühlte, wie sich sein Körper gegen sie rührte, hob eine Augenbraue und öffnete die Augen weit. *„Noch einmal?“*

„Noch einmal.“

„Ich dachte, ich *hasse* diese Worte, wenn sie von deinen Lippen kommen, Valette“, seufzte sie.

KAPITEL 48

Marianne setzte sich auf und genoss seinen Anblick: splitternackt, schamlos, auf dem Bett ausgebreitet. Es erstaunte sie, dass sie seinen Körper dazu bringen konnte, so zu reagieren. Dass er sie wollte.

Nics Mund verzog sich zu einem teuflischen Lächeln. „Ich denke, wir sollten so tun, als wären wir wieder in dieser Gefängniszelle. Nur dieses Mal bin ich *dein* Gefangener."

Marianne spürte tief in ihrem Bauch, wie etwas Böses und Verbotenes zum Leben erweckt wurde.

„Ich bin dein Gefangener", wiederholte er langsam. „Du hast also die Kontrolle. Ich tue alles, was du von mir verlangst." Er machte eine Pause und ließ das auf sie wirken. „Und du kannst mit mir machen, was immer du willst."

Sie ließ ihren Blick über ihn schweifen, ließ sich Zeit und erinnerte sich an jeden geheimen Trick, den ihr die Theaterdamen beigebracht hatten.

Lass ihn die Freude erahnen, die auf ihn zukommt. Überstürze es nicht. Spiel mit ihm.

Ihr Körper pulsierte vor einem plötzlichen, dringenden Hunger. Ihre Hände zitterten.

„Du musst nicht…", murmelte er und begann, sich aufzusetzen.

Sie schüttelte den Kopf. „Lass mich."

Er ließ sich zu den Kissen zurückfallen, faltete die Hände hinter dem Kopf und schien zu verstehen, wie wichtig es für sie war, das Tempo vorzugeben. Ein freudiges Gefühl überkam sie. Sie *wollte* dies für ihn tun, um ihm Freude zu bereiten. Es war ein Privileg, keine Strafe. Es war so anders als das, was Duval sie hatte tun lassen. Duval hatte ihr das Gefühl gegeben, wehrlos zu sein. Nic gab ihr das Gefühl, unbesiegbar zu sein.

Sie fuhr mit den Fingern seine Brust hinunter und über seinen harten Bauch.

Er beobachtete sie mit diesen trägen Tigeraugen. Er war gierig. Glühend. Ihr Blut kribbelte vor Sehnsucht, ein köstliches Brodeln, das sie bis in die Zehenspitzen spürte. Sie berührte ihn mit ihrem Handrücken.

Er atmete scharf ein.

Sie umrundete seine Mitte mit ihren Fingern. Er war heiß und hart. Eine anziehende Kombination von samtweicher Haut über harten Muskeln. Neugierig machte sie eine Bewegung mit ihrer Hand und er fiel fast vom Bett.

„Gott!"

Ermutigt durch diese erfreuliche Reaktion begab sie sich zwischen seine Beine. Er setzte sich wieder hin und erwischte ihre Schultern mit einem protestierenden

Raunen, aber sie warf ihm einen bösen Blick zu. „Bitte. Ich möchte es."

Sie beugte sich herunter und setzte ihre Zunge an die empfindliche Spitze.

Mit einem herzlichen Stöhnen fuhr er ihr mit den Fingern durchs Haar. Marianne lächelte, als er begann, sich gegen sie zu bewegen und sie sanft zu führen.

Er schmeckte salzig und sauber und ganz und gar köstlich. Eine Welle roher weiblicher Kraft durchströmte sie angesichts der Tatsache, dass ein so starker, männlicher Mann mit nichts als ihren Händen und ihrem Mund zu beherrschen war. In diesem Moment beherrschte sie ihn vollkommen. Die Freude darüber ließ sie zittern. Seine Brust hob und senkte sich rasch, und auf seiner Haut war ein Schweißglanz zu sehen.

„Du weißt nicht, was du mir antust", knurrte er.

* * *

NIC STARB FAST VOR LUST.

Mariannes Lippen umschmeichelten ihn mit Schmetterlingsküssen und Lecken. Und als sie ihn ganz in ihren Mund nahm, klappte er beinahe vom Bett. Das Gefühl, von ihr um ihn herum war so erotisch, so unfassbar, dass er sich kaum zurückhalten konnte.

Er blickte sie mit einer Art Ehrfurcht an. Ihr bloßes Vertrauen erschütterte ihn. Sie war missbraucht und misshandelt worden, hatte mehr Grund, ihn zu fürchten als jeder andere. Aber statt der Angst, die er erwartet hatte, begrüßte sie ihn mit selbstloser, hemmungsloser Hingabe.

Er wusste, wie viel ihre Hingabe sie kostete, wie fremd es für sie war, ihren Körper und ihre Gefühle einem anderen so frei anzubieten. Man hatte ihr beigebracht, diesen intimen Akt zu hassen, und ihr Wunsch, ihm Vergnügen zu bereiten, war zutiefst rührend. Er fühlte sich durch ihre Geste sowohl stolz als auch seltsam demütig. Er war ihrer nicht würdig. Aber er würde es so akzeptieren. Auch wenn er ein niederträchtiger Schurke mit schwarzem Herz war.

Mit einem Stöhnen zog er sie wieder hoch.

* * *

MARIANNE KNIETE AUF NICS SCHOß. Er fuhr mit den Händen an der Vorderseite ihrer Oberschenkel hoch, schob sie dann wieder nach unten.

Seine Berührung entzündete ihre Nervenenden. Ihr Bauch verkrampfte sich, und die geheime Stelle zwischen ihren Beinen pulsierte. Sie hob ihre Hände, um sich auf seinen Schultern abzustützen, fuhr dann über die gemeißelten Muskeln seiner Arme, dann über seine flachen männlichen Brustwarzen und genoss es, wie er wieder scharf einatmete. Aus einem teuflischen Impuls heraus beugte sie sich vor und schnippte mit ihrer Zunge über seine Brust, wie er es mit ihr getan hatte.

„Du Füchsin", hauchte er. Er griff mir seinen Fäusten in ihre Haare, zog sie hoch und schob seinen Mund wild auf ihren. Sie beantwortete die Berührung seiner Zunge mit ihrer eigenen. Die Leidenschaft explodierte zwischen ihnen. Es war heiß und hell, eine blitzartige Flamme. Dies war keine zärtliche Erkundung, keine sanfte Verführung. Es war heftig und fordernd, rau und elementar, genauso, wie sie es wollte.

Seine Hand legte sich besitzergreifend in ihren Nacken und sie fühlte, wie sich ein wilder Schauer der Begierde durch sie hindurchschlängelte. Sie erhob sich auf ihren Knien, ohne den Kuss zu unterbrechen, als er seine Hände an ihr Gesäß gleiten ließ. Sein Kopf rutschte gegen ihren Rumpf, neckte und quälte sie mit Verheißungen und Vorfreude.

„Denkst du, du kannst mich nehmen?“, flüsterte er verrucht.

„Jederzeit, Valette.“ Marianne beugte sich vor und küsste ihn, ließ sich fallen, sank nach unten und beanspruchte ihn ganz für sich. Sie schluckte ein Stöhnen herunter.

Er legte seine Stirn gegen ihre. „Du wirst mich umbringen, weißt du das?“

„Es ist nicht schlimmer, als das, was du verdienst.“

Er begann, zu widersprechen, aber sie schnitt ihm die Worte mit ihren Lippen ab. Sie wollte nicht sprechen. Dies sollte das letzte Mal sein. Die Tatsache, dass sie es wusste, brachte sie zum Weinen. Sie legte alles in den Kuss: all ihre Sehnsucht, all ihre Trauer, all ihre Reue. Sie vergrub ihre Hände in seinen Haaren und zog ihn an sich, als könne sie ihn für immer bei sich behalten, als könne sie ihn noch tiefer in sich hineinziehen als sogar bei dieser körperlichen Vereinigung.

Er knurrte, als sie ihm mit den Zähnen in die Schulter biss. In einer blitzschnellen Bewegung zog er sich aus ihr heraus und drehte sie auf ihren Bauch um. Seine Zähne streiften ihren Nacken, und sie schrie auf, als ein primitiver Nervenkitzel der Erregung durch sie hindurchging.

„Ich wusste, dass es so sein würde", keuchte er. „So gut."

Marianne wölbte ihren Rücken und drängte ihn weiter. Er rutschte wieder in sie hinein, und sie keuchte bei seinem Eindringen. Sie stand am Rande sowohl des Vergnügens als auch des Schmerzes. Aber da war keine Angst, nur die Freude der Erfahrung. Alles fühlte sich so richtig an, als ob sie zwei Hälften wären, die wieder zueinander gefunden hatten.

Er ließ fieberhafte Küsse auf ihre Schultern regnen. Seine Finger fanden ihren Mund, und sie saugte an ihm. Die Lust geriet außer Kontrolle. Sie schwitzte, zitterte, ihr ganzer Körper zuckte, als sie in die heiße, sündhafte Finsternis hinabrutschte. Schließlich erreichte er den Höhepunkt gleichzeitig mit ihr. Mit einem rauen Schrei, der ihren ganzen Körper zum Vibrieren zu bringen schien, ergoss er sich in sie hinein. Sie warf ihren Kopf nach hinten, schnappte nach Luft, dann brach sie unter ihm zusammen, knochenlos und keuchend.

Nic schmiegte sich an sie, während ihr Herz versuchte, seinen normalen Rhythmus wiederaufzunehmen. Vielleicht würde es das nie tun. Sie hatte das schreckliche Gefühl, dass es nie wieder dasselbe sein würde.

Er gähnte in ihr Haar. „Du hast mich ausgelaugt, Frau. Schlaf jetzt."

Innerhalb weniger Augenblicke schlief er und warf seinen Arm erneut besitzergreifend über ihre Taille.

Marianne wartete so lange, wie sie sich traute, bis sie

sicher war, dass er schlief. Vorsichtig, um ihn nicht zu wecken, drehte sie sich in seiner Umarmung um. Er sah eher wie ein Junge aus, der schlief. Irgendwie unschuldiger. Sie strich das Haar aus seiner Stirn zurück. Ihre dummen Hände zitterten.

Sie hatte ihm ihre Philosophie über die Liebe, über das Fallen erzählt. Und sie hatte Recht gehabt. Es tat weh. Genau wie jeder andere Sturz, den sie je erlebt hatte. Nur, dass sie sich bei diesem Sturz weder das Bein noch den Kopf gebrochen hatte. *Dieser* Sturz hatte ihr das Herz gebrochen.

Sie musste ihn verlassen. Sophie brauchte sie mehr. Nic wollte sie vielleicht auf körperlicher Ebene, aber er würde auch ohne sie überleben. Er brauchte nicht wirklich jemanden.

Er liebte sie nicht. Vielleicht empfand er Zuneigung für sie. Er schien eine gewisse widerstrebende Bewunderung für die Art und Weise zu haben, wie sie gegen ihn ankämpfte, mit ihm stritt und sich ihm widersetzte. Aber Liebe? Nein. Nicht die Art, wie sie ihn liebte. Nicht diese allumfassende Sehnsucht.

Es brach ihr das Herz und sie kroch aus seiner Umarmung.

Seine diamantene Anstecknadel glitzerte einladend auf dem Tisch neben dem Bett und bettelte nur darum, mitgenommen zu werden. Zum ersten Mal in ihrem Leben wünschte Marianne, sie könnte der Versuchung widerstehen, aber sie nahm sie in ihre Handfläche. Es fühlte sich so falsch an. Es war ein weiterer Verrat, aber ihr Bedürfnis war größer als das seine. Es musste so sein. Sie war eine Diebin.

Sie warf einen Blick zurück auf seine schlafende Gestalt. Sein Haar war zerzaust, seine Wange zeigte bereits den geringsten Hauch eines Bartes. Sie wollte in seine Arme zurückgleiten. Wollte sich von ihm halten lassen und vor der Welt schützen lassen. Aber das war unmöglich. Er musste die Welt vor dem Schlächter Napoleon retten. Sie musste zurück nach Paris und sich Duval stellen.

Sie konnte sich nicht zurückhalten und beugte sich vor und drückte ihre Lippen auf seine. Selbst im Schlaf klammerten sich seine Lippen an ihre, und sie brauchte all die Kraft, die sie besaß, um sich zurückzuziehen.

Tränen schossen ihr in die Augen. Dies war *adieu,* nicht *au revoir*. Die Engländer machten keinen Unterschied - ein Wort „good-bye" genügte sowohl für einen vorübergehenden als auch für einen dauerhaften Abschied. Es sollte doch eine Unterscheidung geben. Die Möglichkeit, ihn morgen zu sehen, war weit entfernt von dem herzzerreißenden Elend, zu wissen, dass sie sich nie wiedersehen würden.

KAPITEL 49

Es war so leicht, sich davonzumachen; Marianne war geschickt darin, sich unsichtbar zu machen. Verglichen mit einigen ihrer anderen Jobs war es lächerlich einfach - ohne Wände zu erklimmen oder auf Seilen zu balancieren zu müssen. Den schlafenden Hund in der Küche und einen ebenso verschlafenen Nachtportier in der Vorhalle zu umgehen, war überhaupt keine Herausforderung.

Das Hemd und die Reithose, die sie in Vincennes getragen hatte, waren auf mysteriöse Weise verschwunden, vermutlich von Nics schockierter Mutter entsorgt worden, so dass sie sich mit dem schlichtesten Kleid begnügen musste, das Heloise zur Auswahl hatte - ein einfaches Baumwollkleid in einem tiefen Indigoblau. Es war nicht rau oder scheuernd, wie es die grobe Reithose aus Wolle gewesen war, aber ihr Körper wirkte seltsam empfindlich. Jede Bewegung des Stoffes auf ihrer Haut ließ sie daran denken, was sie getan hatte. Ihr schmerzten Muskeln, von denen sie nicht einmal gewusst hatte, dass sie existierten.

Sie wollte nicht an die wunderbaren Dinge denken, die Nic ihr angetan hatte. Seine Taten waren so umfassend gewesen, dass sie zu der deprimierenden Überzeugung gekommen war, dass er geschafft hatte, was Duval versucht und nicht fertiggebracht hatte: sie für alle anderen zu verderben, für immer.

Sie folgte dem Weg durch das Tal und die Klippen hinunter. Sie atmete erleichtert auf, als sie das schwarze Schiff sah, das noch immer in der Bucht vor Anker lag und mit der Flut schaukelte und knarrte.

Raven schien weder überrascht noch erfreut, sie zu sehen, als sie die Laufplanke hinaufging. „Was willst du?"

„Sicheres Geleit zurück nach Frankreich."

Sein hübsches Gesicht blieb teilnahmslos. „Und wie kommst du darauf, dass ich deinen hübschen Arsch nicht einfach zu meinem Freund Nic zurückschleppe?"

Sie hatte genug Zeit in der Pariser Unterwelt verbracht, um dies beantworten zu können. Er mochte Nics Freund sein, aber er war auch ein Geschäftsmann. Sie hielt die Diamantnadel hoch.

Ravens Augen verengten sich. „Hat Valette dir das gegeben?"

Nüchtern begegnete sie seinem Blick. „Ja."

Er warf ihr einen gemächlichen Blick zu, der sowohl intim als auch beleidigend war. „Du musst gut gewesen sein."

Ihr Körper brannte vor Demütigung. Konnte er ahnen, was sie getan hatte? Sah sie anders aus, jetzt, da sie keine Jungfrau mehr war? Sie hob ihr Kinn an. „Es war mein Honorar für den Auftrag."

Raven beäugte sie neugierig. „Weißt du, britische Waren werden seit zehn Jahren blockiert. Aber die Gesellschaft kann auf ihren Brandy und ihre Seidentücher genauso wenig verzichten wie die Frösche auf ihre englischen Münzen, Zeitungen und Kriegsgefangenen. Das ist eine Win-Win-Situation für mich. Briefe. Geheimnisse. Geiseln. Spione. Tage, an denen wir Aristokraten unter der Guillotine herausgeschmuggelt haben. Davon gibt es jetzt natürlich weniger", zuckte er mit den Achseln. „Wie dem auch sei, ein Mann muss seinen Lebensunterhalt verdienen, so gut er kann." Er riss ihr den Diamanten aus der Hand und steckte ihn ein. „Wir fahren nach Gravelines, nördlich von Calais. Du musst den Rückweg nach Paris selbst finden."

Marianne atmete erleichtert auf. „Ich danke dir."

Sie konnte den Gedanken nicht ertragen, wieder in die Kabine hinunterzugehen. Zu viele Erinnerungen. Stattdessen verbrachte sie die Überfahrt zusammengekauert unter einer feuchten, nach Fisch riechenden Wolldecke und starrte in die Dunkelheit hinaus.

Sie hätte sich glücklicher fühlen müssen. Sie wollte nach Hause, nach Paris, zu Sophie. Aber ihr Magen fühlte sich wie Blei an, als ob ein wichtiger Teil von ihr herausgerissen und zurückgelassen worden wäre. Sie schlotterte und schlang ihre Arme um sich, plötzlich war ihr kalt.

Raven kam und stellte sich neben sie an die Reling. Er deutete auf einen dünnen Lichtstreifen, der wie eine funkelnde Perlenkette am Horizont wippte. „Gravelines. Die Stadt der Schmuggler."

Marianne studierte ihn im Mondlicht. Er war wirklich erstaunlich gutaussehend. Es war leicht zu verstehen, warum Heloise so fasziniert von ihm war. Der Wind peitschte Strähnen langen schwarzen Haares über seine Wangenknochen. Er hatte das gleiche teuflische Lächeln, die gleiche rücksichtslose, kompromisslose Schönheit wie Nic. Und doch ließ er sie völlig unbeeindruckt. Sie konnte seine Gesichtszüge würdigen, ohne das Gefühl zu haben, in den Bauch getreten worden zu sein.

Warum konnte sie sich nicht in *ihn* verlieben?

Sie blickte weg und bemerkte einen Mann, der sich bedenklich über die Reling lehnte. Er schien eine Holzbohle an der Seite des Schiffes anzubringen. „Was macht er da?"

Raven folgte ihrer Blickrichtung. „Austausch des Namensschildes." Er kratzte die schwachen dunklen Bartstoppeln an seinem Kinn. „'Lustige Sache. Die Hero hat Kent verlassen, aber die Hope wird in Gravelines ankommen." Sein Lächeln war verdorben. „Es spielt den Zollbeamten übel mit. Es ist schwer, in dunklen Nächten den Überblick über dunkle Schiffe mit dunklen Segeln zu behalten. Besonders, wenn die Namen nicht übereinstimmen."

Er griff in seine Jacke und zog ein gefaltetes Stück Papier heraus. „Hier. Nimm es", sagte er schroff.

Marianne starrte verständnislos auf den Bankscheck hinunter. Ein kalter Schauer der Vorahnung prickelte an ihrer Wirbelsäule entlang, als sie die obszöne Summe las. „Du gibst mir zehntausend Francs?"

„Nein. Nic gibt dir zehntausend Francs", sagte er leise.

Sie packte die Reling, ihre Knöchel wurden weiß. „Er hat dir gesagt, du sollst mir das geben?"

Das Schweigen Ravens war die einzige Bestätigung, die sie brauchte.

Oh Gott! Sie war so eine Idiotin gewesen. „Er bat dich, mich zurückzubringen. Nicht wahr?" Ihre Schläfen hämmerten. Sie wandte sich angewidert ab. „Kein Wunder, dass du so bereitwillig zugestimmt hast."

„Du glaubst, ich hätte dich ohne seine Erlaubnis mitgenommen?"

Natürlich nicht. Merde, sie war so dumm gewesen. Valette hatte immer gewusst, was sie dachte. Er war ihr die ganze Zeit einen Schritt voraus gewesen. Er wusste, dass sie bei der ersten Gelegenheit nach Paris fliehen würde. Er wusste, dass sie gelogen hatte, als sie versprach, auf ihn zu warten, bevor sie sich mit Duval maß.

Und er hatte nichts getan, um sie aufzuhalten.

Nichts, außer mit ihr zu schlafen. Nichts, außer ihr Herz zu binden und es ihr noch schwerer zu machen, ihn zu verlassen.

Sie wandte sich an Raven, auch wenn er nicht der Grund für ihre brodelnde Wut war. „Ich bin nicht sein Eigentum! Er hat kein Mitspracherecht bei dem, was ich tue oder wohin ich gehe!"

Der Schmuggler zuckte nur mit den Achseln. „Wenn

du es nicht willst, dann gib es mir einfach zurück ..." Er nahm ihr den Bankscheck aus den nervösen Fingern.

Ihr Bauch wurde schwer. Valette hatte wie immer alles orchestriert. Und sie hatte seinen Plänen zugestimmt. Er musste Raven dieses Geld gegeben haben, bevor sie gestern Abend in seine Zimmer ging. Er muss gewusst haben, dass es die letzte, die einzige Nacht sein würde, die sie zusammen verbringen würden. *Mistkerl.*

Marianne nahm das Papier zurück, in der schmerzlichen Versuchung, es über die Reling zu schleudern, aber die Vernunft siegte über die Wut. Stattdessen faltete sie es ordentlich und stopfte es in ihr Mieder, dann starrte sie auf die Gipfel der Wellen.

Hoffnung war ein dummer Name für ein Schiff. Man sollte es *Verrat* nennen. Oder besser noch *Rache.*

Ihr Herz war kalt, schrumpfte in ihrer Brust wie ein Stein, so trostlos und grau wie die Wellen unter ihnen. Die Engländer nannten diesen dünnen Streifen umstrittenen Wassers den Kanal. Die Franzosen nannten ihn La Manche. Noch etwas mit zwei Namen. Wie sie, wie Valette. Warum war nichts mehr einfach? Hatten alle etwas zu verbergen?

Sie konnte es kaum erwarten, wieder bei Sophie in Paris zu sein.

KAPITEL 50

Nic starrte seinen Bruder ausdruckslos an. „Verschwunden? Bist du sicher?“

„Sie ist auf dem Weg nach Frankreich, noch während wir uns hier unterhalten, denke ich.“ Richards Lächeln verblasste, als er Nics Gesichtsausdruck bemerkte. Er legte sein Messer und seine Gabel ab, mit denen er ein herzhaftes Frühstück in Angriff genommen hatte.

„Verdammte Scheiße!“ Nic schlug mit der Hand auf den Tisch.

Richard hob die Brauen. „Was ist los? Ich dachte, du hast erwartet, dass sie geht. Gestern Abend sagtest du Raven, er solle sie zurückbringen, falls sie ihn darum bittet.“

Nic sah verbittert aus. Natürlich hatte er das. Er hatte gewusst, dass sie versuchen würde zu gehen, so sicher wie er gewusst hatte, dass er nicht mit ihr gehen konnte. Als er sich nach dem Abendessen mit Raven getroffen hatte, hatte er die einzigen zwei Dinge getan, die ihm einfielen, um ihr das Leben zu erleichtern. Er hatte ihr einen Bankscheck über zehntausend Francs ausgestellt und Raven befohlen, Duval zu töten.

Aber das war, bevor er mit ihr geschlafen hatte.

Als er heute Morgen allein aufgewacht war, hatte er angenommen, dass sie von Schüchternheit übermannt worden war. Oder dass sie Angst davor hatte, in seinem Schlafzimmer von seiner Familie entdeckt zu werden. Nun schien es, als sei sie bereits auf halbem Wege über den Kanal.

Voller Selbstverachtung schüttelte er den Kopf. Was hatte er erwartet? Dass ihr Liebesspiel auf wundersame Weise ihre Entscheidung zum Bleiben beeinflussen würde? Dass sie sanftmütig auf ihn warten würde, während er fortging, um Napoleon zu bekämpfen? Er hatte ihr nichts zu bieten außer der Wahrscheinlichkeit eines gebrochenen Herzens. Es war nur zum Besten. Trotzdem war es schade, dass sie gegangen war, ohne sich zu verabschieden. Sie hatte ihn verlassen, als er schwach und wehrlos war. Sie hatte ihn verlassen, nachdem sie ihm den besten Sex seines Lebens beschert hatte.

Der dumpfe Schmerz in seiner Brust fühlte sich sehr nach Enttäuschung an.

Er blickte bei seinem Kaffee finster drein. Sie würde natürlich das Schlimmste von dem Geld denken, nach dem, was sie gestern Abend getan hatten. Der Zeitpunkt hätte nicht schlechter sein können. Er zweifelte nicht daran, dass sie es als Bezahlung betrachten und sich zu nichts Besserem machen würde als zu einer Hure, die für geleistete Dienste Münzen annimmt. Es war ihm egal, was sie davon hielt, solange sie es nahm. Sie hatte jeden Sous verdient. Zehntausend Francs schienen ihm eine lächerliche Summe, um sein unwürdiges Leben zu retten.

Dickie pirschte sich an den Beistelltisch heran und goss zwei großzügige Portionen Brandy in die wartenden Gläser. „Etwas früh für Spirituosen, aber das wird dir guttun. Ärztliche Anweisung. Warum erklärst du mir nicht, was hier vor sich geht? Was ist sie für dich, Nic?“ Sein Bruder sah ihn genau an. „Ich nahm an, sie sei einer deiner Pariser Straßenkinder. Oder ein Flittchen, das du bei deiner Flucht bezahlt hast.“

Nic fuhr sich mit den Fingern durchs Haar. „Mein was? Verdammt, nein. Sie ist ...sie ist meine ...Gott, ich weiß nicht, was sie ist.“ Er merkte, dass er sich wie ein Verrückter benahm und zwang sich, sich an den Tisch zu setzen. „Mein Gott, Dickie, sie ist kein Flittchen.“

„Dachte nicht wirklich, dass sie das ist“, sagte Richard gelassen und nahm einen weiteren Bissen Speck und Eier. „Nicht nach dem Gespräch mit ihr gestern Abend. Jeder konnte sehen, dass sie aus gutem Haus stammt.“

Nic schnaubte. „Sie hat mehr blaues Blut in ihren Adern als wir alle zusammen, außer vielleicht Louis-Charles. Sie ist Marianne de Beauvais, die Tochter des toten Grafen und der Gräfin von Chanterac. Sie ist außerdem die beste Diebin in Paris.“

Richard hatte gerade einen Schluck Brandy getrunken. Er atmete heftig ein und wurde von einem Hustenanfall gepackt. Nic gab ihm einen helfenden Klaps auf den Rücken. Als er aufhörte zu hüsteln, rieb Dickie seine

Hand über seine Brust und Nic blickte abwesend in sein Glas.

„Sie haben sie gefoltert, weißt du. In Vincennes. Und sie hat kein Wort gesagt. Auch wenn es ihr viel Schmerz erspart hätte, mich zu verraten."

„Herrgott. Ich hatte keine Ahnung." Richard sah entsetzt aus. „Sie hat nichts gesagt. Sie sagte uns nur, dass sie dir geholfen hat, Paris zu verlassen und hierher zu kommen."

Ein widerwilliges halbes Lächeln umspielte Nics Mund, als er auf die bernsteinfarbene Flüssigkeit blickte. „Das hätte sie nie. Sie ist zu dickköpfig. Sie ist zu stolz."

Der Brandy fühlte sich gut an. Es rann ihm die Kehle hinunter, setzte seine Nervenenden in Brand und durchzog sein Blut. Es war wie sie. Gefährlich. Berauschend.

Richard betrachtete ihn feierlich. „Gott, Nic. Ein blinder Mann konnte sehen, dass sie in dich verliebt ist."

Nic seufzte. „Ich weiß. Aber ich habe sie dazu *gebracht,* mich zu lieben. Ich habe alle mir bekannten Tricks angewandt, um ihre Kooperation zu gewinnen. Sie war so unschuldig. Sie hatte nicht die geringste Chance."

„Und du liebst sie!", sagte Dickie mit leisem Erstaunen.

Nic schaute finster drein. „Natürlich liebe ich sie verdammt noch mal. Wie könnte ich sie nicht lieben? Ich schwöre, Richard, wenn du sie in diesem Gefängnis gesehen hättest, würdest du sie auch lieben. Jede andere hätte sich zu einem Ball zusammengerollt und geweint. Sie hat mir das Leben gerettet. Mehr als einmal. Scheiße, sie ist mutiger als 50 Männer, die ich kenne."

„Und atemberaubend schön", fühlte sich Dickie gezwungen hinzuzufügen und erhob sein Glas in einem munteren Trinkspruch.

„Und atemberaubend schön", stimmte Nic leise zu.

„Und was wirst du jetzt tun?"

„Ganz ehrlich? Ich weiß es nicht."

Richard lehnte sich zurück. „Ich hätte nie gedacht, dass ich das jemals sagen würde, Nic. Aber vielleicht solltest du es sein lassen. Tony ist tot. Napoleon zu töten macht ihn nicht wieder lebendig. Und das Mädchen lebt. Sie ist lebendiger als alle, die ich kenne. Sie sprüht praktisch, vor Lebendigkeit verdammt."

„Ich weiß." Nic schluckte den letzten Brandy und schenkte sich einen neuen ein.

„Also, was willst du?"

Was wollte er? Er war fünfunddreißig Jahre alt. Alt genug, um mit den Kriegsspielen aufzuhören. Aber er war fünfzehn Jahre und ein Leben voller bitterer Erfahrungen älter als Marianne.

Er hatte seit Tonys Tod bewusst emotionale Verflechtungen vermieden. Die Vorstellung, an einem Ort zu bleiben und eine Familie zu gründen, ängstigte ihn zu Tode, aber sie erfüllte ihn auch mit einem tiefen Gefühl der Sehnsucht. Er wollte Reben pflanzen und sie im Wechsel der Jahreszeiten pflegen. Er wollte Wein herstellen, auf der warmen Terrasse eines Châteaus sitzen und seinen Kindern beim Spielen zusehen. Kindern, die wie Marianne aussahen.

Er war auf der Flucht. Nicht nur vor Tonys Tod,

sondern auch vor seiner eigenen Familie, vor dem Leben, vor der Sesshaftigkeit, verzehrt von einem aus Schuld geborenen Bedürfnis, etwas Konkretes zu tun, um für sein eigenes Überleben zu büßen, weil der Bruder, den er geliebt hatte, verloren gegangen war.

Marianne hatte ihn durchschaut. Sie traf den Kern der Sache so direkt, wie eines ihrer Messer. Sie schaute ihm in die Augen und zuckte bei der Dunkelheit, die sie vorfand, nicht zurück.

„Es ist nicht allzu kompliziert, Nic", sagte Richard sanft. „Es geht darum, eine lebende, atmende Frau, die dich liebt, einem toten Bruder vorzuziehen, der dich in Frieden sehen möchte."

Was Richard vorschlug, klang so einfach. Nach Napoleon zu streben bedeutete, Marianne zu verlieren. Und ganz ohne, dass er es gemerkt hatte, war sie ein unentbehrlicher Teil seiner Seele geworden, wie das Atmen.

„Scheiße", sagte Nic kurz und bündig.

„Wirst du ihr nachgehen?"

„Nein."

„Warum nicht?", sagte Nic. „Ist sie dir egal?", fragte Dickie fassungslos.

In stiller Verzweiflung schloss Nic seine Augen. „Ich sorge mich zu sehr darum, ihr Leben zu ruinieren, indem ich sie an jemanden wie mich binde. Ich habe ihr nichts zu bieten. Sie hat ihr eigenes Leben in Paris."

Es war verdammt unfair. Die beiden Hälften seines Lebens waren völlig unversöhnlich. Er hatte sich auf Tony eingeschworen, bevor er Marianne kennengelernt hatte; Pflicht und Ehre verpflichteten ihn, sein Versprechen, Napoleon tot zu sehen, einzuhalten. Er würde sich nicht erfüllt fühlen, wenn er sein Versprechen nicht einhalten würde. Und doch brauchte Marianne ihn auch. Mein Gott, er wollte für sie Drachen töten. Er wollte Burgmauern stürmen.

Zumindest hatte er ihr Duval vom Hals geschafft. Noch bevor er Paris verlassen hatte, hatte er Laurent angewiesen, Fouché den Beweis für Duvals Korruption zu liefern. Der Bastard sollte mittlerweile ruiniert sein. Aber es genügte nicht, ihn einfach zu ruinieren. Duval verdiente den Tod für das, was er Marianne angetan hatte. Nic wünschte sich nur, er könnte die Sache selbst in die Hand nehmen, aber ausnahmsweise musste er einmal darauf vertrauen, dass andere es für ihn taten. Er hatte Raven befohlen, es so langsam und schmerzhaft zu machen, wie es ihm möglich war.

Er sollte nach Belgien gehen. Und vielleicht, wenn der Kaiser erst einmal so tot war wie Duval, wenn seine Rache endlich vollendet war, würde er den Frieden finden, nach dem er sich sechs lange Jahre gesehnt hatte.

KAPITEL 51

Es schien nicht lange zu dauern, mit der Kutsche, statt mit dem Pferd nach Paris zurückzukehren. Als Marianne in Gravelines an Land gegangen war, hatte sie gedacht, Raven würde darauf bestehen, sie zu begleiten, aber der Schmuggler hatte ihr einfach einen Umhang um die Schultern gewickelt und ihr eine Kutsche gemietet.

Sie entdeckte Valettes diamantene Anstecknadel eine Stunde nach Beginn der Reise. Sie war in der Tasche des Mantels versteckt gewesen und sie starrte abwechselnd verärgert und dankbar darauf. Sie muss wirklich erbärmlich wirken, wenn sogar der *Schmuggler* Mitleid mit ihr hatte.

Sie kam kurz nach der letzten Abendvorstellung im Cirque Olympique an. Laurent führte die letzten Nachzügler zur Tür hinaus. Er begrüßte sie mit seiner üblichen überschwänglichen Umarmung.

„*Dio*! Kleines! Es ist schön, dich zu sehen. Wir haben uns schon Sorgen gemacht. Die Mission war ein Erfolg?"

Sie zog eine Grimasse. „Es lief nicht ganz nach Plan, aber jetzt bin ich hier, und das ist alles, was zählt."

Er blickte ihr mit einem Stirnrunzeln über die Schulter. „Wo ist Valette?"

„In England nehme ich an." Sie versuchte, jeglichen Ton aus ihrer Stimme zu verbannen. „Oder auf dem Weg zu Napoleon. Unsere Wege trennten sich, als die Mission beendet war."

Laurent warf ihr einen seltsamen, überraschten Blick zu, als ob er spürte, dass weit mehr an der Geschichte dran war, als sie ihm erzählte, aber er ließ das Thema ruhen. „Nun, ich habe gute Neuigkeiten. Duval ist verschwunden. Seit mindestens einer Woche hat ihn niemand mehr gesehen."

Marianne beäugte sein lächelndes Gesicht argwöhnisch. Das war Valettes Werk, da war sie sich sicher. Obwohl es ein Rätsel war, wie er so etwas erreichen konnte, wenn er nicht einmal in der Nähe von Paris gewesen war. „Ich nehme nicht an, dass *du* etwas damit zu tun hast, nicht wahr, Laurent?"

Er zuckte unschuldig die Achseln. „Ich? Warum sagst du das? Ich habe nur ein Paket mit Dokumenten an Fouché geliefert. Es scheint, als sei Duval in den Mord an einer Prostituierten verwickelt gewesen, ebenso wie in die Abzweigung von Gewinnen aus den meisten Bordellen, die er beaufsichtigte. Der Kaiser ist nicht glücklich, soweit ich gehört habe. Duval wurden seine Ämter aberkannt, und es wurde ein Haftbefehl gegen ihn erlassen."

Aber Marianne wollte nichts mehr von Duval hören. „Wo ist Sophie?“

Laurent nickte verständnisvoll. „Avenue Junot, in Montmartre. Nummer 23. Früher war es das Hotel de Berty. Möchtest du, dass ich mit dir komme?“

„Nein, du machst hier zu. Lass mich nur ein paar Sachen aus der Garderobe holen.“

Laurent schlenderte davon, während Marianne in die Räume hinter der Bühne eilte. Pagnol, der Affe, plapperte seinen üblichen Gruß, als sie zu seinem Käfig ging. Sie fütterte ihn mit einer Nuss, öffnete dann den Verschluss und hängte die kleine Glocke, die am Dach des Käfigs hing, aus. Valettes Diamant passte gut in den Hohlraum und war mit einem Drahtgeflecht am Messingklöppel befestigt. Sie zerzauste das Fell des kleinen Affen. „Pass für mich darauf auf“, ermahnte sie ihn streng. „Ich werde es bald holen.“

In einer Truhe fand sie ihren Ersatzsatz an Wurfmessern. Als sie sie wieder in den Händen hielt, fühlte sie sich besser und kontrollierter. Für einen kurzen Moment fragte sie sich, was aus ihren anderen Messern geworden war, denen, die sie im Schloss benutzt hatte, und dann verwarf sie diese Gedanken. Es spielte keine Rolle. Sie waren verschwunden. Sie würde sie nie wiedersehen.

Sie tauschte die seidenen Pantoletten, die Heloise ihr geschenkt hatte, gegen ihre Schnürstiefeletten ein und steckte einen ihrer Dolche hinein.

Sie hätte zu Fuß zum Montmartre gehen können, aber sie mietete aus Zeitgründen eine andere Kutsche, um sich zu vergewissern, dass es ihrer Schwester gut geht. Trotz Laurents Zusicherungen konnte sie nicht eher ruhen, bis sie Sophie mit eigenen Augen sah.

Valettes junger Agent, Andrew, antwortete auf ihr Klopfen an der Tür, und Marianne erinnerte sich an das letzte Mal, als sie ihn gesehen hatte, wobei sein hübsches Gesicht aus dem Blickfeld verschwunden war, als sie mit Valette in die Nacht hinausfuhr. Es schien eine Ewigkeit her zu sein.

Er begrüßte sie höflich und führte sie in einen eleganten Salon, in dem ihre Schwester am Kamin ein Buch las. Mariannes Herz zog sich vor Erleichterung zusammen.

„Sophie! Gott sei Dank geht es dir gut."

Ihre Schwester schaute überrascht und erfreut auf. Das Buch fiel ungeachtet auf den Boden, als sie nach vorne eilte, um sie zu umarmen. „Oh, Marianne! Wo bist Du gewesen? Was hast du gemacht?" Sie zog sich zurück, und ihre Augen schweiften über Mariannes Gesicht und betrachteten jedes Detail. Sie stieß einen Schrei der Bestürzung aus. „Was in *aller Welt* ist mit deinem Haar passiert?!"

Marianne legte ihre Hand an ihre geschorenen Locken. Sie hatte vergessen, dass sie kurz waren. „Ich musste sie abschneiden. Für den Auftrag. Ich musste so tun, als wäre ich ein Junge."

Sophies Augen waren so rund wie Untertassen. Sie sah aus, als wolle sie gleich weinen. „Aber dein Haar war so schön", klagte sie.

„Es wird nachwachsen." Mariannes Lächeln erstarrte auf den Lippen, als sie erkannte, dass dies Valettes Antwort gewesen war. Sie schluckte den plötzlichen

Kloß in ihrer Kehle hinunter. „Ich habe mich schon daran gewöhnt."

„Ich lasse Sie beide Damen einen Moment allein, ja?" Andrew unterbrach sie mit einem Lächeln. „Ich bin sicher, Sie haben eine Menge nachzuholen."

Sophie drehte sich um und schenkte ihm ein strahlendes Lächeln. „Ich danke Ihnen."

Er nickte und verbeugte sich, als er aus der Tür ging. Marianne hörte, wie sich seine Schritte den Korridor entlang zurückzogen. Sie umarmte Sophie erneut. „Es tut mir so leid, dass ich Paris ohne dich verlassen habe. Du weißt, ich hatte keine Wahl."

Sophie lächelte. „Es ist alles in Ordnung. Andrew hat sich sehr gut um mich gekümmert."

Marianne entging nicht der rosa Farbton, der die Wangen ihrer Schwester färbte. „Andrew?", höhnte sie und griff dabei die vertraute Verwendung des Namens des Mannes durch ihre Schwester auf.

Sophie errötete noch mehr und zog sie auf das Sofa hinunter. „Monsieur Ducrow", ergänzte sie. Sie blickte auf, ihre Augen waren weit aufgerissen, ihr Ausdruck düster. „Ich war so verängstigt und besorgt. Um dich. Um Duval. Es muss Andrew wahnsinnig gemacht haben, aber er war so geduldig und verständnisvoll." Sie blickte schüchtern nach unten. „Er ist der beste Mann, den ich je getroffen habe."

Mariannes Bauch zog sich zusammen, als sie den Ausdruck in den Augen ihrer Schwester sah. So hatte sie noch nie für einen ihrer unzähligen anderen Verehrer ausgesehen. Sie war schockiert. Ihre ruhige, tüchtige

Schwester war verliebt! Mariannes gebrochenes Lachen kam einem Schluchzen schrecklich nahe.

„Aber genug von *mir*", sagte Sophie. „Erzähl mir alles über dich. Was ist mit Monsieur Valette passiert? Ist er so schlimm, wie man sagt? Wo in aller Welt bist du gewesen?"

„Ach du meine Güte, was für ein bezauberndes Familientreffen. Willkommen zurück, süße Cousine."

Mariannes Blut gefror zu Eis. Sie drehte sich langsam um und sah Duval in der Türöffnung, eine Pistole an ihrem Kopf gerichtet.

„Danke, dass du mich hierhergeführt hast", schmunzelte er. „Ich habe schon lange darauf gehofft, dass du im Zirkus auftauchen würdest."

Er war kaum wiederzuerkennen. Sein Gesicht war gezeichnet, bleich und schlaff wie ein leerer Ballon und seine Kleidung war fleckig und zerknittert. „Steh auf", sagte er mit einem Schwenk der Waffe. „Zieh den Umhang aus, streck die Arme aus und dreh dich um. Langsam."

Marianne fügte sich, ihre Augen ließen die Pistole jedoch nie los. *Wo zum Teufel war Andrew?*

„Ich bin nicht bewaffnet", log sie kühl. „Was willst du, Duval? Du musst gehen, sofort. Nach dem, was ich gehört habe, wirst du gesucht."

Sein Gesichtsausdruck verdunkelte sich bei der Erinnerung. „Valette hat mich ruiniert. Ich weiß, dass er es war. Selbst der der verdammte Schuldschein, den er mir als Bezahlung für dich gab, war eine nutzlose Fälschung. Der Bastard."

Marianne zuckte die Achseln. „Und? Du bist selbst schuld. Was hat das mit mir zu tun?"

Wenn sie ihn am Reden halten könnte, könnte Andrew ihn vielleicht überwältigen.

„Du bist das Einzige, was ihm schaden kann." Duval verengte bei ihrer Verwunderung die Augen. „Oh ja. Ich habe genug Zeit in Bordellen verbracht, um zu wissen, wann ein Mann eine Frau beobachtet und sie gedanklich auszieht. Er konnte dir nicht widerstehen, oder?"

„Ich weiß nicht, wovon du sprichst."

Duvals Gesicht wurde zunehmend fleckig. „Natürlich tust du das, du kleine Hure. Ich weiß, was du mit ihm gemacht hast. Ich kann es praktisch an dir riechen. Er hatte dich auf jede erdenkliche Weise, nicht wahr?" Seine Augen zuckten verächtlich über sie hinweg.

„Ja", sagte sie, ganz bewusst. „Das hat er. Und es war atemberaubend."

Sie hörte Sophie schnaufen, aber ihre Augen blieben auf Duval gerichtet. Leider reagierte er nicht auf ihren Köder. *Irgendetwas muss Andrew zugestoßen sein. Hatten Duvals Männer ihn bereits getötet? Merde.*

Das Herz hämmerte in Mariannes Brust, als ihr klar wurde, dass sie und Sophie auf sich allein gestellt waren. Zeit für einen anderen Ansatz. „Ich habe Geld", sagte sie ruhig. „Zehntausend Francs von Valette. Du kannst alles haben, wenn du versprichst, Paris zu verlassen und dich uns nie wieder zu nähern. Sind wir uns einig?"

Duvals Augen wurden enger, während er nach einem Haken suchte. Widerwillig nickte er. „Gut. Ja. Gib es mir."

„Es ist nicht hier." Der Geldschein war eng an ihre

Haut gepresst, und Marianne unterdrückte eine skurrile Welle unangebrachter Belustigung. Sie wurde im Lügen genauso geschickt wie Valette. Fast. „Ich habe es im Zirkus liegen lassen."

Er winkte mit der Waffe. „Dann lass uns gehen. Meine Kutsche steht draußen. Und versuch keine Dummheiten. Ein Wort von mir und Rémi wird euch das Genick brechen."

Marianne hatte keine Wahl. Mit einem Seufzer nahm sie Sophies Hand und erlaubte Duval, sie in die unscheinbare Kutsche zu führen, die draußen wartete. Die bucklige Gestalt Remis kauerte auf dem Fahrersitz unter einem Umhang, sein hässliches Gesicht war durch einen großen Hut verdeckt.

Die Kutsche roch nach Schimmel und nassem Hund. Marianne stieß Sophie in die Ecke und drückte ihren Körper gegen sie, um sie so gut es ging zu schützen. Die Kutsche ächzte und schaukelte, als Duval seine unbeholfene Masse hinterher hievte.

Sie hatte das Messer im Stiefel, aber Duval hatte immer noch die Pistole, und sie wollte sich ihre Chancen auf so engem Raum nicht entgehen lassen. Sie würde warten, bis sie den Zirkus erreichten, wo die Wahrscheinlichkeit, dass Sophie verletzt würde, geringer war.

KAPITEL 52

Die fernen Mitternachtsglocken ertönten von Notre Dame, als Marianne durch die Seitentür des Zirkus schlüpfte, gefolgt von Sophie und Duval. Der Bereich hinter der Bühne war dunkel, aber Pagnol winselte aufgeregt vor sich hin, als er ihre Anwesenheit spürte.

„Hier entlang", sagte Marianne schroff.

„Zünd eine Kerze an", befahl Duval. „Es ist so dunkel wie im Grab."

Marianne ging zu einem Frisiertisch hinüber und zündete ein Trio von Kerzen an. Duval drohte Sophie mit der Pistole. „Setz dich." Sophie sank gehorsam auf einen Frisierhocker, die blauen Augen weit aufgerissen und verängstigt.

„Wo ist jetzt das Geld?", forderte Duval.

Eine Bewegung in der Türöffnung erregte Mariannes Aufmerksamkeit, und ihr Herz hüpfte, als Andrew den

Raum betrat und seine eigene Pistole auf Duval gerichtet war.

„Nimm deine Waffe runter, Duval“, warnte er leise.

Duval reagierte mit überraschender Schnelligkeit. Er packte Sophie und zog sie vor sich her, wobei er ihren Körper als Schild benutzte. Sie stieß ein entsetztes Wimmern aus, als die Mündung seiner Pistole gegen ihre Schläfe drückte. „Das glaube ich nicht“, krächzte er. „Sie wollen doch nicht, dass ich ihr wehtue, oder?“

Andrew sah hin- und hergerissen aus. Sein Gesicht verriet Wut, aber er schien zu erkennen, dass er keine Wahl hatte. Er entsicherte seine Waffe und senkte sie zur Seite.

„So ist es besser“, jauchzte Duval. Er nahm seine Waffe von Sophies Kopf und schoss Andrew in den Bauch.

Sophie schrie und riss sich aus Duvals Griff. Sie warf sich neben Andrew, der sich vor Schmerzen wand, auf den Boden. „Nein!“, schluchzte sie hysterisch und versuchte, das aus der Wunde herausströmende Blut einzudämmen. „Du Bastard!“, schrie sie Duval an.

Duval beobachtete die Szene impulsiv und wandte sich dann Marianne zu. „Ich will, dass du mir das Geld sofort gibst, Marianne.“ Er zog eine zweite Pistole aus seinem Mantel und richtete sie auf Sophie. „Schnell jetzt, oder sie ist die Nächste.“

Mariannes Herz raste. „Es ist im Affenkäfig.“ Sie ging zum Käfig hinüber, öffnete den Verschluss und kippte die Messingglocke, damit Duval den darin befestigten Diamanten sehen konnte.

Sein Gesicht verdunkelte sich vor Wut. „Das nützt

nichts! Wenn es von Valette kam, ist es wahrscheinlich gefälscht. Du hast gesagt, er hat dir Geld gegeben."

Er schlug ihr hart ins Gesicht. Der Kolben der Pistole erwischte ihre Wange und sie heulte unwillkürlich auf, als sie von ihm wegstolperte. Sterne funkelten ihr vor den Augen, als er sie an den Haaren packte und sie mit dem Rücken an sich zog. Sein fauliger Atem zischte ihr ins Ohr und Marianne versuchte all die schrecklichen Erinnerungen, die das auslöste, zu verdrängen. Sie konzentrierte sich stattdessen darauf, wie sie sich mit Nic gefühlt hatte. Sie tat so, als sei es sein Körper, sein Atem. Ein gewisses Maß an Ruhe kehrte in ihre Glieder zurück.

„Du hast meine Eltern getötet, nicht wahr?", knirschte sie zwischen den Zähnen hervor.

Duval erstarrte. Und dann lächelte er. „Das wollte ich nicht. Ich wollte nur das Arbeitszimmer deines Vaters und die darin enthaltenen Unterlagen vernichten. Aber das Feuer breitete sich so viel schneller aus, als ich mir je vorstellen konnte. Woher sollte ich wissen, dass deine Eltern nicht fliehen würden?"

Etwas löste sich in ihr, als sie hörte, wie er es tatsächlich zugab. Es war eine Sache, dass man ihr erzählt hatte, er sei dafür verantwortlich, eine ganz andere, dass er es tatsächlich zugab.

„Also ja, ich habe deine Eltern getötet", fuhr er nahtlos fort. „Genauso, wie ich dich töten werde."

Der kalte Stahl der Pistole küsste ihre Schläfe. Der Hammer klickte zurück.

Tun was immer du kannst, um dir einen Vorteil zu verschaffen. Valettes Stimme hallte in ihrem Kopf wider.

Schlag mir in die Eier. Stich mir die Augen aus. Verrenk mir die Daumen.

Marianne bewegte sich, ohne nachzudenken, und wölbte sich rückwärts. Ihr Hinterkopf schlug mit einem ekelhaften Knirschen auf Duvals Nase. Die Pistole feuerte an ihrem Ohr und sie wurde taub. Er warf sie vor Wut schreiend zur Seite. Seine Hände stiegen zu seiner Nase und Blut spritzte zwischen seinen Fingern hervor.

„Du kleine Hure! Das wirst du mir büßen!"

Marianne wich zurück, aber eine Truhe mit Kleidern stoppte ihren Rückzug.

Duval spuckte und tropfte vor Blut, als er auf sie zuging. „Ich wollte es schnell hinter uns bringen, aber nicht nach diesem kleinen Kunststück."

Marianne warf sich zur Seite und schützte ihr Gesicht, aber er schlug sie mit der Rückhand und sie stürzte rückwärts über die Truhe. Bevor sie aufstehen konnte, fühlte sie, wie sich seine schinkenartigen Fäuste um ihre Kehle schlossen und zudrückten. Sein Gesicht war nur Zentimeter von ihrem entfernt, rot vor Wut, blutige Spucke tropfte aus seinem Mund. Marianne schlug auf ihn ein, aber er drückte sie zu Boden und erdrückte sie mit seinem Gewicht. Sie krallte sich an seinen Handgelenken fest, kratzte mit ihren Nägeln. Sein stinkender Atem überrollte sie, und es war wie die Nacht, in der er versucht hatte, sie zu vergewaltigen. Lichter flackerten vor ihren Augen. Ihre Schläge wurden schwächer, ihre Finger kribbelten. Alle Kraft verließ sie.

„Nein!"

Der Schrei kam von Sophie. Marianne sah eine

verschwommene Bewegung, gerade als ihre kleine Schwester einen Messingleuchter auf Duvals Hinterkopf niedersausen ließ. Er fiel zur Seite, und Marianne keuchte, als die Enge an ihrer Kehle nachließ.

Duval schüttelte taumelnd den Kopf und stolperte auf die Füße. Er ignorierte Marianne am Boden und stürzte sich auf Sophie und erwischte sie mit einem Schlag auf die Wange, der sie wild gegen einen Frisiertisch schleuderte und den Inhalt in die Luft beförderte. Er stürzte sich auf sie wie ein wütender Stier.

Marianne rollte sich auf die Seite, blinzelte schnell und kämpfte mit Übelkeit. Sie zog das Messer aus ihrem Stiefel und taumelte auf ihre Füße. Duval trat Sophie jetzt und keuchte zwischen den Schlägen Obszönitäten. „Willst mich schlagen, ja? Kleine Schlampe!“

„Halt!“

Duval drehte sich um, seine Augen waren wild, und Marianne zögerte nicht. Sie warf das Messer direkt auf sein Herz. Ein überraschter Gesichtsausdruck zeigte sich, als er auf die aus seiner Brust ragende Klinge hinunterblickte. Marianne sah entsetzt zu, wie er auf sie zu taumelte. Sie machte sich bereit, noch einmal gegen ihn zu kämpfen, aber er fiel auf die Knie, in einer kranken Parodie eines Verehrers, der ihr einen Antrag machte, oder auf einen Vasallen, der vor ihr niederkniete. Dann sank er zu Boden.

Einige Sekunden lang blickte sie ihn nur in gefrorenem Erstaunen an und erwartete, dass er aufstehen und wie eine fettleibige Raupe vorwärts kriechen würde. Dann kam die Erkenntnis. Er war tot. Eine dünne Blutspur tröpfelte aus seiner Nase auf den Teppich.

Sie war im Begriff, sich zu übergeben. Marianne beugte sich vor und stützte ihre Hände auf die Knie, ihr Kopf hämmerte, ihr Magen drehte sich.

Oh Gott.

Sophie kämpfte sich auf die Beine und blickte angewidert auf Duvals liegende Gestalt herab. Ihr rechtes Auge war bereits angeschwollen. „Er hat auf Andrew geschossen", sagte sie kurz. „Er war ein böser Mann." Sie trat über die Leiche, ignorierte ihn und eilte zurück an Andrews Seite. „Andrew, bitte, Gott, wach auf!"

Andrew stöhnte schwach. Unter ihm hatte sich auf dem Boden eine dunkelrote Pfütze gebildet. Marianne ging auf ihn zu, aber ein orangefarbener Blitz hinter ihr fiel ihr ins Auge. Sie drehte sich um und verharrte in Entsetzen.

Eine der Kerzen war unter eine Kleiderstange gefallen. Flammen schlugen über die Kleidung und griffen hungrig nach den Netzen, Spitzen und Federn der bunten Kostüme. Einen endlosen Moment lang stand Marianne einfach da und starrte wie versteinert. Jeder ihrer unzähligen Albträume erwachte zum Leben. Sie war wieder in Chanterac, derselbe Kupfergeruch von Blut und Rauch lag in der Luft. Sie begann zu zittern und starrte bewegungslos, als der Tod knisterte und sich langsam auf sie zubewegte.

„Marianne! Hilf mir!"

Sophies scharfer Ausruf riss sie in die Gegenwart zurück. Sie sah sich nach Wasser um, um die Flammen zu löschen, aber sie hatte nichts zur Hand. Sie schnappte sich einen Umhang und versuchte, auf das Feuer einzuschlagen, aber wenn überhaupt, dann schien es das

Feuer anzufachen. Sie konnte nicht glauben, wie schnell es sich ausbreitete; jetzt kratzte es an den mit Stoff ausgekleideten Wänden wie ein Tier in einem Käfig.

Sie mussten unbedingt raus.

Sie rannte zu Andrew hinüber und half ihm, sich aufzurichten. Auf seine Wunde konnten sie keine Rücksicht nehmen. Er stöhnte aus Protest schwach auf, aber es blieb keine Zeit, sanft zu sein. Es könnte gut sein, dass er sterben würde, aber sie wollte ihn nicht verbrennen lassen. Sie legte einen seiner Arme über ihre Schulter, und Sophie folgte ihrem Beispiel. Gemeinsam richteten sie ihn auf und ächzten unter dem Gewicht seines Körpers.

Der ganze Raum stand nun in Flammen. Große wallende schwarze Wolken wölbten sich zur Decke und machten es fast unmöglich, etwas zu erkennen. Es war alles so schrecklich vertraut. Heiße Luft versengte ihre Lungen mit jedem Atemzug. Die Hitze versengte ihre Wangen, als sie weiter stolperten.

Andrew war zu schwer. Seine Beine zogen nutzlos hinter ihm her und erschwerten ihre Bewegungen. Sophie stolperte, und alle drei fielen zu Boden.

Hier unten war es etwas kühler. Marianne rollte Andrew auf den Rücken und packte ihn am Kragen. Sophie tat das Gleiche, und sie schleiften ihn zwischen sich mit. Vornübergebeugt taumelten sie auf die Bühne hinaus.

Ein plötzlicher Schrei durchdrang den Raum hinter ihnen, und für einen schrecklichen Moment dachte Marianne, es sei der von den Toten auferstandene Duval, aber dann erkannte sie, dass es Pagnol, der Affe, war. Die arme Kreatur sprang in seinem Käfig hin und her und kreischte vor Angst.

„Bleib hier! Ich bin gleich wieder da." Sie warf Sophie einen beruhigenden Blick zu und rannte zurück in den brennenden Raum, wobei sie ihre Arme nach oben streckte, um ihr Gesicht vor der Hitze zu schützen.

Die dünne Drahtverriegelung des Käfigs war bereits heiß, und sie verbrannte sich die Finger, als sie am Haken herumfummelte. Die Tür schwang auf, und der verängstigte Affe sprang auf ihren Kopf, wobei seine scharfen Krallen schmerzhafte Kratzer in ihrer Kopfhaut hinterließen. Er sprang herunter, und sie sah zu, wie sein langer geschweifter Schwanz im Zuschauerraum verschwand. Zweifellos konnte er seinen eigenen Weg hinausfinden.

Fast wie im Schlaf packte sie die kleine Messingglocke, die über seiner Sitzstange schwang, und stopfte sie sich in ihr Mieder. Duvals liegenden Körper ignorierend, eilte sie zurück zu Sophie. Gemeinsam zogen sie Andrew die Rampe zu den Pferden hinunter und in den Ring selbst. Er murmelte etwas Zusammenhangloses, aber seine Augen blieben geschlossen.

„Halte durch, Andrew!", krächzte Sophie mit rauer Stimme. „Wir sind fast da. Bleib bei mir! Bleib bei mir! Bitte!"

Mariannes Augen tränten. Die tiefroten Samtvorhänge, die den Proszeniumsbogen umrahmten, brannten nun. Es war ein Rahmen aus Orange und Weiß, dramatischer als jedes Spektakel, das sich der Falconis je ausgedacht hatten. Die Hitze war intensiv, der Rauch quoll auf, füllte den Zuschauerraum und verdunkelte ihre hoch oben schwebenden Seile.

Sie blickte auf, kaum in der Lage zu begreifen, was sie sah. Große Seidenbahnen hingen von der Decke wie das Innere eines riesigen Zeltes. Die Flammen schlugen nach oben, verzehrten den Stoff in Sekundenschnelle und ließen brennende Teile auf die roten Samtsitze darunter flattern. Der stechende Geruch von brennendem Rosshaar trug nur noch mehr zum Alptraum bei.

Eine Reihe von Explosionen kam aus dem Hinterzimmer; der Brand muss die Feuerwerkskörper erreicht haben. Die kreischenden Geräusche von Raketen, römischen Kerzen und Katharinenrädern waren furchtbar und ohrenbetäubend. Marianne wollte sich die Hände über die Ohren halten und schreien.

So muss es im Krieg sein.

Andrews Körper hinterließ einen dunklen Pfad im Sägemehl, als sie ihn zu den Doppeltüren am anderen Ende des Rings schleppten. Von außen konnte Marianne „*Feuer*!“ hören, die Leute auf der Straße mussten den Rauch gesehen haben.

Die Balken über ihnen knarrten, als ob sie lebendig wären. Ein riesiges Stück Kulisse stürzte auf die Bühne und der Hitzestoß warf sie nach hinten und ließ einen Funkenhagel auf sie niederregnen.

Die Tür war verriegelt. Es dauerte endlose Sekunden, mit der dicken Holzlatte zu kämpfen, die durch die Griffe geschoben war. Mariannes Hände waren von Andrews Blut verschmiert. Splitter durchbohrten ihre Handflächen, als sie fluchend und flehend darauf einschlug. Als es schließlich nachgab, packte sie Sophie am Arm und stieß sie nach vorne, hinaus in die kalte schwarze Nacht.

Im Dach erschien ein plötzlicher, unheilvoller Riss. Marianne blickte nach oben, gerade als ein riesiger Balken mit einer großen, heißen *wusch* herunterkam. Sie warf sich über Andrews Körper und schirmte ihren Kopf instinktiv mit ihren Händen gegen die blendende Feuerdecke ab.

Etwas traf ihre Schulter, und sie schrie auf. Weitere Trümmer fielen von oben herab und drückten sie zu Boden. Der Schmerz schoss ihr Bein hoch. Sie rollte zur Seite und griff nach ihrem Knie, aber es war wie eingeschlafen. Sie trat mit dem freien Fuß gegen den Sparren und zog ihr verletztes Bein von unten heraus. Als sie auf den Ellbogen vorwärts kroch, hörte sie nur ihre eigenen Würgegeräusche. Und dann hörte sie Sophie ihren Namen schreien.

Eine Gestalt tauchte durch den Rauch auf, und für einen kurzen, halluzinierenden Moment dachte sie, es sei Valette, aber es war Laurents Stimme, die sprach. „Gott sei Dank. Na, komm schon."

Starke Hände zogen sie hoch. Marianne schrie vor Schmerzen auf, als sie versuchte, ihr Bein zu belasten, und er zog sie hoch und trug sie durch den Rauch. Sie strömten auf die Straße, keuchten und stolperten in den Regen.

KAPITEL 53

Marianne wandte ihr Gesicht zum Himmel. Der kühle Kuss des Regens war himmlisch. Ein Segen, der den Schmerz wegspülte. Laurent ließ sie los, stürzte zurück durch die Tür und tauchte Sekunden später mit Andrew über die Schulter geworfen wieder auf.

Dunkle Figuren eilten vorwärts, um zu helfen. Marianne ließ sich von ihnen weiter vom Gebäude weg, über die gepflasterte Straße in Sicherheit führen. Mit zitternden Beinen saß sie auf dem hohen Bordstein, die Füße in den Wasserläufen, die in Richtung Abflussrinne strömten.

Ihr Bein war eine einzige Qual. Ihre Kehle schmerzte. Ihre Augen schmerzten. *Aber sie war am Leben, und Sophie war es auch.*

Ihre Gedanken schienen zusammenhanglos, verschwommen. Sie hatte Duval getötet. Andrew war angeschossen. Pagnol war entkommen. Der Zirkus brannte vor ihren Augen nieder. Es war ein Feuerball, der jede Hoffnung auf Rettung zunichtemachte. Die Flammen schossen aus dem Dach und reichten bis in den Himmel.

Das Glockengeläut und das Geklapper von Pferdekutschen läutete die Ankunft eines der neuen Stadtlöschfahrzeuge ein. Die Feuerwehr, die es bemannt hatte, schloss sich der Menge der Einheimischen an und warf Wasser aus Eimern in die Flammen. Es war jedoch ein vergeblicher Versuch. Das Feuer war ein lebendiges Wesen, ein Monster, das nicht bereit war, seine Beute aufzugeben.

Marianne fühlte sich von all dem seltsam losgelöst. Jemand legte ihr einen Mantel über ihre hochgezogenen Schultern, und sie kauerte sich darunter. Ihre Zähne begannen zu klappern.

Sie erblickte Sophie durch eine Lücke in der Menge. Andrew war auf die Ladefläche eines Wagens gehoben worden. Sie nahm an, dass jemand - irgendein Arzt - einen Verband auf seine Wunde legte.

Sophie stand neben ihm, ihr Gesicht war rußgeschwärzt und mit Tränen besprenkelt. Sie hätte ausnahmsweise einmal hässlich aussehen sollen, mit ihren vom Weinen geröteten und geschwollenen Augen, aber während Marianne zusah, hob Andrew seine Hand und streichelte sanft die Seite ihres Gesichts.

Sophie brach in Tränen aus. Und dann senkte sie ihren Kopf und küsste ihn. Genau dort, mitten auf der Straße, mit dem Feuer hinter ihnen und dem Geschrei der Menge und dem Regen, der auf ihre Köpfe trommelte. Offensichtlich war ihnen das alles egal.

Marianne schloss die Augen und fühlte sich schuldig, weil sie zuschaute, als ob sie sich in ihren privaten Moment drängte. Es war so offensichtlich, dass sie wie füreinander geschaffen waren. Sie betete, dass Andrew die Kraft zum Überleben fand.

Sie ließ ihren Kopf auf die Knie fallen, plötzlich leer, völlig ausgelaugt. Laurent hockte sich vor ihr auf die Knie. Sein dunkles Haar war aschgrau, sein hübsches Gesicht voller Sorge. Er nahm ihre Schultern und nahm sie in eine Umarmung.

Sie vergrub ihre Nase in seiner Brust. „Oh Gott, der Zirkus. Es tut mir so leid."

„Das macht doch nichts. Hauptsache, du bist in Sicherheit. Duval?"

Marianne schauderte. „Tot."

„Gut", sagte er grimmig. Er trug sie zur Kutsche mit Sophie und Andrew.

Marianne konnte ihre Augen kaum offenhalten. Es war, als ob ihr Körper ohne ihre Erlaubnis aufgeben würde. Alles schien sehr weit weg zu sein. „Wo gehen wir hin?", murmelte sie.

„Zur Madame" Laurent klopfte auf die Seite des Wagens. „So kannst du nicht in deine eigene Wohnung zurückkehren. Die Mädchen vom Montausier werden sich um dich kümmern."

Marianne nickte, zu erschöpft zum Diskutieren.

Ein brauner Blitz erweckte ihre Aufmerksamkeit. Es war Pagnol, an der Balustrade am Fluss auf der anderen Straßenseite. Während sie ihm zusah, tanzte er einen kleinen Tanz, stand dann auf seinen Hinterbeinen auf und salutierte wie ein Miniatursoldat, bevor er sich davonmachte. *Wie bizarr. Sie schien zu halluzinieren.*

Der Wagen drehte sich, die Gesichter verschwammen.

Marianne schloss die Augen und begrüßte die einladende Schwärze.

* * *

Sie erwachte mit Schmerzen. Ihr linkes Bein pochte, ihr ganzer Körper schmerzte. Sie fühlte sich, als sei ein Pferd auf sie gefallen. Eine Welle von konkurrierenden Parfüms strömte in ihre Nase, und sie öffnete die Augen und sah das üppige Interieur eines der besten Räume der Montausier. Sie blickte auf die spärlich bekleideten Nymphen und Dryaden, die sich in einer merkwürdigen Landschaft an der Decke tummelten. Das Meerjungfrauenzimmer.

Eine Gruppe von Frauen scharte sich um das Bett.

„Sie ist aufgewacht!“ Die dünne Marie tätschelte vor Freude ihre Hand.

„Ich werde es der Madame sagen.“ Das war Odile.

Panik packte sie. „Sophie?“, krächzte sie. Ihre Kehle war ganz wund.

„Es geht ihr gut. Sie ist bei Andrew, nebenan.“

„Mein Bein?“

„Nicht gebrochen“, sagte die Madame und stürmte in den Raum wie eines der Flaggschiffe des Kaisers in voller Fahrt. „Nur angeschlagen“, sagte sie lebhaft. „Nichts Ernstes.“

Marianne schaute auf ihre Hände hinunter. Auch sie waren in Bandagen eingewickelt. Dann erinnerte sie sich. Sie hatte sie verbrannt, als sie Pagnol gerettet hatte. „Die Glocke! Wo ist sie?"

„Die?" Die dünne Marie runzelte die Stirn, als sie sie von einem Beistelltisch aufhob und klimperte. „Sie ist genau hier."

„Oh, gut", murmelte Marianne und legte sich in die Kissen.

„Trink das, es wird dir helfen zu schlafen", befahl die Madame.

Sie war zu müde zum Reden. Sie trank einfach das bittere Gebräu und rümpfte die Nase über den Geschmack. „Igitt. Was ist das?"

„Laudanum."

Als sie ihren Kopf wieder auf die Kissen legte, wurde Marianne klar, warum ihr der Raum so vertraut erschien. Es war das Zimmer, in das Nic sie in der ersten Nacht hineingezogen hatte, als er sie von Duval gekauft hatte. Ein Schmerz durchdrang ihre Brust. Hier hatte er sie zum ersten Mal geküsst. War es wirklich erst vor kaum mehr als einer Woche gewesen? Das Mädchen, das in dieser Nacht mit ihm weggegangen war, war ein ganz anderes Geschöpf als die Frau, die sie jetzt war.

Oh Gott, Valette. Sie schloss ihre Augen in tiefem Kummer. *Wo bist du?*

* * *

ALS SIE WIEDER AUFWACHTE, war ihr Kopf viel klarer. Sophie saß auf einem Stuhl am Bett und nähte in aller

Ruhe Pailletten auf ein Korsett. Marianne versuchte, sich aufzurichten, doch dann jammerte sie, als der Schmerz durch ihre Handflächen schoss.

„Hier, lass mich helfen." Sophie puffte die Kissen hinter ihr auf und half ihr, sich aufzusetzen.

„Wie lange habe ich geschlafen?"

„Etwas mehr als zwei Tage." Sophies Wangen waren rosig, ihre Augen funkelten. Sie hatte einen leichten Bluterguss über dem Auge, wo Duval sie geschlagen hatte, aber sie sah überraschend gut aus, wenn man die Tortur der beiden bedachte. Marianne konnte an ihrem Gesichtsausdruck erkennen, dass sie vor Neuigkeiten nur so strotzte. „Oh, Marianne, du hast so viel verpasst. Napoleon ist besiegt worden!"

Marianne schloss ihre Augen angesichts einer Welle von Schwindelgefühlen. „Was?"

„Es hat eine riesige Schlacht stattgefunden, gleich hinter der Grenze in Belgien, in der Nähe eines kleinen Ortes namens Waterloo. Alle sagen, dass sich der Kaiser auf dem Rückzug befindet und die alliierten Armeen hier vorrücken. Sie werden jeden Moment in Paris eintreffen."

Marianne konnte keine Antwort formulieren.

„Die Welt ist verrückt geworden. Niemand weiß, was vor sich geht. Die Menschen drängen sich auf den Straßen. Die dünne Marie sagt, wir werden von den Preußen besetzt werden. Odile sagt voraus, dass wir alle in unseren Betten abgeschlachtet werden!" Sophie schien von beiden Aussichten nicht allzu beunruhigt zu sein.

„Oh Gott." Mit einer plötzlichen, schrecklichen Klarheit wusste Marianne, dass Valette dabei gewesen sein musste. Mittendrin. Ein riesiger, schmerzhafter, schwarzer Abgrund tat sich in ihr auf. War er tot? War er verletzt? Sie wüsste es sicher, wenn er tot wäre. Ihr Herz würde es wissen.

Als Sophie ihren angeschlagenen Gesichtsausdruck sah, nahm sie ihre bandagierte Hand. „Geht es dir gut?"

Ihr Gesicht war so ungestüm, wie Marianne es noch nie gesehen hatte. Ihre klaren blauen Augen wurden hart, und ihre Lippen strafften sich zu einer engen Linie. „Ich hoffe, du bist nicht traurig über den Tod von Duval", sagte sie streng. „Es tut mir leid, Marianne, aber ich weigere mich, mich seinetwegen schuldig zu fühlen, und das solltest du auch nicht. Er war ein schrecklicher Mensch, und er hat den Tod verdient. Es gab keine Entschuldigung für die Dinge, die er uns angetan hat. Die er dir angetan hat."

Eine Welle der Scham erhitzte ihre Wangen. Sie hatte immer dafür gebetet, dass Sophie nie wirklich begriffen hatte, was sie getan hatte, um sie zu beschützen. Anscheinend hatte sie es doch.

„Ich denke, jeder hat die Wahl, wie er sein Leben lebt", fuhr Sophie leise fort. „Duval hat sich *entschieden*, genau so zu sein. Er war unglücklich, und er versuchte, dieses Unglück auf alle anderen um ihn herum auszuweiten."

Marianne schüttelte verwundert den Kopf. Wann war ihre kleine Schwester so weise geworden? „Wie geht es Andrew?", fragte sie.

Sophie errötete anmutig. „Er erholt sich langsam. Dem Arzt ist es gelungen, die Kugel zu entfernen, und er hat kein Fieber entwickelt, so dass wir optimistisch sind.

Er ist in einem Zimmer am Ende des Flurs. Das rote mit all den schrecklichen vergoldeten Engelchen." Ein Kichern entwich ihren Lippen. „Er sagte, als er das erste Mal aufwachte, dachte er, er sei gestorben und in den Himmel gekommen!"

Marianne lächelte und erinnerte sich an den Raum. „Ich hoffe aufrichtig, dass der wahre Himmel nicht annähernd so kitschig ist!"

„Oder mit ganz so vielen nackten Babys!", scherzte Sophie. „Wenn es dir nichts ausmacht, werde ich jetzt zu ihm gehen. Ich habe versprochen, ihm die Zeitung vorzulesen."

Marianne zwang sich zu einem Lächeln. „Natürlich gehst du. Ich komme schon zurecht."

Sophie faltete nervös das Tuch. „Zu sehen, wie er niedergeschossen wurde...ihn fast zu verlieren... ließ mich die Dinge so viel klarer sehen." Sie blickte auf. „Ich liebe ihn."

Marianne seufzte. „Ich weiß."

Sophies Augen wurden groß. „Macht es dir nichts aus?"

Marianne schluckte die Enge in ihrer Kehle hinunter und zauberte ein strahlendes Lächeln auf ihr Gesicht. „Natürlich nicht. Ich bin froh darüber. Ich wollte immer nur, dass du glücklich bist, Sophie."

Sophie umarmte sie sanft, wobei sie auf ihre Verletzungen achtete, und schlüpfte aus der Tür.

Die Messingglocke aus Pagnols Käfig ruhte auf dem Nachttisch. Marianne griff nach ihr und drehte sie um. Der Diamant von Valette war noch da. Sie wischte einen schwarzen Fleck von seiner Oberfläche und blickte in die eisigen Facetten. Feurige rote und orangefarbene Fragmente glitzerten im Licht, als hätte der Stein das Inferno des Zirkus‘ irgendwie in sein Herz gesogen und es dort gefangen.

Sie wusste, was sie zu tun hatte.

KAPITEL 54

Weitere Informationen über die Schlacht wurden in den folgenden Tagen bekannt. Da Marianne eine der wenigen im Montausier war, die lesen konnte, brachten die Mädchen ihr die Zeitungen und saßen wie bunte Paradiesvögel im Raum herum, während sie laut vorlas.

Die Alliierten - die Preußen unter der Führung von Feldmarschall Blücher und die Engländer unter Arthur Wellesley, Herzog von Wellington - hatten die Truppen des Kaisers besiegt. Napoleon hatte sich den englischen Truppen ergeben und wurde nach Paris zurückgeschickt, wo er planmäßig abdankte.

Sobald Marianne aus dem Bett aufstehen konnte, lieh sie sich von Odile das bescheidenste Kleid, das sie finden konnte, und machte sich auf den Weg über den Fluss. Ihr Bein schmerzte und scheuerte unter den Bandagen, aber es fühlte sich gut an, wieder draußen zu sein, mit der warmen Sonne im Gesicht.

Chaumet, einer der angesehensten Pariser Juweliere, hatte das Diadem der Kaiserin Josephine für ihre Hochzeit angefertigt. Das Geschäft in der schlichten Eleganz des Place Vendôme lag nur wenige Schritte vom Palais Royal entfernt - nur wenige Schritte, aber meilenweit entfernt, was Geschmack und Kultiviertheit betrifft.

Eine Glocke läutete dezent, als Marianne durch die Ladentür trat und hinüber zu dem Herrn hinter der Theke ging. Sein Blick schweifte über sie hinweg und schätzte ihr Vermögen in einem kurzen, verächtlichen Blick fachmännisch ein.

„Kann ich Ihnen helfen, Mademoiselle?"

„Ich hoffe es." Sie legte Valettes Diamant auf die gläserne Theke.

Der Juwelier war vermutlich daran gewöhnt, täglich außergewöhnliche Dinge zu sehen, daher war seine erste, unbedachte Reaktion äußerst erfreulich. Seine Augen wurden groß. Marianne verbarg ein Lächeln. Sie hatte ihn erwischt. Er sabberte geradezu.

„Dürfte ich so kühn sein, mich zu erkundigen, wie Sie in den Besitz eines so schönen Stückes gekommen sind?" Sein Tonfall war höflich prüfend. „Die Herkunft?"

Sie war so versucht, ihm die Wahrheit zu sagen. *Oui, Monsieur. Ich habe es gestohlen. Von einem der größten Spione Frankreichs. Als Bezahlung für die Rettung des Königs.*

„Natürlich. Ich bin Marianne de Beauvais, Tochter des Comte und der Comtesse de Chanterac". Ihr richtiger Name kam ihr ohne Zögern über die Lippen. Es fühlte sich richtig an. Sie hob ihr Kinn an und traf seinen Blick, und sie forderte ihn auf, ihren Anspruch zu bestreiten. „Diese Stück gehörte meiner Familie. Es betrübt mich, dass ich es verkaufen muss, aber so, wie die Situation ist …" Sie driftete zartfühlend und angeschlagen ab.

Der Monsieur entschuldigte sich murmelnd. „Darf ich?"

Sie nickte, und er hob den Stein hoch und hielt sich eine Lupe vors Auge. Das Ticken der Ormolu-Uhr hinter ihm war ohrenbetäubend, während er ihn genau untersuchte.

„*Magnifique.* Und so eine klare Farbe. Solch ein Feuer."

Sie schenkte ihm ihr strahlendstes, süßestes Lächeln. „Genau das hat meine Mutter gesagt, als mein Vater es ihr schenkte. Leider habe ich sie jetzt beide verloren."

Der Monsieur senkte den Kopf. „Mein herzliches Beileid. Die vergangenen Jahre haben uns alle gezeichnet." Er warf ihr einen wertenden Blick zu. Der alte Geier war scharfsinnig. Er mochte ihre Geschichte nicht ganz glauben, aber er war auch durchaus bereit, die Augen vor der Grauzone der Legalität zu verschließen, wenn es um ein so schönes Stück ging. Marianne unterdrückte ein zynisches Schnauben. Jeder hatte seinen Preis. Ihrer war offenbar zehntausend Francs. Sie schob den Gedanken beiseite. Sie würde nicht an ihn denken.

„Sie werden feststellen, dass wir äußerst diskret sind, Mademoiselle", murmelte der Juwelier, und Marianne unterdrückte ein triumphierendes Lächeln. Sie verstanden einander perfekt.

Nun zu den Verhandlungen.

Der Monsieur legte vor. Er gab einen übertriebenen Seufzer des Bedauerns von sich. „Natürlich müssen Sie wissen, dass der Preis für Edelsteine immer noch skandalös niedrig ist, Mademoiselle. Nach der Revolution gab es eine Flut von Emigranten, die verzweifelt versuchten, dem Terror zu entkommen. Sie verkauften ihre Juwelen, um sich die Reise zu finanzieren. Heutzutage gibt es nicht mehr viele Käufer für Diamanttiaras und ausgefallene Halsketten". Er zuckte die Achseln. „Haben Sie eine Vorstellung von dem Preis, den Sie verlangen?"

Der Diamant war locker fünftausend Francs wert, aber sie war nicht gierig. Sie einigten sich auf vier.

„Es tut mir leid, dass ich Ihnen nicht mehr bieten kann", sagte der Juwelier und versuchte, seine Freude zu verbergen. Marianne lächelte gnädig und war ebenso zufrieden mit dem Ergebnis.

Als sie mit dem Bankscheck des Juweliers in der Tasche ging, fühlte sie sich wie losgelöst. Es war, als sei ihr eine große Last von den Schultern genommen worden. Sie war freier, als sie es je in ihrem Leben gewesen war. Duval war tot. Sie hatte genug Geld, um sich für den Rest ihrer Tage finanziell abzusichern. Eine Vielzahl endloser Zukunftspläne erstreckte sich vor ihr.

Der Verkauf des Diamanten war jedoch schwieriger gewesen, als sie sich vorgestellt hatte. Sie unterdrückte einen schwachen Anflug von Bedauern. Es war nur ein unübliches Stück Stein.

Marianne überquerte den Fluss. Die Menschenmenge drängte sie von allen Seiten. Sie hatte ein Vermögen in der Hand, aber sie konnte das Gefühl von Verlust, von Niederlage nicht abschütteln. Jetzt konnte sie nach England zurückkehren. Sie sperrte den

Gedanken unbarmherzig aus. Zurück zu was? Wenn Valette sie gewollt hätte, wäre er ihr nach Paris gefolgt. Er hatte seine Wahl getroffen: Rache war ihm wichtiger gewesen als sie. Sie würde ihn nie wiedersehen.

Und doch sehnte sie sich danach.

Statt zum Montausier zurückzukehren, lief sie die paar zusätzlichen Nebenstraßen zum Zirkus. Sie fand Laurent, wie er die verkohlten, nassen Ruinen durchstöberte. Es war kaum noch etwas übrig. Das Dach war eingestürzt, und von den Innenwänden waren nur noch einige wenige übriggeblieben. Ein kleiner Teil der Sitzreihen war erkennbar, aber sonst kaum etwas. Ein paar zerlumpte Kinder schnüffelten herum und suchten nach allem, was noch zu retten war, und Laurent selbst beaufsichtigte ein Team von Arbeitern, die versuchten, das Gelände zu räumen.

Marianne fand sich dabei wieder, wie sie die Trümmer nach Duvals Leiche absuchte, aber das intensive Feuer hatte jede Spur ihres Cousins zerstört. Sie weigerte sich, um ihn zu trauern. Es war nur gerecht.

Laurent winkte und trat vor und wischte sich die schmutzigen Hände an seiner Kleidung ab. Er sah aus wie ein Schornsteinfeger. Sie griff in ihr Pompadour und reichte ihm den Bankscheck, den Valette ihr gegeben hatte. „Ich möchte, dass du das hier bekommst."

Er keuchte, als er die Summe las. „Was? Nein! Woher hast du das?"

Sie lächelte schelmisch. „Frag nicht, Laurent. Nimm es einfach an."

„Das kann ich nicht. Das ist für dich und Sophie."

Sie blickte finster drein und hielt es ihm hin. „Doch,

du kannst. Du musst. Deine Familie hat uns aufgenommen und uns wie ein Teil von euch behandelt. Ihr habt uns Wissen, Liebe und Wertschätzung gegeben. Das kann ich niemals zurückzahlen. Nicht mit allem Geld der Welt." Ihre Stimme war voller Emotionen.

„Meinst du, wir müssen bezahlt werden, Kleines?", fragte Laurent sanft und umarmte sie. „*Dio,* wir haben es aus Liebe getan."

Marianne schniefte. „Ich weiß. Deshalb muss ich dir das hier geben. Verstehst du nicht? Damit kannst du den Zirkus wiederaufbauen. Er kann aus der Asche auferstehen, noch besser als vorher, und dann allen eine Zukunft bieten. Nicht nur für Sophie und mich." Sie nahm seine Hand und schloss seine Finger um den Geldschein. „Nimm ihn. Keine Widerrede. Ich bin mir sicher."

Laurent sah wie benommen aus, wie ein Kind am Weihnachtsmorgen. Dann wurden seine Augen lebendig. Er warf seinen Kopf zurück und lachte.

„Mein Gott! Ich habe so viele Ideen für Verbesserungen. Die Boxen waren sowieso schäbig. Und wir können hinten neue Ställe bauen. Und ich habe einen Plan für einen zusätzlichen Ring mit Rampen, die von einem zum anderen führen. Das wird Astley's in die Knie zwingen ..!"

Mit einem Lächeln überließ ihn Marianne seinen Plänen.

* * *

In den darauffolgenden Tagen wurde der besiegte Kaiser an die Küste eskortiert und den Briten übergeben.

König Ludwig XVIII., der Onkel von Louis-Charles, kehrte aus dem Exil zurück und wurde mit einem stürmischen Empfang begrüßt. Die Gärten des Tuileries-Palastes waren so überfüllt mit schreienden und jubelnden Zuschauern, dass der Herzog von Wellington nach eigenen Angaben nicht hören konnte, wie er sich mit dem König unterhielt.

Marianne fragte sich, was Louis-Charles zu all dem zu sagen gehabt hätte.

Nun wurde auf dem Wiener Kongress darüber gestritten, wo Frankreichs neue Grenzen gesetzt werden sollten.

Es gab immer noch keine Nachricht von Valette.

Zunächst durchforstete Marianne die Zeitungen und suchte fieberhaft in den Listen der Toten, bis ihr klar wurde, dass er wahrscheinlich nie seinen richtigen Namen benutzen würde. Er existierte nicht. Zumindest nicht offiziell. Es zerrte etwas in ihrem Inneren, wenn sie an ihn dachte.

Nachts hatte sie Alpträume von ihm, wie er tot oder sterbend ihren Namen rief. Schlimmer noch, sie träumte von ihm lebendig und glücklich, flirtend und tanzend. Sie konnte sich die Klatschblätter nur vorstellen.

„...der jüngste Neuankömmling in London... der Held von Waterloo, der gutaussehende Nicolas Hampden und sein älterer Bruder, Sir Richard. Söhne von Sir William Hampden, Lord Lovell und Baron von Trevor. Diese beiden außergewöhnlichen Junggesellen wurden mit einer Reihe schöner junger Damen tanzend gesehen ... in den Ballsälen der Hauptstadt lassen sie die Herzen höherschlagen.“

Er würde die dumme englische Gesellschaft mit

seinen verruchten Blicken und seiner mysteriösen, halbfranzösischen Vergangenheit skandalisieren. Je weniger er über sich selbst sprach, desto neugieriger würden alle werden. Er würde gefeiert und verehrt, mit offenen Armen bei den Feierlichkeiten zur Niederlage des Kaisers empfangen werden. Wahrscheinlich zog er eine Schneise durch die fröhlichen Witwen und Kurtisanen und versetzte törichte Debütantinnen in Herzklopfen.

Ihr Herz brannte vor lauter Eifersucht.

Sie redete sich ein, es würde reichen zu hören, dass er am Leben sei, dass sie ihm alles Gute wünschte, aber das stimmte nicht. Sie würde ihn am liebsten durch sein schwarzes Herz schießen, den Schmerz des Lebens ohne ihn erleben. Sie war überrascht, wie rachsüchtig sie sein konnte.

* * *

Neben dem neuen Zirkus wurde mit dem Geld von Valette auch Sophies Hochzeitskleid bezahlt.

Sie sah unglaublich hübsch aus. Marianne hatte es immer gewusst. Die hellcremefarbene Seide ihres Kleides war von den Näherinnen des Zirkus von Hand mit Tausenden winziger Saatperlen und silbernen Pailletten bestickt worden. Sophie beschwerte sich, dass es so schwer war, dass sie kaum laufen konnte, aber Marianne sagte ihr, dass es ein kleiner Preis sei, um wie eine Prinzessin auszusehen.

Zweifellos sah Andrew sie wie verzaubert an, als er sah, wie sie auf dem Arm des älteren Signor Falconi auf ihn zuging; seine Augen glühten vor unbändigem Stolz.

Er wartete unter dem riesigen glitzernden Kronleuchter des Montausier.

Sophie hatte ursprünglich in der Hauptmanege des Zirkus heiraten wollen, aber der Zirkus war noch einige Monate im Bau, und sie und Andrew hatten nicht warten wollen. Das Montausier war eine elegante Alternative. Die geschwungenen Arme der Treppe waren so dekoriert, dass sie wie ein Säulengang aussahen. Mit Girlanden aus echten Blumen, die in Kaskaden auf einen Rosenbogen zuliefen. Die Madame hatte keine Kosten gescheut.

Wie bei jeder Hochzeit war Marianne amüsiert über die verschiedenen Gruppierungen unter den Gästen. Alle Zirkusartisten waren da, aber die hochmütigen Reiter saßen abseits der bescheidenen Gaukler, während die Dompteure sich mit den Chormädchen verbrüderten.

Alle hatten ihre extravagantesten Kostüme angezogen. Die Sitzreihen waren ein Gewimmel aus Pailletten und Federn, Rüschen und Volants. Pfauengrün und verwegenes Scharlachrot kollidierten mit Kanariengelb und Mitternachtsblau. Laurent murmelte süße Dinge in Françoises Ohr. Henri, endlich von seinen Krücken befreit, versuchte, die Aufmerksamkeit einer bildhübschen Blondine in der ersten Reihe zu erregen.

Alle Mädchen aus dem Montausier waren natürlich ebenfalls da. Zusammen mit der Madame, die in einem smaragdgrünen Gewand erstrahlte, das kaum ihren bebenden Busen hielt. Sie tupfte ihre Augen mit einem spitzenbesetzten Taschentuch ab. Die dünne Marie flirtete mit einem der Bühnenarbeiter und Odile war damit beschäftigt, die Annäherungsversuche eines der Akrobaten abzuwehren. Sie gab sich nicht besonders viel Mühe.

Sogar Pagnol war zurückgekehrt, obwohl er sich weigerte, auch nur in die Nähe eines Käfigs zu gehen. Stattdessen saß er auf dem Treppengeländer, plapperte unaufhörlich vor sich hin und warf Nussschalen auf alle darunter befindlichen Personen.

Was für eine seltsame Mischung von Menschen, dachte Marianne liebevoll. Und doch funktionierte es, denn alle waren durch die gemeinsame Liebe zur Braut miteinander verbunden. Tränen stachen ihr in die Augen und sie blinzelte, als Andrew Sophies Hand in die seine nahm. Sophies Leben hatte gerade erst begonnen. Warum also fühlte es sich wie ein weiteres Ende an?

Sie würde nicht weinen.

Wenn doch nur ihre Eltern hätten hier sein können. Sie wären so stolz gewesen. Sie war stolz. Sie hatte ihre Arbeit getan; Sophie war glücklich und gesund und sicher vor Duval. Das war alles, was sie je gewollt hatte.

Nun, fast alles.

Marianne hatte einen Kloß im Hals. Sie hatte immer gewusst, dass sie und Sophie irgendwann getrennt werden würden, aber sie hatte es sich immer erst in einer fernen, nebulösen Zukunft vorgestellt.

Sie durfte nicht egoistisch sein. Sie freute sich für Sophie.

Ihr Knöchel schmerzte, weil sie so lange gestanden hatte. Die Verstauchung wurde langsam besser, die blauen Flecken waren fast vollständig verblasst, und sie zwang sich, jeden Tag ein wenig mehr zu tun. Allerdings hatte sie sich nicht in die Nähe eines Drahtseils gewagt.

Von Valette gab es noch immer keine Spur. Sie war sowohl erleichtert als auch seltsam enttäuscht gewesen, als ihre Tage kamen. Es gab kein Baby als Folge ihrer gemeinsamen Zeit. Ihr Herz sank, als ihr klar wurde, dass sie sich an diesen letzten Funken Hoffnung geklammert hatte, an die letzte Möglichkeit, etwas von ihm bei sich zu behalten.

Es fiel schwer zu lächeln, als Sophie und Andrew ihr Gelübde ablegten und wieder den Mittelgang hinuntergingen. Jetzt als Ehemann und Ehefrau, ihr Glück eine greifbare Kraft. Marianne umarmte Sophie und schaute Andrew verschmitzt über ihre Schulter an. „Pass gut auf sie auf", warnte sie eindringlich. „Sonst wirst du den Kuss meiner Klingen spüren."

Andrew lachte. „Aber natürlich. Bei meinem Leben."

Alle drängten sich aus der Tür und winkten der Kutsche zum Abschied. Marianne wollte sie zurückrufen. Sie versuchte, keine Melancholie zu empfinden, aber eine starke Welle der Einsamkeit, wie man sie nur inmitten einer riesigen Menschenmenge empfinden kann, packte sie.

Sie musste weg aus Paris, weg von dem Gestank und dem Trubel. Weg von den Erinnerungen. Sie wusste genau, wohin sie gehen konnte, ohne Angst haben zu müssen, gestört zu werden.

KAPITEL 55

Es gab nur einen Ort, an dem sie ihre Wunden lecken konnte: das verlassene Schloss von Auxerre, in dem sie für die Mission ausgebildet worden war.

Marianne verbrachte ein paar Tage damit, in den Gärten herumzustöbern, Staub aus den leeren Räumen zu fegen und versuchte, nicht jede Minute des Tages an Valette zu denken. Bald würde sie nach Paris zurückkehren und ihr Leben wieder in Ordnung bringen. Sie brauchte nur Zeit zum Nachdenken.

Was würde sie mit sich selbst anfangen? Die Bedrohung durch Duval, die in den letzten vier Jahren wie eine Nebelschicht über ihr gehangen hatte, war nun fort, aber sie sah überhaupt keinen Weg nach vorn.

Die Madame hatte ihr eine Beteiligung am Theater angeboten. Marianne hatte ihr gesagt, sie brauche Zeit, um darüber nachzudenken, aber sie wusste, dass sie es nicht tun konnte. Wie zufrieden die Frauen auch immer zu sein schienen, wie gut sie auch behandelt wurden, sie wollte nichts mit der Führung eines Bordells zu tun haben.

Sie könnte natürlich zum Zirkus zurückkehren. Ihr Bein war geheilt, und sie war kein Krüppel, aber sie hatte den Mut verloren. Mit etwas Übung würde das natürlich zurückkommen, aber emotional hatte sie ihr Gleichgewicht noch immer nicht wiedergefunden. Nic war ihr Gleichgewicht. Ohne ihn fühlte sie sich hilflos, so unsicher wie ein Schiff, dessen Anker gerissen war.

Sie konnte nicht schlafen. Die Morgendämmerung war nur ein schwacher grauer Schimmer am Himmel, als sie hinunterging, um die verwilderten Gärten zu durchschreiten. Tauperlen bedeckten das Gras wie Tausende winziger Tränen. Sie durchnässten ihre Satinpantoffeln, als sie in den ehemaligen Obstgarten einbog. Die Bäume krümmten sich wie alte Bettler im fahlen Halbdunkel, gekrümmt unter dem Gewicht ihrer herabhängenden Äste. Ein paar Äpfel waren bereits zu Boden gefallen, ihr süßer alkoholischer Verfall zog Wespen an.

Ihre Röcke streiften die Hochbeete und ließen die Düfte von Lavendel, Minze und Thymian aufsteigen.

Sie hätte nicht herkommen sollen. Alles erinnerte sie an ihn.

Ein Fußstapfen knirschte auf dem Kies.

Marianne erstarrte, dann griff sie nach einer Klinge, ihr Herz raste.

Die herannahenden Schritte waren bestimmt und sicher. Furchterregend.

Merde. Hatte dieser schreckliche Daumier sie aufgespürt? Oder Fouché selbst? Ihre Hände zitterten, als sie die Klinge auf Schulterhöhe hob.

Die große Gestalt, die sich durch das Tor duckte, war so vertraut, dass ihr der Atem stockte. „Nicolas?"

Valettes amüsierter Blick fiel in ihre kämpferische Haltung und die Waffe zielte direkt auf sein Herz. Er neigte den Kopf in lässiger Begrüßung. Als ob sie sich erst vor Stunden gesehen hätten, anstatt vor einer Ewigkeit.

Marianne atmete so schnell, dass sie dachte, sie würde ohnmächtig. Er war hier. Lebendig. Unverletzt. Ihre Augen zehrten sich an jedem Aspekt seiner Gestalt. Er sah anders aus - hager, müde und unrasiert. Seine hessischen Stiefel waren mit Schlamm befleckt, die Umhänge seines Großmantels voller Staub.

„Guten Morgen, *Chérie*. Oder gute Nacht. Was immer du bevorzugst."

Ihre Augen verengten sich. Das hatte er schon in der ersten Nacht gesagt, in der sie sich kennen gelernt hatten. Sie nahm den Griff des Messers fester in die Hand. Sie wollte sich in seine Arme werfen, wollte wissen, wo zum Teufel er gewesen war. Sie wollte ihm alles erzählen, was geschehen war, seit sie England verlassen hatte. Über das Feuer und Duval, Sophies Hochzeit und den neuen, verbesserten Zirkus.

Sie tat nichts von all diesen Dingen.

Was hatte er in den letzten Wochen getan? Hatte er überhaupt einen Gedanken an sie verschwendet?

„Es ist Morgen", sagte sie forsch und war erleichtert, dass ihre Stimme überhaupt zu hören war.

Warum erwähnte sie nicht einfach das Wetter, wenn du schon mal dabei bist, Dummkopf?

Er schaute nicht einmal in den Himmel. „So ist es."

„Wie hast du mich gefunden?"

Sein Mundwinkel zeigte jenes altbekannte Schmunzeln, das ihr Herz kräftig zusammenziehen ließ. „Ich bin ein Spion, erinnerst du dich?"

Sie verschränkte ihre Arme. „Was machst du hier?"

„Darf ein Mann nicht seinen eigenen Besitz besuchen?"

Eine schreckliche Vorahnung durchströmte sie. „Was meinst du mit ‚dein Besitz'?"

Er verbeugte sich ironisch. „Sie sehen vor sich den neu eingesetzten Marquis de la Garde."

Sie wollte ihn umbringen.

„Dies ist seit Hunderten von Jahren der Besitz meiner Familie", fuhr er fort. „Von Seiten meiner Mutter. Ihr Vater war der frühere Marquis. Es wurde vom Staat beschlagnahmt, als sie während der Revolution nach England flohen, aber König Ludwig hielt es für angebracht, es der Familie zurückzugeben. Aus Dankbarkeit für Verdienste um die Krone."

Marianne schloss ihre Augen. Kein Wunder, dass er wusste, wo der Weinkeller war. Ihm *gehörte* der verdammte Laden. Sie erinnerte sich daran, dass sie wie ein verliebter Idiot herumgestarrt hatte. *„Wessen Haus ist das?"*, hatte sie gehaucht und in Märchen geschwelgt. Wie er sie sicher ausgelacht hatte. „Du hast mich angelogen!"

„Viele Male". Sein heiterer Ton brachte sie dazu, ihn erdrosseln zu wollen.

„Du sagtest, der Mann, dem dieser Ort gehört, sei tot."

„Das war er auch. Aber jetzt ist er sehr wohl am Leben. Ich dachte, ich versuche, dem Ort seine frühere Pracht zurückzugeben. Was hältst du davon?"

„Wenn es eine Belohnung für die Rettung von Louis-Charles ist", schnappte sie, „dann sollte die Hälfte davon mir gehören".

Sein bedächtiges Lächeln war empörend. „So funktioniert das nicht, *Chérie*."

Nein, natürlich tut es das nicht. Das Leben war nie fair.

Sie wollte sich zusammenrollen und sterben. Sie waren schon immer unterschiedlichen Welten entsprungen, das wusste sie, aber er war jetzt noch mehr über ihr erhaben. Schließlich hatte sie sich im Palais Royale das Modell des Sonnensystems von Monsieur Belon angesehen. Sie war wie einer dieser kleinen Monde, die von einem mächtigeren Planeten in die Umlaufbahn gezogen und dann ins All geschleudert wurden, wenn die unbeständige Anziehungskraft allmählich nachließ.

Sie musste gehen, bevor sie sich selbst erniedrigen konnte. Sie steckte das Messer in den Hosenbund ihrer Röcke. „Gib mir eine Stunde, um meine Sachen zu packen. Ich muss sowieso nach Paris zurück."

„Du hast mich auch angelogen", sagte er leise.

Sie hielt inmitten einer Kehrtwende inne.

„Du hast versprochen, dass du nichts Dummes tun wirst. Wir waren uns einig, uns gemeinsam mit Duval zu befassen. Ich dachte, wir wären ein Team."

Sie schluckte bei seiner sanften Zurechtweisung einen großen Kloß an Schuldgefühlen hinunter. „Nur solange wir den Auftrag erfüllten. Duval war mein Problem. Du hattest deine eigenen Dinge zu tun. Übrigens, herzlichen Glückwunsch zu Napoleons ruhmreicher Niederlage."

„Ich habe es nicht im Alleingang getan", sagte er trocken. „Und es war schrecklich, nicht ruhmreich", sagte er trocken. „Das Schlimmste, was ich je in meinem Leben gesehen habe."

Der rohe Schmerz in seiner Stimme, die Schatten, die sein Gesicht trübten, ließen ihr Herz für ihn schlagen. Er hatte so viel für sein Land, für seine Freunde, seine Familie gegeben. Für Sie.

„Ich höre, Napoleon ist jetzt auf dem Weg nach St. Helena", sagte sie steif. „Eine winzige Insel tausende Kilometer von allem entfernt. Ich habe sie auf einer Karte nachgeschlagen."

Sie konnte es nicht ertragen, ihn anzusehen. Sein Anblick schmerzte ihren Augen. Stattdessen starrte sie nach unten, auf das Fischgrätenmuster, das die zerbrochenen roten Ziegelsteine auf dem Weg hinterließen. Die Stücke blätterten ab. Moos drückte sich durch die Ritzen. Sie streifte das Moos mit der Schuhspitze. „Was wirst du jetzt tun, wo dein Rachefeldzug endlich vorbei ist?"

„Es ist nicht vorbei. Es gibt noch viel zu tun."

Ein bitteres Lachen strömte in ihre Kehle. Natürlich war es nicht vorbei. Es würde nie vorbei sein. Napoleon war schon einmal aus einem Inselgefängnis geflohen. Er könnte dasselbe noch einmal tun. Die Spionage hörte nie auf.

„Ich dachte, du wärst bereit für eine neue Herausforderung."

Der Zweifel wurde schnell von Wut überschattet. Blut dröhnte in ihren Ohren. Ein anderer Auftrag? War das alles, was sie für ihn war? Eine nützliche Verbündete? Eine Kollegin? Jemand, auf den sie sich für das nächste große Abenteuer berufen konnte?

„Ich bin nicht interessiert."

Er kam einen Schritt näher. „Das solltest du aber. Ich sagte Fouché, du wärst perfekt. Die einzige, die ich empfehlen würde."

Marianne ballte ihre Fäuste angesichts des überwältigenden Drangs, ihn zu schlagen. *Empörender Bastard.* „Was ist es diesmal?"

Seine Lippen kräuselten sich. „Eine weitere unmögliche Aufgabe."

Es war ein Schmunzeln in seiner Stimme, und trotz ihrer Wut weckte seine spürbare Aufregung, sein jungenhafter Enthusiasmus, ihr Interesse. Sie *hasste* es, dass er sie immer noch locken konnte.

Er griff in seinen Mantel und zog ein flaches Lederetui heraus. Sie runzelte die Stirn, als sie das Siegel erkannte. Chaumet. Derselbe Laden, in dem sie seine diamantene Anstecknadel verkauft hatte. Ein Gefühl der Vorahnung fuhr ihr durch den Rücken.

Er schnippte den Deckel mit der Leichtigkeit einer eingeübten Bewegung auf, und sie hielt die Luft an. Es war eine exquisite Halskette, die sich darin verbarg. Ein stufenförmiger Sturz von Diamanten glitzerte auf dem Samt wie ein eleganter Regenschauer. Er stupste den zentralen Stein mit seinem Daumen an.

„Erkennst du diesen, meine kleine Diebin? Es ist der, den du mir gestohlen hast."

Ihre Wangen erhitzten sich vor Gewissensbissen, während ihr Herz abstürzte. *Dieu! Er war nicht hier, um von ihr eine Rückzahlung zu verlangen, oder?*

Er kam einen Schritt näher und untersuchte die makellosen Steine mit entspannter Selbstgefälligkeit. „Chaumet verkaufte ihn an einen am Wiener Kongress teilnehmenden Diplomaten, der ihn seiner Geliebten schenkte. Es hat mich ein Vermögen gekostet, ihn zurückzukaufen."

Marianne runzelte die Stirn. „Warum sich die Mühe machen? Es ist ja nicht so, dass du dir nicht hundert andere wie ihn leisten könntest", fügte sie bitter hinzu.

Sein Lächeln war erschütternd rätselhaft. „Das ist wahr. Aber ich wollte diesen einen. Er hat einen gewissen ... sentimentalen Wert."

Sie traute dem berechnenden Blick auf seinem Gesicht nicht. „Du hast einen Auftrag erwähnt. Was genau bringt er mit sich?"

Sein Mundwinkel wölbte sich, so wie er es tat, wenn er etwas Ungeheuerliches sagen oder ihr eine Provokation ins Gesicht werfen wollte. „Du müsstest die Marquise de la Garde sein."

Der Schmerz durchbohrte sie, scharf wie ein Messer. *Von all den grausamen Tricks.* Sie hatte sich bereits als seine italienische Frau ausgegeben, als seine kranke Geliebte, als sein minderwertiger Lehrling. *Natürlich* würde er annehmen, dass sie auch diese Rolle spielen würde. Aber sie konnte es nicht tun. Nicht einmal für ihn.

„So tun, als wäre ich deine Marquise?", wiederholte sie stumpfsinnig. Ihr Herz blutete.

Er machte einen weiteren Schritt auf sie zu, und sie zog sich instinktiv zurück. Mit dem Hintern stieß sie gegen die Wand. Sein letzter Schritt brachte sie Nase an Nase, aber er berührte sie nicht. Er blickte nur zu ihr hinunter und blockierte ihre Flucht. Es gab keinen Ausweg mehr.

„Nein", sagte er leise. „Nicht so tun."

Marianne bekam keine Luft mehr.

Er schüttelte den Kopf mit einem reumütigen Seufzer. „Ich bin in dich verliebt, seit du mich mit deinem Messer an die verdammte Wand genagelt hast."

Ihr Herz klopfte unangenehm schnell, aber sie schloss die Augen und wartete auf den Haken. Bei Valette gab es *immer* einen Haken. „Liebst du mich?" Zynischer Unglaube durchzog ihren Ton.

Sein Blick verharrte in ihrem, offen und unbeirrbar. Ehrlich. „Ja."

„Mehr als Napoleon zu besiegen? Mehr als das Spionieren? Mehr als Frankreich oder England oder irgendetwas anderes?"

„Ja,", sagte er schlicht und einfach. „Mehr als alles andere."

Er war so nahe. Sie spürte seine Wärme, spürte, wie sie sich auf ihn zubewegte.

„Ich möchte dir *jeden* Morgen guten Morgen sagen." Seine Stimme war rau und schmerzerfüllt. „Ich möchte mit dir schlafen gehen und neben dir aufwachen. Jeden Tag für den Rest meines Lebens."

Alle Emotionen, die sie jemals sehen wollte, brannten in seinen Augen.

„Du hast mich einmal in England gefragt, was ich tun würde, wenn ich meinen Wunsch erfüllt bekäme. Wenn Napoleon besiegt würde. Damals hatte ich keine Antwort für dich. Aber jetzt habe ich eine. Ich möchte leben. Mit *dir* leben."

Marianne zitterte und war völlig entsetzt. Es war, als würde sie fallen. Das war der Grund, der ihr entgegenrauschte. Es war alles, wofür sie ausgebildet worden war. Alles was sie vermeiden wollte. Er hielt die Halskette hoch. Die funkelnden Prismen verschwammen mit den Tränen, die sich in ihren Augen sammelten.

„Im Gefängnis von Vincennes habe ich mir vorgestellt, dass du so etwas trägst", murmelte er. „Diamanten und sonst nichts."

Die Sehnsucht in seiner Stimme durchbohrte sie wie eine feine Klinge. Worte, die ihr in der Kehle stecken blieben. Sie stand stocksteif, als er den Verschluss an ihrem Nacken befestigte, seine Finger streiften sie sanft. Sie zitterte, als die kühlen Steine sich an durch Hitze ihrer Haut erwärmten.

Sie sollte ihm sagen, er solle aufhören. Ihm sagen, er solle es abnehmen. Solche Dinge waren nicht für sie, eine Zirkusdiebin, bestimmt.

Er zog die Kontur mit seinen Fingern nach und streifte ihr Schlüsselbein. Ihr Blut erhitzte sich bei seiner Berührung.

„Heirate mich."

Es war weniger eine Frage als eine Aufforderung. Typisch Valette.

Marianne schloss ihre Augen angesichts der unbändigen Freude, die sie überflutete. Und dann warf sie sich in seine Arme und warf ihn fast um. Die Sonne schien über die Mauer.

Er drückte sein Gesicht mit einem halb seufzenden, halb stöhnenden Laut in ihr Haar. Er umrahmte ihr Gesicht und küsste ihre geschlossenen Augenlider, ihren Kiefer, ihre Mundwinkel mit heftiger, dringlicher Begehrlichkeit. Wonne strömte durch sie wie Sonnenstrahlen, als seine Lippen ihre fanden; Wärme und Erlösung, Vergebung und Glück. Heimat.

Als er sich Minuten später atemlos zurückzog, hob er eine ungläubige Augenbraue. „Was, kein Gefecht? Kein Widerspruch?" Er kniff die Augen vor Misstrauen zusammen. „Bist du *wirklich* Marianne Bonnard?"

Sie schüttelte den Kopf und konnte kaum sprechen. „Nein. Ich bin Marianne de Beauvais. Aber ich wäre gerne Marianne Valette. Wenn du mich wirklich willst."

Er stöhnte von Herzen und küsste sie erneut. „Ich will dich. Oh Gott, ich will."

„Unsere Kinder werden Französisch sprechen und Kaffee trinken", sagte sie, versuchte dabei, streng zu klingen und scheiterte kläglich.

„Englisch und Tee", konterte er. Er griff das Messer in ihrem Rücken und warf es in das Gebüsch, dann gab er ihr einen weiteren sanften Kuss auf die Lippen, um ihr protestierendes Keuchen zum Schweigen zu bringen. „Und natürlich Wein. Auf jeden Fall Wein."

Marianne lächelte ihn an. „Oh, na dann. Gut. Dann, Ja."

ENDE.

LESEN Sie weiter für einen Auszug aus dem nächsten atemberaubenden Roman der Reihe Schatten & Spione

Das Herz des Hades

LESEPROBE

Das Herz des Hades

England, Juni 1816

„Ich bin ein Spion und kein verdammtes Kindermädchen!"

William de l'Isle, Burggraf von Ravenwood starrte über den Tisch hinweg seinen Mentor, Lord Castlereagh, an.

Der ältere Mann schüttelte den Kopf und war höchst unbeeindruckt von dessen Ausraster. „Miss Hampden benötigt sofortigen Schutz. Jemand ist hinter meinen Code-Knackern her und wer auch immer Edward umgebracht hat, könnte auch ihre Identität entdeckt haben. Ich kann mir nicht leisten sie auch noch zu verlieren."

Raven kniff seine Augen zusammen. „Nimm einen anderen Agenten."

Castlereagh warf ihm wieder einen von diesen durchdringenden Blicken zu, die er so gut beherrschte. „Wen?" Ihre beiden Brüder waren nicht hier; Nic war in Paris und Richard folgte Spur von diesem französischen Fälscher, hinter dem er schon seit Monaten her war. „Wer ist noch übrig?" Er rieb sich erschöpft den Nasenrücken. „Wir haben zu viele gute Männer verloren. Erst hat Tony sich in Frankreich umbringen lassen, dann ist Kit verschwunden. Ich habe seit Monaten nichts mehr von ihm gehört."

Raven blickte finster drein. Er weigerte sich die unangenehm hohe Wahrscheinlichkeit, dass sein Freund tot war in Betracht zu ziehen. Er könnte ebenso tief in verdeckten Ermittlungen stecken. Aber mit jeder Woche, die ohne Nachricht von ihm verstricht, wurde es schwerer, positiv zu bleiben.

„Und jetzt hat es noch einen weiteren guten Mann in Edward Lamb erwischt. Er wurde ermordet,", seufzte Castlereagh. „Ich will nicht, dass Miss Hampden die Nächste ist."

Der alte Mann war ein Meister darin, genau die richtige Menge an Druck und Schuldgefühlen auszuüben. Wenn er nicht so gut darin wäre, Leute zu manipulieren, wäre er wohl auch nicht Chef des Auslandsamtes geworden.

„Denkst du, ich sollte sie einem weniger kompetenten Agenten anvertrauen?", murmelte Castlereagh sanft. „Du bist nicht durch falsche Bescheidenheit geplagt, Ravenwood. Du weißt, du bist der Beste, den ich habe. Ich hatte gehofft, dass du dein außergewöhnliches Talent zum Überleben einsetzen würdest, um auch Miss Hampden am Leben zu erhalten."

Raven seufzte, wohl wissend, dass er in eine Ecke gedrängt wurde. Wäre es jemand anders gewesen, hätte er nicht gezögert. Aber Heloise Hampden war die Fliege in seiner Suppe. Der Stock in seinen Speichen.

Eine verdammte Plage.

Die Furie Hampden war jahrelang Gegenstand seiner sündigen Tagträume gewesen. Was als jugendliche Schwärmerei begonnen hatte, war zu fieberhaften erotischen Fantasien gereift, die absolut keine Anzeichen eines Abklingens zeigten. Er hatte sich eingeredet, die Anziehungskraft liege darin, dass sie verboten war, er versuchte, sich in anderen, weitaus zugänglicheren Frauen zu verlieren. Nichts hatte funktioniert. Und obwohl er den eintönigen Moralpredigten der Geistlichen selten viel Aufmerksamkeit geschenkt hatte, war er sich ziemlich sicher, dass es in der Bibel etwas gab, das besagte: „Du sollst die kleine Schwester deines besten Freundes nicht begehren". Oder etwas in diesem Sinne.

Er war die *allerletzte* Person, der sie anvertraut werden sollte. Er hatte geschworen, sich von ihr fernzuhalten. Er hatte sie in den letzten sechs Jahren ziemlich erfolgreich gemieden - mit Ausnahme einiger glückseliger kurzer Geplänkel. Zum Teufel, er war in die entlegensten Winkel des vom Krieg zerrütteten Europas gereist, um zu versuchen, sie zu vergessen.

Und nun war er hier und wurde von einer böswilligen Wendung des Schicksals zu ihr zurückgeführt.

Als ob sein Leben nicht schon verflucht genug wäre.

In den letzten Jahren hatten sie sich auf einen unsicheren, wenn auch mit Widerhaken versehenen Waffenstillstand geeinigt; es war ein trauriges Spiegelbild seiner kranken Natur, dass er das Streiten mit ihr einem vernünftigen Gespräch mit jemand anderem vorzog.

Sein Blut schäumte bei der Aussicht, sie wiederzusehen, und er lächelte in selbstherrlichem Hohn. Nur wenige Dinge beschleunigten seinen Herzschlag noch. Im Kampf war er ein Meister seiner Emotionen, geschmeidig, tödlich und effizient. Im Kampf erhöhte sich sein Puls kaum noch. Er konnte einen Mann töten, ohne ins Schwitzen zu geraten. Aber man musste ihn nur in die Nähe dieses Mädchens bringen und ein wütendes Trommeln breitete sich in seiner Brust aus.

Er schüttelte den Kopf. In ihrer Nähe zu sein, war eine Qual, nach der er sich sehnte und die er verabscheute, aber er hatte die Pflicht, sie zu beschützen. Eine Pflicht gegenüber ihrer Familie, gegenüber Castlereagh, gegenüber dem ganzen verdammten Land. So sehr er sich wünschte, dass jemand anderes sich um sie kümmerte, so sehr traute er niemandem sonst. Sollte sie ihn doch quälen.

Castlereagh, der alte Teufel, lächelte, als ob er bereits Ravens widerwillige Akzeptanz ahnte. „Das ist also geklärt. Sie ist jetzt sicher zu Hause. Du kannst morgen früh rübergehen und sie holen."

Er stand auf und ging zur Tür des Arbeitszimmers. Dann warf er einen amüsierten Blick auf Ravens makellose Abendkleidung und die auf dem Schreibtisch ruhende Maske. „Ich entschuldige mich, dass ich deinen Abend gestört habe, Ravenwood. Ich überlasse dir jetzt der Unterhaltung."

* * *

Sie war drinnen.

Heloise grinste triumphierend, als sie der Gruppe maskierter Partygäste in Richtung Lord Ravenwoods berüchtigten Ballsaal folgte.

Sie wurde nie zu einer dieser Maskeraden eingeladen. Als Kind hatten Raven und ihre Brüder sie immer von allem, was irgendwie interessant war, ausgeschlossen. Jetzt, als sie zweiundzwanzig war, hatte sich die Situation kein bisschen verbessert, obwohl sie sehr wohl dazu in der Lage war, auf sich selbst aufzupassen. Heute Nacht hingegen hatte sie einen sehr guten Grund, um sich einzuschleichen; die zerknitterte Übersetzung, die sie in ihr Korsett gestopft hatte. Raven würde ihr schon verzeihen, wenn sie ihm erzählen würde, was sie herausgefunden hatte.

Die extravaganten Ausschweifungen seiner jährlichen Veranstaltung waren der Stoff, aus dem Legenden gemacht sind. Selbst die kultiviertesten Vertreter der höheren Gesellschaft haben nur hinter zuckenden Fächern in skandalträchtigem Flüstern darüber geredet. Sie wollte endlich herausfinden, ob dieser Ruf gerechtfertigt war.

Heloise erreichte den Eingang zum Ballsaal, blickte auf und blieb sofort stehen. Ihre Lippen bildeten ein lautloses ‚Oh' des Staunens. Die goldgeränderte Einladung, die sie aus Richards Arbeitszimmer ‚ausgeliehen' hatte, versprach einen ‚Abend des Himmels und der Hölle'. Die Gerüchte waren nicht übertrieben.

Sie blinzelte. Die Gäste hatten die Andeutung der

verdorbenen Zügellosigkeit mit Begeisterung aufgenommen. Spärlich bekleidete Götter und Göttinnen vermischten sich mit Engeln und Teufeln in einem schwindelerregenden Farbenmeer. Groteske Masken, allesamt mit gebogenen Schnäbeln und gewundenen Hörnern, wirbelten über einem Feld von entblößtem Fleisch. Hundert Parfüms umrankten den Geruch von warmen Körpern, Haarpuder und Wein, während das Streichquartett in der Ecke über dem ausgelassenen Stimmengewirr der Gespräche fast unhörbar war.

Heloise blickte auf ihr eigenes, vergleichsweise schlichtes Kostüm hinunter. Sie hatte einen authentischen ägyptischen Perlenkragen der zweiten Dynastie aus der antiken Schmuckkollektion ihres Vaters gestohlen und eine schwarze Seidenhalbmaske mit Schnurrhaaren und ein Paar Pappmaché-Ohren verbessert. Siehe da: Bastet, die altägyptische Katzengöttin. Nicht, dass jemand hier eine Ahnung hätte, wer sie sein sollte.

Ihr Magen drehte sich vor Aufregung um. Sie brauchte Raven nicht *sofort* aufzusuchen. Ein paar Minuten mehr würden keinen Unterschied machen. Es war eine so herrliche Freiheit, maskiert und anonym zu sein. Niemand war die Person, der sie zu sein schien. Die goldene Dame dort drüben konnte eine Herzogin oder Kurtisane, Schauspielerin oder Spionin sein. Der silbermaskierte Satyr konnte ein Diplomat oder ein Prinz sein.

Heloise fröstelte trotz der drückenden Hitze. Die vielfältigen Aussichten des Abends schimmerten in der Luft wie ein sommerlicher Dunst, magisch und gefährlich. Sie konnte sein, wer sie wollte. Nicht jemandes kleine, schwer zu vermittelnde Schwester. Nicht die bücherlesende Codeknackerin. Sie konnte sprunghaft und unverantwortlich sein, das geheimnisvolle, wagemutige Mädchen, das sie gewesen war, bevor ihr Gesicht vernarbt wurde. Ausnahmsweise mal die Schöne, anstatt die Kluge. Die Vorfreude knisterte durch ihren Körper, als stünde sie an der Spitze eines steilen, glatten Abhangs. Nur ein kleiner Stups würde sie hinunterstürzen lassen, in Richtung Abenteuer.

Sie schnappte sich ein Glas Champagner von einem vorbeigehenden Diener und nahm ein paar stärkende Schlucke, während ihre Haut in der unangenehmen Überzeugung prickelte, dass sie beobachtet wurde. Das war töricht. Keiner ihrer Brüder war hier, um ihr Vergnügen zu schmälern, und die einzige andere Person, die sie möglicherweise entlarven könnte - der Gastgeber des heutigen Abends, ihr Nachbar und der irritierendste Mann auf diesem Planeten, William Ravenwood - würde nicht erwarten, sie zu sehen. Es würde verdammt schwer für sie werden, ihn in dieser Menge zu finden.

Als ob der bloße Gedanke ihn beschworen hätte, hoben sich all die feinen Härchen auf ihren Armen zur Warnung und Heloise blickte mit einem Gefühl des nahenden Untergangs umher. Die Menge teilte sich zuvorkommend, und da war er. Der Gott der Unterwelt starrte sie an.

Oh, verdammt seist du.

Er stand regungslos da. Er war eine Säule der Finsternis inmitten der bunten Fröhlichkeit und seine große Gestalt schaffte es irgendwie, eine kaum gezügelte Spannung auszustrahlen, als ob er zum Angriff bereit wäre. Heloise unterdrückte den Instinkt, sich zu bekreuzigen.

Seine Maske war schwarz wie ihre, nur viel aufwändiger. Die lange Schnauze eines Schakals, die Ohren gespitzt und wachsam, die Augen mit dicken goldenen Linien umrandet, bedeckte die obere Gesichtshälfte. Nur sein Kiefer war sichtbar; hart und männlich, mit unzeitgemäß gebräunter Haut, die von der Andeutung eines Bartes verdunkelt war. Dunkles Haar kräuselte sich unter der Maske, um über seine schneeweiße Krawatte und seine pechschwarze Abendjacke zu streichen.

Der kleine Teil ihres Gehirns, der nicht in totaler Bewegungsunfähigkeit eingefroren war – und der unerklärlicher Weise wohl auch für historische Fakten zuständig war – flüsterte ihr zu, dass es *vollkommen authentisch* wäre, da Anubis immer mit freiem Oberkörper dargestellt wird. Ihr Mund wurde trocken, als sie sich die breiten Schultern und ausdefinierte breite Brust vorstellte, die von der Seide verdeckt wurde.

Die Rolle des Anubis passte perfekt zu ihm. Der Schakal Wächter der Unterwelt, ein Geschöpf der Nacht, der in Dunkelheit und Schatten bestens zu Hause ist. Sie zitterte, als er sich umdrehte und sie direkt ansah. Er neigte den Kopf zur Seite, genau wie bei einem Hund - ein Hinweis auf Interesse, eine stumme Frage.

Ihr erster Instinkt war es, wegzulaufen, aber ihre Füße schienen am Boden zu kleben. Sie nahm noch einen Schluck Champagner, und als sie wieder aufblickte, war er verschwunden, verschluckt von der wirbelnden Masse der Tänzerinnen und Tänzer. Ihr

Herz hämmerte unangenehm gegen ihren Brustkorb. Sicherlich hatte er sie vom anderen Ende des Raumes aus nicht erkannt?

Du hast ihn erkannt.

Sie schüttelte sich. Das spielte keine Rolle. Sie war viel zu oft vor William Ravenwood geflohen. Heute Abend würde sie standhaft bleiben.

* * *

Wenn man vom Teufel spricht.

Raven verengte die Augen vor der schlanken, weiß gekleideten Gestalt, die in seinem Ballsaal herumschlich, und fluchte. Sie sollte sicher ins Bett gebracht werden. Was zum Teufel hatte sie hier zu suchen? Die ausschweifende, zynische Welt, in der er lebte, war kein Ort für jemanden wie sie.

Sein Herz klopfte erwartungsvoll, als er sich durch die aufgeregte Menge schlängelte und sich aus Gewohnheit im Schatten verbarg. Dort. Schwarze Maske neben der Tür. Es war definitiv sie. Er würde sie aus jeder Entfernung erkennen, in einer Menschenmenge von Hunderttausenden. Es war leicht, sie in einem Raum von zweihundert Personen zu entdecken. Sie allein ließ sein Blut in seinen Adern singen, ließ seinen Körper wachsam vibrieren, als wäre er eine Stimmgabel, die nur auf ihre Tonhöhe reagierte.

Diese verdammte Frau.

Sie war als Katze verkleidet. Er lachte fast über die Ironie. Und hier war er, ein Hund. Wie überaus passend. Bastet und Anubis. Beides ägyptische Götter der Unterwelt. Beide schwarz wie die Nacht. So verschieden wie die Nacht vom Tag. Gegensätzlich und doch gleichzeitig seltsam verbunden. So war es zwischen ihnen seit ihrer Kindheit. Es war wie ein verdammter Fluch.

In dieser Entfernung verbargen die schräg ausgeschnittenen Augen ihrer Maske ihr Gesicht, aber er kannte bereits die wundersame Farbe ihrer Augen; lavendelgrau, der exakte Farbton eines gewitterbereiten Himmels.

Er umrundete den Raum und näherte sich ihr von hinten. Sie drehte sich um, ein eleganter Schwung von Schulter und Kehle, und er ballte seine Fäuste gegen den wahnsinnig erotischen Drang, seinen Mund an ihren Nacken zu drücken und sie zu beißen. Er schüttelte den Kopf. So eine perverse Anziehung. Sie war Licht. Er war Dunkelheit. Nicht für ihn. Niemals für ihn.

Sie hatte versucht, ihr dunkelblondes Haar in eine Art kunstvolle Wendung zu zähmen, aber ein paar vereinzelte Strähnen kringelten sich die anmutige Linie ihres Halses hinunter und weigerten sich, sich anzupassen. Er lehnte sich mit einer Schulter an eine Marmorsäule. Allen äußeren Erscheinungen nach war das Geschöpf vor ihm ein respektables Mitglied der Gesellschaft; kühl und gelassen und unendlich verführerisch. Es war eine Lüge. Die rebellische Natur, die sie so sehr zu unterdrücken versuchte, war wie diese kleinen Haarsträhnen - immer auf der Flucht.

Es erstaunte ihn, dass niemand sonst es sehen konnte, nicht einmal ihre eigenen Brüder. Sie dachten, sie sei ihrer kindlichen Sehnsucht nach Abenteuer und Gleichberechtigung entwachsen, aber er wusste es besser. Zweifellos war das der Grund, weshalb sie heute Abend hierher gekommen war; sie konnte einem Abenteuer einfach nicht widerstehen.

Dem Teufel in ihm gefiel der Gedanke, all dieses unterdrückte Chaos zum Ausbruch zu überreden. Heloise Hampden musste sowohl im wörtlichen *als auch* im übertragenen Sinne ihr Haar herunterlassen. Nur Gott allein wusste, was passieren würde, wenn sie das tun würde.

Sie stellte ihr leeres Glas auf das von einem vorbeigehenden Diener angebotene Tablett. Sie war so klein, dass er ihren Scheitel unter sein Kinn schieben und sie in seine Seite ziehen konnte. Seine Hüfte würde gut in die Kurve ihrer Taille passen. Ihre Brüste würden sich perfekt in seine Brust drücken. Sein Mund würde genau ---

Raven stieß seinen Kopf gegen die Säule. Wahnsinn. Was wirklich paradox war. Er hatte es geschafft bei Verstand zu bleiben, obwohl er acht Wochen seines Lebens in Erwartung der Hinrichtung in einer Zelle eingesperrt gewesen war. Er war Zeuge einiger der schlimmsten Anblicke, die ein Jahrzehnt der Kriegsführung einem Mann bieten konnte, und er war bei Verstand geblieben. Doch die Furie Hampden machte ihn verrückt. Und, weil er ein Idiot war, *genoss* er es.

Er trat von hinten an sie heran und vernahm einen Hauch ihres Duftes von Mitternacht und Rosen. Es zog seinen Bauch zusammen und ließ seine Knie zu Brei werden, aber er zwang seine Gesichtszüge zu ihrem üblichen Ausdruck zynischer Langeweile. Der Tag, an dem sie die Wirkung entdeckte, die sie auf ihn hatte, war der Tag, an dem er sich die Pulsadern aufschneiden wollte. Sie. War. Nicht. Für. Ihn.

„So ganz allein, Mademoiselle?“, raunte er trocken. „Auf wen warten Sie?“

Sie wollen weiterlesen? Suchen sie nach *Das Herz des Hades* auf Amazon.

ÜBER DEN AUTOR

Kate Bateman (veröffentlicht ebenfalls als K.C. Bateman), ist die erfolgreichste Autorin von historischen Romanen über adelige Seilschaften im viktorianischen Zeitalter sowie in der Renaissance. Ihre Reihen *,Schatten & Spione'* und *,Die Junggesellen der Bow Street'* waren bahnbrechende Erfolge. Ihre Werke zeichnen sich besonders durch temperamentvolle, intelligente Heldinnen (Korsetttragende Kampfweiber!), unanständiges Flirten und attraktive, bissige Helden, die man gleichzeitig erwürgen und küssen möchte, aus ...

Ihr Techtelmechtel in der Renaissance, *,Des Teufels Lohn'*, war im Jahr 2019 als Finalist für den RITA ® Preis für historische Romane nominiert und ihre Bücher können ausgezeichnete Kritiken von Publishers Weekly und Library Journal vorweisen.

Kate schrieb ihren ersten historischen Roman als Antwort auf eine Wette über 1$ mit ihrem Ehemann, der törichterweise behauptete, sie würde ,das verdammte Ding niemals zu Ende schreiben'. Glücklicherweise konnte sie ihn vom Gegenteil überzeugen. Wenn sie nicht gerade ,für Recherchezwecke' zu exotischen Orten reist, führt sie ein (nicht ganz so geheimes) Doppelleben als Gutachterin für Kunstwerke und TV-Expertin für antike Stücke bei verschiedenen Sendungen im britischen Fernsehen. Sie lebt im amerikanischen Illinois und in ihrem Heimatland England. Sie schreibt, trotz ihren drei unermüdlichen Kindern / Ungeheuern und ihrem zahlenvernarrten Ehemann, der ihr immer noch den einen Dollar schuldet.

Kate liebt es, mit ihren Lesern in Kontakt zu treten! Man findet sie auf Twitter @katebateman, Facebook, Instagram, Pinterest oder über ihre Website www.kcbateman.com. Dort kann man sich auch für ihren Newsletter anmelden, um regelmäßige Nachrichten über ihre neusten Veröffentlichungen, Gewinnspiele und exklusive Leseproben zu erhalten.

BÜCHER VON KATE BATEMAN

Mehr von Kate Bateman

Die Schatten & Spione Reihe:

Ein Herz zum Stehlen

Das Herz des Hades

Das gefälschte Herz

Des Teufels Lohn

Die Junggesellen der Bow Street Reihe:

Mein eigener Earl

Ein Earl zum Angeln

Die Prinzessin & Der Schurke

Novellen:

Der versprochene Kuss

Wolkenlose Mitternacht

Man findet Kate auf Twitter @katebateman, Facebook, Instagram, Pinterest oder über ihre Website www.kcbateman.com. Dort kann man sich auch für ihren Newsletter anmelden, um regelmäßige Nachrichten über ihre neusten Veröffentlichungen, Gewinnspiele und exklusive Leseproben zu erhalten.

Außerdem ist sie auch bei:

Amazon

Apple ibooks

Kobo

Google Play

Printed in Poland
by Amazon Fulfillment
Poland Sp. z o.o., Wrocław

83109495R00289